BASTEI
LÜBBE
TASCHENBUCH

Weitere Titel der Autorin:

Torschlusspanik
Saure-Gurken-Zeit
Märchenprinz auf Abruf
Freunde, Sex und Alibis
Happy ohne Ende
Treuesprünge
Sternschnuppern
Herzfinsternis
Und immer war's der Mann fürs Leben
Liebe ahoi!
Ring frei für die Liebe
Ein Antrag zum Verlieben
Jeder einzelne Tag mit dir

Über die Autorin

Shari Low lebt mit ihrer Familie in Glasgow, wo sie seit vielen Jahren als freie Autorin tätig ist. Inzwischen hat sie vierzehn Romane geschrieben, die in zahlreichen Ländern veröffentlicht wurden. Neben der Arbeit an ihren Romanen widmet sich die Autorin außerdem dem Schreiben von Zeitungskolumnen, Fernseh- sowie Radiobeiträgen.
Besuchen Sie die Autorin unter www.sharilow.com im Internet.

SHARI LOW

Ein JAHR entfernt vom GLÜCK

ROMAN

Aus dem Englischen von
Barbara Ritterbach

BASTEI
LÜBBE
TASCHENBUCH

BASTEI LÜBBE TASCHENBUCH
Band 17644

Dieser Titel ist auch als E-Book erschienen

MIX
Papier aus verantwortungsvollen Quellen
FSC® C083411

Vollständige Taschenbuchausgabe

Deutsche Erstausgabe

Titel der englischen Originalausgabe: »A Life Without You«
Originalverlag: Aria, an imprint of Head of Zeus, London

Textredaktion: Margit von Cossart, Bergisch Gladbach
Titelillustration: © getty-images/aleksandarvelasevic; © www.buerosued.de
Umschlaggestaltung: www.buerosued.de
Satz: two-up, Düsseldorf
Gesetzt aus der DTL Albertina
Druck und Verarbeitung: CPI books GmbH, Leck – Germany
Printed in Germany
ISBN 978-3-404-17644-1

1 3 5 7 6 4 2

Sie finden uns im Internet unter www.luebbe.de
Bitte beachten Sie auch: www.lesejury.de

1. Kapitel

Jen

Im Nachhinein war es das Schlimmste, dass es so ein gewöhnlicher Tag war. Ein Tag wie alle anderen. Nicht besonders genug. Ganz und gar nicht besonders genug.

Ein Sonntagmorgen im Januar. Ein trüber Tag. Die grauen Wolken hingen wie eine düstere Vorahnung am Himmel. Es war ein Tag, an dem man am besten im Haus blieb und sich unter einer warmen Decke verkroch. Wir brauchten dazu nicht lange überredet zu werden.

Dee lag auf der einen Couch und stöhnte, weil ihr alle Knochen wehtaten. Ich lag verkatert auf der anderen. Perfekt wurde unser Faulenzertag mit heißem Tee, den Überresten von Weihnachtskeksen und einer DVD-Box: *Der Pate 1, 2, 3*.

Die hatte ich ausgesucht.

Es gab kein Übel auf der Welt, das der junge Al Pacino nicht heilen konnte. Die Lautstärke war ein paar Phon höher gedreht als sonst, um den dröhnenden Technobeat zu übertönen, der von der Nonstop-Party aus dem Haus nebenan zu uns herüberdrang. Die Nachbarn waren erst vor Kurzem eingezogen. Nach dem Besucherstrom zu urteilen, der sich unablässig durch ihren Vorgarten schob, musste es sich entweder um besonders gesellige Zeitgenossen handeln, oder sie verkauften irgendwas, das sich ungeheurer Nachfrage erfreute. Ich hoffte, dass es sich nur um Kosmetikprodukte handelte …

Stöhnend wälzte Dee sich auf die andere Seite. »Gott, meine Schulter tut sooo weh.«

»Erwarte bloß kein Mitleid von mir«, antwortete ich ungerührt.

»Du bist eine miese Freundin.« Sie lächelte, als sie das sagte. Dees Lächeln was das Erste, was man von ihr wahrnahm. Julia-Roberts-mäßig. Breit und strahlend. Eine natürliche Gute-Laune-Quelle, die keinerlei weitere Verstärkung benötigte. Ihr Lächeln hielt immer etwas länger an als nötig, als wollte sie dem Empfänger eine kleine Extraportion für den restlichen Tag mitgeben. Auch wenn es klischeemäßig klang – ihre wilde rote Mähne passte perfekt zu ihrer Persönlichkeit: wild, leidenschaftlich, ungezähmt. »Ich dachte halt, es wäre eine gute Idee.«

»Wann genau? Als du dich angemeldet hast? Als du in den Anzug gestiegen bist? Oder als du dich in tausend Metern Höhe aus dem Flugzeug gestürzt hast, voll und ganz darauf vertrauend, dass dich ein Stofffetzen davor bewahrt, zermatscht auf einem Tulpenfeld zu landen?«

Sie schüttelte den Kopf. »Ich meine damals, Weihnachten, als wir alle zusammen im Pub waren und ich drei Gläser Wein und eine Tüte Käsecracker intus hatte. Außerdem war es für einen guten Zweck. Und das ist doch was Positives, oder?«

Wieder dieses Lächeln. Niemand konnte ihm widerstehen, nicht mal ich. Es brachte sie in die größten Schwierigkeiten und im Nu wieder aus ihnen heraus. Immer schon. Wir waren seit unserem ersten Tag in der Grundschule von Weirbridge Freundinnen, das waren jetzt also … autsch, mein Kopf schmerzte, weil ich mich so konzentrieren musste. Seit fast fünfundzwanzig Jahren rettete uns ihr Strahlen nunmehr aus blöden Situationen.

Wobei man ehrlicherweise ergänzen musste, dass die meisten dieser Situationen eigentlich nur wegen Dee entstanden waren. Ich, das vernünftige, wohlerzogene, zurückhaltende, brave Mädchen, war ausnahmslos zur falschen Zeit am falschen Ort gewesen. Zum Beispiel damals, als wir zwei Karamellwaffeln aus dem Schulkiosk gestohlen hatten, weil wir das Geld fürs Mittagessen vergessen hatten. Sie hatte sich mit ihrem charmanten Lächeln aus der Affäre gezogen, während ich mit der Verpackung erwischt worden war und nachsitzen musste. Oder als sie mich zum Schwänzen überredet und der Lehrer mich beim Schmierestehen gesehen hatte, während Dee mit ihrem Freund hinter der Turnhalle knutschte. Ich war anschließend zum Direktor kommandiert worden, Dee hatte sich in die Hauswirtschaftsstunde geschlichen und auch noch eine gute Note für ihre Muffins bekommen.

Zum Glück bin ich nicht nachtragend. Ich führe das zurück auf Liebe, Konfliktunfähigkeit und eine außergewöhnlich hohe Toleranzschwelle.

Die Tür ging auf, und mein Freund Pete erschien mit einem Sixpack unter dem Arm. Er schaute kurz zu uns rüber, wie wir da lagen, kokonartig in Wolldecken eingekuschelt.

»So stelle ich mir gestrandete Wale vor«, bemerkte er grinsend.

»Ich würde dir gern irgendwas an den Kopf werfen, aber meine Schulter tut so weh«, murmelte Dee. Dann sah sie mich an. »Hatte ich schon erwähnt, dass meine Schulter wehtut?«

Ich verdrehte die Augen. »Mehrfach.«

Pete war fast wieder aus der Tür. Nur wer ganz genau hinschaute, konnte bemerken, dass er mich kaum ansah. »Ich geh rüber zu Luke«, erklärte er und verkündete damit nichts Überraschendes.

Dee und ich arbeiteten von montags bis samstags in unserem kleinen Laden in Glasgow, und trotzdem kam sie jeden Sonntag bei Pete und mir vorbei. Wir schauten dann zusammen fern, während Pete zu Dees Mann Luke und dessen super-hightech-mäßigen, optimum-sportwatching, obszön großen Flatscreen rüberging. Ich fand, das war wie ein Swingerclub-Arrangement. Nur ohne Sex.

Dee und Luke waren seit ein paar Jahren verheiratet. Pete und mir stand die »Bis der Tod euch scheidet«-Nummer noch bevor. Dabei waren wir einige Jahre länger zusammen als die beiden. Unsere Beziehung hatte auf einer folgenschweren Weihnachtsparty an der Highschool begonnen, mit einer Mischung aus Billigwein und Mistelzweigen. Bisher war es uns nie wichtig gewesen, sie offiziell zu machen. Ich fand, dass alles perfekt war. Jedenfalls meistens.

Bevor Pete verschwand, rief er mir zu: »Bis später. Ich besorge was zu essen, du musst dich um nichts kümmern.«

In dem Satz lag eine kleine Spitze. Meine Kochkünste beschränkten sich auf Salat und alles, was man bei zweihundertzwanzig Grad für zwanzig Minuten in den Backofen schieben konnte – und selbst das galt nur für gute, katerfreie Tage. Dee hingegen schaute in den Kühlschrank, holte ein paar Zutaten zweifelhaften Ursprungs heraus und zauberte daraus ein köstliches Mahl. Sie war ein Supertalent. In jeder Beziehung.

Die Tür fiel hinter Pete ins Schloss. Nach kurzer Stille sah meine hypersensible Freundin mich an. »Es ist also nicht besser geworden?« Das klang mehr wie eine Feststellung als wie eine Frage.

Ich zuckte mit den Schultern.

Nein.

Ich trank einen Schluck Tee, um von der Feststellung/Frage abzulenken, aber Dees hochgezogene Augenbrauen ließen keinen Zweifel daran, dass sie sich nicht so einfach abwimmeln ließ.

Ich gab auf. Ich wäre eine miserable Agentin.

»Na ja, er ist noch immer so … distanziert. So gleichgültig. Aber ich bin sicher, das ist nur eine Phase, die bald vorbeigeht. Er ist halt so beschäftigt, du kennst ihn ja.«

Klar. Pete war genau wie Dee. Er brauchte ständig Abwechslung, Action, Unterhaltung. Luke und ich hingegen waren glücklich, wenn wir einen Drink hatten und unsere Ruhe. Im letzten Urlaub auf Bali hatten wir im Liegestuhl gelegen und den beiden beim Surfen zugeschaut. Auf einer Dachterrassenbar in Las Vegas hatten wir sie beim Achterbahnfahren beobachtet. Wir hatten am Rand gestanden und ihnen zugejubelt, als sie beim Marathon über die Ziellinie gerannt waren. Der Spruch *Gegensätze ziehen sich an* schien zu stimmen. Wäre Pete so wie ich, hätten wir ein langweiliges Leben. Wäre ich wie er, befänden wir uns vermutlich gerade auf irgendeinem Berggipfel, und ich hätte Ausschlag von dem ganzen Lycrazeug, das ich am Körper tragen musste.

Da war mir die Couchvariante wesentlich lieber.

»Soll ich mal mit ihm reden?«, fragte Dee. Offenbar machte sie sich echt Gedanken.

»Nein, nein, nicht nötig. Er behauptet steif und fest, ich würde mir nur was einbilden, und schwört, dass alles okay ist. Vielleicht bin ich einfach nur ein bisschen überempfindlich. Er meint, wir sollten mal in Urlaub fahren. In letzter Zeit hab ich ihn ein paarmal dabei erwischt, wie er sehnsüchtig in den Malediven-Prospekten geblättert hat, die ich aus dem Laden mit nach Hause gebracht habe.«

Der Laden, unser Laden, SONNE, SEE, SKI, war eine Art Rundum-sorglos-Ferienshop, in dem man vom Bikini über Sonnencreme und Skiklamotten bis zu Taucheranzügen und Unterwasserkameras alles kaufen konnte, was man für einen perfekten Urlaub brauchte. Natürlich organisierten wir auch Hotelübernachtungen, Ausflüge, Wochenendtrips, Incentive-Reisen, Abenteuerurlaube und ab und zu sogar Hochzeiten. Wir hatten den Laden gleich nach unserem College-Abschluss eröffnet, mit nichts auf dem Konto, und es hatte funktioniert. Im Laufe der Zeit hatten wir Millionen Fehler gemacht, aber wir hatten uns über Wasser halten können, einen großen Stammkundenkreis aufgebaut und zusätzlich ein gut funktionierendes Onlinegeschäft auf die Beine gestellt. Unsere Partnerschaft funktionierte perfekt. Ich kümmerte mich um die Finanzen, Dee war verantwortlich für Werbung und Marketing. Sie unterhielt einen Reise-Blog, probierte neue Produkte aus, besuchte Messen und hielt Kontakt zu Hotels und Veranstaltern der beliebtesten Reiseziele. Wir würden damit nie richtig reich werden, doch wir kamen ganz gut zurecht.

»Aber du hast keine Lust?«, fragte sie.

Ich biss in eine Karamellwaffel. Die Schulkioskepisode hatte mich davon nicht abgebracht. Karamellwaffeln hatten bei mir eine nachweislich katerkurierende medizinische Wirkung.

»Nein, nein, das ist es gar nicht …«, antwortete ich in einem Tonfall, dem unschwer zu entnehmen war, dass ich keine Lust hatte. Mist! »Nur … es ist … na ja so teuer. Und total dekadent.«

»Und traumhaft«, fügte sie hinzu. Unnötigerweise. Ich hatte soeben die beiden wesentlichen Kriterien jeder Reise beschrieben, die Dee unternahm. Aber ich war so nicht. Ich war gern zu Hause. Vielleicht mal eine Woche in einem Cottage im Norden. Oder vierzehn Tage auf einer Finca in Spanien, wenn es unbedingt sein musste. Aber zwei Wochen Malediven bedeuteten mindestens zehn Riesen, selbst wenn ich sie als Geschäftsreise verbuchte und die Steuern einsparte. Wir wären nach zwei

Wochen wieder zu Hause, und alles, was übrig bliebe, wären verblassende Sonnenbräune und ein riesiges Loch auf dem Bankkonto. Das war es mir einfach nicht wert. »Du musst das machen!«, beharrte Dee. »Glaub mir, es wird die Reise deines Lebens!«

Ich hätte mich fast an meinem Tee verschluckt. »Bei dir ist doch jede Reise die Reise deines Lebens. Wie oft warst du allein im letzten Jahr unterwegs?«

Das war ein Insider zwischen uns. Dee redete sich immer damit heraus, dass sie schließlich unsere Produkte testen und ihren Reise-Blog aktuell halten müsse. Die Wahrheit war, dass ein Spritzer Sonnencreme auf sie wirkte wie Crack. Und diese Sucht konnte nur gestillt werden, indem sie sich ein halbes Dutzend Melissa-Odabash-Bikinis, unsere Topseller, in die Reisetasche stopfte und sich auf den Weg zum Glasgower Flughafen machte. Wann immer er konnte, fuhr Luke mit ihr, aber leider hinderten ihn oft so überflüssige Dinge wie Arbeit, Verantwortung und finanzielle Verpflichtungen daran. Letztes Jahr hatte sie sich eine Woche L. A. geleistet, vierzehn Tage Hawaii, fünf Tage Fidschi, zwei Trips nach Spanien und diverse verlängerte Wochenenden, unter anderem in Monaco, Rom und Venedig. Ich hingegen hatte nur ein paar Wochenenden im Norden verbracht und eine Woche Fahrradtour durch Frankreich – was hieß, ich war keuchend hinter Pete hergeradelt.

Ein lautes Poltern von nebenan unterbrach unsere Unterhaltung. Gott, was trieben die da bloß?

Laute Stimmen. Noch mehr Gepolter.

Schwer zu sagen, ob der Lärm auf besonders gute Laune zurückzuführen war oder auf Gewalt. Vielleicht hätte ich mich beim Ordnungsamt wegen Ruhestörung beschweren sollen, aber ich versuchte, tolerant zu sein. Notfalls mussten die Ohrwärmer herhalten, die ich letzten Winter von meinem Skiausflug nach Glencoe mitgebracht hatte.

Wieder Lärm und lautes Geschrei. Wir wohnten in einem Block aus vier Reihenhäusern, ich hoffte nur, dass die arme Mrs. Kinross auf der anderen Seite ihr Hörgerät ausgeschaltet hatte.

Dee stöhnte. »Mist, ich hab mein Handy im Auto vergessen.«

»Das brauchst du doch nicht heute«, antwortete ich. »Es ist Sonntag. Da muss dich niemand sprechen, und wenn Luke was von dir will, kann er auf meinem Handy anrufen oder kurz rüberkommen.«

»Ich kann einfach nicht anders, ich bin handysüchtig. Das ist eine anerkannte Krankheit. In öffentlichen Verkehrsmitteln steht mir sogar ein Sitzplatz zu. Ich hol's mal schnell.« Der erste Teil stimmte. Dee überkam eine irrationale, übermächtige Angst, wenn ihr Handy nicht in Reichweite war. Sie litt massiv darunter. Ihr Handy vibrierte unaufhörlich, ich dagegen bekam maximal einen Anruf pro Woche, und der kam meist von unserer Reinigungskraft Josie, die sich meldete, weil Dee mal wieder nicht pünktlich erschienen war, um den Laden aufzuschließen. Meine Freundin/Geschäftspartnerin erhob sich stöhnend, als draußen vor dem Fenster etwas ihre Aufmerksamkeit erregte. »Da steht die Polizei! Wow, das ist ja wie eine Szene aus *Criminal Intent*. Ich bin nicht sicher, ob ich an einem Sonntag so viel Aufregung vertragen kann.«

Wir wussten beide, dass das nicht stimmte. Ein SEK-Kommando könnte mein Wohnzimmer stürmen, und sie würde fasziniert zuschauen. Nicht dass das je passieren würde. Weirbridge war eine Kleinstadt, ungefähr fünfzehn Kilometer von Glasgow entfernt. Hier hatten die Ordnungshüter es höchstens mal mit einem Rasenmäherdiebstahl oder einer Schlägerei im Pub zu tun.

Ich reckte den Hals, um ebenfalls hinaussehen zu können. Puh, keine bis an den Hals bewaffnete Beamten mit schusssicheren Westen und Einsatzschilden, nur zwei ziemlich entspannt wirkende Typen in gelben Sicherheitswesten, die in aller Ruhe aus dem Wagen stiegen und auf das Nachbarhaus zugingen. Wahrscheinlich hatte sich doch jemand darüber beschwert, dass in unserer ruhigen Straße ein Lärm herrschte wie bei einem Rave auf Ibiza.

Ich sah, wie Dee auf ihr Auto zuging, um ihr Handy zu holen. Sie lächelte den Beamten kurz zu. Jede Wette, dass es sie alle Selbstbeherrschung kostete, nicht nachzufragen, was los war.

Jetzt hämmerte einer der Polizisten an die Nachbarhaustür. Keine Reaktion. Der andere spähte durch die Fenster und klopfte dann noch einmal.

Dee hatte ihr Auto auf der gegenüberliegenden Straßenseite geparkt, vor einer Grünfläche, die für die Ronaldos aus Weirbridge eine Art Stadionersatz war. Ich zählte aktuell vier Jungs zwischen acht und zehn, die zwei von Steinmauern umgebene Blumenbeete als ein Tor und einen Haufen Pullis und eine leere Plastikflasche als zweites Tor nutzten. Sie waren so vertieft in ihr Gekicke, dass sie das Eintreffen der Polizisten noch gar nicht bemerkt hatten. Ich kannte sie alle. Ein Brüderpaar von gegenüber. Der Junge, der die Wochenenden immer bei seinem Dad zwei Häuser weiter verbrachte. Und Archie, der kleine blonde Enkel von Mrs. Kinross.

Dee kramte in ihrer Hosentasche nach dem Schlüssel, während sie die Straße überquerte. Als sie ihr Auto erreicht hatte, öffnete sie die Fahrertür, dann verschwand ihr Oberkörper im Fahrzeuginneren.

Bang. Bang. Bang.

Das Hämmern nebenan wurde lauter, eindringlicher, ungeduldiger.

Dee entfaltete sich aus dem Fahrzeuginnenraum und richtete ihren lädierten Körper vorsichtig auf. Sie machte ein nachdenkliches Gesicht.

»Polizei!«, hörte ich eine autoritär klingende Stimme. Und wieder Türgehämmer.

Dee ging um ihr Auto herum und öffnete den Kofferraum.

Ich vernahm das Klicken eines Schlosses, als nebenan endlich die Tür geöffnet wurde.

Dee zog ihren Rucksack aus dem Kofferraum, öffnete den Reißverschluss. Schaute hinein.

Aus den Augenwinkeln sah ich etwas Schwarzes aufblitzen, dann etwas Gelbes. Ich brauchte einen Moment. Ein Typ, Anfang zwanzig, Jeans, schwarzer Kapuzenpulli, registrierte Miss Marple in mir. Er rannte den Gartenweg entlang, verfolgt von den beiden Polizeibeamten. Einer von ihnen rief etwas in das Funkgerät, das an seiner Weste befestigt war.

Dee warf den Rucksack zurück in den Kofferraum, zog als Nächstes ihre Sporttasche heraus und begann darin zu wühlen.

Der Typ aus dem Nachbarhaus war ein Stück die Straße runtergerannt. An einem getunten Corsa blieb er stehen. Ich wusste, dass der Wagen einem der Stammgäste unserer feierwütigen Nachbarn gehörte. Im Stillen gratulierte ich mir zu meiner sensationellen Beobachtungsgabe und kam zu dem Schluss, dass ich eine ausgezeichnete Detektivin sein würde.

Als der Typ die Wagentür öffnete, drehte Dee sich um. Sie riss erstaunt die Augen auf, der Anflug eines Lächelns umspielte ihre Lippen. Gott, wir würden noch den ganzen Tag darüber lachen, dass ausgerechnet vor unserer Haustür eine so aufregende Actionszene stattgefunden hatte. Was für eine Story! Die Jungs hinter ihr auf der Wiese hatten ihr Spiel ebenfalls unterbrochen und schauten fasziniert zu.

Mit röhrendem Motor sprang der Corsa an, exakt in dem Moment, als einer der beiden Polizisten ihn erreichte. Er versuchte, den Türgriff zu fassen, aber der Wagen schoss aus der Parklücke heraus auf die Straße.

Dee hatte inzwischen ihr Handy gefunden und hielt es bereits ans Ohr. Ich sah, wie sich ihre Lippen bewegten. Sie lächelte. Vertieft in ihr Telefonat achtete sie nicht mehr auf das Drama, das sich vor ihr abspielte.

Dröhnend beschleunigte der Corsa und raste in unsere Richtung, die Polizisten rannten hinterher. Ich hätte alles dafür gegeben, wenn sie uns als Zugabe eine kleine Stuntnummer liefern würden, eine dieser spektakulären Rollen über die Motorhaube, ehe sie in ihr Dienstfahrzeug sprangen und die Verfolgung aufnahmen.

Der Lärm ließ Dee auf dem gegenüberliegenden Gehweg aufschauen.

Fast and Furious war so gut wie entkommen, als von rechts plötzlich ein weiterer Einsatzwagen auftauchte und ihm den Weg versperrte.

Die beiden Polizisten zu Fuß gaben die Verfolgung auf, in der Gewissheit, dass ihr Opfer nun in der Falle saß. Ich schaute zu. Dee schaute zu. Die Fußballjungs schauten zu.

Der Corsa musste anhalten. Bremsen. Für den Bruchteil einer Sekunde sah es auch so aus, als würde genau das passieren, als plötzlich … Ich brauchte einen Moment, um zu begreifen. Der Wagen schoss plötzlich auf die Grünfläche zu. Mit aufheulendem Motor krachte er die Bordsteinkante hoch.

Die Jungs rannten davon.

Bis auf einen.

Der Kleinste, Archie Kinross, blieb wie angewurzelt stehen, trotz der verzweifelten Gesten und Schreie seiner Kumpels.

Dee stürmte los. Das Auto kam von der einen Seite auf den Kleinen zugerast, Dee von der anderen.

Ich begann ebenfalls zu laufen. Durch den Flur, aus der Haustür, gerade rechtzeitig, um zu sehen, wie Dee Archie erreichte und zur Seite stieß. Ja! Sie hatte es geschafft! Sie hatte ihn gerettet! Sie …

Der Zusammenprall war unbeschreiblich.

Grauenvoll. Entsetzlich. Brutal.

Dee wurde hoch in die Luft katapultiert und dann … in Zeitlupentempo …

Irgendwo aus meinem tiefsten Innern drang ein primitiver, verzweifelter Schrei, während Dee noch flog, die Haare um den Kopf ausgebreitet wie ein roter Heiligenschein. Archie saß auf der Wiese, die Augen weit aufgerissen. Seine Freunde waren wie erstarrt stehen geblieben, die Gesichter vor Entsetzen verzerrt.

Der Motor heulte, während das Auto weiterraste und Dee sich drehte wie ein Turmspringer. Dann begann sie zu fallen.

»Deeeeeeee!« Das war meine Stimme.

Ich bin gleich da. Warte auf mich. Ich fange dich auf. Ich schaffe das. Dee, bitte …

Der Aufprall war kaum hörbar und zugleich das Lauteste, was ich je vernommen hatte. Sie stürzte hinunter, mit dem Kopf voran auf die Steinmauer, die eines der Blumenbeete begrenzte. Dann lag sie regungslos da.

Schreie. Nur meine.

Die Polizisten waren noch vor mir bei ihr, aber ich drängte

mich zwischen sie, fiel auf die Knie, warf mich über sie, versuchte, sie zu beschützen. Zu spät.

Erneute Schreie. Vielleicht meine.

»Dee! O Gott, Dee! Dee!«

Die wundervolle, abenteuerlustige, wilde, unwiderstehliche, impulsive, immer laute Dee Harper antwortete nicht. Eine feine Blutspur rann seitlich aus ihrem Mund.

An diesem so gewöhnlichen, grauenvollen Tag starb meine beste Freundin in meinen Armen.

2. Kapitel

Jen

Eine Trauerhalle, bespannt mit schwarzen Tüchern, die ich kaum sah durch meine von Tränen verschleierten Augen.

Ich griff nach Petes Hand, meine zitternden Finger umklammerten seine. Neben mir auf der anderen Seite stand Dees Mummy Val. Stumm starrte sie auf die Urne vor uns, während ihr die Tränen über die Wangen liefen.

Tröstend legte ich die Hand auf ihren Arm, spürte ihre Hand auf meiner, dann glitt sie wieder hinunter, als hätte die Bewegung ihr das letzte Fünkchen Kraft geraubt. Mir brach es fast das Herz, so leid tat sie mir. Genau wie Dees Vater Don, ein Baum von einem Mann, groß und kräftig, der neben ihr stand. Neben Don Dees Bruder Mark. Er war sechs Jahre älter als wir. Als wir zwölf waren, hatte er eine Rucksacktour nach Australien gemacht und sich so in das Land verliebt, dass er dort geblieben war. Er war am Morgen in aller Frühe gelandet. Seine gebräunte Haut und das lange, lässig nach hinten gekämmte Haar wirkten in dieser tristen Umgebung seltsam fehl am Platz.

Neben Mark saß … Luke. Ein Schluchzer drang aus meiner Kehle. Der Luke, den ich kannte, war fröhlich. Er lachte. Er sang, wenn er ein oder zwei Gläser getrunken hatte. Er genoss das Leben und war über beide Ohren verliebt in meine wundervolle Freundin. Aber diese wundervolle Freundin war nicht mehr bei uns. Sie war von einem bekifften, betrunkenen Autofahrer wie eine Puppe in die Luft geschleudert worden und hatte beim Zusammenprall mit dem Auto oder beim Aufschlagen auf die

Steinmauer tödliche Kopfverletzungen erlitten. Das Obduktionsergebnis war nicht eindeutig, es spielte ja auch keine Rolle.

Dee lebte nicht mehr.

Und dieser gebrochene Mann hatte keinerlei Ähnlichkeit mehr mit dem Mann, der sie so sehr geliebt hatte.

Auf ein kurzes Zeichen des Geistlichen ging Luke mit tranceähnlichen Bewegungen nach vorn. Was für ein entsetzlicher Albtraum.

Er ging langsam die zwei Stufen zum Altar hinauf … Nein, es war kein Altar, denn man konnte zu keinem Gott beten, der so etwas zuließ. Es war mehr ein Podium mit einem Rednerpult. Luke wandte sich an die Trauergemeinde. Der Gegensatz zwischen seinen pechschwarzen Locken und seinem blassen Gesicht hätte nicht krasser sein können. Die Anzugjacke hing von seinen breiten Schultern. Vor ein paar Wochen hatte sie noch perfekt gepasst, bevor …

»Dee würde das hier gefallen. Ihre liebsten Menschen alle an einem Ort versammelt«, begann er. Ein herzzerreißendes Lächeln zuckte über die Gesichter. »Es ist nun das zweite Mal, dass ich zu euch allen spreche. Das erste Mal tat ich es bei unserer Hochzeit. Damals habe ich euch gesagt, wie unendlich glücklich ich darüber war, dass wir bis zu unserem Lebensende zusammen sein würden. Ich weiß nicht, ob ich die Worte finde, zu beschreiben, wie erschüttert ich bin, dass dieses Ende so schnell gekommen ist.« Er brachte die letzten Worte nur mühsam über die Lippen, holte tief Luft und sprach dann weiter. »Vor meiner Hochzeitsrede«, sagte er mit einem Lächeln, das so gequält war, dass es mir noch einmal das geschundene Herz brach, »hatte Dee mich gewarnt. Meine Rede sollte romantisch sein, aber nur nicht zu kitschig. Ich bin mir nicht sicher, ob ich die richtige Balance gefunden habe, denn damals sagte ich, was für ein ganz unglaublicher Mensch meine Frau sei. Dass sie mich zum Lachen brächte wie niemand sonst. Außer Stan und Ollie.« Wir lachten, weil Dee das von uns erwartet hätte, dabei hatten wir alle das Gefühl, nie wieder lachen zu können. »Ich sagte, sie sei die schönste Frau auf der ganzen Welt«, fuhr Luke fort. »Cameron Diaz ausgenommen.« In Gedanken hörte ich Dee am lautesten lachen, was meinen Kummer nur noch verschlimmerte. »Ich sagte, dass sie das allergrößte Herz habe und ihre Familie liebe, ihre Freunde und vor allem mich. Mehr als jeden anderen. Ausgenommen Gary Barlow.« Er stockte, presste die Zähne zusammen, entschlossen, bis zum Ende durchzuhalten. Es dauerte einen Moment, ehe er die Stimme wiederfand. Sie war jetzt lauter als vorher. »Und ich sagte, dass sie mich zum glücklichsten Mann auf der ganzen Welt machen würde. Ausgenommen … niemanden.« Tiefes Atmen. »Es gab keinen, der so war wie meine Frau. Und sie würde jetzt mit uns schimpfen, weil wir so traurig sind. Also bitte seid es nicht. Denn jeder Einzelne hier durfte sie kennenlernen, durfte sie lieben lernen, durfte mit ihr lachen. Und darüber können wir uns glücklich schätzen.« Er schaute zum Himmel und schloss Dee in seine Rede ein. »Ich weiß, das war zu kitschig«, sagte er. Sein Blick kehrte zurück zu den Trauernden. »Danke, dass ihr alle gekommen seid, um euch zu verabschieden. Von Vals und Dons Tochter, von Jens bester Freundin …« Meine Kehle schnürte sich zusammen, als er meinen Namen nannte. »Und von meiner Frau. Dee Harper, wir lieben dich, mein Schatz. Wir werden dich immer lieben.«

Er kam zu uns zurück, mit hoch erhobenem Kopf, umarmte Val und drückte sie fest. Dann ging er zu seinem Platz. In genau diesem Augenblick brach mein Herz endgültig. Ich wollte nicht in einer Welt leben, in der es keine Dee gab. Der Schmerz verfing sich in meiner Brust. Das alles konnte nicht wahr sein.

Irgendwer übernahm irgendwo, und Musik setzte ein. Es war Dees Lieblingssong. *Sitting On the Dock Of the Bay*. Der Soundtrack unseres gemeinsamen Lebens. Als sonnengebräunte verkaterte Achtzehnjährige hatten wir ihn in unserem ersten Urlaub ohne Eltern auf dem Balkon eines Hotels auf Zypern gehört. Wir hatten lautstark mitgegrölt, als wir auf Dees Junggesellinnenabschied in einem roten Cabrio über den Santa Monica Boulevard gebraust waren. Es war ihr Hochzeitstanz gewesen. Es war der Song gewesen, den sie gehört hatte, um sich aufzuheitern oder um besondere Ereignisse zu feiern.

Es konnte einfach nicht sein, dass sie ihn nie wieder hören würde.

3. Kapitel

Jen

Der anschließende Empfang fand im Tulip Inn statt, dem einzigen Hotel in Weirbridge. Der Name war eine Hommage an Charles Rennie Mackintosh, einen Architekten, der aus Glasgow stammte und dessen Bauten einen großen Teil der Stadt prägten. Das Tulip Inn war *die* Location für Hochzeiten, Taufen, Geburtstagsfeiern und Beerdigungen – als hätte es die Lizenz sowohl für Freude als auch für Trauer in seine Grundmauern geprägt.

Pete und ich fuhren zusammen mit Dees Eltern, ihrem Bruder Mark, Luke und ihrer Tante Ida. Sie trug einen Pelzmantel und schluchzte in ihr Spitzentaschentuch. Ida war nie zurückhaltend, wenn es um Emotionen ging. Auf Dees Hochzeit hatte sie sich das Mikrofon genommen, ein Medley aus Hits von Cilla Black gesungen und sich erst wieder von der Bühne locken lassen, als ihr jemand sagte, dass die Mitternachtssuppe auf dem Büffet stehe.

»Ich kann es noch immer nicht fassen. Ich weiß nicht, wie ich je damit fertig werden soll. Wie soll das gehen?«, wehklagte Ida.

Val und meine Blicke trafen sich, es bedurfte keiner Worte. Ich wusste, was sie dachte. Val war diejenige, die ihre Tochter verloren hatte, aber Ida drehte sich nur um sich selbst.

Dees Dad verdrehte die Augen über seine Schwester, Mark ignorierte sie einfach. Schweigend starrte er aus dem Fenster in die Landschaft, die er vor so vielen Jahren verlassen hatte. Die

Anspannung legte sich ganz kurz, als der Fahrer sich verfuhr und dreimal denselben Kreisverkehr umrundete.

»Unsere Kleine hatte schon immer Orientierungsprobleme«, meinte Don.

Ein tröstlicher Gedanke. Sicher schaute Dee uns von irgendwoher zu und forderte uns mit ihrem mitreißenden Lachen auf, stark zu sein.

Ida verstand das nicht. Ihr Schluchzen begleitete uns bis zum Hotel.

Das Personal stand in der Lobby bereit, mit ernsten Gesichtern. Uns wurde Wein, Whiskey und Orangensaft angeboten. Ida nahm ein Glas Whiskey in jede Hand und ging durch in den großen Saal.

Val zog mich beiseite. Sie hielt sich aufrecht, die Tränen waren getrocknet, sie war fest entschlossen, stark zu bleiben. »Jen, tust du mir einen Gefallen?«

»Jeden.«

Es gab wirklich nichts, was ich nicht für Dees Mutter tun würde. Meine eigene Mutter war an Krebs gestorben, als ich zwölf war, und Val hatte die Lücke gefüllt, die ihre beste Freundin hinterlassen hatte. Sie hatte meinem Dad das Leben leichter gemacht und ihm ermöglicht, einen Job auf einer Bohrinsel anzunehmen. Seither war er abwechselnd einen Monat auf See, einen Monat an Land gewesen – und dann leider auch an der Bierflasche.

Ich würde Dee niemals ersetzen können, aber ich würde alles tun, um es dieser Frau leichter zu machen, die mich als verzweifelten Teenie getröstet hatte, die mich in ihre Familie aufgenommen und mich stets wie einer Tochter behandelt hatte.

Ich hoffte nur, dass sie mich nicht bitten würde, gleich ein paar Worte zu sagen. Über meine Erinnerungen an meine

Freundin zu sprechen. Oder noch einmal minutiös zu schildern, was genau an jenem verhängnisvollen Tag geschehen war. Das schlechte Gewissen fraß mich ohnehin fast auf. Warum hatte ich nicht ans Fenster getrommelt, hatte nicht versucht, Dee zu warnen? Warum war ich beim Auftauchen dieses Mistkerls von nebenan nicht sofort hinausgestürmt und hatte sie reingeholt? Warum hatte ich nicht erkennen können, was geschehen würde, nicht reagiert, nicht geschrien, warum hatte ich nur dagestanden und zugeschaut, als ein Irrer sein Auto in meine beste Freundin gerammt hatte?

»Absolut jeden«, bekräftigte ich noch einmal.

Val zeigte auf die Doppeltüren, die in den Saal führten. »Such Josie«, bat sie. Als Dee und ich damals unser Geschäft eröffnet hatten, hatte Val Josie kennengelernt und sich mit ihr angefreundet. Die beiden waren wie Dee und ich, nur zwanzig Jahre älter. Ich musste die Zähne fest zusammenbeißen, damit sie nicht laut aufeinanderschlugen, als mir klar wurde, dass wir nie so werden würden. Wir würden nicht zusammen alt werden und immer noch beste Freundinnen sein, die sich gegenseitig das Leben schön machten. Ich war jetzt allein. Val drückte meine Hand. »Bitte, such Josie«, wiederholte sie. »Ich möchte, dass ihr beide Ida im Auge behaltet. Ihr müsst verhindern, dass sie versucht, sich lächerlich zu machen.«

Ich begriff, dass ihr Humor ein verzweifelter Versuch war klarzukommen. Er hätte mich auch zum Lachen bringen sollen, aber ich musste gerade so sehr an Dee denken, dass ich nur mühsam ein Schluchzen unterdrücken konnte.

»Ja«, hauchte ich.

Ich nahm ein Glas Wein von einem der Tabletts und durchquerte die Lobby. Auf einer Staffelei neben der Tür stand ein Porträt von Dee, als bräuchte irgendjemand hier eine Erinnerung daran, wie sie aussah. So wollte ich sie gern in Erinnerung behalten – nicht die zerstörte, blutüberströmte Dee, die im kalten, nassen Gras lag. Ich kannte das Foto gut. Es war bei ihrer Hochzeit entstanden, als sie und Luke aus der Kirche kamen und buntes Konfetti auf sie herabgeregnet war. Dee schaute zum Himmel, mit ausgestreckten Armen, strahlend.

Ich musste wegsehen. Meine wichtigste Aufgabe war es nun, für Val, Dan und Luke da zu sein. Es würde später noch genug Gelegenheiten geben, mir die Seele aus dem Leib zu heulen.

»Hey, wie geht es dir?«, fragte Pete, der auf einmal neben mir stand.

»Val hat mich zur Überwachung von Ida eingeteilt«, erklärte ich und zeigte auf die Spitzen von Idas Federkopfschmuck. Er ragte zwischen den Köpfen einiger Freundinnen hervor, die um sie herum standen, während sie ihnen ihr Leid klagte. Dee würde spätestens jetzt die Augen verdrehen und betonen, dass ihre Beziehung zu Ida sich auf die Begegnung bei Hochzeiten und Beerdigungen und Weihnachtskarten beschränkte.

»Viel Glück«, meinte Pete. »Ich fürchte, du wirst Unterstützung brauchen«, fügte er hinzu, als ein lautes Schluchzen aus Richtung der Federn zu hören war.

»Ja, ich weiß. Ich muss unbedingt Josie finden. Weißt du zufällig, wo sie ist?«

»Als ich sie zuletzt gesehen habe, hat sie sich gerade mit dem Pfarrer unterhalten.«

Er hatte dunkle Ringe unter den Augen, und zum ersten Mal bemerkte ich die tiefen Furchen auf seiner Stirn. Er sah erschöpft aus. Die ganze Zeit war er ein Fels in der Brandung gewesen, nicht nur für mich, sondern auch für Luke.

An jenem schrecklichen Sonntagabend waren wir bei Luke geblieben, und auch in den zwei Wochen danach hatten wir sein Haus kaum verlassen. Keiner von uns hatte in dieser Zeit mehr als ein paar Stunden Schlaf pro Nacht bekommen. Wir hatten abends lange zusammengesessen, redend, schweigend, auf jeden Fall immer den Moment hinauszögernd, in dem wir allein in der Dunkelheit liegen mussten, schlaflos, voller dunkler Gedanken an Tod und Verlust. Es war das Beste für uns alle gewesen. Ich hatte bei Luke sein, für ihn da sein wollen, in der Umgebung, in der jeder Gegenstand an Dee erinnerte. Jedes Dekostück, jede CD. Ihre Gegenwart war so lebendig, dass man sich einreden konnte, sie wäre nur mal rasch in den Supermarkt gefahren oder befände sich auf einer ihrer zahlreichen Geschäftsreisen. Zu Hause hätte ich es gar nicht ausgehalten, mit dem Blick auf den Tatort, auf die Markierungen im Gras, die neugierigen Passanten, die immer wieder vorbeikamen und stehen blieben, auf die Spuren an der Mauer des Nachbarhauses, in die das Fluchtauto schließlich gekracht war. Ich wollte keine Erinnerung daran, dass der Dreckskerl, der Dee dies angetan hatte, unverletzt davongekommen war.

Ich hatte mitbekommen, dass der Hausbesitzer seine Mieter am nächsten Tag vor die Tür gesetzt hatte, aber ich hatte ihren Auszug gar nicht selbst sehen wollen. Ich hatte bei Luke bleiben wollen, für ihn, aber auch für mich und Pete. Ich hatte gekocht, aufgeräumt, geweint … Pete hatte sich um alles andere gekümmert. Auch er litt. Er kannte Dee fast genauso lange wie ich. Sie war für ihn immer wie eine Schwester gewesen, seine Laufpartnerin, seine Verbündete, wenn Luke und ich wieder mal darauf beharrten, dass Lycraklamotten eine grässliche Erfindung waren.

Nachdem Dee Pete und Luke miteinander bekannt gemacht hatte, hatten sie ihr gemeinsames Interesse an allen nur möglichen Sportarten entdeckt. Die beiden verband viel, auch wenn ich nicht sicher war, ob sie je über etwas anderes sprachen als die Halbzeitergebnisse der Ligaspiele.

Wir waren ein gutes Vierergespann gewesen. Zwei Paare, die geplant hatten, gemeinsam durchs Leben zu gehen. Die gemeinsam Urlaub machen, sich beim Umzug helfen, Weihnachten feiern, gegenseitig die Kinder hüten wollten und die irgendwann, wenn die Kinder aus dem Haus sein würden, Kreuzfahrten unternehmen, sich an Deck in der Sonne aalen und – sofern es die Arthritis zulassen würde – abends der Jugend zeigen würden, dass sie auch in der Disco noch eine gute Figur machten.

So hatten wir vier uns unser Leben vorgestellt. Aber dieser Plan war nun hinfällig. Jetzt waren wir nur noch zu dritt.

»Wie geht es *dir*?«, fragte ich Pete. »Ich habe ein ganz schlechtes Gewissen. Wir machen das nun schon so lange durch, und ich frage dich jetzt zum ersten Mal, wie du dich fühlst. Ich bin eine miese Partnerin«, fügte ich mit zerknirschtem Lächeln hinzu und rechnete damit, dass er mir widersprechen würde.

Das tat er nicht.

Der Saal füllte sich allmählich. Ich musste mich nun wirklich auf die Suche nach Josie machen. Danach wollte ich mich um die vielen Verwandten und Freunde von Dee kümmern, ihnen zeigen, wo sich das Büffet mit den leckeren belegten Sandwiches und dem Streuselkuchen befand, und dafür sorgen, dass jeder etwas zu trinken hatte. Aber als ich die winzige Regung auf Petes Gesicht sah, war ich zu keiner Bewegung fähig. Wir waren seit fünfzehn Jahren zusammen, unser halbes Leben. Es gab nichts an diesem Mann, keine Geste, keine Regung, die ich nicht kannte.

Außer dieser.

Ich legte meine Hand auf seine Brust und überlegte mir, ob das normal war. Wahrscheinlich. Schließlich hatten wir noch nie mit dem Tod zu tun gehabt. Zumindest nicht gemeinsam. Meine Mutter war gestorben, ehe wir uns kennengelernt hatten. Diese Situation war also neu für uns.

»Baby, es tut mir leid«, wiederholte ich. »Lass uns den Tag heute irgendwie hinter uns bringen, dann fahren wir nach Hause und reden in Ruhe.« Widerstrebend hatte ich beschlossen, am Abend in unser eigenes Heim zu fahren. Lukes Brüder Matt und Callum lebten beide in London, aber sie waren zur Beerdigung ihrer Schwägerin gekommen. Ich war froh, dass die beiden ein paar Tage bei Luke bleiben würden. Die Harper-Brüder waren ein starkes Trio, das eng zusammenhielt.

Meine Angst vor dem Nachhausekommen wurde nur gemildert durch meine egoistische Freude darauf, die Tür hinter mir zu schließen und einfach mal Ruhe zu haben, zum ersten Mal seit jenem Tag, als ich kichernd mit meiner besten Freundin auf der Couch gelegen hatte.

Pete zögerte, und ich verstand sofort, warum. Auch wenn Lukes Brüder bei ihm sein würden, wollte er ihn nicht allein lassen. Gott, wie süß er war! Er war vielleicht nicht der Kommunikativste, wenn es um seine Gefühle ging, aber er war ein Mann, der da war, wenn es darauf ankam.

»Oder möchtest du lieber bei Luke bleiben? Das ist natürlich auch okay.« Ich wollte es ihm etwas leichter machen, falls er Angst hatte, meine Gefühle zu verletzen.

»Nein. Matt und Callum sind ja jetzt bei ihm.«

Ehe er noch etwas sagen konnte, erblickte ich Josie. Sie war wie immer von Kopf bis Fuß in Schwarz gekleidet, nur in ihren Haaren blitzten ein paar silberne Strähnen. Josie half uns bei der Reinigung unseres Ladens und war irgendwie Teil der Familie. Ich wollte rasch zu ihr, ehe sie wieder verschwand, und wandte mich noch einmal kurz an Pete.

»Lass uns nach Hause fahren, sobald das alles hier vorüber ist, ja?«

Ich hörte seine Antwort nicht mehr, denn in diesem Moment verlangte eine vertraute Stimme am Rednerpult alle Aufmerksamkeit. »Ihr Lieben, wir sind heute hier versammelt, um den Tod meiner geliebten Nichte Dee zu betrauern.« Ida unterbrach sich, um sich die Nase in ihrem rosa Taschentuch zu schnäuzen, das sie aus dem Ärmel ihrer schwarzen Strickjacke gezogen hatte. Oje! Ich geriet in Panik. Ich hatte sie einen Moment aus den Augen gelassen, und nun war es geschehen. Ich sah, dass auch Josie sich entsetzt umschaute. Ida fuhr fort. »Ich weiß, dass unsere Süße sich wünschen würde, dass wir ein Lied für sie singen. Und da ich ihr immer so nah war, bin ich diejenige, die das für sie tun wird.« Ein erneutes lautes Schneuzen in das pinkfarbene Taschentuch.

Du lieber Himmel, wie ließ sich das noch stoppen? Val würde mich umbringen.

Ida machte wieder eine Pause, räusperte sich theatralisch, schloss die Augen und begann mit der ersten Strophe eines Songs, der mir bekannt vorkam, den ich jedoch auf Anhieb nicht einordnen konnte. Dann wurde mir klar, dass es sich um eine langsame, beinahe melancholische Version des Temptations-Songs *My Girl* handelte. Der schön ist und melodisch und sentimental. Es sei denn, er wird mit der Stimme einer Frau nach zehn Wodka-Cola gesungen. Mit passenden Bewegungen.

Ich erwog kurz, den Feueralarm auszulösen, aber dann würde sie den Song nach der Evakuierung vermutlich auf dem Parkplatz zu Ende bringen. Vielleicht war sie ja fertig, ehe Val kam und …

»Ich habe dir genau *eine* Aufgabe gegeben.« Val. Direkt hinter mir.

Entsetzt drehte ich mich um. »Es tut mir so leid. Ich habe sie unterschätzt. Ich hätte nicht gedacht, dass sie mir so leicht entwischt«, flüsterte ich schuldbewusst. »Ich werde sie irgendwie aufhalten«, fügte ich hinzu. Ich wollte alles tun, um es wiedergutzumachen, hatte allerdings keine Ahnung, wie.

Tränen kullerten aus Vals Augen, und sie lachte spöttisch auf. »Lass sie. Sie war damals im Krankenhaus, als unsere Dee zur Welt kam. Als sie gerade geboren war, begann Ida, *My Girl* zu singen. Stell dir vor! Ich war entsetzt. Aber sie hat sie in diese Welt hereingesungen, also kann sie sie auch hinaussingen.«

Und dann standen wir da und sahen zu, wie Ida ihr Lied zu Ende sang und sich anschließend verneigte.

Das Ironische daran war nur, dass die einzige Person, die sich darüber köstlich amüsiert hätte, nun nicht mehr unter uns war.

4. Kapitel

Val

»Jen, Liebes, in der Obstschale liegen noch ganz viele Bananen. Nimm dir doch ein paar für morgen mit nach Hause, wenn du magst.«

Dee verdrehte die Augen. »Mum, du bist ja völlig besessen von der Angst, wir könnten zu wenig Obst essen. Jen, bitte nimm sie alle mit, dann dürfen wir vielleicht endlich die Orangenkekse aus dem Schrank anbrechen.«

Ich biss mir auf die Lippen – um nicht laut zu lachen und nicht etwa, weil ich sauer war auf die freche Bemerkung einer Zwölfjährigen. So war Dee nun mal. Mein wilder Rotschopf. Immer hatte sie das letzte Wort. Ganz das Gegenteil von ihrer Freundin, die neben ihr saß.

»Danke, Val«, antwortete Jen schüchtern und steckte sich ein paar Bananen in die Plastiktüte, mit der sie hergekommen war.

Der Anblick brach mir fast das Herz. Armes Ding. Weiß Gott, wir hatten alle nicht viel Geld, aber das Mädchen benutzte eine Plastiktüte als Schultasche. Was zum Teufel fiel Bob Collins nur ein, sie so aus dem Haus gehen zu lassen? Kümmerte es ihn denn gar nicht, dass das den anderen Kids aus der Schule nur wieder Munition lieferte, um sie zu verspotten und auszugrenzen?

Aber diese Frage beantwortete sich von selbst: Bob Collins kümmerte im Allgemeinen nichts. Er dachte auch nicht. Stattdessen trank er. Und prügelte sich. Er war ein Nichtsnutz.

Die arme Janice würde sich im Grabe herumdrehen, wenn sie das wüsste. Ich richtete den Blick zum Himmel, sicher schaute sie auf uns herab. Sie fehlte mir so.

Janice war mir immer eine wunderbare Freundin gewesen, auch noch nachdem sie diesen Tunichtgut geheiratet hatte. Bob Collins sah gut aus, und er war schlagfertig, aber er besaß keinen Hauch von Verantwortungsgefühl. Er ertrank alles in Alkohol, ganz gleich was ihm in die Hände fiel. Spielte den großen Zampano. Er plusterte sich auf, als wäre er der Größte, dabei war er ein armer Wicht und zu nichts zu gebrauchen. Als Janice damals den Knoten in ihrem Hals entdeckte, winkte er bloß ab und riet ihr, ihn einfach zu ignorieren. Das tat sie nicht, aber es war bereits zu spät. Der Krebs hatte schon gestreut. Er war überall. Sie hatte keine Chance. Nur wenige Monate später war sie tot – viel zu früh.

In ihren letzten Lebenstagen hatte ich ihr versprochen, mich um Jen zu kümmern. Und das tat ich. Diese Aufgabe fiel mir insofern leicht, als sie und Dee ohnehin seit Jahren unzertrennlich waren. In den Wochen nach der Beerdigung sorgte ich dafür, dass sie jeden Tag eine anständige warme Mahlzeit bekam. Schaute auf ihre Hausaufgaben.

Ich beschloss, ihr von meinem Haushaltsgeld eine neue Tasche zu kaufen. Nicht dass wir in Geld schwammen, aber wir hatten etwas mehr Luft, seit Mark zu seiner Rucksacktour durch Australien aufgebrochen war. Das musste man sich mal vorstellen! Er war auf der anderen Seite der Welt! Aber das wollten die jungen Leute heutzutage, und er hatte sich das Geld für den Flug mit seinem Wochenendjob an der Imbissbude selbst zusammengespart.

Don kam von der Arbeit nach Hause. Sein Gesicht war wettergegerbt, wie so oft hatte er den Tag auf einer Baustelle im Freien verbracht. Das Fundament zu gießen war immer das Schlimmste. Keinerlei Schutz, endloser Regen und viel zu viel Dreck. Er sah aus, als hätte er sich im Schlamm gewälzt, und ich musste mir auf die Zunge beißen, um nicht über die Fußspuren zu schimpfen, die er auf meinem frisch geputzten Boden hinterließ. Wenn das alles war, was ich meinem Ehemann vorwerfen konnte, durfte ich mich nun wirklich nicht beklagen.

Als er sich an der Spüle die Hände wusch, sah ich, dass Jen auf die

Uhr schaute. Ich bemerkte ihren angestrengten Gesichtsausdruck, die zusammengebissenen Zähne. Diesen Ausdruck hatte ich auch bei Janice so oft gesehen, wenn sie nach Hause musste. Sie hatte Angst vor dem gehabt, was sie dort erwartete. Würde er nüchtern sein? Betrunken? Herumpöbeln? Schrecklich, dass Jen nun dasselbe erleiden musste, aber was sollte ich tun? Bob Collins war nun mal ihr Vater.

Ich umarmte sie noch einmal fest. »Falls es Probleme gibt, kommst du sofort wieder zu uns zurück, verstanden?«

Zum Glück war Bob bisher nie aggressiv oder gewalttätig. Er war einfach nur eine Nervensäge, wenn er einen über den Durst getrunken hatte.

Don unterhielt sich mit Dee über seinen Tag, als Jen sich auch von den beiden verabschiedet hatte und gegangen war. Ich brachte ihm seinen Tee.

»Okay, Süße, ab nach oben! Schulranzen packen, waschen, ins Bett«, sagte Don zu Dee, und ich wartete auf ihren Widerspruch. Er folgte prompt.

»Aber nur, wenn ich vorher zwei Orangenkekse bekomme.«

»Ab ins Bett mir dir, oder du setzt das ganze Wochenende keinen Fuß vor die Tür«, antwortete ich und sah sie streng an.

Schulterzuckend stand sie auf und küsste mich kurz auf die Wange. »Ich kann es ja wenigstens mal versuchen«, zwitscherte sie. Dann umarmte sie Don und verschwand aus dem Zimmer.

Diesmal konnte ich mir das Lachen wirklich nicht verkneifen. Dieses Mädchen! Ich hatte sie zu Optimismus, Selbstbewusstsein und Unabhängigkeit erzogen, und das Ergebnis war ein Beinahe-Teenager, dem ich manchmal kaum noch gewachsen war.

Don und ich aßen zu Abend, schauten ein wenig fern und gingen früh ins Bett. Ich sah noch einmal nach Dee und vergewisserte mich, dass sie unter ihrem Backstreet-Boys-Plumeau tief und fest schlief.

Als ich endlich selbst unter die Bettdecke schlüpfte, zog Don mich *in seine starken Arme. »Alles okay mit dir?«, fragte er. »Du bist heute Abend so still.«*

Ich seufzte. »Ich mache mir Sorgen um Jen. So ein Leben ist einfach nicht gut für ein junges Mädchen.«

»Dann hol sie doch zu uns«, antwortete er mit der einfachen Logik, mit der er das Leben betrachtete.

Natürlich hatte ich schon selbst daran gedacht. Aber Bob Collins war Jens Vater, ein Mann, der gerade seine Frau verloren hatte. Er hatte es verdient, dass man ihm eine Chance gab, sich zu verändern und seine Tochter selbst zu erziehen. Die Plastiktüte und der angespannte Gesichtsausdruck der Kleinen ließen mir dennoch keine Ruhe. Ich würde nicht zulassen, dass dieses Mädchen auch nur eine Sekunde litt. Ich hoffte inständig, dass meine Befürchtungen sich als falsch erwiesen.

Ein Geräusch unterbrach meine Gedanken. Es kam von draußen, und ich konnte es nicht sofort einordnen. Dann ein Scharren. Schritte auf dem Kies. Ein Knirschen. An jedem anderen Abend hätte ich mich nicht weiter darum gekümmert, aber ich war noch ganz wach, und Don war bereits eingeschlafen.

Ich schlüpfte aus dem Bett, zog meinen Bademantel über und spähte durch die Jalousien. Nichts zu sehen. Niemand. Nur eine Gestalt, die am Ende der Straße um die Ecke bog, ein Jugendlicher, vermutete ich. Dann kam mir plötzlich ein Verdacht.

Ich rannte in Dees Zimmer, und mein Verdacht bestätigte sich. Ihr Bett war leer.

»Don! Don! Wach auf! Dee ist weg!«

»Was meinst du damit, sie ist weg?«

Jetzt konnte ich das Geräusch, das ich als Erstes gehört hatte, einordnen. Füße, die an einer Betonmauer entlangrutschen.

»Sie ist aus dem Fenster geklettert. Herrje, dieses Mädchen!«

Ich zog mich bereits an, und auch Don war schon auf den Beinen und schlüpfte in seine Jeans.

»Wo zum Teufel ist sie hin?«

Ich warf einen kurzen Blick auf die Anzeige meines Digitalweckers. Kurz nach zehn. Die Jugendclubs waren geschlossen. Das Café auf der High Street ebenfalls. Hing sie auf der Straße rum? Traf sie sich dort mit jemandem? Einem Jungen womöglich? Du lieber Himmel, ich würde sie umbringen!

Ich hatte absolut keine Ahnung, wo Dee sein könnte. Aber es gab eine Person, die es wissen würde.

Wir sprangen ins Auto und hielten kurze Zeit später vor dem Haus der Collins. Es lag in völliger Dunkelheit, nur hinter dem Wohnzimmerfenster flackerte der Lichtschein des Fernsehers. Don hatte die Haustür als Erster erreicht und trommelte mit der Faust dagegen. Er vergötterte seine Tochter und war außer sich vor Sorge.

Es kam mir vor wie zehn Minuten, dabei waren es vermutlich höchstens zwei, bis die Tür zaghaft geöffnet wurde. Jen sah genauso ängstlich aus wie Don.

»Es tut mir leid, wenn wir dich geweckt haben, Liebes«, stieß ich hervor, ehe mir auffiel, dass sie immer noch ihre Schuluniform anhatte. »Weißt du zufällig, wo Dee ist? Sie ist heimlich aus dem Fenster geklettert, und wir haben keine Ahnung, wo sie hin sein könnte.«

»Nein, Val, ich habe auch keine Ahnung.«

Mein innerer Lügendetektor kreischte auf. Ich war Mutter von zwei Kindern. Geschwindel witterte ich auf hundert Meilen Entfernung, und dieses hier stammte von einer Person, die darin ganz und gar nicht geübt war. Ich dachte hektisch nach. Dee hatte leichten Vorsprung, und sie war zu Fuß unterwegs, da konnte man eine Abkürzung nehmen. Wenn sie den ganzen Weg gerannt war, hatte sie höchstens fünf Minuten gebraucht.

»Jen, ist sie hier bei dir?«

»N… nein.«

»Jen, lügst du mich an?«

»N...«

Auf einmal flog die Tür ganz auf. Vor uns stand Dee. »Schon gut, Jen«, sagte sie und seufzte. »Es macht keinen Sinn. Mum hätte dich so lange in die Mangel genommen, bis du gestanden hättest.«

Wie bitte? Auch noch frech werden? Oh, dieses Mädchen würde Hausarrest kriegen, bis es alt genug war, um mit dem Rucksack durch Australien zu reisen.

»Es tut mir leid, Mum, echt, aber es gab besondere Umstände«. Aus der Art, wie sie sprach, schloss ich, dass sie zu oft New York Cops gesehen hatte.

»Hoffentlich sind sie überzeugend«, antwortete Don mit viel mehr Ruhe, als ich aufbringen konnte.

Jen öffnete die Tür einen Spalt weiter, damit wir eintreten konnten.

»Sag es ihnen.« Dee sah Jen auffordernd an.

Jen blickte zu Boden, und mein Magen begann sich plötzlich zu drehen.

»Jen, Liebes, was ist passiert?«

Nichts. Schweigen. Eine einzelne Träne tropfte von ihrem gesenkten Kopf zu Boden.

Dee konnte es nicht mehr aushalten. »Ihr Dad ist seit zwei Wochen nicht nach Hause gekommen, und sie weiß nicht, wo er ist. Sie hat Angst, allein hier zu sein, weil es hier so unheimlich ist und so kalt. Deshalb bin ich abends immer hergekommen und bei ihr geblieben, und morgens, bevor ihr aufgewacht seid, bin ich wieder zurück in unser Haus geschlichen.«

Ich war fassungslos. »Aber warum bist du denn nicht einfach zu uns gekommen?«, fragte ich Jen.

»Weil sie nicht wollte, dass ihr Dad Schwierigkeiten kriegt«, antwortete Dee an ihrer Stelle.

Bei der Vorstellung, dass meine zwölfjährige Tochter um diese Zeit draußen herumgelaufen war, ohne dass ich etwas davon mitbekommen hatte, wurde mir speiübel. Einen Moment lang war ich nicht sicher, ob ich als Mutter nicht ebenso versagt hatte wie Bob Collins als Vater.

Innerhalb der nächsten Sekunde verwandelte sich dieser Zweifel in puren Zorn. Zum Glück ergriff Don das Wort, ehe ich es tat.

»Jen, pack ein paar Sachen ein, dann kommst du erst mal mit zu uns.«

Eine Mischung aus Erleichterung und Angst überzog ihr Gesicht. »Aber mein Dad …«

»Ich werde ein ernstes Wörtchen mit deinem Dad reden, mach dir keine Sorgen. Er wird keine Schwierigkeiten bekommen.«

»Wirklich? Kann ich wirklich mit zu euch kommen?« Die Worte klangen erstickt, und es brach mir fast das Herz.

»Geh jetzt, Liebes«, sagte ich leise und sah zu, wie sie die Treppe hinaufrannte. Ich wandte mich an Dee. »Und du, Dee Ida Murray …«, wenn ich wütend war, sprach ich sie immer mit ihrem vollständigen Namen an, »steigst jetzt sofort ins Auto und wartest dort auf uns. Ich rate dir, denk dir bloß eine gute Entschuldigung aus, wenn du nicht für den Rest deines Lebens Hausarrest haben willst.«

Meine Stimme klang streng, obwohl mein ganzer Ärger längst verflogen war. Sie hatte es falsch angepackt, aber im Grunde hatte sie es nur gut gemeint. Sie hatte sich um ihre Freundin gekümmert. Wie konnte ich ihr da böse sein? Das würde ich ihr allerdings nicht sagen.

Dee verzog das Gesicht und stapfte trotzig an mir vorbei. »Ich wette, Mutter Teresas Mutter hat ihr keinen Hausarrest gegeben, als sie damals den Menschen geholfen hat.«

Ich wartete, bis sie aus der Tür war, ehe ich mich an Don wandte.

»Mutter Teresa? Mit dem Mädchen werden wir noch viel Spaß haben«, sagte ich.

»Ja, aber …«

Ich merkte, dass er ihr wie immer den Rücken stärken würde. Rasch legte ich die Hand auf seinen Arm. »Sei still, Don. Wir haben jetzt Wichtigeres, worum wir uns kümmern müssen.«

Ich hörte Schritte auf der Treppe, sah Jen hinunterkommen, mit drei Plastiktüten in den Armen. Ich konnte ihren Anblick kaum ertragen.

Ich lächelte ihr aufmunternd zu. »Alles wird gut, Liebes«, versuchte ich, sie zu trösten.

Don fuhr, und wir waren nach wenigen Minuten zu Hause. Seit wir von hier losgefahren waren, war nur eine halbe Stunde vergangen, und in dieser kurzen Zeit hatte sich so viel verändert!

»Geht ihr schon mal rein«, sagte Don. »Ich sehe mal, ob ich Bob finde.«

Ich widersprach nicht, zumal ich Jen nicht weiter aufregen wollte. Ich ging mit den Mädchen rein, machte ihnen Toast und heißen Tee, steckte Jens Schuluniform in die Waschmaschine und gab ihr einen frischen Schlafanzug von Dee. Am kommenden Morgen konnte sie erst einmal Dees Ersatzschuluniform anziehen, der Rest würde sich finden.

Es dauerte ein bisschen, aber wir schafften es. Innerhalb weniger Tage hatte Jen ihr eigenes Bett in Dees Zimmer, ihre Kleidung im Schrank verstaut, eine schöne neue Schultasche und die absolute Gewissheit, dass sie bei uns erwünscht war und geliebt wurde.

Mein starker Mann hatte nicht viel gesagt, als er nach Hause gekommen war, nur, dass alles geregelt sei. Erst nach fast einer Woche erfuhr ich, was genau das bedeutete.

Offenbar hatte er Bob in einem Pub ausfindig gemacht, sturzbetrunken, mit einer Frau, mit der er schon vor Janice' Tod ein Verhältnis gehabt hatte. Er war zu ihr gezogen und hatte sich einfach nicht mehr um seine Tochter gekümmert.

Nach allem, was ich von anderen hörte, hat Don ihn von seinem Stuhl und nach draußen gezerrt, an die Hauswand gedrückt und ihm unmissverständlich erklärt, dass Jen von nun an bei uns wohnen werde.

Wie er es geschafft hat, Bob nicht windelweich zu prügeln, ist mir ein Rätsel, aber es ist ihm irgendwie gelungen.

»Du wirst sie regelmäßig besuchen und Kontakt mit ihr halten, und wenn du das nicht tust, komme ich wieder«, hat Don ihm gedroht.

Bob hielt tatsächlich Kontakt zu seiner Tochter. Er besorgte sich einen Job auf einer Ölplattform, was allerdings bedeutete, dass er jeden zweiten Monat weg war. Es wunderte mich, dass seine Alkoholsucht mit der strikten Abstinenz, die an diesem Arbeitsplatz herrschte, zu vereinbaren war, doch offenbar war das Geld ihm dieses Opfer wert.

Es kümmerte mich nicht, dass er keinen Cent zum Unterhalt seiner Tochter beitrug. Wichtig war nur, dass Jen bei uns war.

Denn dort gehörte sie hin.

5. Kapitel

Jen

Mein eigenes Zuhause. Meine eigene Decke, die noch immer da lag, wo ich sie damals liegen gelassen hatte. Zwei Teetassen auf dem Fußboden. Eine von mir, eine von …

Ich nahm sie hoch. Ich brachte es nicht übers Herz, ihre Spuren abzuwaschen, den Abdruck ihrer Lippen am Rand des Porzellans, die Fingerabdrücke, die sie, wenn auch unsichtbar fürs Auge, am Henkel hinterlassen hatte. Ich spülte sie nur vorsichtig aus und stellte sie dann auf die Fensterbank.

Zum ersten Mal seit jenem Sonntagnachmittag war ich wieder bei uns zu Hause. Pete war kurz hier gewesen und hatte ein paar Sachen für mich eingepackt, während ich mich abwechselnd bei Luke und in Dees Zimmer bei Val und Don aufgehalten hatte.

Ich hatte Pete gebeten, nichts wegzuräumen, weil ich alles so sehen wollte, wie es gewesen war, unverändert seit dem Moment, als unsere Leben auseinandergerissen worden waren.

Alles hatte nun eine besondere Bedeutung. Die Klamotten im Waschkorb, die ich getragen hatte, als Dee noch lebte. Handtücher, die sie berührt hatte. Schalen, aus denen sie gegessen hatte. Ich wollte alles genau so bewahren, wie es war, jede noch so kleine Spur von ihr in Erinnerung behalten.

Als würde das etwas ändern.

Ich wusste, dass es das nicht tat. Es würde sie mir nicht zurückbringen.

Ich ging nach oben, an einem Dutzend gerahmter Fotos vorbei, die unser Leben dokumentierten. Wir zwei, als wir bei der Geschäftseröffnung feierlich das Band zerschnitten. Als wir das erste Mal zusammen in Urlaub flogen. Als wir an unseren einundzwanzigsten Geburtstagen witzige Shirts trugen.

Ich schaute weg, versuchte, mich abzulenken.

Pete lag auf unserem Bett, vollständig bekleidet, und starrte reglos an die Decke. Sein hellbraunes Haar, das er sonst penibel kurz trug, war länger als gewöhnlich. Die besonderen Umstände hatten ihn gezwungen, seinen regelmäßigen vierzehntägigen Friseurtermin abzusagen. Sein Jacket und seine Krawatte lagen achtlos auf dem Boden, er trug nur noch sein weißes Hemd, offen am Hals, zu weit an den Schultern, aus der Hose heraushängend. Zu jedem anderen Zeitpunkt hätte ich jetzt an Dinge gedacht, bei denen nackte Körper im Spiel waren, aber nicht an diesem Abend. An diesem Abend kam es mir vor, als wäre nicht genügend Sauerstoff zum Atmen im Raum, das bisschen, was da war, hatte betäubende Wirkung. Jetzt verstand ich, was »müde bis zum Umfallen« bedeutete.

Ich setzte mich ans Fußende des Bettes, den Rücken an den Rahmen gelehnt.

»Hey«, sagte ich leise. Seine Antwort war nur ein trauriges Lächeln. »Ich weiß, es klingt abgedroschen, aber ich kann immer noch nicht glauben, dass das alles wirklich passiert ist. Ich kann einfach nicht fassen, dass sie tot ist, Pete.«

Ich weinte nicht. Ich hatte keine Tränen mehr.

»Ich weiß. Es fühlt sich so unwirklich an.«

Pause. Die letzten beiden Wochen waren die schrecklichsten in unserem Leben gewesen, dennoch schaffte es keiner von uns, darüber zu reden.

»Ich glaube, sie wäre ganz schön sauer auf uns, wenn wir uns jetzt verkriechen und nur noch Trübsal blasen würden. Bei unserem letzten Gespräch hat sie mir gesagt, ich soll endlich anfangen, das Beste aus meinem Leben zu machen.«

»Warum hat sie das gesagt?«

»Weil ich ihr erzählt habe, dass du gern diese Reise machen würdest.«

»Welche Reise?«

Kein Wunder, dass er es vergessen hatte. Es schien Ewigkeiten her zu sein.

»Auf die Malediven. Ich habe gesehen, wie du dir die Prospekte angeschaut hast, die ich aus dem Laden mitgebracht habe.«

Die folgende Stille machte Platz für einen Gedanken, der aus dem Nichts zu kommen schien. Er schoss mir geradewegs auf die Zunge, ohne den Umweg durch den für die Vernunft zuständigen Teil meines Gehirns zu nehmen.

»Sie hatte recht, Pete. Wir sollten es einfach tun.«

Erneute Stille. Dies war der falsche Zeitpunkt. Ich wusste das. Wer macht schon am Abend der Beerdigung der besten Freundin Reisepläne? Ich konnte es selbst nicht erklären, und es war bestimmt völlig unsensibel, aber in diesem Augenblick kam es mir vor wie eine Mission zu Ehren Dees. Wenn ich genau das tat, was sie mir geraten hatte, dann tat ich das Richtige.

Ich war so sehr mit den widerstrebenden Emotionen in meinem Kopf beschäftigt, dass ich Petes Antwort beinahe überhört hätte.

»Ich … kann nicht.«

»Ach, komm schon. Du bekommst doch sicher Urlaub, wenn du fragst. Ich weiß, dass es sich merkwürdig anhört … trotzdem … es kommt mir so … richtig vor.«

»Nein, das tut es nicht, Jen. Nichts daran fühlt sich richtig an. Ich kann es einfach nicht.«

Er klang so seltsam. Kein Wunder. Unsere Trauer schwappte rauf und runter, schwoll an und brach wieder zusammen.

»Stimmt, es tut mir leid. Vielleicht nächstes Jahr.«

Was war nur in mich gefahren? Ein gewaltiger Tsunami aus Schuldgefühlen brach über mir zusammen. Was hatte ich mir nur gedacht? Eine Reise? Ich hatte gerade meine beste Freundin beerdigt. Keine Reise würde daran etwas ändern. Wie konnte ich auch nur daran denken, Pläne zu machen, da ich doch jetzt nichts anderes tun sollte, als um meine Freundin zu trauern?

Pete sprach nun, aber so leise, dass ich ihn kaum verstand.

»Wie bitte?«, fragte ich.

»Auch nicht nächstes Jahr.«

Ich registrierte wieder, wie traurig und erschöpft er aussah. Mir wurde sofort klar, was er meinte. Nach allem, was ich ihm gerade erzählt hatte, würden wir einen Urlaub auf den Malediven immer mit dem verhängnisvollen Sonntagnachmittag und mit Dee verbinden, und das würde uns nur traurig machen. Wir konnten nicht auf die Malediven fahren. Nie.

»Ich verstehe«, antwortete ich und begann, die winzigen Knöpfe meines schwarzen Cardigans zu öffnen. Ich musste plötzlich dringend aus meinen Klamotten.

»Ich glaube nicht, dass du das tust«, fuhr Pete fort. »Dee ist …« Er schluckte, brach ab. »Das, was mit Dee passiert ist, hat mir klargemacht, dass …« Es war völlig untypisch für ihn, so ins Stottern zu geraten, ich unterbrach ihn dennoch nicht. »Ich möchte ein anderes Leben leben, Jen.«

»Ich auch. Genau das habe ich gerade versucht, dir zu sagen. Wir schaffen das. Wir können unser Leben ändern und …«

Er setzte sich auf. »Nicht *wir*.«

»Wie meinst du das?«

»Ich kann *wir* nicht mehr.«

Ich begann zu zittern, ein eiskalter Schauer lief mir über den Rücken, als mir allmählich dämmerte, was er meinte. Ich war sicher, mich zu irren. Fünfzehn Jahre. So eine lange Zeit beendete man nicht so einfach ohne Vorwarnung.

Ich merkte, dass ich versuchte, etwas zu sagen, aber es kamen keine Worte aus mir heraus. Stumm und mit offenem Mund sah ich zu, wie er aufstand, seine Jacke nahm, die er so achtlos zu Boden geworfen hatte, und zur Tür ging. Dort drehte er sich noch einmal um.

»Es tut mir leid, Jen. Ich wollte das nicht sagen, schon gar nicht heute. Ich wollte noch warten. Aber so will ich einfach nicht mehr weiterleben.«

Dann ging er.

Und ich begriff überhaupt nicht, was da gerade geschehen war.

Hatte mich die Liebe meines Lebens tatsächlich am Tag der Beerdigung meiner besten Freundin verlassen?

6. Kapitel

Jen

»Er hat mich verlassen!«

Das Wasser, das plätschernd in den Kessel lief, begann über den Rand zu laufen. Val starrte mich fassungslos an und wartete darauf, dass ich ihr als Nächstes sagte, ich hätte nur einen schlechten Witz gemacht. Es war ein kalter Februarmorgen, eine Woche nach der Beerdigung, und sie sah aus, als hätte sie seither keine Sekunde geschlafen.

»Was meinst du damit, er hat dich verlassen? Ist er zum Joggen gegangen oder was?«

»Nein. Er hat mich verlassen. Er hat seine Klamotten gepackt, und alles, was ich weiß, ist, dass er jetzt erst mal bei einem Arbeitskollegen wohnt. Ich habe kein Wort mehr von ihm gehört. Ich habe ein paarmal versucht, ihn anzurufen, aber er geht nicht dran.«

»Du meine Güte. Warum hast du mir das nicht eher erzählt?«

Darauf musste ich ihr keine Antwort geben, denn sie stand Val mitten ins Gesicht geschrieben. Ihre Lider waren vom unaufhörlichen Weinen geschwollen, ihre Wangen eingefallen, da sie seit dem Tag, an dem ihre Tochter gestorben war, kaum noch einen Bissen herunterbekam – sie, die sonst immer so gerne gekocht und gegessen hatte. Und dennoch sah ich, dass sie sich nun um mich sorgte. Von so einer Frau war Dee großgezogen worden – kein Wunder, dass sie so voller Lebensfreude war.

Gewesen war.

Dieser eine Gedanke genügte. Eine Welle der Traurigkeit überflutete mich, und ich musste mit aller Macht dagegen kämpfen, jetzt nicht zusammenzubrechen, zu heulen, zu schreien vor Wut darüber, dass sie nun nicht mit uns hier saß, am Küchentisch, und sich über Pete ereiferte. Ich hatte diese Küche immer geliebt, die blau gestrichenen Wände, die cremefarbenen Möbel und die chaotische Gerätesammlung. Jedes auch nur erdenkliche Teil, das in einem der Shoppingkanäle im Fernsehen erhältlich war, hatte irgendwo einen Platz gefunden. Der Omelettezubereiter. Der Sandwichtoaster. Die Kaffeemühle. Der Teekessel. Der Minifernseher. Die Sodamaschine. Der tragbare Grill. Früher hatten Dee und ich oft über dieses Museum der überflüssigen Technologien gelacht.

Früher.

Mein Herz schmerzte. Höllisch.

»Weißt du, was das Verrückte ist? Wenn mir jemand vor einem Monat gesagt hätte, dass ich Pete verlieren würde, hätte ich behauptet, das sei das Schlimmste, was mir je passieren könnte. Aber das trifft es nicht mal annähernd.«

Ich müsste sauer sein. Stinkwütend. Entsetzt. Fassungslos. Über die Brutalität und Ungerechtigkeit schimpfen. Wie konnte er mich nach allem, was wir durchgemacht hatten, einfach so verlassen? Nach allem, was passiert war? Nur irgendwie fühlte ich mich wie gelähmt.

Vielleicht lag es daran, dass mein Herz schon vorher in tausend Teile zersprungen war. Oder es lag daran, dass ich seit Dees Tod völlig leer war. Vielleicht waren meine Schmerzsensoren so überreizt, dass es zu einem Kurzschluss gekommen war und sie nun gar nicht mehr funktionierten.

Nichts von allem erschien mir real. Gar nichts. Ich wollte Dee einfach nur zurückhaben. Und mit ihr an meiner Seite würde ich einen Plan ersinnen, um herauszufinden, was mit Pete passiert war.

Val nickte. Ein trauriges Lächeln umspielte ihre Lippen, als sie den Kessel auf die Herdplatte stellte. »Ich weiß, Liebes. Dee hätte ihm ordentlich die Meinung gesagt.«

»Und ob«, bestätigte ich und versuchte, wenigstens ein bisschen normal zu klingen.

»Ich hasse ihn so.« Der Abscheu in ihrer Stimme überraschte mich, doch ich wusste sofort, von wem sie sprach. Sie redete weiter: »Diese Woche findet die erste Gerichtsanhörung statt. Der zuständige Beamte meinte, es könne noch Monate bis zum eigentlichen Verfahren dauern, und es sei durchaus möglich, dass er bis dahin gegen Kaution freigelassen würde. Das hängt vom Richter ab. Der Gedanke, dass er frei herumläuft, macht mich fast wahnsinnig. Ich würde ihn am liebsten umbringen.«

So böse und bitter hatte ich Val noch nie erlebt.

»Er wird für das, was er getan hat, zahlen, Val«, sagte ich leise und versuchte sie zu beruhigen. »Dafür wird Dee schon sorgen. Sie würde nie jemanden ungestraft davonkommen lassen.«

Genau das war es, was sie hören wollte. Die Versicherung, dass es eine gerechte Strafe geben würde, beruhigte sie tatsächlich.

»Weißt du was, Jen«, sagte sie nach einer Weile. »Dee würde das alles ganz und gar nicht gefallen. Garantiert sitzt sie jetzt da oben und regt sich darüber auf, dass wir beide uns so hängen lassen.«

»Glaubst du?«

»Ganz sicher. Und das, wo jetzt Mark zu Hause ist. Du hattest doch mal ein Auge auf ihn geworfen«, versuchte sie verzweifelt zu scherzen.

Ich tat ihr den Gefallen und lächelte. Mark war mein erster großer Schwarm gewesen. Als er damals beschloss, für ein Jahr nach Australien zu gehen, hatte das meine Gefühlswelt in ein ziemliches Chaos gestürzt. Einige Monate später war ich jedoch froh darüber gewesen, denn so konnten Val und Don mich nach dem Tod meiner Mum bei sich aufnehmen. Aus dem einen Jahr waren schließlich sechs geworden.

Mark arbeitete als Taucher und kam nur sehr selten nach Hause. Dee und ich hatten ihn ein paarmal besucht, Val und Don waren jedes Jahr einmal bei ihm. Meine Schwärmerei für Mark war in dem Moment verflogen, als ich Pete kennenlernte, und mit zwanzig konnte ich Mark gegenübertreten, ohne wacklige Knie zu bekommen.

»Wie lange bleibt er eigentlich?«, fragte ich.

Val zuckte mit den Schultern. »Ich weiß nicht genau. Ich habe ihm gesagt, dass er zurück in sein Leben muss. Hier kann er ohnehin nichts tun. Ich hatte ihm sogar gesagt, dass es keinen Sinn macht herzukommen, nachdem Dee … du weißt schon …«

Ihre Stimme erstarb. Sie sagte das nicht verbittert. Val liebte ihren Sohn, wie sie Dee geliebt hatte. Sie würde alles tun, um ihn zu beschützen und glücklich zu machen. Umso mehr, da sie jetzt nur noch ihn hatte.

»Er möchte jetzt gern bei dir sein, Val.«

Zum ersten Mal während unseres Gesprächs traten Tränen in ihre Augen, und sie blinzelte heftig dagegen an. Sie setzte sich auf den Stuhl mir gegenüber und schob mir einen Becher Tee hin. »Ich weiß ja. Es ist nur so seltsam, dass Mark auf einmal hier ist, Dee aber nicht mehr. Das macht doch keinen Sinn. Ich verstehe es einfach nicht, Jen.«

»Ich auch nicht.«

Ich würde jetzt nicht anfangen zu weinen. Auf keinen Fall.

Ich musste für Val stark sein, ihr eine Stütze sein, kein schluchzendes Wrack.

Wein nicht. Nicht weinen.

»Oh, Liebes«, flüsterte Val und umarmte mich fest.

Meine Entschlossenheit bröckelte. Ich weinte.

»Dieser Pete weiß nicht, was er getan hat. Unsere Dee meinte, er hätte eine vorzeitige Midlife-Crisis.«

»Ich wünschte, er hätte sich ein Motorrad und eine Bomberjacke gekauft, statt mich zu verlassen«, antwortete ich und lächelte gequält.

»Du weißt, dass er zurückkommt, oder? Es ist wahrscheinlich bloß eine überzogene Reaktion auf Dees ... Dees ...«

Sie brachte den Satz nicht zu Ende. Es gab in der letzten Zeit so viele halb ausgesprochene Sätze. Als fände niemand von uns die richtigen Worte, laut über Dees Tod zu sprechen. Und sosehr ich mir wünschte, dass sie mit Pete recht hätte, überzeugt war ich nicht. Er war keiner, der zu überzogenen Reaktionen neigte, zu großen Emotionen oder Dramen. Er brauchte oft Tage, um zu einer Entscheidung zu kommen, bei wichtigen Dingen sogar noch länger.

»Ich glaube nicht, Val. Wenn ich ganz ehrlich bin, habe ich schon lange gemerkt, dass er unzufrieden ist, und Dees ... na ja, ihr Fortgehen ... hat ihm vielleicht noch einmal klargemacht, dass das Leben zu kurz ist, um unglücklich zu sein.«

Es müsste eigentlich schrecklich wehtun, dies auszusprechen. Mir das Herz zerreißen. Aber ich verspürte nur Taubheit. Es kam mir ein bisschen so vor, als wäre ich eine Passantin, die das Leben einer Fremden betrachtete und analysierte.

Val trank einen Schluck aus ihrer pinkfarbenen Tasse, ein Muttertagsgeschenk ihrer Tochter. Dee hatte sie selbst getöpfert. Ein kitschiges Gedicht stand auf der einen Seite, auf der anderen war ein Foto von Richard Gere aus *Ein Offizier und Gentleman*. Niedergeschlagen stellte sie die Tasse wieder ab.

»Aber Weglaufen hilft auch nicht. Man schuldet es doch den Menschen, die man liebt, gerade in Krisensituationen für sie da zu sein.«

»Dann liebt er mich wohl nicht mehr«, antwortete ich. Es war die brutale Wahrheit.

»In dem Fall bist du ohne ihn besser dran, Jen. Denn du brauchst jemanden, der für dich kämpft …«

Ihre Worte erstarben. Ich sah, dass sie aus dem Fenster schaute, die Lippen fest zusammengepresst. Sie sah definitiv aus wie jemand, der bis zum Tod für seine Liebsten kämpfen würde.

7. Kapitel

Jen

»Du kümmerst dich um Reiseschecks, Strandlaken, Kosmetikzeug und Adapter, ich besorge ein Frisbee, Kaftane, Lockenstab und dieses Sonnenöl, mit dem man aussieht wie ein internationales Topmodel. Und alles muss in einen Trolley passen und unter zehn Kilo wiegen, weil ich ganz und gar keine Lust habe, am Terminal des Glasgower Flughafens noch einmal meine ganzen BHs umzupacken. Gott, war das erniedrigend!«

Dee hatte ihre lange rote Mähne zu einem Pferdeschwanz zusammengebunden, sie war ungeschminkt und trug eine Latzhose aus den Achtzigern, und trotzdem war ich diejenige, die sich langweilig vorkam.

»Kein Problem«, antwortete ich und schob meine Calvin-Klein-Tasche über die Schulter. Sie war ein Geschenk von Val und Don zur bestandenen Abschlussprüfung – die zwei hatten mir und Dee genau die gleiche Messenger Bag in zwei verschiedenen Farben gekauft. Dees war schwarz, meine dunkelblau. Ich hing sehr an ihr, denn sie erinnerte mich immer daran, dass es Menschen gab, die mich liebten. Nicht wie mein Vater, der am Tag meiner Graduierung auf seiner Ölplattform war und, als er irgendwann wieder festen Boden unter den Füßen hatte, als Erstes eine Sauftour unternommen hatte. Inzwischen waren vier Wochen vergangen, und er hatte noch immer nichts von sich hören lassen. »Ich erledige das, allerdings hab ich um zwei noch ein Vorstellungsgespräch.«

Dee schaute von ihrer Zeitschrift auf. »Stimmt! Das hatte ich ganz vergessen. Bist du gut vorbereitet? Damit du ihnen ordentlich Feuer unterm Hintern machen kannst?«

Ich würde nie jemandem Feuer unterm Hintern machen, jedenfalls nicht als Buchhalterin bei Davis McDougal, aber es war immerhin ein Anfang.

Pete streckte den Kopf zur Tür herein. »Können wir?«

Sein Anblick zauberte mir ein Lächeln ins Gesicht. »Ich komme.«

»Viel Glück gleich. Du wirst großartig sein!«, rief Dee hinter mir her.

Einige Stunden später wurde mir klar, dass ihr Vertrauen in mich etwas optimistisch war. Ich war nicht großartig. Ich war absolut grottenschlecht. Ich saß zwei älteren, sehr steifen Herren und einer gouvernantenhaften Frau gegenüber, die mich so einschüchterten, dass ich anfing zu stottern und zu schwitzen und völlig versagte. Als ich das Gebäude exakt zweiunddreißig Minuten nachdem ich es betreten hatte, wieder verließ, wusste ich, dass ich zwar einen Abschluss in Rechnungswesen hatte, aber im Leben nicht auf dem Gebiet arbeiten wollte.

Mist!

Wenig später, in Kelvinbridge in dem Apartment, das ich seit unserem ersten Tag an der Uni mit Dee zusammen bewohnte, stolperte ich beladen mit Einkaufstüten in die Küche, wo mich Dee erwartete. Sie hatte eine Flasche Cidre in der Hand und schaute mich erwartungsvoll an.

»Champagner können wir uns leider nicht leisten, das muss reichen«, informierte sie mich strahlend. Zum abertausendsten Mal seit ich sie kannte, dachte ich, dass es auf dieser Welt niemanden gab, der auch nur annähernd so viel Optimismus verbreitete wie meine die Cidre-Flasche umklammernde Freundin, und niemanden, den ich lieber um mich haben wollte, wenn das Leben mal richtig beschissen lief.

»Ist sie zum Feiern gedacht oder zum Ertränken von Frust?«

»Zum Feiern.« Sie sah mich an. »Oder?« Ich schüttelte den Kopf. Sofort wechselte sie zur Alternative. »Dann zum Ertränken von Frust?«

»Ich fürchte, ja. Gib mir ein extra großes Glas.«

Ich konnte nicht anders, ich musste lachen. Ich hatte gerade das einzige Jobangebot weit und breit vermasselt, aber dank Dee war es plötzlich zum Schreien komisch.

Wir waren gerade beim zweiten Glas, als Dee auf die Tüten zeigte. »Was ist da drin?«

»Der ganze Kram für unsere Reise. Apropos … Sollten wir nicht langsam mal anfangen zu packen?«

»Ich habe nicht alles besorgen können, deshalb müssen wir morgen früh auf dem Weg zum Flughafen noch mal kurz in den ein oder anderen Laden«, gestand sie.

»Was fehlt denn? Ich komme gut ohne Frisbee aus.«

Es dauerte einen Moment, ehe ich ihre »Soll ich gleich die Wahrheit sagen oder eine dicke Lüge erfinden?«-Miene erkannte.

»Alles.« Sie hatte sich also für die Wahrheit entschieden. »Sorry. Ich bin einfach nicht dazu gekommen … Ich weiß auch nicht. Gerade als ich angefangen hatte zu packen, kam Jake vorbei und …« Aha, das erklärte alles. Ihr aktueller Lover. Er war der Geschäftsführer des Restaurants, in dem wir jobbten – eine nicht ganz ungefährliche Konstellation angesichts des Konflikts zwischen Dees sprunghafter romantischer Aufmerksamkeitsspanne und dem Druck, jeden Monat die Miete aufzubringen. »… und wir wurden ein bisschen abgelenkt … Du weißt ja, wie er ist.«

Ja, das wusste ich. Und es war der Grund, weshalb ich es immer vorzog zu arbeiten, wenn sie einen freien Abend hatten, anstatt mich zu Hause ihren äußerst intimen, äußerst lautstarken Liebesbekundungen auszusetzen.

Also waren ihre Reisevorbereitungen unerledigt. Ich versuchte, mich daran zu erinnern, was auf ihrer Einkaufsliste gestanden hatte. Frisbee. Kaftane. Lockenstab. Sonnenöl, das uns angeblich wie internationale Topmodels aussehen ließ.

»Ich stehe einfach früh auf und springe kurz zu Tesco rein. Das meiste sollte ich da bekommen, den Rest besorgen wir am Flughafen. Das Leben wäre so viel einfacher, wenn man alles, was man zum Verreisen braucht, an einer Stelle bekäme.«

Dee ließ ihr Glas sinken, aus dem sie gerade trinken wollte. »Das ist es! Genau das sollten wir machen!«

»Du? Du willst so früh aufstehen?«

»Nein, nein, das meine ich nicht, ich meine das andere. Wir sollten einen Laden aufmachen, in dem man alles kaufen kann, was man für den Urlaub braucht.«

»Wie viel Cidre hast du schon getrunken?«, fragte ich. »Wir haben keine Ahnung von Geschäften, wir sind pleite, und wir haben nicht mal unsere eigene Reise ordentlich organisiert. Wie sollen wir das für andere hinbekommen?«

Sie hörte mir gar nicht zu. Typisch Dee! Wenn sie einmal eine Idee im Kopf hatte, beherrschte die jede einzelne Synapse ihres Hirns.

»Du hast doch dein Erbe.«

Das stimmte. Ich hatte fünftausend Pfund, die meine Mutter über eine Lebensversicherung gespart hatte. Dad hatte sie nur deshalb nicht versoffen, weil die Police auf meinen Namen lief und erst an meinem achtzehnten Geburtstag zuteilungsreif wurde. Und natürlich war ich bisher viel zu vernünftig gewesen, das Geld zu verbraten, ganz gleich wie pleite ich war, daher besaß ich tatsächlich noch jeden einzelnen Cent.

Aber auch mit fünf Riesen würden wir nicht weit kommen.

Dee war längst nicht mehr zu halten, sie bemerkte mein skeptisches Gesicht gar nicht. »Außerdem habe ich noch das Geld, das ich für ein neues Auto gespart habe. Zusammen sollten wir also auf zehntausend kommen. Und Mum und Dad würden uns sicher bei Krediten und so helfen. Gott, das ist echt genial! Es könnte super funktionieren, Jen! Ich mit meinen Marketingqualitäten und meiner grandio-

sen Persönlichkeit, du mit deinen kaufmännischen Fähigkeiten und deinem Verstand – das ist einfach perfekt! Sag Ja! Ach was, ich flöß dir einfach noch mehr Cidre ein. Nach drei Gläsern hab ich dich so weit.«

8. Kapitel

Jen

WEGEN TRAUERFALL GESCHLOSSEN

Josie hatte den Zettel mit der Nachricht an die Tür gehängt. Als sie gehört hatte, was passiert war, hatte sie mich sofort angerufen und mir versichert, dass sie sich um alles kümmern würde. So war Josie. Sie war eine, die anpackte und Superkräfte mobilisieren konnte, wenn alles total aus dem Ruder lief. Sie hatte vorher für Mel gearbeitet, die eine Dessous-Boutique ein Stück weiter die Straße hinunter besaß, und war vor der Eröffnung einfach aus Neugier mal vorbeigekommen. Sofort hatte sie gesehen, dass bei uns das totale Chaos herrschte, und hatte den Laden in null Komma nix in Ordnung gebracht.

Josie und Val hatten sich an diesem Abend kennengelernt, es war Liebe auf den ersten Blick gewesen. Als wir Josie angeboten hatten, auch für uns zu arbeiten, hatte sie eingewilligt und abwechselnd in beiden Läden ausgeholfen. Ein paar Jahre später hatte Josies Sohn Michael die Dessous-Boutique übernommen und gleich noch einen Beautysalon nebenan, dann hatte er Mel geheiratet, und am Ende hatten sie alles verkauft und waren nach Italien gezogen. Josie hatte zunächst beschlossen, die Gelegenheit zu nutzen und in Rente zu gehen, dann aber schnell festgestellt, dass sie sich zu Tode langweilte. Sie war zurückgekommen und mehr Freundin als Angestellte – irgendwie ein Teil unserer Patchworkfamilie.

Ich blieb auf der Schwelle stehen, unsicher, ob ich es schaffen würde. Ich musste. Wir hatten das hier zusammen aufgebaut, und ich würde sie verraten, wenn ich es aufgab. Also zwang ich den Schlüssel ins Schlüsselloch und öffnete die Tür. Unser Laden lag an einer der geschäftigsten Straßen Glasgows, inmitten einer ganzen Reihe von kleinen Einzelhandelsshops. Wir hatten ihn voller Optimismus und blindem Vertrauen gegründet und waren – zum Glück – weich gelandet.

SONNE, SEE, SKI. Ich wusste selbst nicht mehr, ob die Idee zu diesem Namen von mir oder von Dee stammte – auf jeden Fall passte er perfekt zu unserem Angebot: Alles, was man für einen Sommer- oder Winterurlaub benötigte. Unsere Kunden wurden durch Dees Reise-Blog perfekt an uns gebunden. Er hatte inzwischen Tausende Follower, die auch in unserem Onlineshop kauften. Nach schwierigen Anfangsjahren hatten wir unsere Nische gefunden und uns fest etabliert, heute verdienten wir richtig gutes Geld. Und dennoch, dachte ich wehmütig und atmete den Duft von Josies Zitrusreinigungsmittel ein, war mir das alles noch nie so sinnlos vorgekommen.

All die Träume von großen Abenteuern, tropischen Stränden und exotischen Zielen, und nun würde sich für Dee keiner mehr erfüllen. Sie würde nicht nach Nepal reisen. Oder an den Amazonas. Wir würden keine Mädelstour mehr unternehmen oder mit Luke und Pete zu einem Wochenendtrip aufbrechen.

Wir würden nie mehr Weihnachten zusammen feiern. Sie würde keine Kinder bekommen. Wir würden nie Freundinnen sein, die Kinder im gleichen Alter haben und zusammen auf den Spielplatz gehen. Wir würden nicht über Hitzewallungen klagen und im Rentenalter auf Kreuzfahrt gehen und schon vormittags Tequila trinken. Wir würden uns nicht mehr »Hab dich lieb« zurufen. Uns war ja nicht mal ein letztes »Mach's gut«

vergönnt gewesen. Der Trauertsunami schwoll schon wieder an. Es war ein Fehler gewesen herzukommen.

Ich schloss die Tür, lehnte mich an die Wand und rang nach Luft. Der Laden sah genauso aus wie immer. Natürlich tat er das. Aber wie konnte das sein, wo sich doch alles verändert hatte?

Im Laufe der Jahre hatten wir häufig umdekoriert und die Inneneinrichtung unseren finanziellen Verhältnissen sowie der wachsenden Produktpalette angepasst. Ganz zu Anfang waren die Wände in einem zarten Gelb gestrichen gewesen, der Boden mit Laminat ausgelegt. Die Ware hatte auf einfachen weiß lackierten Brettern gestanden, die Kasse, von Dees Dad gezimmert, auf einer schlichten Holztheke.

Heute hatte ich wunderschönes Mahagoniparkett unter den Füßen, die Wände waren in einem Blau gestrichen, das aussah wie das Mittelmeer. Regale und Verkaufstheken waren aus Chrom, und es gab zwei wunderschön gearbeitete Türen, die ins Büro und in den Lagerraum führten. Hinter einer Zwischenwand befanden sich drei Umkleiden, die wir angebaut hatten, als wir vor einigen Jahren das leer stehende Ladenlokal nebenan hatten kaufen können.

Die linke Hälfte des Ladens gehörte den Sommerurlaubern: Bikinis, Kaftane, Flipflops, Sonnenschutzmittel und alle auch nur erdenklichen technischen Spielzeuge, die je für die heiße Jahreszeit erfunden worden waren. Rechts befand sich die Skiabteilung: Skier, Skibrillen, Mützen, Skianzüge – und feinste Kaschmirteile, die Dee letztes Jahr Weihnachten aus einer Weinlaune heraus in Gstaad geordert hatte. Zum Glück hatte die Mund-zu-Mund-Propaganda die Kunden in Scharen hergeführt, und die erste Lieferung war im Nu ausverkauft gewesen. Im Regal lag nun die dritte Nachbestellung, und sie lief ebenso gut wie die erste.

In der Mitte des Raumes befand sich ein weißes Podest, auf dem die Kasse und zwei Computer standen. Auf den vier Stühlen davor konnten die Kunden sitzen, während wir die nächste Reise für sie buchten.

Es war perfekt. Ein Geschäft, in dem es alles gab.

Nur Dee nicht.

Ich stand ein paar Minuten einfach nur da, versuchte klarzukommen und Kraft zu sammeln, um weiter durch ins Büro zu gehen. Keine Ahnung, wie lange es dauerte, ehe ich die Tür aufstieß, das Licht anschaltete und mich wie eine Fremde in einer gänzlich unbekannten Gegend umschaute. Alles erschien mir so anders, so wenig vertraut. Mein winziger, penibel aufgeräumter Ikea-Schreibtisch stand im Neunzig-Grad-Winkel zu Dees Arbeitsplatz, der ursprünglichen Verkaufstheke, die Don geschreinert hatte. Darauf sah es aus, als wäre eine Bombe explodiert. Ich lächelte. Gefühlte zehn Jahre hatte ich ihr jede Woche den Vorschlag gemacht, einmal aufzuräumen, und in all den Jahren hatte sie es einfach ignoriert.

Der Schmerz, der mich traf, war so überwältigend, dass ich keine Luft mehr bekam. Es war nur ein Cardigan, hellblau, aus dem Kaschmir-Sortiment, aber er gehörte Dee und hing über der Rückenlehne ihres Stuhls, als würde er darauf warten, dass sie ihn überzog, wenn es gegen Abend kühl wurde. Als ich wieder atmen konnte, beugte ich mich hinunter, nahm ihn hoch und sog seinen Geruch ein. Er roch nach ihr. Sämtliche Kraft schien aus meinem Körper zu weichen, ich rutschte die Wand hinunter, bis ich am Boden saß. Keine Tränen, keine herzzerreißenden Schluchzer mehr, die meine erste Woche ohne sie beherrscht hatten, sondern nur lähmende Taubheit, als mir klar wurde, dass ich nicht die leiseste Ahnung hatte, wie ich ohne Dee zurechtkommen sollte. Wir waren in den letzten fünfundzwanzig Jahren fast jeden Tag zusammen gewesen, und ich war einfach nicht bereit zum Alleinsein.

Ich schrie auf, als die Bürotür plötzlich knarrend aufging. In meiner Verfassung hatte ich die Eingangstür nicht hinter mir abgeschlossen, und Dee schien mal wieder den Gong ausgestellt zu haben, der anzeigte, wenn ein Kunde den Laden betrat. Das gehörte zu ihren üblichen Katerüberlebensmaßnahmen, wie sie es nannte. Ich hatte nicht mitbekommen, dass jemand hereingekommen war. Ein Ladendieb hätte in aller Ruhe sämtliche Regale ausräumen können.

Das Erste, was ich aus meiner Position auf dem Fußboden erkennen konnte, waren ein Paar Sportschuhe. Meine Lungen füllten sich mit Luft, und meine Gedanken überschlugen sich. Ich hatte gewusst, dass er zurückkommen würde. Die Krise war vorüber. Gott sei Dank! Pete war wieder da und …

Mein Blick wanderte höher, und ich begriff, dass ich mich irrte.

»Hey!« Luke.

Es war noch immer nicht der Luke, den ich kannte. Dieser Luke war seit Tagen unrasiert, er hatte blutunterlaufene Augen und eine fahle Hautfarbe. Zum ersten Mal fiel mir auf, wie viel er abgenommen hatte, sicher fast zwanzig Pfund. Seine Wangenknochen stachen hervor, die dunklen Haare waren zerzaust und nachlässig zurückgestrichen.

»Hi«, antwortete ich und versuchte zu lächeln.

»Stehst du irgendwann wieder auf, oder soll ich zu dir runterkommen?«

Anstelle einer Antwort zeigte ich neben mir auf den Fußboden. Er setzte sich zu mir, und ich sah, dass er Sportshorts und -shirt anhatte.

»Du joggst? Echt?«

Sein Lächeln war ebenso schwach wie sein Schulterzucken. »Früher oder später erwischt es uns alle.«

»Verräter«, antwortete ich.

Joggen war Dees und Petes große Leidenschaft gewesen. Sie waren durch die Straßen gelaufen, durch Parks, Halbmarathon, Marathon, bergauf, bergab, bei jedem Wetter. Luke und ich dagegen hatten argumentiert, dass wir zwar nicht topfit seien, dafür aber mit sechzig noch unsere eigenen Kniegelenke haben würden.

»Ich habe am Tag nach der Beerdigung damit angefangen«, sagte er. »Ich wusste nicht, was ich sonst tun sollte. Ich hasse jeden einzelnen Schritt, aber das lenkt mich ein bisschen ab. Noch mehr hasse ich nämlich zu grübeln.«

Seine Worte überraschten mich. In all der Zeit, die wir befreundet waren, hatte ich Luke noch nie über seine Gefühle sprechen hören. Er war gesellig. Er mochte Partys. Er war ein cooler Typ, und er genoss das Leben. Innenschau und emotionale Ausbrüche waren nicht sein Ding. Dee wäre erstaunt.

»Was führt dich her?«, fragte ich.

»Val sagte mir, dass du im Laden bist. Ich hatte eigentlich gar nicht vorgehabt zu kommen, aber irgendwie war ich plötzlich … hier.« Das letzte Wort blieb ihm im Hals stecken, er stockte und starrte vor sich hin. Ich wusste, was er dachte. Wie viele Abende hatten wir – Luke, Dee, Pete und ich – in diesem Büro gesessen, Bier getrunken, die Füße auf die Schreibtische gelegt und die Einnahmen gezählt oder Pläne für unseren nächsten gemeinsamen Trip gemacht. Mehr noch als unser Zuhause war dies der Treffpunkt für unsere Viererclique gewesen. Und jetzt saßen wir zwei allein hier. »Sie hat mir das mit Pete erzählt. Herrje, das kommt so völlig überraschend. Es tut mir so leid, Jen.«

»Du wusstest es noch nicht?«

Er schüttelte den Kopf. »Ich hab ihn seit der Beerdigung nur ein paarmal gesehen. Ich war meist mit Matt und Callum unterwegs, und wir haben Billard gespielt oder ein paar Bier zusammen getrunken.«

»Verstehe. Klar, dass es ihm da entfallen ist zu erwähnen, dass er ausgezogen ist … dass er unsere fünfzehnjährige Beziehung einfach auf den Müll geworfen hat.«

Luke versuchte zu lächeln, aber es gelang ihm nicht. »Wir sind halt Männer. Wenn es nicht mit zweiundzwanzig Typen zu tun hat, die einem Ball hinterherjagen, macht es für uns keinen Sinn …«

»… darüber zu reden«, vollendete ich den Satz für ihn. Wie häufig hatte Dee sie damit aufgezogen? Und natürlich war etwas Wahres daran. »Er hat es mir abends nach der Beerdigung gesagt. Danach ist er gegangen.«

Wir schwiegen eine Zeit lang vor uns hin. Luke wusste nicht, was er antworten sollte, und ich wollte mich nicht in den Mittelpunkt des Mitleids rücken. Luke war viel schlimmer dran als ich. Wir hatten zwar beide unsere Partner verloren, aber es gab immerhin noch die Möglichkeit, dass Pete und ich es wieder hinbekamen. Diese Chance hatte Luke nicht.

»Was sollen wir nur tun, Jen?«, sinnierte er schließlich.

Ich seufzte. »Keine Ahnung.«

Ein Geräusch des iPads, das auf Dees Schreibtisch in der Ladestation stand, ließ uns beide zusammenzucken.

»Wenn sie uns jetzt eine Antwort auf unsere Frage gesendet hat, drehe ich völlig durch«, meinte Luke. »Kannst du bitte nachschauen?«

Ich schüttelte den Kopf. »Nein, mach du's.«

Vorsichtig zog er an dem Kabel, um das Gerät zu sich zu ziehen. Als es in greifbarer Nähe war, löste er es von der Ladestation.

Ich konnte nicht hinsehen. Aber ich musste. Schließlich wagte ich es.

Auf dem Display standen zwei Textzeilen.

Erinnerung:
Noch einen Monat bis zur Abreise nach New York.

Übelkeit und Trauer überfielen mich gleichzeitig. Den New-York-Trip hatte ich völlig vergessen. Dee fuhr jedes Jahr zu einer großen Tourismusmesse dorthin. Allerdings hatte sie in den letzten Jahren immer nur ein oder zwei Tage auf der Messe verbracht und die restliche Zeit genutzt, um neue Hotels und Locations aufzuspüren. Dieses Mal hatte sie drei Tage in einem Boutique-Hotel am Times Square gebucht, kostenlos im Austausch für einen Beitrag in ihrem Blog. Außerdem hatte sie von ein paar Shows gesprochen, die sie besuchen wollte, und davon, dass sie sich in den großen Stores nach Neuheiten für die Skisaison umschauen würde.

»O Gott! Sie hat sich so auf die Reise gefreut. Ich werde den Flug stornieren und das Hotel informieren.« Jedes einzelne meiner Worte klang schmerzverzerrt.

Als wir schweigend nebeneinandersaßen, wurde Lukes Atem plötzlich schwer und unregelmäßig. Ich brachte es nicht übers Herz, ihn anzusehen. Ich wusste zuerst nicht, warum, dann wurde mir klar, dass ich ihn nicht weinen sehen wollte. Es war einfach zu quälend. Wir waren seit Jahren befreundet und hatten uns gegenseitig erlebt, wenn wir betrunken waren, verkatert, nüchtern, glücklich, traurig, wütend, lachend und einmal sogar – wegen einer blöden Idee damals am eiskalten Loch

Lomond – nackt. Aber jetzt und hier, in diesem winzigen Raum wollte und konnte ich ihn nicht weinen sehen. Es wäre so, als würde man einen Damm einreißen und eine Flut an Traurigkeit freisetzen, die nichts und niemand mehr stoppen konnte.

Es dauerte eine Weile, ehe er etwas sagte. »Du solltest an ihrer Stelle hinfliegen.«

»Was?« Ich hatte zwar gehört, was er gesagt hatte, konnte es aber nicht begreifen.

»Du solltest für sie hinfliegen«, wiederholte er. »Dee wäre ganz schön sauer, wenn Flug und Hotel gecancelt würden. Du weißt, dass sie darauf bestehen würde, dass du fliegst.« Das war so nicht vorgesehen. Dee war zuständig fürs Reisen. Ich hielt im Laden die Stellung. Damit waren wir beide glücklich. Und ich hatte nicht die Absicht, daran etwas zu ändern.

»Du musst den Laden und den Blog jetzt doch irgendwie am Laufen halten. Also solltest du dir einen Überblick über das verschaffen, was draußen los ist. Du brauchst neue Produkte, neue Ideen, neue Erfahrungen, um darüber zu schreiben. Du weißt, wie wichtig das alles für Dee war, wie viel Wert sie darauf gelegt hat, immer auf dem Stand der neuesten Trends zu sein und gute Storys für ihren Blog zu finden.«

Das stimmte. Dees Reiseberichte hatten über zehntausend Follower, die Klicks, die aus dem Blog direkt in unseren Webshop führten, generierten mittlerweile über vierzig Prozent unseres Onlineumsatzes. Plötzlich ging es weniger um ein emotionales Dilemma als vielmehr um die geschäftliche Verantwortung. Luke hatte recht. Der Grund für unseren Geschäftserfolg lag darin, dass wir nie langweilig wurden. Dee wäre stinksauer, wenn ich diesem Innovationsgeist nicht weiter nachspüren würde.

Trotzdem …

»Ich kann nicht. Wer soll sich denn in der Zeit um den Laden kümmern?«

Selbst als unser Umsatz gestiegen und unser Geschäft gewachsen war, hatten wir kein zusätzliches Personal eingestellt, sondern die Mehrarbeit mithilfe unserer Familie bewältigt. Manchmal hatte Val ausgeholfen, an den Wochenenden waren Pete und Luke oft eingesprungen. Ich konnte mir beim besten Willen nicht vorstellen, wie das nun weitergehen sollte.

»Ich kann mir ein paar Tage freinehmen, Val hilft sicher auch gerne mit. Meiner Meinung nach würde ihr das sogar guttun. Don arbeitet inzwischen wieder, und sie sitzt viel zu oft allein zu Hause und grübelt. Etwas Abwechslung schadet ihr ganz bestimmt nicht.«

»Ich weiß nur nicht, ob es Abwechslung für sie bedeutet herzukommen«, gab ich zu bedenken.

Val war uns immer zur Hand gegangen, wenn Dee mal wieder unterwegs gewesen war, aber ich wusste wirklich nicht, wie sie es ertragen sollte, an einem Ort zu sein, an dem die Erinnerung an Dee aus jedem Winkel und jeder Ecke kroch.

»Vielleicht sollten wir ihr die Entscheidung selbst überlassen«, antwortete er.

Er hatte recht. Vielleicht sollten wir das wirklich tun.

»Ich werde darüber nachdenken«, versprach ich. Das war das Äußerste, was ich im Moment zugestehen konnte. Aktuell war es für mich schon eine größere Herausforderung, den Tag zu überstehen, wie sollte ich da eine Reise über den Atlantik planen? Dazu war ich einfach noch nicht in der Lage. Ich brauchte eine vertraute Umgebung. Langsame Akklimatisierung. Keinen Sprung ins Unbekannte.

Es war fast so, als hätte das Universum meine Gedanken gelesen und würde nun antworten.

Ein erneutes Pling ertönte.

Erinnerung:
Prüfen! An welchen New Yorker Sehenswürdigkeiten gibt es Bungee-Jumping?

Bungee-Jumping. Das war Dees Lieblingsform eines Sprungs ins Unbekannte. Aber für mich kam das im Leben nicht infrage.

9. Kapitel

Val

Ich erinnerte mich noch an die guten alten Zeiten, als ein Supermarkt morgens um acht Uhr öffnete und abends um halb sieben schloss. Wenn man Glück hatte, war er donnerstags bis acht Uhr abends geöffnet. Und heute? In unserem Supermarkt konnte man rund um die Uhr einkaufen. Ich war sehr froh darüber, denn wir hatten drei Uhr mitten in der Nacht.

Ich zog jeden einzelnen Schritt in die Länge, ging so langsam wie nur möglich. Ich wusste ja nicht, wo ich sonst hinsollte, und Don bekam nicht einmal mit, dass ich fort war. Er hatte das große Glück, abends um zehn die Augen zumachen und bis zum nächsten Morgen wie im Koma durchschlafen zu können. Seit wir verheiratet waren, hatte ich immer neben ihm gelegen, wenn er morgens um sechs Uhr aufwachte – das war auch heute noch so. Aber anstatt ihn wie früher mit einem Lächeln und einem Kuss zu begrüßen, stellte ich mich manchmal schlafend oder tat so, als wäre ich gerade aufgewacht. Niemals sollte er mitbekommen, dass ich mal wieder die halbe Nacht durch die Gegend gefahren und durch die Supermärkte gelaufen war.

In den Wochen seit … seit … seit ich nachts unterwegs war, hatte ich festgestellt, dass dies eine völlig andere Welt war, eine nächtliche Parallelwelt, die es schon immer gegeben hatte – auch zu den Zeiten, als ich, sicher und geborgen in meinem glücklichen Leben, nichts davon bemerkt hatte.

Ich begann bereits, Gesichter wiederzuerkennen. Im Gang für Dosensuppen sah ich Karen. Keine Ahnung, ob das ihr wirklicher Name war, ich hatte sie so getauft, weil er zu ihr passte. Sie war fast jede Nacht – oder besser gesagt jeden Morgen – um diese Zeit hier. Sie trug Krankenhausbekleidung, offenbar arbeitete sie in der nahe gelegenen Klinik. Vielleicht in der Notaufnahme. Vielleicht hatte sie an dem schrecklichen Tag Dienst gehabt. Vielleicht war sie zu unserer Dee gestürzt, als man sie eilig durch die Türen geschoben hatte, tot bereits, und sie hatte alles darangesetzt, Dee zu uns zurückzuholen. Es war nicht gelungen. Vielleicht war das der Grund, weshalb Karen oft so einen leeren Blick hatte, weshalb ich sie manchmal sah, wie sie einfach nur auf die Regalreihen vor sich starrte, unkonzentriert, und dann plötzlich zu sich kam, nach einer Dose Nudelsuppe griff und davonging.

Im Gang mit den Backwaren lud Harry einen Stapel Baguettes in seinen Einkaufskorb. Er hatte genauso rotes Haar wie der Prinz aus dem Buckingham Palast und war ungefähr in dessen Alter. Daher der Name. Vermutlich war er auch mal bei der Armee gewesen. Er hatte diese steife Haltung, die breiten Schultern, die unerschrockene Art, der auch sein unsicherer Gang keinen Abbruch tat. Ich hatte irgendwann bemerkt, dass er eine Beinprothese trug. Er gehörte zu den wenigen, die Augenkontakt suchten.

Die Junkies taten das nicht. Sie gehörten nicht zu der Sorte böser, zugedröhnter Mistkerle, die meine Dee getötet hatten. Diese hier waren gebrochene, abgemagerte, kaum noch reaktionsfähige Kreaturen, die nur damit beschäftigt waren, sich vor dem Sicherheitspersonal zu verstecken, das durch die Gänge patrouillierte. Einige der Typen in Uniform waren aufgeblasene Wichtigtuer, andere machten nur ihren Job, um den Unterhalt für ihre Familien zu gewährleisten. Und die waren nett zu den heimatlosen Seelen, die hier hereinkamen, um sich aufzuwärmen. Sie gingen genauso langsam wie ich, ein hoffnungsloses Schlurfen, mit leeren Einkaufskörben, die sie beim Hinausgehen an den Kassen zurückließen, als hätten sie in diesem gigantischen Laden nicht das gefunden, wonach sie gesucht hatten. Es brach mir das Herz. Eine von ihnen, ich nannte sie Maggie, musste um die sechzig sein. Ich lächelte ihr jedes Mal zu, wenn ich sie sah, und sie drehte sich jedes Mal weg, lächelte nie zurück. Ich versuchte es trotzdem weiter. Vielleicht würde sie eines Nachts meinen Blick erwidern. Was war nur in ihrem Leben geschehen, dass sie so ohne Heimat war, ohne Familie, und nur ein Paar zerschlissene Schuhe und ein Supermarkt, der rund um die Uhr geöffnet war, sie vor dem Erfrieren retteten?

Der Typ an der Kasse war einer von zweien, die fast jede Nacht dort saßen. James. Der Name stand auf seinem Namensschild, er stammte nicht aus meiner Fantasie. Ein Student, nahm ich an, zwei- oder dreiundzwanzig. Er schaute in meinen Korb, und ich fragte mich, ob er bemerkt hatte, dass ... Steak, Zwiebelringe, Tiefkühl-Pommes-frites, Pfeffersauce, Bananenkuchen, Vanillesauce. Dieselben sechs Teile, die ich jedes Mal kaufte. Dees Lieblingsspeisen. Jedes Jahr hatte sie sich zu ihrem Geburtstag dasselbe gewünscht. »Du weißt doch, was ich am liebsten mag«, hatte sie immer gesagt und war mir lachend um den Hals geflogen. »Ich lebe schon seit einem Monat nur von Fisch und Gemüse, um mich darauf vorzubereiten. Steak, Zwiebelringe, Pommes frites ...«

»... Pfeffersauce, Bananenkuchen und Vanillesauce«, ergänzte ich.

Also kam ich nun her, wenn mich die Schlaflosigkeit quälte, und kaufte ihr Lieblingsessen, denn wenn ich das tat, musste mein Mädchen noch da sein. Irgendwo da draußen. Arbeitend. Reisend. Wein trinkend. Aus irgendeinem Flugzeug springend.

Lachend. Redend. Atmend. Nur atmend. Nicht unter der Erde liegend.

James schaute kurz auf, als ich versuchte, den plötzlich aufkommenden Schmerz hinter einem Hüsteln zu verbergen, dann blickte er wieder auf die Waren, die auf dem Band lagen. Wenn er sich über meine Tränen und das unterdrückte Schniefen wunderte, dann ließ er sich nichts anmerken. Langsam zog er einen Artikel nach dem anderen über den Scanner, das bestätigende Piepsen der Kasse hatte beinahe etwas Hypnotisierendes.

Ich stieg wieder in mein Auto und fuhr langsam vom Parkplatz. Ich fuhr nun viel vorsichtiger, selbst um diese Zeit mitten in der Nacht, schließlich war mir jetzt bewusst, wie viel Schaden ein Fahrzeug anrichten konnte. Auf dem Nachhauseweg hielt ich noch einmal an. Die Tafel. Eine Schande, dass Menschen in unserem Land auf Spenden angewiesen waren, um nicht zu verhungern. Da versagte die Politik wirklich völlig, aber das war ein eigenes Thema. Ich hängte meine Einkaufstüte draußen an den Türgriff und stieg wieder ins Auto. Natürlich wusste ich nicht, ob sie noch dort hing, wenn die Hilfsorganisation am nächsten Morgen öffnete, doch wenn jemand sie vorher wegnimmt, dachte ich, hat er oder sie es ebenso nötig.

Don regte sich nicht, als ich zurück ins Bett kroch. Selbst im Schlaf schien ihm die Erschöpfung aus allen Poren zu dringen. Er war ein guter Mann, mein Don. Hatte ein großes Herz, war anständig, ein Familienmensch, der alles für Dee getan hätte. Ohne zu zögern wäre er an ihrer Stelle gestorben. Jetzt war sein Herz gebrochen, und ich wusste nicht, wie es je wieder heilen sollte. Es gab keine Medizin für so etwas. Alles, was uns blieb, war die Erinnerung.

Ich lag dort und versuchte, mich zum Schlafen zu zwingen.

Im Geiste durchblätterte ich ein Fotoalbum mit Aufnahmen aus Dees Leben. Auch das war eine neue Angewohnheit von mir. So wie diese Junkies im Supermarkt ständig auf den nächsten Joint fixiert waren, lag ich im Bett und dachte immer wieder an Momente aus Dees Leben. An ihr kleines ernstes Gesicht an ihrem ersten Schultag, als sie mich fortschickte und mir versicherte, dass sie allein klarkommen würde. An jenen Sommer in Arran, als sie sich ins eisige Meer stürzte und nach fünf Sekunden zitternd zurückkehrte. An den Vormittag, als sie nach Hause kam und so tat, als wäre sie durch die Führerscheinprüfung gefallen, und dann einen Papierflieger aus dem Dokument faltete und ihn quer durchs Zimmer warf. Ich hoffte jedes Mal, dass ich in Gedanken an sie irgendwann einschlafen würde, dass ich in einen Traum glitt, in dem sie wieder da war, lebendig, wenigstens für ein paar Stunden. Es funktionierte nie, aber ich versuchte es trotzdem immer wieder. Ich bereute jeden Tag, jede Stunde und jede Minute unseres Lebens, in der wir nicht zusammen gewesen waren. Alles würde ich dafür geben, noch mal eine einzige Stunde mit meinem Mädchen zu haben.

Im Schlaf legte Don seinen Arm um mich, und ich widerstand dem Drang, ihn zurückzuschieben. Ich hatte das Gefühl zu ersticken. Das lag nicht an Don. Das Gefühl konnte mich überall überfallen, in einem vollen Geschäft, auf der Straße, am Bahnhof. Ich glaubte plötzlich, alle würden mir zu nah kommen, mir die Luft zum Atmen nehmen. Dann musste ich tief einatmen, bis zehn zählen und alles tun, um mein rasendes Herz zu beruhigen.

Ungefähr eine Stunde später, um Punkt sechs Uhr, klingelte sein Wecker. Er schlug die Augen auf, ich schloss meine. Ich bekam mit, wie er aufstand und nebenan ins Bad ging. Vorher nahm er den Bügel mit seiner Kleidung vom Haken an der Tür, wo er sie bereits am Abend zuvor hingehängt hatte, um mich nicht zu stören.

Mit geschlossenen Augen zählte ich die Minuten und lauschte auf die vertrauten Geräusche. Das Rauschen der Toilettenspülung, das Plätschern der Dusche, das Surren der elektrischen Zahnbürste, das Zuklappen der Wäschetonne.

Weit über dreißig Jahre meines siebenundfünfzigjährigen Lebens hatten wir gemeinsam gefrühstückt, aber seit …

Jetzt nicht mehr.

Er fragte nicht, warum, und ich sagte es ihm nicht. Vermutlich war auch er froh darüber, froh, den Tag in Ruhe beginnen zu können, ohne mir vorspielen zu müssen, dass es ihm gut ging. Ich wusste, dass es nicht so war. Schließlich lebte ich lange genug mit Don zusammen, um seine Gefühle und Stimmungen genau zu kennen. Den anderen Familienmitgliedern, Freunden und Nachbarn konnten wir etwas vormachen, aber nicht uns gegenseitig. Also gingen wir uns aus dem Weg, kreisten auf unterschiedlichen Umlaufbahnen, wo wir uns möglichst wenig begegneten. Das war sicherer so.

Ich wartete, bis ich die Haustür zufallen hörte, dann stand ich auf. Ich zog den Bademantel über, den Dee mir im vergangenen Jahr zu Weihnachten geschenkt hatte. Bei einem Einkaufsbummel hatte sie ihn mich selbst aussuchen lassen, unter der Bedingung, dass ich überrascht tun würde, wenn ich ihn Weihnachten vor der restlichen Familie auspackte. Und dann hatte sie sich vor Lachen kaum noch eingekriegt, als ich das Papier aufriss und ihr versicherte, was für eine gute Wahl sie getroffen hätte. »Genau den habe ich mir gewünscht«, sagte ich und zwinkerte ihr zu. Daraufhin legte sie ihre neue Bucks-Fizz-DVD aus der Hand und flog mir um den Hals. »Du wirst nie einen Oscar gewinnen«, flüsterte sie mir kichernd zu.

So war unsere Dee. Immer lachend. Immer lustig. Immer lebendig.

Ich blieb am Treppenabsatz stehen. Wie sehr wünschte ich, dieses Gefühl, diese Erinnerung würde noch ein wenig andauern. Erst als mein Atem sich beruhigte, begann ich mit schleppenden Schritten nach unten zu gehen.

Ich schob eine Tasse unter die Kaffeemaschine und setzte mich an den schönen alten Eichentisch in der Küche. Sechs Stühle standen daran, jeder gehörte einem von uns. Don saß immer am Kopfende, ich links daneben. Dees Platz war rechts neben ihm, dann kam Luke. Jen saß neben mir, auf Marks früherem Platz, und Pete auf der anderen Seite neben ihr. Das hatte sich in jahrelanger Gewohnheit so ergeben. Auf Dees Stuhl saß nun niemand mehr. Niemals würde wieder jemand dort sitzen.

Ich saß mit dem Rücken zur Tür. Als ich hörte, wie sie geöffnet wurde und Mark hereinkam, reagierte ich sofort. Ich riss mich zusammen, versuchte gefasst auszusehen und zwang mich zu einer halbwegs normalen Stimme. Er musste noch nicht wieder arbeiten, daher war er geblieben.

»Guten Morgen, mein Junge«, sagte ich und drehte mich lächelnd zu ihm. »Kaffee?«

»Danke, Mum.«

Wieder betätigte ich die Kaffeemaschine. Früher liebte ich meine Kaffeemaschine, so wie ich alle meine Küchengeräte liebte. Doch jetzt erschienen sie mir, wie so vieles, völlig sinnlos.

Ich verdrängte den Gedanken und reichte ihm einen frischen Cappuccino. »Bitte sehr, mein Schatz.«

Ich widerstand dem Impuls, ihm mit den Fingern durch die in alle Richtungen abstehenden Haare zu fahren, so wie ich es früher immer getan hatte, als er ein kleiner Junge gewesen war.

Oh, die Kämpfe, die es jedes Mal gegeben hatte, bis die Frisur so saß, dass er zur Schule gehen konnte. Jetzt war er Mitte dreißig, und es hatte sich nichts geändert. Was für eine Beruhigung, dass wenigstens manche Dinge noch so waren wie immer.

»Ich habe mir überlegt, dass ich noch etwas bei euch bleibe, wenn das für euch okay ist.«

Ich setzte mich wieder und trank einen Schluck, ehe ich antwortete. Ich wollte sicher sein, die richtige Antwort zu geben. »Natürlich ist es das. Wir freuen uns.«

Und so war es auch. In gewisser Hinsicht.

Wenn mir jemand vor einem Monat erzählt hätte, dass Mark für längere Zeit nach Hause zurückkommen würde, wäre ich verrückt geworden vor Glück. Jetzt jedoch, und dafür schämte ich mich so sehr, dass ich es nie laut aussprechen würde, erinnerte ich mich jedes Mal, wenn ich ihn sah, daran, weshalb er hier war. Er war ein erwachsener Mann, lebte seit so vielen Jahren in Australien, aber er war noch immer mein Junge, und er war Teil eines Zweierpacks. Mark und Dee. Meine Kinder. Jetzt hatte ich nur noch ein Kind.

Ich lächelte eisern weiter, während ich meine Hand auf seine legte. »Du brauchst das allerdings nicht für mich zu tun, Mark. Ich komme schon zurecht, wirklich. Wir können nichts machen, was uns Dee wieder zurückbringt, also müssen wir unser Leben weiterleben wie früher.«

Zum Glück konnte er nicht in meinen Kopf schauen, sonst hätte er gesehen, dass ich kein einziges Wort wirklich so meinte. Es musste lediglich so sein. Welche Alternativen gab es? Hier zu sitzen und zu weinen? Nein. Das durfte ich nicht zulassen. Das hier war meine Familie, und ich musste ihr helfen, in ihren Alltag zurückzufinden. Dieser miese, abscheuliche Dreckskerl – Gott möge mir mein Vokabular verzeihen – hatte mir Dee genommen, er würde nicht auch noch den Rest meiner Familie zerstören. Dafür wollte ich sorgen.

Das Geräusch eines Schlüssels in der Haustür unterbrach meinen inneren Monolog. Ich holte eine Tasse für Jen aus dem Schrank. Don war bereits auf der Baustelle, und sie war die Einzige sonst, die einen Schlüssel besaß. Das Mädchen tat mir so unendlich leid. Dee und sie waren ihr ganzes Leben unzertrennlich gewesen, wie Schwestern. Und sie hatte es so schwer gehabt, nachdem ihre Mum so früh gestorben war. Jetzt hatte sie schon wieder einen geliebten Menschen viel zu früh verloren.

Was für ein schweres Schicksal musste dieses Mädchen erdulden? Sie hatte ihre Mutter verloren und ihre beste Freundin, ihr Dad war ein Nichtsnutz, und von Pete wollte ich gar nicht erst anfangen. Ich hatte immer geglaubt, er wäre ein anständiger Kerl. Wie kam er nur dazu, sie am Tag der Beerdigung ihrer besten Freundin zu verlassen? Wer tat so etwas? Unnötig zu betonen, dass er sich seither nicht mehr blicken ließ. Fünfzehn Jahre lang war er ständig zu uns gekommen, und jetzt tauchte er einfach nicht mehr auf. Ich hoffte, dass er mir mal über den Weg lief, damit ich ihm ordentlich die Meinung sagen konnte.

Noch bevor Jen die Küche betrat, hatte ich ihre Tasse unter die Maschine gestellt.

»Hallo, Liebes. Ich bin schon dabei, dir einen Kaffee zu machen … Oh, hallo, Luke!«

Ich brauchte also zwei Tassen. Luke war in den letzten Wochen jeden Tag vorbeigekommen. Dafür war ich ihm so dankbar. Es wäre für ihn viel einfacher gewesen, sich zurückzuziehen, und ich hätte es gut verstanden, wenn er das täte.

Verwundert sah ich, dass er Sportkleidung trug. Jahrelang

hatte ich ihm zugeredet, Dee beim Joggen zu begleiten, jetzt schien er tatsächlich damit begonnen zu haben. Ich musste ihn nicht fragen, warum. Es war offenbar seine Art, irgendwie auf andere Gedanken zu kommen.

Wir waren so glücklich gewesen, als er damals Dee geheiratet hatte, wir hatten keine Sekunde an ihm gezweifelt, die zwei waren unzertrennlich gewesen. War es gut oder schlecht, dass unsere Tochter ein so wunderbares Leben gehabt hatte? Gut. Definitiv gut. Und ich würde Luke für seinen Anteil daran auf ewig dankbar sein. Seit dem Tag, als er Dee geheiratet hatte, war er für uns wie ein Sohn gewesen, und das würde immer so bleiben, auch wenn Dees Platz jetzt leer blieb.

Jen umarmte mich länger als sonst, und auch Luke drückte mich fest an sich, ehe sie sich auf ihre Plätze setzten.

Sie wirkten so nachdenklich, so traurig und unsicher. Das war anders als sonst. Normalerweise plapperten wir gleich drauflos, wenn wir uns trafen. Tja, dann würde ich wohl beginnen müssen, das würde Dee von mir erwarten. Sie wäre verdammt sauer, wenn sie uns so bekümmert hier sitzen sähe.

»Also, Luke, womit hat diese Stadt es verdient, so früh morgens deine Beine zu sehen?«, scherzte ich, als ob nichts wäre.

»Sie hat einfach nur Glück gehabt«, antwortete er knapp.

»Klar. Was gibt's Neues?«, fuhr ich betont fröhlich fort. Ich würde durchhalten. Diese jungen Leute brauchten mich, und ich würde sie nicht im Stich lassen.

»Ich war im … im Laden …« Er gab sich solche Mühe, aber er konnte nicht verhindern, dass er ins Stocken geriet. Nach einem kurzen Blick in Jens Richtung fuhr er fort. »Okay, ich sage euch was. Dee hat für die nächsten Monate einige Reisen gebucht, und ich finde, Jen sollte sie machen.« Mein Blick wanderte zu Jen, die mit hängenden Schultern in ihre Tasse starrte. »Irgendjemand muss den Blog für Dee weiter betreuen und ihre Aufgaben übernehmen. Jen meint allerdings …«

Er stockte wieder und schaute zu Jen, die den Blick weiter gesenkt hielt. Ich sah die große Anspannung in ihrem Gesicht, die zusammengepressten Zähne. Sie war hart im Nehmen, schließlich hatte das Leben ihr keine andere Wahl gelassen. Aber ich konnte genau erkennen, dass sie kämpfte. So wie wir alle. Es schien einfach nicht richtig, etwas ohne Dee zu tun, schon gar nicht, ihre Stelle einzunehmen.

Wieder traf mich dieser stechende Schmerz im Magen, und ich benötigte alle Kraft, um aufrecht sitzen zu bleiben.

Ich sah Jen an. »Du hast das Gefühl, du darfst ihren Job nicht einfach so übernehmen, habe ich recht?« Jen nickte stumm. Ich stand auf und ging zu ihr, um sie in die Arme zu nehmen. Erst jetzt bemerkte ich, wie sehr sie zitterte. »Ich finde, du musst es tun, Liebes. Ihr zwei habt so hart gearbeitet, um dieses Geschäft aufzubauen, du musst es jetzt allein weiterführen. Dee wäre sonst verdammt sauer.«

Beim letzten Satz versuchte ich zu lächeln, aber ich war nicht sicher, ob es gelang. Auf jeden Fall meinte ich jedes Wort ernst. Der Laden war immer Dees Traum gewesen, ein wesentlicher Teil von ihr, und wir würden nun dafür sorgen müssen, dass er irgendwie weiterlief.

Endlich öffnete Jen den Mund. Aus jedem Wort hörte ich ihre Angst heraus. »Aber ich muss doch hierbleiben und mich hier um alles kümmern«, meinte sie.

Ich wollte ihr gerade anbieten, das für sie zu übernehmen, als ein anderer mir zuvorkam.

»Ich kann das tun.« Das war Mark. »Ich werde noch eine Weile bleiben, und ehrlich gesagt werde ich verrückt, wenn ich nichts zu tun habe. Ich könnte sehr gut für dich einspringen, wenn du unterwegs bist.«

»Und was ist dann mit deinem eigenen Job und deinem Leben in Australien?«, fragte Jen. »Willst du denn nicht zurück?«

Ich hatte diese Frage extra nicht gestellt, weil ich mir meiner Gefühle nicht sicher war. Ich wünschte mir natürlich sehnsüchtig, dass Mark noch blieb. Andererseits zwang mich jeder Augenblick, den er länger blieb, dazu, so zu tun, als wäre alles gut, als käme ich zurecht. Aber vielleicht war es das Beste so.

»Ich habe erst in ein paar Monaten wieder einen Job auf See, daher ist das kein Problem. Und es wartet ja sonst niemand auf mich«, fügte er hinzu und grinste dabei so, wie er als kleiner Junge immer gegrinst hatte.« Er wandte sich jetzt an mich. »Wäre das auch für dich in Ordnung, Mum?«

Ich lächelte. »Natürlich, mein Junge. Und es ist gut, wenn du beschäftigt bist, dann stehst du mir nicht ständig zwischen den Füßen.«

Er lächelte ebenfalls. Das hatte ich schon früher immer gesagt, als er noch ein Kind war. Ich gehörte nie zu den überbehütenden Müttern. Ich hatte meine Kinder immer nach draußen geschickt, in den Park, in den Garten, auf den Sportplatz. Raus mit dir, geh mir aus den Füßen! Und nimm deine Schwester mit!, pflegte ich zu sagen und schaltete den Staubsauger aus, stellte den Mop aus der Hand oder unterbrach das Einräumen der Waschmaschine, um den beiden ein bisschen Geld für ein Eis oder einen Schokoriegel zu geben. Und dann verschwanden sie und erforschten die Welt, bis es Zeit wurde zum Abendessen nach Hause zu kommen.

Heute gab es ja nur noch diese übertrieben fürsorglichen Helikoptereltern. Wie sollen die Kinder erwachsen und unabhängig werden, wenn ihre Eltern ununterbrochen um sie herumschwirren? Ganz ehrlich, wir konnten sie ohnehin nicht vor allem schützen. Unsere Dee war durch die ganze Welt gereist, hatte Partys besucht, war auf Berge geklettert und aus Flugzeugen gesprungen, und dann war sie an einem Sonntagnachmittag fünf Minuten von hier entfernt gestorben, weil …

»Dann wäre das also geregelt«, verkündete er.

»Wann soll Mark anfangen?«, fragte ich.

Jen schaute auf. »Morgen?«

Morgen. Gut. Ich wusste, dass Jen und Mark gut miteinander auskommen würden. Vielleicht tat es uns allen gut, dass er noch eine Zeit lang in unserer Nähe war.

10. Kapitel

Mark

Ich konnte kaum sagen, wie wenig mich hier hielt. Alles war mir inzwischen so fremd geworden, und ganz ehrlich, ich war einfach über das Alter hinaus, bei Mum und Dad zu wohnen. Der Sprung von einem Apartment am Strand von Cairns in ein Reihenendhaus in einem Vorort von Weirbridge war echt ein Kulturschock. Ich bin nicht sicher, ob ich überhaupt jemals hierhergepasst habe, jetzt tat ich es jedenfalls nicht mehr, und schon gar nicht ohne meine Schwester.

Dee und ich hatten als Kinder kein besonders enges Verhältnis gehabt. Wenn ich ganz ehrlich bin, hat es mich sogar oft ganz schön genervt, dass ich sie überall mit hinschleppen musste. Erst später, als ich schon längst in Down Under lebte, hat sie mich ein- oder zweimal im Jahr besucht, seither kamen wir sehr gut klar miteinander.

Und es gab nie einen Zweifel, dass ich zu ihrer Beerdigung kommen würde.

Natürlich gibt es keinen guten Zeitpunkt, um die eigene Schwester zu beerdigen, aber letztlich war das Timing gar nicht so übel. Mal für eine Weile aus meinem Leben am anderen Ende der Welt auszubrechen war nach allem, was dort passiert war, kein Fehler. Nicht dass ich meiner Mutter das auf die Nase binden würde. Mum konnte zwar viel wegstecken, aber ich würde nichts tun, was ihr Anlass zur Sorge um mich geben könnte.

Ein Gong ertönte, als ich die Tür aufdrückte, und das Erste, was ich sah, war Jen, die im hinteren Teil des Ladens ein Paket, das fast so groß war wie sie selbst, aus einem Nebenraum zerrte. Ich lief hin, um es ihr abzunehmen, aber sie winkte ab.

»Nein, nein, geht schon. Ich schaffe das«, keuchte sie, schleppte das Paket quer durch den Laden und ließ es neben dem Fenster zu Boden fallen. Sie drehte sich zu mir um. »Soll ich dir kurz alles zeigen?«, bot sie an.

Ich verfügte vielleicht nicht über allzu viel emotionale Intelligenz, aber selbst ich konnte erkennen, dass sie nicht sonderlich glücklich über meine Anwesenheit war. Ich hatte gedacht, es würde uns beiden guttun, wenn ich meine Hilfe anbot, sie sah das offenbar völlig anders. Na super. Das war genau das, was ich jetzt brauchte.

Wenigstens musste ich sie nicht wegen allem mit endlosen Fragen nerven. Am Anfang hatte ich mein Gehalt als Taucher aufgestockt und im Shop des Strandclubs gejobbt, daher kannte ich mich mit Waren und Abrechnungen aus. Ich schaute mich um. Seltsam, dass ich zum ersten Mal im Laden meiner Schwester war. Wie so oft wünschte ich, ich wäre schon früher gekommen, während einer meiner wenigen Besuche zu Hause, um Anteil an ihrem Leben zu nehmen. Doch jetzt war es zu spät für Reue. Außerdem war Dee offenbar auch ohne die Hilfe ihres großen Bruders gut zurechtgekommen.

Der Laden hatte ein gutes Konzept, kein Wunder, dass er so erfolgreich lief. Meine Schwester schien ein schlaues Mädchen gewesen zu sein. Jen war das sicher ebenso – auch wenn sie ihr Knowhow im Moment hinter einer Fassade aus Traurigkeit versteckte. Aber das konnte ich ihr nicht verdenken. Sie hatte ihre beste Freundin verloren, und offenbar hatte auch ihr Freund das Weite gesucht. Also gleich eine doppelte Portion Herzschmerz.

»Womit soll ich anfangen? Ich stehe dir voll und ganz zur

Verfügung.« Ich versuchte, die angespannte Atmosphäre etwas aufzulockern.

Zum ersten Mal sah ihr Lächeln annähernd echt aus. »Ich würde gern das Schaufenster umgestalten«, antwortete sie. »Dee …«, sie atmete tief ein und aus, ehe sie weitersprach, »Dee hat die letzte Deko mit den Skiklamotten im Januar gemacht, die muss jetzt raus. Wir sollten unbedingt das Thema Kreuzfahrt bewerben, ehe im März die Saison beginnt.«

Der Türgong unterbrach unser Gespräch. Im Stillen schloss ich eine Wette mit mir selbst ab, wie lange ich es wohl aushielt, ehe ich die Batterie aus dem nervenden Teil nahm.

Eine Frau um die vierzig kam herein, mit einer goldenen Gucci-Sonnenbrille, obwohl graue Wolken am Himmel hingen. Jen drehte sich kurz zu ihr um und beschäftigte sich dann wieder mit ihrem Schaufenster. Offenbar kannte sie die Kundin.

»Sind Sie neu hier?«, war der erste Satz, den sie an mich richtete.

»Ja, das bin ich.« Ich lächelte.

»Australier?« Offenbar hatte sie den Akzent erkannt, der sich nach all den Jahren bei mir eingeschlichen hatte.

»Halb und halb«, antwortete ich. »Ich komme ursprünglich von hier und bin erst seit ein paar Wochen wieder zurück.«

Sie lehnte sich an die Theke und zeigte ihre perfekten Zähne. Wow! Zurückhaltung war offenbar nicht ihre Stärke.

»Also, falls Sie Begleitung brauchen, um diese Stadt wieder neu kennenzulernen … Dee hat meine Nummer. Apropos … wo steckt denn eigentlich meine Lieblingsreiseberaterin?«

Oh. Verflucht. Darauf war ich nicht gefasst. Keine Ahnung, warum nicht. Natürlich gab es Stammkunden, die Dee gut kannten und sich von ihr bedienen lassen wollten. Ich hätte ahnen müssen, dass das kam, und mich darauf vorbereiten sollen.

Mist!

»Hi, Delilah!«

Jen tauchte zwischen all der Deko auf, die sie für die neue Gestaltung der Auslage zusammengesucht hatte.

»Jen, ich hab dich gar nicht gesehen«, sagte die Kundin mit unüberhörbarer Herablassung in der Stimme. »Wo ist Dee?«

»Tot.« Und dann lief Jen quer durch den Laden ins Büro und schloss die Tür hinter sich.

»Oh …« Mrs. Gucci machte einen hilflosen Eindruck. »Tja, dann muss ich mit meinem Anliegen wohl noch ein bisschen warten.«

Sie drehte sich auf den Absätzen ihrer Designerschuhe – die mit den roten Sohlen – um und bewegte sich in Richtung Ausgang.

Okay. Ein paar Sekunden herrschte absolute Stille, und ich überlegte, was ich tun sollte. Alles, was ich von Jen wusste, beruhte auf einer vagen Erinnerung an ihre und meine Kindheit und den wenigen kurzen Begegnungen in den vergangenen Jahren. Meist war sie dabei von anderen Personen umgeben und sehr still und zurückhaltend gewesen, die unauffällige Erscheinung im Hintergrund. Kein Wunder, bei Dee, Mum, Josie und Tante Ida hatte es ja auch kein Dazwischenkommen gegeben.

Die Tatsache, dass kein weiterer Kunde auftauchte, wertete ich als Zeichen dafür, einmal nach Jen zu sehen. Als ich die Tür zum Büro öffnete, saß sie auf einem der Schreibtische und starrte auf ein Strandplakat, das an der Wand hing.

»Es tut mir leid«, sagte sie, als sie mich sah. »Ich hätte es nicht so sagen dürfen. Ich weiß auch nicht, warum ich das getan habe. Sie hat Dee immer wahnsinnig gemacht. Einmal, als wir hier im Laden eine Jubiläumsfeier hatten, hat sie sogar Luke angebaggert. Aber das entschuldigt natürlich gar nichts.«

So viele Sätze hintereinander hatte ich von Jen noch nie gehört.

»Es war okay«, antwortete ich. »Brutal, aber okay.«

Das entlockte ihr immerhin ein kurzes Lächeln, doch dann versank sie wieder in brütendes Schweigen.

Unter normalen Umständen hätte ich sie als schlecht gelaunte Zicke abgetan und wäre ihr künftig einfach aus dem Weg gegangen. Leute, die so negativ waren, konnte ich nicht leiden. Deshalb mochte ich auch die entspannte, lebensbejahende, lockere Art der Menschen an der Goldküste so. Die Arbeit draußen auf See gefiel mir. Zwei oder drei Monate blieben wir in der Regel draußen, und das zwei- oder dreimal im Jahr. Ich gehörte zu einem Team von Tauchern, die die Rümpfe der Bohrschiffe und die Ölplattformen auf See warteten. Oft war ich ohne Kontakt zur restlichen Welt unterwegs, aber die Bezahlung stimmte, und ich konnte mir in der übrigen Zeit erlauben, einfach nur zu chillen und das zu tun, wozu ich Lust hatte. Manchmal reiste ich ein paar Wochen die Küste entlang, manchmal setzte ich mich auf mein Fahrrad und ließ mich einfach treiben.

Dee hatte immer gesagt, wir hätten beide dasselbe Freigeist-Gen. Sie hatte vermutlich recht, auch wenn sie dann irgendwann geheiratet hatte. Ich hatte erst ein einziges Mal so was wie eine feste Beziehung, und ich konnte mir nicht vorstellen, dass das noch einmal passieren würde. Tara besaß auch diese Lebenslust, diesen Drang zur Unabhängigkeit. Sie stammte aus Neuseeland, wir hatten uns in der Bar des Strandclubs kennengelernt. Sie war der erste Mensch gewesen, mit dem ich mir hätte vorstellen können, eine Art Zukunft zu planen. Aber wir waren beide nicht die Typen für Regeln und Konventionen, und unsere Beziehung endete so plötzlich, dass wir nicht mal die Zeit hatten, herauszufinden, warum.

Nun, es machte keinen Sinn, lange darüber nachzugrübeln.

»Sag mal, wo kriegen wir denn hier was zu essen und zu trinken her? Ich hole uns erst mal einen anständigen Kaffee und … Wann hast du das letzte Mal was Richtiges gegessen?«

»Deine Mutter hat uns doch gestern erst mit Lasagne gefüttert«, antwortete sie.

»Gut, dann besorge ich uns was.«

Sie nickte. Ich hatte den Eindruck, ich hätte ebenso gut sagen können: Ich habe gerade im Lotto gewonnen. Sie hätte nicht anders reagiert.

Vielleicht war das alles doch nicht so eine gute Idee. Vielleicht wäre es klüger gewesen, den erstbesten Flieger zurück nach Australien zu nehmen. Andererseits, wozu hätte ich zurückfliegen sollen? Mich erwartete ja doch nur ein leeres Apartment.

Zwei Kaffee und ein paar Schinkenbrötchen waren im Augenblick das Beste, was mir passieren konnte.

11. Kapitel

Luke

Sie erwarteten von mir, dass ich mich einbrachte, aber es ging einfach nicht. Wir saßen an einem Freitagnachmittag um den Konferenztisch und diskutierten seit zwei Stunden den Claim für eine neue Papiertüchermarke. Ich meine echt, wen kümmerten schon Markenwert, Warenrotation, Marktsättigung? Es ging um beschissene Papiertücher! Das Fortbestehen der Menschheit hing ja weiß Gott nicht davon ab, ob man ein oder zwei Tücher brauchte, um einen Fleck wegzuwischen …

»Über verschüttete Milch lohnt sich nicht zu weinen.«

Es kam aus mir raus, ehe ich auch nur eine Sekunde nachgedacht hatte. Was für ein Schwachsinn! So banal. Viel zu flach. Dee hätte nur die Augen verdreht.

Colin Medour, der Chef der FMCG-Abteilung der Agentur – sie war für »schnell rotierende Konsumgüter« zuständig –, stockte und dachte nach. Als ob ich soeben ein neues Heilmittel gegen Krebs erfunden hätte. Schließlich nickte er und strahlte wie ein in Trance gefallener Derwisch.

»Das ist gut! Das ist verdammt gut! Okay, Callie, Domenic, Luke, arbeitet weiter daran. Ich brauche Visualisierungen, Konzepte, Botschaften. Könnt ihr uns bis Montag neun Uhr was präsentieren?«

Eine Frage, aber wir alle wussten, dass es nur eine Antwort darauf gab.

»Klar«, sagte ich und ignorierte Domenics gefletschte Zähne und Callies zusammengezogene Augenbrauen.

Na ja, was heißt zusammengezogen – sie hatte mal wieder eine Serie von Botox-Behandlungen hinter sich, es war also eher ein leichtes Zucken.

Alle anderen stürmten davon, erleichtert, dass sie diesmal nicht der Actiontruppe zugeteilt worden waren und freitagsabends ausnahmsweise mal vor acht nach Hause kamen. Mich störte es wenig, dass ich noch bleiben musste. Was sollte ich sonst tun? Nach Hause fahren, eine Flasche Bier öffnen und schon wieder den ganzen Abend über das Wort »Witwer« nachdenken und im Geiste zählen, wie viele mitleidsvolle Blicke ich bis zur Mittagspause geerntet hatte? Oder noch besser, wie viele meiner geschätzten Kolleginnen und Kollegen den Blick abgewendet hatten, damit sie mir nicht in die Augen schauen mussten?

Nicht dass dies eine Überraschung wäre! Marketingagenturen waren ja nicht gerade bekannt für ihre sozial eingestellten, empathischen Mitarbeiter, dort begegnete man dem Thema Tod genauso wie dem Thema Alter und Krankheit: am besten gar nicht – man könnte sich ja womöglich anstecken.

Ein Haufen Schwachköpfe. Ich spürte, wie mich erneut dieses Gefühl von Gereiztheit überkam. Seit Dees Tod tat es das jeden Tag, manchmal so häufig, dass ich mit dem Zählen nicht mehr nachkam. Ein Gefühl, als lägen meine Nervenenden auf der Hautoberfläche, als würde ich von einer unsichtbaren Macht gefoltert. Ich kapierte es nicht. Dee war eine unstillbare Quelle der guten Laune und der positiven Stimmung gewesen, aber sie war auch die Sprunghafte, diejenige in unserer Beziehung, die ungeduldig war, reizbar, aufbrausend. Jetzt, wo sie fort war, war ich plötzlich derjenige, der ständig genervt war. Ich hoffte, es würde vorbeigehen, denn im Moment war das Einzige, das half, zu rennen, bis ich nichts mehr spürte außer dem Wunsch, zusammenzubrechen oder mich zu übergeben. Und trotz des widerlichen Gefühls machte ich weiter, denn es war der einzige Weg, der das Schreien in meinem Kopf beruhigen konnte und das Dröhnen in ein zugegeben pathetisches Winseln verwandelte.

Wir bewegten uns in Richtung Brainstorming-Space – jawohl, die Arbeit in unserer Agentur war so anspruchsvoll, dass wir einen eigenen Raum benötigten, um unsere Kreativität zu fokussieren, wie man das bei uns nannte. Wir durften uns glücklich schätzen, dass es dort nicht auch noch Sitzsäcke und psychedelische Lampen gab. Noch nicht jedenfalls. Ich versuchte, meinen Genervtheitspegel ein paar Stufen runterzubringen. Mich zusammenzureißen. Schließlich war das alles nichts wirklich Neues. Viele meiner geschätzten Kolleginnen und Kollegen waren schon immer wichtigtuerische, selbstverliebte, narzisstische Nervensägen gewesen. Und um ehrlich zu sein, hatte ich das bisher sogar ganz amüsant gefunden. Dee auch. Sie brach regelmäßig in hysterisches Gelächter aus, wenn ich mal wieder eine der vielen absurden Äußerungen zitierte. Jetzt verlangte es meine ganze Selbstbeherrschung, ihnen ihre Oberflächlichkeit nicht in ihre blasierten Gesichter zu klatschen.

Domenic und Callie gehörten ja noch zu den Anständigen. Ich würde sie nicht unbedingt als Freunde bezeichnen, aber sie lösten bei mir wenigstens nicht den Drang aus, meinen Kopf so lange auf den Schreibtisch zu schlagen, bis ich das Bewusstsein verlor. Seit ein paar Jahren gehörten sie zu meinem Team. Domenics Ego war in etwa so übersteigert wie die grotesk große Sporttasche, die er jeden Morgen mit zur Arbeit brachte, trotzdem war er ein guter Kerl, und die Montagmorgenstorys über seine Wochenenderlebnisse waren unbezahlbar. Callie besaß meinen Respekt, weil sie in der Regel die klügste Person im Raum war. Fast alle Typen aus der Agentur standen auf sie, aber sie ignorierte das einfach.

»Na super, vielen Dank«, murmelte Domenic und ließ sich in einen der Sessel fallen. »Heute Abend war bei mir eigentlich voll verplant – Fitnessstudio, Kneipe, danach ein Date mit einer Braut, die aussieht wie eine Kardashian …«

»Welche denn?«, unterbrach Callie und ließ sich neben ihn fallen.

»Die auf der High Street«, antwortete er.

Sie verdrehte die Augen. »Blödmann! Welche Kardashian meine ich natürlich. Wenn du uns schon mit Einzelheiten aus deinem Privatleben langweilst, dann wollen wir auch alles ganz genau wissen.«

Zum Glück sah der Typ aus wie Orlando Bloom, wenn er einen guten Tag hatte, denn mit seinem Wissen über Quantenphysik würde er keine rumkriegen.

»Kendall.«

»Gute Wahl.«

Callie lachte. Als ich die beiden so frotzeln hörte, wurde mir plötzlich die Brust ganz eng. Das war genau die Art von Konversation, wie Dee sie geliebt hatte. Witzig. Schlagfertig. Direkt.

Das inzwischen so vertraute Engegefühl verbreitete sich weiter in meinem Körper und löste eine Form von Übelkeit aus, wie ich sie vor Dees Tod nur ganz selten erlebt hatte. Es war die, die einen packte, wenn man richtig schlechte Nachrichten bekam. Sie fühlte sich an wie ein Schlag in die Magengrube. In letzter Zeit passierte mir das ein paarmal am Tag. Jedes Mal, wenn ich mich an sie erinnerte. Jedes Mal, wenn ich an ihre Stimme dachte, ihr Haar, ihr Lächeln oder, so wie jetzt, an ihren Humor.

Nur mit Mühe widerstand ich dem Drang, einfach wegzurennen. »Okay, Junge, dann hau ab. Ich mach das für dich mit, schließlich hab ich dich da ja auch reingerissen«, hörte ich mich plötzlich sagen.

Auch das geschah in letzter Zeit dauernd. Manchmal hatte ich das Gefühl, jemand ganz anderes zu sein, so als würde ich diesen Körper, der sprach und ging und funktionierte wie der eines ganz normalen gesunden Menschen, gar nicht mehr bewohnen. Nichts war mehr normal.

Domenic sah mich an, als traute er seinen Ohren nicht. »Bist du sicher?«

»Sosehr wir deinen wertvollen Beitrag zu Werbekampagnen für dämliche Papiertücher schätzen, notfalls kommen wir auch ohne dich klar.«

Er streckte mir die Faust zum Dank entgegen. Ich starrte einen Moment darauf. »Ich tue jetzt so, als würde ich das nicht sehen. Ich bin nämlich keine vierzehn mehr.«

Er lachte immer noch, als die Tür hinter ihm zufiel.

Callie nahm einen Bleistift zur Hand, um sich Notizen zu machen. »Okay, dann lass uns mal anfangen«, verkündete sie. Ich sah zu, wie sie *Über verschüttete Milch lohnt sich nicht zu weinen* auf ein Blatt Papier kritzelte. Ich wusste genau, was sie meinte, aber die Vorstellung, noch länger in dieser idiotischen Kreativitätsecke zu hocken, machte mich wahnsinnig.

»Kneipe nebenan?«

»Mich musst du nicht zweimal fragen«, antwortete sie und sprang auf.

Wie Dee war sie sportlich und durchtrainiert. Jeden Morgen kam sie zur Arbeit gejoggt und duschte anschließend in der Agentur. Ja, Duschen in der Agentur. Noch so eine Idee aus dem Reich der Spinner.

»Bist du sicher? Triffst du dich heute nicht mit Justin?«

Das war Callies Freund. Ein Betriebswirt, der in seiner Freizeit Triathlon machte. Ich weiß nicht, welcher dieser Aspekte am meisten dazu beitrug, dass ich ihn für einen Irren hielt.

»Nein. Hab ihm abgesagt, nachdem du uns an einem Freitag um achtzehn Uhr so einen blöden Job aufgehalst hast.« Zum Glück schien sie nicht wirklich sauer zu sein.

»Sorry dafür.«

»Ein Glas Wein würde mir das Verzeihen deutlich erleichtern.«

Im Pub war es schon ziemlich voll, der übliche Freitagabendmix aus Anzugträgern und Mädels auf High Heels, die sie später am Abend in den Händen tragen würden. So war ich früher auch. Ausgehen am Freitagabend. Unbeschwert. Lachen und Spaß haben. Es war erst ein paar Wochen her, aber es kam mir vor wie eine Ewigkeit. Jetzt war ich nur noch ein emotionales Wrack, das dringend ein Bier brauchte und froh war über den Lärm. Alles war besser als diese ständige Stille zu Hause.

Wir fanden einen Platz an einem Ecktisch und klopften ein paar Headlines zusammen, die ich mit Grafiken und Bildchen aufhübschen würde. Es war eine blödsinnige Idee, und wir wussten beide, dass sie spätestens Montag verworfen würde, daher steckten wir nicht allzu viel Grips hinein.

Wir hatten unsere Gläser fast leer, als Callie plötzlich das Gesicht verzog – oder es zumindest versuchte. Wieder dieses Zucken. Ich glaube, sie wollte die Stirn runzeln. War sie besorgt? Oder sauer? Dee hatte mir immer erklärt, ich sei hoffnungslos im Deuten von Gesichtsausdrücken bei Frauen. Wie sollte ich da die Miene einer Frau interpretieren, die sich umfangreicher kosmetischer Renovierungsarbeiten unterzogen hatte? Da konnte ich ja gleich versuchen, den Enigma-Code zu entschlüsseln.

»Wie geht es dir denn inzwischen so?«

Ich hätte damit rechnen müssen. Weiß Gott, ich hatte diesen Satz im letzten Monat so oft gehört, dass ich inzwischen sogar ein paar vorformulierte Antworten bereithielt.

»Es geht so, danke«, antwortete ich. Tat es nicht.

»Gute Tage und schlechte Tage?«

Nur schlechte.

»Ach, ich komm schon klar. Irgendwie muss es ja weitergehen.«

Wieso? Wer zum Teufel kam auf so eine Idee? Wer sagte, dass das Leben weiterging, wenn man sich eigentlich nur noch betrinken wollte, den Mond anheulen oder die Möbel zertrümmern, um den unerträglichen Schmerz irgendwie zu lindern?

Callie nickte. »Tja … ich weiß auch nicht … Ich meine, es ist ja nicht so … Herrje, ich kann das einfach nicht … Aber wenn du irgendwann mal das Bedürfnis hast zu reden … Meine Schwester ist vor ein paar Jahren gestorben …«

»Oh, das tut mir leid, das wusste ich nicht.«

Es überraschte mich, dass sie nie davon gesprochen hatte, andererseits hatten wir im Büro immer ein ziemlich oberflächliches Verhältnis gehabt.

»Na ja, das ist nichts, was ich groß rausposaune«, antwortete sie. »Aber ich weiß, wie hart es für dich sein muss. Wenn du also mal reden oder dich ausweinen willst, ich bin gerne für dich da.«

»Danke, das ist sehr nett von dir.«

Eine Weile sagte keiner von uns etwas.

»Entschuldige. Jetzt fühlst du dich sicher total mies«, meinte sie schließlich und hob ihr Weinglas.

»Nein, nein … es ist nur so, dass …« Ich zuckte mit den

Schultern. Sie hatte nicht ganz unrecht, ich fühlte mich wirklich unwohl. »Reden ändert leider gar nichts.«

Das war so, aber dahinter steckte noch etwas ganz anderes. Die einzige Person, mit der ich in den letzten zehn Jahren hatte reden wollen, wenn etwas Schönes, Blödes, Tolles, Trauriges, Aufregendes passiert war, war Dee gewesen. Mit jemand anderem außer Val, Jen oder sonst wem aus der Familie zu sprechen wäre so … Ich suchte nach dem richtigen Wort … falsch. Es wäre wie Verrat.

Callie und ich waren schon häufiger nach der Arbeit was trinken gegangen, wenn Dee mal wieder unterwegs auf Reisen gewesen war, und es hatte sich nie seltsam angefühlt. Nicht so wie jetzt. Das kam wohl von dieser ständigen Traurigkeit. Sie brachte alles völlig durcheinander. Gab einem das Gefühl, in einer fremden Haut zu stecken. Sie ließ einen völlig vergessen, wie man sich sonst in normalen Alltagssituationen verhielt. Außer …

»Noch ein Drink?«, fragte ich. Ich würde ihr nicht übel nehmen, wenn sie Nein sagte, eigentlich wäre es sogar eine Art Erleichterung.

»Gerne«, antwortete sie. Sie hatte echt Durchhaltevermögen.

Ich schob mich durch bis zur Theke und bestellte noch mal Bier und Wein. Dann erst bemerkte ich die Gruppe Mädels in der Ecke, die wild durcheinanderschnatterten und kreischten. Sie schienen völlig losgelöst und unbeschwert. Ich wünschte, ich könnte auch so sein.

»Was trinken die denn?«, fragte ich das Mädel hinter der Theke.

»Wodka Shots.«

Es wäre kompletter Wahnsinn, jetzt damit anzufangen.

»Ich nehme auch zwei«, sagte ich.

Callie sah mich erstaunt an, als ich mit dem Tablett an den Tisch zurückkam. »Das kann ja heiter werden.« Nach ihrem Gesicht zu urteilen, schien ihr die Vorstellung zu gefallen.

Wieder traf mich ein Schlag in den Magen. Genau so hätte Dee auch reagiert. Was tat ich hier bloß? Das hier war kein Ort für mich, solange ich mich so mies fühlte. Ich brauchte Ruhe. Oder Menschen, die mich gut genug kannten, um zu erkennen, dass ich kurz davorstand, eine Wand einzuschlagen. Gott, ich hasste das. Ich stellte die Gläser auf den Tisch.

»Es tut mir echt leid, aber ich … Ich muss jetzt gehen.«

Callies Brauen zuckten wieder. Ich glaube, dieses Mal versuchten sie, so etwas wie Verwirrung auszudrücken.

»Sorry, Callie.« Ich entschuldigte mich schon wieder. »Ich … ich bin nur so …« Ich beendete den Satz nicht mal. Ich drehte mich einfach um und stürmte in Richtung Tür, riss sie auf und lief ins Freie. Draußen sank ich gegen die Hauswand, legte die Hände auf die Knie, versuchte zu atmen und das Gefühl loszuwerden, das mir das Herz zuschnürte.

»Alles okay, Junge?« Einer der Türsteher sah mich forschend an.

»Keine Ahnung«, antwortete ich. »Ich hab echt keine Ahnung.«

Ich richtete mich auf, atmete so tief ein, wie ich nur konnte. Und dann fing ich an zu rennen.

12. Kapitel

Jen

»Warte mal kurz, Val, ich frage ihn.« Ich hielt das Telefon ein Stück von meinem Ohr weg. »Mark, deine Mum will wissen, ob du heute Abend zum Essen nach Hause kommst oder ins Fitnessstudio gehst.«

Ich zog es vor, Val nicht zu verraten, dass er die Augen verdrehte und lachte.

»Fitnessstudio. Und kannst du ihr bitte auch noch sagen, dass ich später nach Hause komme, einen Haustürschlüssel habe und fünfunddreißig Jahre alt bin?«, ergänzte er.

Das war nicht nötig. Val hatte jedes Wort mitgehört und erwiderte ein paar wohlüberlegte Boshaftigkeiten, ehe sie auflegte.

Er sah mich an. »Und? Was hat sie gesagt?«

»Dass du ein wunderbarer Sohn bist und sie dich unendlich liebt«, log ich. Ich würde mich da nicht reinziehen lassen. »Wie wär's, wenn du dir ein Handy anschaffst, damit ich nicht all deine Telefonate annehmen muss?«

Mark unterbrach das Zählen der Tageseinnahmen. »Damit meine Mutter mich ständig erreichen kann? Nie im Leben! Sie würde mich alle zwei Minuten anrufen. Mir reicht mein australisches Handy.«

»Das funktioniert hier doch nicht.«

»Eben«, antwortete er triumphierend.

»Gibt es denn in Australien niemanden, den du gerne anrufen würdest?« Es musste jemanden geben.

»Nö. Meine Kumpels wissen, dass sie mich sehen, wenn sie mich sehen. Ende.«

»Keine Freundin?«

Er schüttelte den Kopf. »Eine Zeit lang gab es da jemanden. Tara. Aber letztes Jahr wurde ihre Mutter krank, und sie musste zurück nach Neuseeland. Es lief eine Weile ganz gut zwischen uns, aber langfristige Bindungen sind nicht mein Ding. Ich lebe lieber von einem Tag auf den anderen«, meinte er und verzog das Gesicht wie Dee.

Ich war überrascht gewesen, als sie damals Luke heiratete. Nicht weil er nicht perfekt für sie gewesen wäre, denn das war er, sondern weil sie immer gesagt hatte, sie würde sich niemals für immer binden. Bis dass der Tod uns scheidet – das ist nichts für mich, hatte sie immer gesagt.

Ich verspürte einen heftigen Stoß gegen den Solarplexus.

Wenn Mark merkte, wie sehr meine Knie zitterten, dann ließ er sich nichts anmerken. Täglich mit ihm zusammenzuarbeiten war lange nicht so unangenehm, wie ich befürchtet hatte. Nach einem holprigen Start an einem dieser Tage, an denen selbst das Atmen schmerzhaft war, hatten wir einen Rhythmus gefunden und kamen gut miteinander aus. Er war an einem kalten Januarabend in Großbritannien gelandet. Nun war bald Ostern, und es fühlte sich an, als würde er mit zur Einrichtung gehören. Er kam großartig mit den Kunden zurecht, hatte unsere Arbeitsabläufe und Systeme schnell durchschaut und besorgte zweimal am Tag Kaffee. Daran war nichts auszusetzen.

Es half, dass wir unser persönliches Verhältnis ziemlich oberflächlich hielten. Ein paarmal hatte er vorgeschlagen, nach Feierabend noch etwas trinken zu gehen, aber ich hatte jedes Mal abgelehnt. Es war viel einfacher, zur Arbeit zu kommen, das zu tun, was getan werden musste, und dann wieder nach Hause zu gehen. Doch auch wenn wir nie über Persönliches sprachen, war mir klar, dass es Mark schwerfiel, wieder mit seinen Eltern zusammenzuleben. Kein Wunder. Es konnte nicht einfach sein, schon gar nicht, da wir alle unter der Last einer erdrückenden Trauer standen. Ich sorgte mich um Val. Auf den ersten Blick war sie stark und gefasst, aber sie hatte abgenommen und dunkle Ringe unter den Augen, die kein Concealer der Welt abdecken konnte.

Die handgeschnitzte Uhr an der Wand, ein Souvenir von Dees Reise nach Bali, schlug. Fünf Uhr.

»Warum machst du nicht Feierabend? Ich kann mir nicht vorstellen, dass heute noch viele Kunden kommen.«

»Meinst du?«

»Absolut.«

»Langsam bekomme ich Komplexe. In den letzten Wochen hab ich dich immer mal wieder gefragt, ob du mit mir essen gehst, in den Pub, sogar einen Museumsbesuch hab ich vorgeschlagen, falls du zu den Kulturfreaks gehörst. Mum hat mich gebeten, dich ein bisschen abzulenken, aber ich hab komplett versagt.«

»Keine Sorge, ich sage Val, dass du einen guten Job machst«, versprach ich. »Und danke, Mark, eines Tages werde ich ganz bestimmt auf eins deiner Angebote zurückkommen.« Ich wusste nicht, ob das stimmte. Ich konnte den Gedanken einfach nicht ertragen, mit Dees Bruder irgendwo zu sitzen, zu trinken, zu lachen, zu reden, ohne dass sie dabei war. Es erschien mir einfach nicht fair.

»Okay, ich verlasse mich darauf.« Er lächelte, und ich verstand, warum viele unserer Stammkundinnen in letzter Zeit noch häufiger kamen als sonst. Er war ein echter Sunnyboy:

sportlich, braun gebrannt, dunkles Haar, markantes Kinn, stahlblaue Augen. Ein typischer australischer Surfertyp. Er verschwand kurz im Büro und kam mit seiner Sporttasche zurück. An den meisten Tagen ging er nach der Arbeit noch ins Studio. Ständig versuchte er, mich zu motivieren mitzukommen. Wie aufs Stichwort … »Ich warte gerne einen Moment, wenn du dich dazu entschließen solltest mitzukommen«, meinte er und sah mich an.

Ich ließ mich auch durch sein Lächeln nicht bewegen. »Nein, danke. Außerdem muss ich heute Abend noch zu Ende packen.« In Wahrheit hatte ich damit noch gar nicht begonnen, dabei ging mein Flieger schon in aller Herrgottsfrühe am kommenden Morgen. Aber seit ich mich dazu bereit erklärt hatte, hatte ich jeden Gedanken an den New-York-Trip so weit wie nur möglich von mir weggeschoben. Eigentlich hatte ich sogar insgeheim vor, in allerletzter Minute zu stornieren. Ich dachte da an eine Grippe. Oder eine Mittelohrentzündung. Vielleicht auch eine leichte Gastroenteritis.

Ich wartete, bis Mark weg war, dann ging ich ins Büro. Dee war nun schon fast zwei Monate tot, aber ihr Cardigan hing noch immer über der Stuhllehne, als wartete er darauf, dass sie zurückkam und ihn holte. Ich setzte mich auf ihren Platz und zog ihn über. Natürlich war das nur Einbildung, ich redete mir dennoch ein, dass er immer noch nach ihr roch. Ich legte die Füße auf den Schreibtisch, so wie sie es nach der Arbeit immer getan hatte, und fragte mich, wie sie wohl über das denken würde, was in der Zwischenzeit hier geschehen war. Sie wäre stolz auf Mark, darauf, dass er nach Hause gekommen war, um seine Eltern in der furchtbaren Zeit zu unterstützen. Sie wäre entsetzt, wie schwer Luke das Leben ohne sie fiel. Und ich hatte keinerlei Zweifel, dass sie sich irgendwo einen Baseballschläger besorgen und Pete damit an den Kragen gehen würde. Bei der Vorstellung musste ich lächeln. »Tu es, Dee!«, flüsterte ich.

Ich hörte, dass die Ladentür aufging, und wollte gerade nachsehen, ob es ein Kunde war, als Josie mit einem Staubsauger hereinschwebte. Sie war schon über sechzig, aber offenbar hatte ihr das nie jemand gesagt. Jedenfalls sah sie aus wie eine Fünfunddreißigjährige, und sie benahm sich auch so. Sie sang jeden Song mit, den sie im Radio hörte, feierte und tanzte auf jeder Party bis zum Ende mit, löste jedes Problem im Handumdrehen. Sie stammte aus der »Packen wir es an!«-Generation. Kein Jammern, kein Klagen, kein Stöhnen kam über ihre Lippen. Sie war eine eiserne Macherin mit einer Zigarette im Mundwinkel und einem rauen Lachen, das jede Bewegung begleitete. Ihr Sohn Michael und seine Frau Mel hatten beschlossen, in Italien zu bleiben, damit sie in der Nähe seiner Töchter aus erster Ehe sein konnten. Josies Tochter Avril war eine brillante Make-up-Stylistin, sie wohnte in London und arbeitete für eines der Musical-Theater im West End. Aber Josie hatte uns, ihre Ersatzfamilie.

»Jen, wie geht's dir?«, rief sie, ehe sie sah, dass ich an Dees Schreibtisch saß, mit ihrem Cardigan um die Schultern. »Ach, Süße, hast du wieder einen dieser Tage?«

»Jeder Tag ist so«, antwortete ich. Bei Josie konnte ich ehrlich sein. Ich brauchte nichts zu beschönigen, anders als bei Mark, Luke oder Val, die ich nicht noch zusätzlich belasten wollte.

»Du hast Angst davor, morgen nach New York zu fliegen, hab ich recht?«

Ich nickte.

»Und du überlegst, dich zu drücken?«

Ich nickte wieder. Ihre hellseherischen Fähigkeiten waren beeindruckend.

»Ich sollte mitkommen. Vielleicht krieg ich ja noch einen Flug …«

Ich blinzelte die Tränen fort, die mir in die Augen geschossen waren. Nettigkeit war das Schlimmste. Mit Gleichgültigkeit und Distanz konnte ich umgehen, aber sobald jemand nett und fürsorglich war, brach ich zusammen. »Danke, Josie, ich muss das allein hinbekommen. Wirklich.«

Sie seufzte. »Ist vielleicht besser so. Ich bin nicht sicher, ob die nicht immer noch hinter mir her sind, nachdem ich damals im Central Park drei Touristen mit meinem Segway angefahren habe.«

Mein erstes echtes Lächeln an diesem Tag. Sie war einfach unverbesserlich.

»Soll ich uns einen Tee machen?«

Ich schüttelte den Kopf. »Nein, danke, Josie.«

Sie beugte sich zu mir herunter und umarmte mich. »Also gut, ich lasse dich jetzt in Ruhe und kümmere mich um meine Arbeit. Melde dich einfach, wenn du dir das mit dem Tee anders überlegst.«

Sie ließ mich los, öffnete den Schrank mit den Putzutensilien und nahm Eimer, Reinigungsmittel, Lappen und den Overall heraus, den sie über ihren schicken schwarzen Rolli und die Skinny Jeans zog. Wenn es einen Preis für die stylishste Reinigungskraft der Welt gäbe, er stünde auf ihrem polierten Kamin.

Sie arbeitete immer nur eine Stunde nach Feierabend – manchmal auch frühmorgens, bevor wir öffneten. Als sie fertig war, kam sie zurück in mein Büro, und ich saß immer noch an derselben Stelle wie vorher. Sie stützte sich auf die Kante von Dees Schreibtisch und schaute mich an. Diesmal wartete sie, bis ich etwas sagte.

»Ich verstehe das alles nicht, Josie. Es ist so, als würde jeder Tag einfach nur vorübergehen, als würde ich das Leben einer anderen Person leben, einfach nur die Zeit verstreichen lassen, bis ich in mein eigenes Leben zurückkehren kann.«

»Ich weiß, wie sehr sie dir fehlt, Schätzchen. Und was ist mit ihm? Hast du von dem rückgratlosen Dummkopf noch mal was gehört?«

Hatte ich schon erwähnt, dass sie sehr direkt und kompromisslos war?

»Nein, kein Wort.« Nicht dass ich es nicht versucht hätte. Ich hatte ihn auf dem Handy angerufen. Die Mailbox war direkt angesprungen. Ich hatte ihm E-Mails geschrieben. Keine Reaktion. Ich hatte sogar bei seiner Schwester an der Tür geklingelt, um zu erfahren, dass sie nichts von ihm gehört hatte. Aufgrund des Mitleids in ihrem Blick und ihrer Stimme hatte ich ihr geglaubt. Die beiden hatten nie ein sehr enges Verhältnis gehabt und sahen sich höchstens ein- oder zweimal im Jahr.

»Herrje! Das ist ja wie in einer dieser wahren Geschichten im Fernsehen, wo jemand plötzlich vom Erdboden verschwindet, und hinterher stellt sich heraus, dass er ein ruchloser Drogenbaron war, der in einem Zeugenschutzprogramm gelebt hat. Oder ein Serienkiller. Oder einer auf der Flucht vor irgendwelchen Gerichtsvollziehern, die ihm den Fernseher wegnehmen wollen.«

Ich musste lachen, trotz allem. »Unser Fernseher war bezahlt, Josie.«

»Okay, dann kommt das nicht infrage. Dann tippe ich auf Serienkiller.« Sie zündete sich eine Zigarette an. »Du weißt, dass mein Angebot, ihm einen Besuch abzustatten, immer noch gilt.« Gott, sie hörte sich an wie ein Mafiaboss. Der von vierzig Zigaretten am Tag lebte.

Ich lächelte dankbar. »Danke, Josie, aber ich kann mir das Lösegeld nicht leisten.«

»Okay. Solltest du deine Meinung ändern … Ich muss heute Abend zu meinen Lesefreundinnen, danach hätte ich allerdings noch Zeit ihn auszulöschen …«

»Gut zu wissen. Vielen Dank.«

Sie nahm ihre Sachen, umarmte mich noch einmal, dann war sie weg, eine Wolke aus Marlboro und Putzmitteln hinter sich lassend.

Es war auch für mich Zeit zu gehen, aber ich wusste noch immer nicht, wohin. In den letzten Wochen hatte es nur zwei Alternativen gegeben. Nummer eins: nach Hause fahren. Kaffee trinken. Oder Wein. Und dann irgendeinen Mist im Fernsehen anschauen. Am frühen Morgen endlich ins Bett kriechen. Verlockend.

Nummer zwei: nach … O Gott, ich konnte nicht. Nicht schon wieder.

Ich lehnte den Kopf gegen die Stuhllehne und schaute hinauf zur Decke.

»Was meinst du dazu?«, fragte ich Dee. »Es ist verrückt, oder? Ich mache das nicht mehr.«

Stille.

»Wirklich nicht. Ich tue es nicht. Es muss aufhören.«

Weiter nur Stille. Dieses Mal wertete ich es als mangelnde Zustimmung.

»Ach, verflucht!«

Ich stand auf, nahm meine Tasche, schaltete die Alarmanlage ein und lief raus.

Draußen war es dunkel und kalt, und es wimmelte von Büroangestellten, die nach Hause wollten. Ich stieg in ein Taxi, nannte dem Fahrer die Adresse und saß eine Viertelstunde später in einem Café gegenüber von Petes Büro. Er arbeitete in einem Unternehmen für Computer-Software. Schon eigenartig, wenn man bedachte, dass er nicht mal einen Laptop wieder zum Laufen bekam, wenn es damit Probleme gab. Sein Unternehmen war einer dieser trendigen Läden, die flexible Arbeitszeiten ermöglichten, und er zog es vor, spät anzufangen und spät Feierabend zu machen. Ich schaute auf meine Armbanduhr. Er müsste noch dort sein.

Ich saß. Und wartete. Ich zählte die Fensterreihen bis in den achten Stock hinauf. Das Licht war an, aber in seinem Büro arbeiteten mindestens ein Dutzend Leute.

Die Bedienung, eine von den zweien oder dreien, die ich schon von früheren Besuchen kannte, sah mich an. »Einen schwarzen Kaffee ohne alles, stimmt's?«

O Gott. Was für eine miese Schnüfflerin war ich bloß, dass man sich schon daran erinnerte, wie ich meinen Kaffee trank! Jeder Staatsanwalt hätte seine wahre Freude an den vielen Zeugen, die ich auf dem Silbertablett servierte.

»Ja, bitte«, antwortete ich und nahm mir fest vor, ein großzügiges Trinkgeld zu geben. Vielleicht würde sie mich dann aus diesem Grund in Erinnerung behalten und nicht wegen der Tatsache, dass ich jeden Abend hier saß und auf das gegenüberliegende Gebäude starrte. Seit zwei Wochen, und ich wusste selbst nicht, wieso. Ich hatte ein paarmal in seinem Büro angerufen, aber die Sekretärin hatte mir jedes Mal gesagt, er sei im Urlaub. Jetzt traute ich mich nicht mehr, denn sie kannte mich natürlich, und ich konnte das Mitleid in ihrer Stimme nicht ertragen.

Was hatte er ihnen erzählt? *Ach, Jen? Na ja, hat nicht mehr so funktioniert mit ihr. Hab mich von ihr getrennt. Passte einfach nicht mehr. Gegenseitiges Einverständnis. Hab mich wohl zu früh gebunden. Höchste Zeit für ein bisschen Freiheit.*

Oder die Wahrheit: *Ich habe ihr an dem Tag, als wir unsere beste Freundin zu Grabe getragen haben, einfach gesagt, es sei vorbei. Seither hab ich sie nicht mehr gesehen. Und keinerlei weitere Erklärung abgegeben.*

Zweifellos würden sie lachen, davon ausgehen, dass er einen Witz machte, aber nein, es war die Wahrheit – er hatte keinerlei weitere Erklärung abgegeben. Weder mir gegenüber noch Luke oder sonst jemandem in unserem Umfeld. Nichts.

Die Kellnerin stellte mir den Kaffee hin und verschwand, um das händchenhaltende Pärchen an einem der Ecktische zu bedienen. Ich verspürte den Drang, der jungen Frau eine Warnung zuzurufen, ihr zu sagen, dass er sie eines Tages, wenn sie am wenigsten damit rechnete, einfach entsorgen würde. Zum Glück gelang es mir irgendwie, den Mund zu halten. Es reichte schon, dass ich hier als seltsame Stalkerin galt, ich wollte nicht auch noch als seltsame Irre angesehen werden.

Ich verbrannte mir an dem Kaffee die Lippen, und der Schmerz beschäftigte mich so, dass ich ihn fast verpasst hätte. Er kam aus dem Bürogebäude, und sein Anblick brach mir das Herz. Er sah genauso aus wie der Mann, an dessen Seite ich jede Nacht meines Erwachsenenlebens geschlafen hatte. Groß. Sein Haar war kurz geschnitten wie immer. Er hatte sich nicht rasiert, aber das machte ihn nur noch interessanter. Er trug den Mantel, den er sich gekauft hatte, als er vor ein paar Monaten seine Garderobe generalüberholt hatte. Der Shoppingtrip war ziemlich überraschend gewesen, und ich hatte gedacht, es würde ihn aufmuntern, aus der seltsamen Stimmung holen, in der er damals schon war. Ich war mitgegangen, hatte die Klamotten mit ihm ausgesucht, ihn beraten. Genau genommen hatte ich auch den marineblauen Mantel entdeckt, den er gerade trug, während er da stand … Lachend.

Jawohl, lachend. Wie konnte er es wagen? Er hatte unsere Beziehung geschreddert, war abgehauen, als ich ihn am meisten gebraucht hatte, und danach einfach vom Erdboden verschwunden. Er sah vielleicht aus wie Pete, aber er konnte es nicht sein. Mein Pete liebte mich. Hatte mir Versprechungen gemacht. Hatte so viele Jahre mit mir verbracht. Wer war dieser Typ dort? Er war wie ein Fremder. Stand da, als gäbe es in seinem ganzen Leben keine einzige Sorge.

Erst jetzt wanderte mein Blick an seine Seite, und ich sah, dass eine Frau neben ihm herlief. Ich identifizierte sie als Arya, eine Londonerin, die letztes Jahr nach Glasgow gezogen war. Wir hatten uns auf einer Weihnachtsfeier ein bisschen unterhalten. Nett. Fröhlich. Groß, blonde Strähnchen, süßer Akzent, selbstbewusst, so wie man war, wenn man in einer sicheren, wohlbehüteten Umgebung aufwuchs. Ich mochte sie. Ich hatte Pete damals sogar vorgeschlagen, sie mal zum Essen zu uns einzuladen. Irgendwie war es nicht dazu gekommen.

Nur am kühlen Windzug merkte ich, dass ich das Café verlassen hatte, das Hupen eines Autos verriet mir, dass ich die Straße überquerte, der überraschte Gesichtsausdruck auf diesem perfekten verdammten Gesicht sagte mir, dass er mich gesehen hatte.

Arya verzog sich – keine Ahnung, ob sie Tschüss gesagt hatte, mein Blick war nur auf Pete fixiert, meine Ohren auf seine Stimme.

»Ich meine, wir müssten mal reden, findest du nicht auch?«

13. Kapitel

Val

Der Geruch des Auflaufs, den ich für Mark zum Abendessen gemacht hatte, drehte mir fast den Magen um. Ich deckte ihn mit Frischhaltefolie ab und stellte ihn in den Kühlschrank. Er konnte ihn sich später aufwärmen, wenn er nach Hause kam. Don machte wieder mal Überstunden. Er hatte noch nie so viel gearbeitet wie in letzter Zeit, aber ich stellte keine Fragen. Wenn die Arbeit ihn ablenkte, war das in Ordnung. Er würde mir sonst ohnehin nur zwischen den Füßen herumlaufen.

Ich nahm mir die Tageszeitung und setzte mich an den Küchentisch, um das Sudoku zu lösen. Früher hatte das für mich immer Entspannung bedeutet, jetzt taugte es nur noch dazu, mich zu beschäftigen und zu verhindern, dass ich laut schrie. An diesem Tag klappte nicht mal das. Ich hatte das Gefühl, die Wände um mich herum würden einstürzen, ich konnte hier nicht sitzen. Aber wo sollte ich sonst hin? Josie hatte versucht, mich dazu zu überreden, für ein oder zwei Wochen wegzufahren. Zuerst hatte sie vorgeschlagen, ich sollte ihren Sohn und dessen Familie in Italien besuchen. Ich mochte sie alle sehr gern, aber wie könnte ich den Anblick eines jungen Paares mit Kindern ertragen, wo ich doch wusste, dass ich Dee nie mit meinen Enkeln erleben würde? Ich weiß, das klingt egoistisch, dennoch war es so. Josie hatte das sofort verstanden und mir ein Dutzend weitere Ziele aufgezählt, aber ich hatte alles abgelehnt. Ich konnte Don und Mark nicht allein lassen, und ich konnte es auch nicht ertragen, Dees altes Zimmer zu verlassen, die Tasse, die sie immer benutzt hatte, wenn sie auf einen Kaffee vorbeigekommen war, ihre Fotos an der Wand. Ich brauchte jede Verbindung zu ihr in meiner Nähe, die ich haben konnte.

Das blaue Lämpchen am Wasserkocher erlosch. Ich konnte mich nicht mal daran erinnern, dass ich ihn eingeschaltet hatte. In letzter Zeit tat ich viele Dinge nur noch mechanisch. Den Wasserkocher einschalten, eine Tasse aus dem Schrank nehmen, einen Teebeutel hineinhängen, Milch eingießen. Und wenn ich dann umrührte, merkte ich, dass ich eigentlich gar keinen Tee wollte. Oder ich machte mir eine Scheibe Toast und warf sie anschließend in den Müll, weil mir schon der erste Bissen im Hals stecken blieb.

Wann wurde das endlich besser? Würde es überhaupt je besser? Wenn nicht, dann gab ich lieber auf. Das war kein Leben.

Mein Handy klingelte. Verfluchtes Ding. Der Klingelton war *Stand By Me*. Dee hatte ihn für mich heruntergeladen, und jedes Mal, wenn es klingelte, fuhr es mir heiß durch den Körper.

Josies Name stand auf dem Display. Es half nichts, es zu ignorieren, sie würde immer weiter anrufen. Wir hatten uns kennengelernt, als die Mädels ihren Laden eröffnet hatten, und sie war ganz schnell eine wunderbare Freundin für mich geworden. Jetzt stand sie mit der ganzen übrigen Welt auf der Liste der Menschen, denen ich am liebsten aus dem Weg ging.

»Hallo, Süße!«, rief ich. Aufgesetzte Fröhlichkeit. Das war zu meiner Spezialität geworden.

»Ich bin's, Schätzchen. Ich komme gerade aus dem Laden und wollte mich nur vergewissern, dass du heute Abend mit zum Literaturtreffen kommst.«

Ich musste lachen, trotz allem. Wir waren zu acht, Frauen zwischen fünfzig und sechzig, und wir trafen uns seit Jahren jeden zweiten Mittwoch. Bisher hatte keine von uns was Anständiges gelesen. Es war Josies Idee gewesen, unseren Treffen einen Namen zu geben, der irgendwie intellektuell klang. »Das hört sich doch besser an als Klatsch- und Tratsch-Abend hatte sie bei unserem ersten Zusammentreffen gesagt. Und da hatte sie nicht unrecht.

»Ich möchte nicht, dass du in letzter Sekunde wieder absagst«, meinte sie. Eine Pause mitten im Satz ließ darauf schließen, dass sie zwischendurch an ihrer Zigarette zog.

»Das würde ich niemals tun«, versicherte ich und versuchte, so zu klingen, als meinte ich es ernst.

Auf meine Worte folgte etwas zwischen einem Kichern und einem verächtlichen Schnauben. »Ich glaube, das hast du letztes Mal auch behauptet. Und davor das Mal auch. Und davor das Mal auch. Und davor bist du auch nicht aufgetaucht.«

Es klang harsch, aber ich wusste, dass sie es nicht so meinte. Sie wollte mir nur helfen.

»Okay, Josie. Ich komme, ich verspreche es. Ich muss jetzt Schluss machen. Mark kommt gerade zur Tür rein, ich muss ihm etwas zu essen machen. Mach's gut.«

Alles Lügen. Unfassbar, wie leicht sie mir in letzter Zeit über die Lippen kamen. Jedes Mal, wenn ich jemanden oder etwas ignorieren wollte. Jedes Mal, wenn mich jemand fragte, wie es mir ging. »Gut«, sagte ich dann. Und die meisten zogen es vor, mir zu glauben.

Da ich wusste, dass Josie sonst sauer würde, beschloss ich, an diesem Abend definitiv hinzugehen. Ich kannte auch die anderen Frauen seit vielen Jahren, und wir hatten zusammen eine Menge erlebt – Scheidungen und Affären, Krankheiten und ja, auch Todesfälle. Also würde ich es für ein paar Stunden hinbekommen.

Ich gab das Sudoku auf und überflog die restliche Seite. Ich las die Zeitung kaum noch. Konnte das ganze Elend einfach nicht mehr ertragen. Mord. Verzweiflung. Krieg. Kummer. Ich lebte selbst permanent am Rande des Zusammenbruchs, und die kleinste Kleinigkeit konnte mir den Rest geben. Daher mied ich die Tragödien anderer.

Ich wollte die Zeitung gerade aus der Hand legen, als mein Blick auf eine kleine Überschrift mitten auf der Seite fiel.

GERICHTSTERMIN FÜR TODESFAHRER VON WEIRBRIDGE FESTGESETZT

Die Luft wich komplett aus meinen Lungen, und plötzlich konnte meine Wirbelsäule mich nicht mehr halten. Ich sackte nach vorn, hielt mich mühsam an der Tischplatte fest.

Das konnte doch nicht sein, oder? Wenn ein Termin festgesetzt worden wäre, dann hätte uns die Kommissarin, diese nette Frau, die bei uns gewesen war, nachdem … Na ja, egal, aber sie hätte uns doch Bescheid gegeben.

Ich überflog den Bericht, und dann sah ich den Namen. Darren Wilkie. Es war, als hätte mir jemand Eis in die Adern gepumpt, und ich spürte, wie mir die Galle hochkam. Darren Wilkie. Das war er. Er hatte meine Dee getötet.

Der Gerichtstermin war für Ende Juni festgesetzt. In drei Monaten. Darren Wilkie, Ranes Drive 59, Glasgow. Fahrlässige Tötung nach gefährlichem Fahrmanöver. Die Mordanklage war fallen gelassen worden, weil man davon ausging, dass es ein Unfall war. Die Tatsache, dass er sich vorher mit irgendwelchen Drogen vollgepumpt hatte, wurde nicht berücksichtigt. Wie nannte man sie? Legale Rauschmittel. Wieso zum Teufel waren sie legal, wenn sie so etwas verursachten? Nicht dass sie Darren Wilkie von seiner Schuld befreiten. Mieser Dreckskerl.

Ich brauchte einen Moment, ehe ich mich konzentrieren konnte bei dem Lärm, den mein Herz machte, weil es mir aus der Brust springen wollte. Ich las den Bericht und fragte mich erneut, wieso ich diese Nachricht aus der Zeitung erfahren musste. So viel zu unserem Rechtssystem, das angeblich um das Wohl der Opfer bemüht war.

Opfer. Wir waren die verdammten Opfer, und ich konnte gar nicht sagen, wie sehr ich es hasste, dass uns ein wertloser kleiner Bastard dieses Etikett aufgezwängt hatte.

Ich wusste, dass ich Don anrufen sollte, aber was würde das schon bewirken? Ich würde ihn nur aus seiner Arbeit reißen, und das würde niemandem helfen. Stattdessen schnappte ich mir die Autoschlüssel und rannte aus dem Haus.

Ich fuhr los. Ich hatte keine Ahnung, wohin, also fuhr ich immer weiter, in dem verzweifelten Versuch, meinen Verstand so zu beschäftigen, dass er nicht explodierte. Blinker setzen. Links abbiegen. Beschleunigen. Abbremsen. Blinker setzen. Rechts abbiegen. Beschleunigen. Abbremsen. Ich machte das eine ganze Weile, als ich plötzlich das gelbe Warnlämpchen auf dem Armaturenbrett wahrnahm. Mist, ich hatte kaum noch Benzin. Als ich mich umschaute, stellte ich fest, dass ich im Süden der Stadt gelandet war, und erst dann wurde mir klar, dass ich keine Handtasche dabeihatte, also auch keine Kreditkarte, kein Portemonnaie und kein Handy. Verdammt. Ich fuhr an den Seitenrand. Ich steckte fest. War verloren. Und zum ersten Mal seit langer Zeit weinte ich. Laute, schmerzerfüllte Schluchzer drangen tief aus meinem Körper. Ich begann zu zittern und …

Jemand klopfte an das Seitenfenster, und ich schaute auf. Ein Polizist sah mich neugierig an. Sein Anblick ließ mich noch heftiger zittern. Mit dem Jackenärmel wischte ich mir die Tränen fort und ließ das Fenster herunter.

»Alles in Ordnung bei Ihnen?«

Nein, bei mir war ganz offensichtlich nicht alles in Ordnung. Bei mir war alles gehörig in Unordnung.

»Ja, danke. Mir … mir … geht es gut. Mir ist nur gerade aufgefallen, dass ich kein Benzin mehr habe und ich ohne Handtasche losgefahren bin.«

»Ah. Kann ich jemanden für Sie anrufen?«

Lieber Himmel, nein. Das war das Allerletzte, was meine Familie jetzt brauchte. Ich zermarterte mir das Gehirn nach einem Ausweg. Josie. Ihr Haus lag nicht weit entfernt.

»Nein, danke, das ist nicht nötig. Meine Freundin wohnt nicht weit von hier, bis zu ihr müsste ich es noch schaffen.«

»Sind Sie sicher?«

»Ja. Danke. Sie wohnt gleich am Ende des Ranes Drive.«

»Hm. Wissen Sie was, wir fahren auch in diese Richtung. Wir folgen Ihnen, nur für den Fall, dass Sie doch liegen bleiben.«

Nein, nein, nein, nein. Ich wollte ja gar nicht dort hinfahren. Nicht in meinem Zustand. Ich wollte nicht, dass mich irgendjemand so sah. Aber was sollte ich sonst tun?

»Äh … gut. Danke.«

Ich wartete, bis er wieder in seinen Wagen gestiegen war, bevor ich blinkte und auf die Straße zurückfuhr. Ja, er fuhr tatsächlich hinter mir her. Ich hatte keine andere Wahl, ich musste tun, was ich ihm gesagt hatte.

Ich fuhr so langsam wie möglich. Er sollte denken, dass ich Sprit sparte, doch in Wahrheit hoffte ich, dass er zu einem Notfall gerufen wurde und ich den Wagen erneut an den Straßenrand lenken, ihn abstellen und mit einem Taxi nach Hause fahren konnte. Der Fahrer könnte warten, und ich konnte schnell ins Haus laufen und Geld holen. Wieso war ich nicht schon eher auf diese Idee gekommen? Mist!

Ich bog in Josies Straße, hielt vor ihrem Reihenhaus, stieg aus, gab dem Beamten ein Zeichen und winkte noch einmal. Vielleicht fuhr er ja davon, und ich konnte fliehen, ehe Josie mich sah.

»Na, so was sieht man auch nicht alle Tage! Seit wann hast du eine eigene Polizeieskorte? Oder ist er nur ein schlechter verdeckter Ermittler?«

Ich drehte mich um. Josie stand in der Haustür, mit verschränkten Armen und einem anzüglichen Grinsen. Wie immer trug sie Schwarz: heute ein Poloshirt und eine weite Hose.

»Ich … ich …« Ich suchte verzweifelt nach einer schlagfertigen Antwort, aber sie blieb mir im Hals stecken. Und dann … lieber Gott, wie peinlich … brach ich mitten auf dem Gehweg vor ihrem Haus in Tränen aus. Ich war froh, dass die Polizisten schon weitergefahren waren. »Oh, Josie, ich bin losgefahren, und dann hab ich festgestellt, dass ich kein Benzin mehr habe und kein Geld dabei, und der Polizist hat mich angehalten. Also hab ich ihm gesagt, ich würde zu dir fahren, und ich … ich weiß auch nicht, was ich genau tue, Josie. Ich weiß es einfach nicht.«

Sie war bereits bei mir, nahm mich in die Arme und versuchte, mich ins Haus zu schieben, doch ich wehrte mich.

»Ich kann nicht, Josie. Ich hab noch was vor.«

»Du hast was vor? Wir gehen gleich zu unseren Literaturfreundinnen, meine Liebe.«

Plötzlich sackte der Plan aus meinem Unterbewusstsein in mein Vorderhirn, und mir wurde klar, wohin ich die ganze Zeit wollte.

Ich musste dort hinfahren. Ich musste es sehen.

»Ich will zu seinem Haus«, stieß ich hervor.

»Zu wessen Haus?«

»Dem von Darren Wilkie.«

Das schockierte sie. »Ist er denn nicht im Gefängnis, Val?«

Ich schüttelte den Kopf, spie die Worte zwischen Schluchzern nur so heraus. »Er ist frei auf Kaution. Kannst du das fassen? Er hat unsere Dee umgebracht und lebt nun einfach weiter, und Dee liegt unter der Erde. Das ist doch nicht fair.«

Die Gardinen hinter den Fenstern der Nachbarhäuser bewegten sich, aber es kümmerte mich nicht. Sollte es ruhig die ganze Welt erfahren. Von allen Dächern würde ich es brüllen. Der Mistkerl läuft in der Gegend herum, und meine Dee ist tot.

»Ich weiß, Schätzchen. Es ist nicht fair. Es ist ganz und gar nicht fair.«

Josie versuchte, mich wieder in ihre Arme zu ziehen, aber ich machte mich steif. Ich stand ganz starr da. Ich wusste, wenn ich mit ihr ins Haus ging, würde sie versuchen, mir die Sache auszureden, und das durfte ich auf keinen Fall zulassen.

»Bitte nicht, Josie. Ich muss weiter. Du musst mir nur ein bisschen Geld zum Tanken leihen. Nur so viel, dass ich bis zu ihm und wieder nach Hause komme.«

Sie ließ die Arme sinken und sah mich an. »Was willst du denn tun, wenn du bei ihm angekommen bist?«

Ich stockte. So weit im Voraus hatte ich nicht gedacht. »Keine Ahnung.« Hatte ich wirklich nicht. »Aber sorg dich nicht. Ich werde ihn nicht zur Rede stellen oder sonst was Idiotisches machen. Ich will nur sehen, wo er wohnt. Ich weiß auch nicht, warum. Ich muss es einfach wissen.«

Sie überlegte einen Moment. »Okay, dann warte einen Moment.«

Sie lief ins Haus und kam Sekunden später mit Jacke und Handtasche zurück. Die Tür schlug hinter ihr zu.

»Was hast du vor?« Ich sah sie erstaunt an.

»Wenn du das wirklich tun willst, komme ich mit.« Sie sah

mich entschlossen an. »Und versuch gar nicht erst, mich davon abzuhalten, sonst stehen wir die ganze Nacht hier.«

Ich musste trotz allem lächeln. Das stimmte vermutlich. Die einzige Person auf dieser Erde, die noch sturer war als ich, war die Frau, die aussah wie die verschollene Oma von Annie Lennox und Billy Idol.

Ich gab jegliche Gegenwehr auf. »Danke, Josie.«

»Kein Problem. Aber ich warne dich. Falls du an so böse Dinge wie Reifenaufschlitzen oder Ziegelsteine ins Fenster werfen gedacht hast, vergiss es.«

In diesem Augenblick wurde mir klar, wie froh ich war, dass sie mitkam. Es gab keine Situation, die durch ihre Anwesenheit nicht besser wurde.

»Ach, und Val …«

»Was?«

»Können wir vorher noch kurz an irgendeinem Imbiss anhalten? Ich wollte nämlich gerade essen, als du mit deiner Polizeieskorte vor meinem Fenster aufgetaucht bist.«

Mit diesen Worten drehte sie sich kurz um, winkte ihren neugierigen Nachbarn fröhlich zu und stieg ins Auto, als wäre die Szene, die sich gerade vor ihrer Haustür abgespielt hatte, völlig normal.

Wir hielten an einer Tankstelle, tankten, hielten noch einmal an einer Imbissbude in derselben Straße und fuhren dann weiter zu der Adresse, die in der Zeitung gestanden hatte: Ranes Drive 59.

Eine Reihenhaussiedlung aus den Sechzigern mit gepflegten Vorgärten und ordentlich gestrichenen Zäunen. Ich weiß nicht, was ich erwartet hatte, aber es war eine ganz normale Straße. Das hier war keine Gegend, die bekannt war für Verbrechen, Drogen oder Armut. Im Gegenteil, hier sah es fast so aus wie bei uns in der Siedlung. Ich zählte die Hausnummern. Welches war die Nummer 59? Die rote Haustür.

Ich fuhr in eine Parktasche auf der gegenüberliegenden Straßenseite, zwischen einen Fiat 500 und einen Ford Mondeo, und zog die Handbremse an.

»Und was jetzt?«, fragte Josie.

»Keine Ahnung.«

»Okay, solange du noch überlegst, hier sind deine Fritten.« Sie legte mir ein Paket auf den Schoß, aber ich öffnete es nicht. An dem dicken Kloß in meiner Kehle würde ich ohnehin nichts vorbeibekommen. »Mist, jetzt hab ich doch tatsächlich vergessen, Mayonnaise zu bestellen.« Josie versuchte die Situation ein wenig zu entspannen. Es half nichts.

Gott, ich hatte in meinem Leben noch nie einen Menschen geschlagen, aber jetzt verspürte ich das Bedürfnis, über die Straße zu laufen, gegen die Tür zu trommeln, bis sie geöffnet wurde, und der widerwärtigen Ratte den Hals umzudrehen. Jeden Funken Leben würde ich ihm aus seinem Körper quetschen. Ein anderer sollte denselben Schmerz fühlen, den ich fühlte.

Ich spürte Josies Hand auf meiner. Sie drückte sie beruhigend. »Ich bin bei dir, Schätzchen«, sagte sie leise.

Ich nickte. Schon wieder kamen mir die Tränen, mein Herz schlug bis zum Hals. »Aber ich denke, da reinzugehen ist keine Lösung. Ich bleibe mit dir hier sitzen, solange du möchtest, wir können da nur nicht reingehen. Wenn du hinter Gitter kommst, hilft das Don und Mark überhaupt nicht.«

»Ich weiß«, flüsterte ich.

»Die beiden würden in kürzester Zeit verhungern.«

Wenn sie das gesagt hatte, um mich in die Realität zurückzuholen, so gelang es. Don würde wahnsinnig, wenn er wüsste, wo ich bin. So etwas hatte ich in meinem ganzen Leben noch nie gemacht. Die zuverlässige Val. Mum. Ehefrau. Ich ging gern mal abends aus und traf mich mit meinen Freundinnen. Als Spionin hatte mich noch keiner erlebt.

»Ich glaube, ich werde langsam verrückt, Josie.«

Sie nickte stumm, die Stille wurde nur vom Rascheln ihrer Frittentüte unterbrochen. Als sie schließlich redete, klang es überraschend ernst.

»Vielleicht. Aber das ist ja auch kein Wunder. Etwas Schlimmeres als dir passiert ist, kann keinem Menschen passieren. Es steht dir also zu, so verrückt zu werden, wie du möchtest und so lange wie du möchtest. Ich bleibe immer in deiner Nähe und sorge dafür, dass du dabei nicht verletzt oder verhaftet wirst.«

Es gab keine Worte, die beschreiben konnten, wie sehr ich sie liebte.

Ich nickte nur, und wir saßen da, bis es draußen dunkel und kühl wurde. Keinerlei Anzeichen dafür, dass jemand ins Haus hineinging oder herauskam. Auch keine Bewegungen drinnen. Ich schaltete den Motor wieder ein. Irgendwann machte Josie das Radio an, um die Stille zu übertönen. Hits aus den Sechzigern und Siebzigern. Die vertrauten Klänge hatten etwas Tröstliches, es reichte dennoch nicht, um die Wut zu vertreiben, die in meinem Bauch tobte.

Josie öffnete ihr Fenster, und kalte Luft strömte ins Wageninnere. »Tut mir leid, aber der Geruch der Fritten bringt mich fast um«, meinte sie. Dann kramte sie ihr Handy aus der Tasche und tippte eine Nachricht hinein. »Ich schreibe unseren Literaturfreundinnen, dass wir es heute nicht schaffen, weil wir gerade mitten in einer wichtigen Observation stecken.«

»Josie, nein …«, stieß ich entsetzt hervor. Zu spät erkannte ich das Funkeln in ihren Augen.

»Ich mache doch nur Spaß! Du weißt, dass ich nie ein Geheimnis ausplaudern oder dich in Verlegenheit bringen würde. Ich habe ihnen geschrieben, dass wir nicht kommen, weil deine Hämorrhoiden Ärger machen.«

Ihr Gekicher war ansteckend, aber es stoppte abrupt, als wir sahen, wie die Lichter im Haus erloschen und die rote Haustür geöffnet wurde.

14. Kapitel

Jen

»Jen, was machst du denn hier?«

»Wie bitte? Glaubst du im Ernst, du könntest hier die Fragen stellen?«

Ich blitzte ihn wütend an, es war mir völlig gleichgültig, dass er mich für durchgeknallt halten musste. Ich hatte nichts mehr zu verlieren. Ich war durchnässt, schmutzig, ich war gerade wie eine Stuntwoman in einem Actionfilm über die Straße gestürmt, da hatte er meine »Wag es ja nicht, mir Fragen zu stellen«-Wut ja wohl verdient.

»Äh … nein, aber ich …«

»Du verschwindest einfach von heute auf morgen, gehst nicht ans Handy, wenn ich dich anrufe, und glaubst tatsächlich, du kannst hier die Fragen stellen?« Meine Stimme näherte sich nun bedrohlich der Frequenz, die Hundetrommelfellen gefährlich wurde. Oh, verdammt, ich stand kurz vor dem Überschnappen, und nichts konnte mich aufhalten. Das hatte nichts mit der coolen Überlegenheit zu tun, mit der ich dieses Gespräch im Kopf Tausende Male durchgespielt hatte. In diesen Szenarien war ich beherrscht und eiskalt, kam direkt zum Grunde des Problems und strahlte die ganze Gelassenheit und das unerschütterliche Selbstvertrauen einer Erwachsenen aus. Okay, je nach Stimmung endeten die Fantasiegespräche entweder damit, dass er mich um Vergebung anflehte und mir versicherte, er könne ohne mich nicht leben, oder damit, dass ich ihm seine Shorts vom Leib riss. Jedenfalls begannen sie nie damit, dass ich ihn mitten auf der Straße in einen Hinterhalt lockte und vor interessiert zuschauenden Passanten anbrüllte. Ich überdachte meine Strategie. »Können wir vielleicht irgendwo hingehen und reden?«, fragte ich. Ich gab mich versöhnlich, aber vermutlich klang es eher ein bisschen bedürftig.

»Ich kann jetzt nicht, ich …«, begann er.

Das war alles, was ich brauchte, um einen großen Satz zurück in den Angriffsmodus zu machen.

»Also, Pete, wir machen es entweder jetzt sofort, oder du wirst für den Rest deines Lebens Angst haben müssen, das Büro zu verlassen.« Ich wollte das ein bisschen witzig formulieren, es haute leider nicht hin. Ein Richter würde mir den Tatbestand der Drohung und Erpressung vorwerfen – zu Recht, das sah ich ein. Er sah keinen Ausweg und zuckte mit den Schultern. »Wir könnten nach Hause fahren«, schlug ich vor. Kein kluger Schachzug. Aus seinem entgeisterten Gesicht schloss ich, dass es das Letzte war, was er tun würde. »Oder … auf der anderen Straßenseite ist ein Café …«

Als ich hinüberzeigte, sah ich, dass drei Kellnerinnen, darunter die, die mich bedient hatte, uns interessiert zuschauten. Wie peinlich! Offenbar waren wir ihr Highlight an einem langweiligen Tag. Sie merkten, dass ich sie gesehen hatte, und huschten schnell außer Sichtweite.

»Ja, gut«, meinte er. »Wie du willst.«

Ich enthielt mich eines der vielen sarkastischen Kommentare, die wie Kanonenkugeln im vorderen Teil meines Hirns in Position steckten und nur darauf warteten, abgefeuert zu werden. *Aber nur wenn es dir nicht allzu viele Umstände bereitet. Ich verstehe ja, dass es nach fünfzehn Jahren Beziehung ein bisschen viel verlangt ist, eine Erklärung zu erwarten, wieso du mich abgeschossen hast und anschließend einfach untergetaucht bist. Nein, nein, wirklich, kein Problem, wenn es heute Abend nicht so passt. Sag mir einfach Bescheid, wann es dir angenehm wäre. Wenn die Hölle zufriert? Okay, ich achte auf plötzliche Temperaturstürze und …*

Ich hasste ihn. Und ich liebte ihn so irre, dass ich meine Arme am liebsten in diesen verdammten marineblauen Mantel gegraben und mich an seiner Brust verloren hätte.

Die Türglocke bimmelte, als wir das Café betraten, und die Kellnerinnen versuchten, unbeteiligt zu wirken, als wären wir einfach nur ganz normale Gäste, die gerade von draußen kamen. Ich setzte mich wieder an den Tisch, an dem ich vorher gesessen hatte. Dankbar registrierte ich, dass meine Handtasche noch an der Stuhllehne hing. Das wäre das Sahnehäubchen auf dieser Wahnsinnstorte gewesen: Ich spürte endlich meinen verschollenen Exfreund auf, merkte, dass er ganz offensichtlich null Wert auf meine Gesellschaft legte, und verlor meine Handtasche mit meinem gesamten weltlichen Besitz.

»Was kann ich euch bringen?«, fragte die Kellnerin so fröhlich wie immer. Sie räumte meine Tasse ab und wischte kurz über den Tisch.

»Nur einen Espresso bitte«, antwortete ich, dankbar, dass sie die Tatsache unerwähnt ließ, dass ich schon da gewesen war, ehe ich auf die Straße gesprintet war, um mein Opfer zu stellen.

»Einen Skinny Cappuccino«, ergänzte Pete.

Der Schlag war so heftig, dass mir die Luft wegblieb. Jedes Mal wenn wir zusammen unterwegs gewesen waren und Pete einen Skinny Cappuccino bestellt hatte, hatte Dee vor Lachen gekreischt und ihn wegen seiner Metrosexualität aufgezogen. Atme. Atme. Ich kämpfte verzweifelt gegen den Tsunami aus Verzweiflung und Verlustgefühl. Ich brauchte sie so sehr. Atme. Atme.

Die fröhliche Kellnerin verzog sich, ihr blonder Pferdeschwanz wippte munter hin und her.

»Hör mal, Jen, es tut mir leid …« Er hielt inne, und ich versuchte nicht, ihm aus der Patsche zu helfen. Sollte er sich doch abmühen und selbst zusehen, wie er mir das, was passiert war, erklärte. Das war er mir doch nun wirklich schuldig. »Ich hätte dich anrufen sollen. Oder vorbeikommen. Ich weiß, dass ich mich ziemlich mies verhalten habe.«

Kein Widerspruch von meiner Seite – nur Erstaunen darüber, dass ein kluger Mann, mit dem ich mein halbes Leben verbracht hatte, ein Mann, mit dem ich auch mein restliches Leben verbringen wollte, solche Probleme hatte, einen vernünftigen Satz rauszubekommen. Das war surreal. Total bizarr.

Ich konnte nicht anders, ich musste dazwischengehen. Ich hatte so viele Fragen, und bei seinem aktuellen Eloquenzlevel würde er mir freiwillig keine Antworten geben.

»Wo wohnst du jetzt?«

»Bei Mike aus dem Büro. Er hat ein Gästezimmer, das er vermietet. Im West End. Ich schicke dir die Adresse per SMS, falls du mir Post nachsenden willst.«

Ich sah den winzigen Muskel an seinem Unterkiefer zucken, und ich wusste, dass er das hier hasste. Jede einzelne Sekunde. Er wollte mich nicht sehen. Wow. Das hätte mich eigentlich nicht überraschen sollen, aber irgendwie haute mich die plötzliche Erkenntnis emotional um.

»Warst du die ganze Zeit dort?«

Ich gab mir alle Mühe, ruhig und beherrscht zu bleiben. Wie gern hätte ich die Hand ausgestreckt und sein Gesicht berührt. Oder geschlagen. Ich wollte seine Hand halten. Oder zerquetschen. Am meisten wollte ich die Zeit zurückdrehen, bis vor ein paar Monaten, als wir noch glücklich und normal und verliebt gewesen waren, als ich jeden Morgen in seinen Armen aufgewacht war und ihn geküsst hatte, wenn er die Augen aufgeschlagen hatte. Er hatte dann mein Gesicht berührt und gelächelt. Wir waren so glücklich gewesen.

Vergangenheit.

Ich war so tief in glückseligen Erinnerungen versunken, dass mich erst seine Antwort wieder ins Hier und Jetzt zurückkatapultierte.

»Im Prinzip ja. Ich war eine Zeit lang auf Lanzarote. Club La Santa.«

Klar. Das hätte ich mir denken können. Es war ein Sportresort, er fuhr mindestens einmal im Jahr dorthin, meist im Winter, weil das Wetter auch dann gut genug war, um nach Herzenslust Rad zu fahren, zu schwimmen und zu laufen. Ein paarmal war ich mit ihm dort gewesen, manchmal auch mit Dee und Luke. Luke und ich hatten dann meist gemütlich im Schatten gelegen und Sangria getrunken, während unsere hyperaktiven Partner irgendeinen Berg raufgetrampelt waren oder mal schnell vor dem Mittagessen einen Zehn-Kilometer-Lauf hingelegt hatten. Nur so zum Spaß, versteht sich.

»Mit Arya?« Ich weiß nicht, wo das herkam, aber an seinem Gesicht sah ich zu meiner großen Erleichterung, dass ich total danebenlag.

»Nein, natürlich nicht. Allein. Ich brauchte Zeit zum Nachdenken.«

Ich biss mir auf die Zunge. Er brauchte Zeit zum Nachdenken. Hm. Da er nicht in der Sekunde, als er wieder schottischen Boden unter den Füßen gehabt hatte, zu mir gekommen war, schien er beim Nachdenken nicht zu dem Schluss gekommen zu sein, dass er mich vermisste und zu mir zurückwollte.

»Und zu welchem Schluss bist du gekommen?«

Er bekam noch ein paar Extrasekunden, um seine Antwort zu überdenken, denn in diesem Augenblick erschien die fröhliche Kellnerin mit unserem Kaffee. Wie warteten, bis sie sich verzogen hatte.

»Jen, es tut mir leid«, wiederholte er. »Ich weiß, mein Timing war echt beschissen, und ich wollte wirklich nicht, dass es so passiert, aber meine Güte, du musst doch selbst gespürt haben, dass es zwischen uns nicht mehr gut lief.«

Es kam mir vor, als würde ich mit einem Fremden reden, der eine Situation beschrieb, die ich absolut nicht erkannte.

»Hab ich nicht«, antwortete ich ehrlich.

»Wirklich nicht?« Jetzt schien er überrascht.

»Ich meine, ich wusste natürlich, dass es nicht super lief, du kamst mir ein bisschen … abwesend vor … Aber ich dachte, es wäre nur so eine Phase. Ich habe dich so oft gefragt, ob was nicht in Ordnung ist, und du hast jedes Mal geantwortet, alles sei okay. Was sollte ich also daraus schließen? Woher sollte ich wissen, dass ›Alles ist okay‹ in Wahrheit bedeutet ›Ich bin unglücklich in unserer Beziehung, und ich plane alles hinzuschmeißen, und zwar bei der allernächsten Gelegenheit‹. Ich korrigiere: ›bei der absolut beschissensten Gelegenheit überhaupt‹.«

Ich schien ziemlich laut gesprochen zu haben, denn das Paar, das sich gerade an einen Tisch in unserer Nähe gesetzt hatte, schaute erstaunt rüber. Mist.

Pete merkte es offenbar gar nicht. Er trank einen Schluck von seinem blöden fettreduzierten Cappuccino und stellte die Tasse wieder ab. »Ich wusste einfach nicht, wie ich es dir sagen sollte.«

»Was sagen sollte?«

Mein Gott! Das war wie eine Unterhaltung zwischen zwei Menschen, bei der einer eine komplett andere Sprache sprach.

Man hatte zwar nicht die leiseste Ahnung, was er sagte, aber das sichere Gefühl, dass er verzweifelt nach einer Fluchtmöglichkeit Ausschau hielt.

Er seufzte. »Dir sagen, dass ich nicht mehr mit dir zusammen sein möchte.«

Wow. Einfach nur wow. Ich meine, er sagte nur das, was eigentlich schon klar war, doch es tat verdammt weh.

Ich brauchte einen Moment, ehe ich mich davon erholt hatte. »Warum?«

Er starrte in den Milchschaum seines Cappuccinos. »Aus vielen Gründen.« Autsch. Wirklich? Und mir war keiner davon aufgefallen? Er fuhr fort. »Komm schon, Jen, wir waren seit unserem fünfzehnten Lebensjahr zusammen …« Wieder fiel mir die Vergangenheitsform auf. »Das ist unser halbes Leben. Und es funktionierte einfach nicht mehr. Es gab keine Funken mehr. Wir haben in einer Sackgasse gesteckt. Alles war so langweilig, so vorhersehbar …« Ich fand es vertraut und wunderbar. »… und so gewohnheitsmäßig. Wie haben total festgesteckt, Jen. Hast du das denn nicht auch so empfunden?«

»Nein. Hab ich nicht.«

Wenn er die Worte gehört hatte, die ich mühsam hervorpresste, ging er nicht darauf ein. Es war so, als gefiele ihm das Thema plötzlich und als hätte er seine Stimme wiedergefunden.

»Hast du dich denn nie gefragt, ob es für uns vielleicht noch was anderes gibt? Ob wir uns zu früh aneinander gebunden haben? Ob es nicht mehr im Leben gibt als immer im selben Job zu bleiben, im selben Haus zu wohnen und immer wieder dasselbe zu tun?«

Ich schwankte zwischen dem Wunsch, Antworten zu bekommen und mir einfach die Ohren zuzuhalten.

»Nein«, sagte ich. »Das hört sich ja so an, als hätten wir ein schreckliches Leben gehabt, und so war es doch nicht, Pete. Okay, wir sind sehr lange zusammen, und ich weiß, dass solche Beziehungen nur selten halten, aber irgendwie hatte ich immer das Gefühl, wir hätten Glück gehabt. Und uns gefunden. Und ich dachte, wir würden irgendwann in ein anderes Haus ziehen, Neues erleben, neue Orte sehen, und zwar zusammen. Ich dachte, der nächste Schritt für uns wären Kinder, und wir würden älter und uns verändern, aber ich habe fest daran geglaubt, wir würden für immer zusammenbleiben. Und du hast gesagt, dass du das auch willst.«

Das hatte er. Ich war das nicht allein gewesen. Für das Paar am Nebentisch, das Personal und alle anderen, die so taten, als würden sie nicht zuhören, musste es so aussehen, als hätte ich unsere Beziehung völlig falsch eingeschätzt. Sogar ich fing an zu glauben, dass das so war. Ich musste ihn unbedingt daran erinnern, dass es kein einseitiger Deal gewesen war.

»Pete, erst letztes Jahr, als wir zusammen in Florida waren, hast du gesagt, du würdest gern später noch mal mit unseren Kindern dort hinfahren. Wir haben uns schon Namen für sie ausgedacht, weißt du das denn nicht mehr? Klar, war das alles witzig, wir hätten sie im Leben niemals Epcot und Pluto genannt, aber erzähl mir nicht, dass du das nicht ernst gemeint hast …«

»Doch, doch«, gab er zu.

»Was hat sich denn seither verändert? Was ist passiert? Seit wann hast du das Gefühl …«

»… in der Falle zu sitzen?«, half er aus.

»In der Falle? Pete, wir haben uns geliebt. Da war kein Krieg, verdammt!« Er trank noch einen Schluck Kaffee, suchte nach Worten, noch immer konnte ich das alles einfach nicht verstehen. Es musste noch was anderes sein. Irgendwas. Man liebte doch nicht eine Person so sehr, dass man so viele Jahre mit ihr zusammenblieb und sich Disney-Namen für die gemeinsamen Kinder ausdachte, und stellte dann plötzlich fest, dass man vor ihr flüchten wollte. Da musste doch was sein, das er mir nicht sagen wollte. War er vielleicht krank? Befand er sich in einem lebensbedrohlichen Zustand? Hatte er im Lotto gewonnen und wollte nicht mit mir teilen? Hatte er Geld unterschlagen und wartete nun darauf, dass man ihn schnappte? Oder klammerte ich mich an die wildesten Theorien, weil die Wahrheit viel naheliegender war … »Gibt es eine andere?«

»Nein.«

Jeder im Café hätte ihm das geglaubt. Das Nein kam prompt. Absolut überzeugend. Aber ich hatte es gesehen. Ganz deutlich. Das kurze Flackern in seinen Augen. Die kleine Vene an seinem Unterkiefer, die jetzt noch heftiger pochte als zuvor. Die Kaffeetasse, die er schnell an den Mund führte, damit er mich nicht anschauen musste. Er log. Ich wusste, dass er log.

»Arya?« Mir war klar, dass ich die Frage schon einmal gestellt hatte, aber in jedem guten Krimi wiederholten die Kommissare ihre Fragen immer wieder, bis sie den Verdächtigen irgendwann mürbe gemacht hatten. Die vertrauliche Szene, die ich vorhin beobachtet hatte, reichte als Belastungsmaterial für ein Verhör. »Es ist Arya!«, schloss ich und hatte mich nach ungefähr drei Sekunden selbst überzeugt.

Er stellte seine Tasse wieder ab. »Jen, es gibt keine andere.« Lüge Nummer zwei. Ich spürte es. Die fröhliche Kellnerin hinter der Theke tat jetzt nicht mal mehr so, als würde sie ein Glas polieren. Völlig fasziniert verfolgte sie den Fortgang unserer Unterhaltung. »Ich habe keine andere.« Lüge Nummer drei.

Irgendwas in mir zerbrach. So war es. Trotz seiner Unschuldsbeteuerungen wusste ich, dass ich recht hatte. Eine andere. Eigentlich spielte es gar keine Rolle, wer es war. Es könnte Arya sein. Es könnte irgendeine aus dem Fitnessstudio sein. Es könnte die fröhliche Kellnerin sein. Ganz egal. Was zählte, war, dass er für jemand anderen genug empfand, um mich zu verlassen. Und so gern ich ihm jetzt gesagt hätte, dass wir das zusammen durchstehen würden, dass wir es irgendwie wieder hinkriegen würden, ich wusste, ich würde nur meine Energie verschwenden.

Ich war nicht mal sicher, ob ich es wirklich wollte. Ich liebte ihn immer noch, so viel stand fest. Trotz allem, was er mir angetan hatte, konnte ich mir eine Zukunft ohne ihn einfach nicht vorstellen. Aber das reichte nicht, denn obwohl er hier vor mir saß, war er weg. Ich hatte ihn verloren. Aus meinem Leben verloren. Er hatte die Verbindung zu uns allen einfach gekappt.

Nicht ein einziges Mal hatte er nach mir gefragt. Wie es mir ging. Wie ich ohne Dee klarkam. Wie es Luke ging oder Val oder Don. Die Menschen, die in den letzten Jahren um uns herum gewesen waren, die wie eine Familie für uns gewesen waren. Er hatte kein einziges Wort über unser gemeinsames Leben verloren, außer dass es nicht mehr funktionierte.

Wie konnte das passieren? Wie konnte eine Stahltür so einfach zuklappen und eine ganze Existenz abschneiden, jede Beziehung löschen, die vorher gewesen war?

»Ich wohne noch eine Zeit lang bei Mike, wir können über das Haus reden, sobald du das möchtest. Du kannst es gern verkaufen oder mich auszahlen, das ist mir egal. Was für dich das Beste ist.«

Das Beste für mich? Nichts von alledem war das Beste für mich. An das Haus hatte ich bisher nicht mal gedacht. Mein Haus. Ich liebte es. Es war das Einzige, was mir je gehört hatte. Aber ganz ehrlich konnte ich nicht mehr aus der Tür gehen, ohne Dee dort liegen und sterben zu sehen. In den Tagen vor der Beerdigung hatte ich überlegt, es zu verkaufen. Dann hatte ich den Gedanken wieder verworfen, weil ich die Entscheidung mit Pete zusammen treffen wollte, mit ihm zusammen überlegen, etwas Neues zu beginnen, ein neues Kapitel aufzuschlagen. Seither war ich über sein Weggehen zu fassungslos gewesen, um einen weiteren Gedanken daran zu verschwenden. Bis heute. Er würde nicht zurückkommen. Er würde nie wieder in diesem Haus wohnen.

»Dann war es das also?«, flüsterte ich. »Es ist aus?«

»Ja.«

15. Kapitel

Val

Jeder Nerv in meinem Körper sprang in Alarmbereitschaft, und Josie legte mir die Hand auf den Arm – eine reine Vorsichtsmaßnahme, falls ich auf die Idee käme, aus dem Auto zu springen und quer über die Straße zu spurten. Dabei hätte ich das gar nicht gekonnt, selbst wenn ich gewollt hätte, denn meine zitternden Beine hätten mich nie und nimmer getragen.

Die Straßenlaterne ein Stück weiter beleuchtete das Haus, und ich starrte gebannt auf die schwarz gekleidete Gestalt, die jetzt die Tür abschloss, sich umdrehte, durch den Vorgarten kam und …

Das war er nicht. Die Figur und die Größe verrieten das sofort, aber erst als die Gestalt am Ende des Vorgartens angekommen war und das Tor öffnete, erkannte ich, dass es eine Frau war. Seine Mutter? Eine Tante? Die ältere Schwester? Viel älter, stellte ich nun fest, vermutlich mein Alter.

»Glaubst du, das ist seine Mutter?«, flüsterte Josie, ehe sie meinen Gedankengang wiederholte und ihre Frage selbst beantwortete. »Das muss sie sein. Für eine Schwester ist sie zu alt.«

Die Frau schloss das Tor hinter sich und bog nach rechts. Sie ging die Straße hinunter, entfernte sich mit schnellen Schritten und gesenktem Kopf von uns. Was jetzt? Ich warf einen Blick zurück zum Haus. Es lag in völliger Dunkelheit, offenbar war niemand mehr zu Hause. Ich könnte warten, bis er nach Hause kam, aber er konnte sonst wo sein. Woanders übernachten.

Außerhalb der Stadt. Im Gefängnis. Tot. Das Letzte hatte sich einfach dazwischengedrängt. Ich hoffte, es wäre so.

»Was machen wir jetzt?«, fragte Josie.

Ich startete den Motor. »Lass uns nach Hause fahren.«

»Sicher?«

»Ja. Du hast diesen Irrsinn lange genug mitgemacht. Danke, Josie.«

Sie beugte sich vor und drückte erneut meinen Arm, diesmal aus Zuneigung und weniger aus Gründen der Eskalationsvermeidung. »Wirklich? Bist du ganz sicher?«

»Ja, lass uns nach Hause fahren.«

»Gott sei Dank! Mein Hintern ist schon ganz wund gesessen, und ich muss dringend aufs Klo.«

Ich setzte den Blinker und wartete, bis das Auto, das ich im Seitenspiegel sah, an uns vorbei war, ehe ich losfuhr. In der Straße galt Tempo 30, alle paar Meter kam eine Bodenschwelle, also fuhr ich schön langsam. Nach Hause zu fahren war genau die richtige Entscheidung, auch wenn ich zugeben musste, dass ich ziemlich neugierig war.

»Ich frage mich, wie sie wohl ist.«

»Wer?«

»Na die Frau. Seine Mutter. Ich meine, was für eine Person erzieht ihren Sohn zu so einem Nichtsnutz? Wie passiert so was? Ob ihr egal ist, was er meinem kleinen Mädchen angetan hat?«

»Quäl dich doch nicht so, Val.« Josie sah mich beschwichtigend an. Ich wusste, dass sie es gut meinte, aber ich fühlte mich dadurch nicht besser.

»Ich will wissen, wie sie ist. Ich will ihr erzählen, wie meine Dee gestorben ist, was für ein Verlust sie für unsere Familie bedeutet, was ihr Sohn uns angetan hat, und ihr dabei ins Gesicht schauen, ob es eine Spur von Mitgefühl gibt.«

Ich hielt an der Kreuzung, mein Blinker zeigte nach links, in die Richtung, in der es zu Josie nach Hause ging. Rechts sah ich immer noch die Frau, ein paar Meter vor uns. Ich drückte das Gaspedal durch und fuhr geradeaus.

Josie wies mich auf meinen Fehler hin. »Süße, du musstest gerade links abbiegen.«

»Ich weiß, ich will nur schnell sehen, wo sie hingeht.«

»Oje, Val. Komm schon, Schätzchen. Haben wir nicht gerade beschlossen, dass wir heute Abend genug Unsinn gemacht haben?«

»Schon, ich muss trotzdem wissen, wo sie hingeht. Bitte, Josie, hab noch einen Moment Geduld.«

»Wenn ich nicht aus dem fahrenden Auto springen will, bleibt mir wohl nichts anderes übrig, oder? Himmel, das ist ja wie bei *Cagney and Lacey*. Aber ich kann mich an keine Folge erinnern, in der Cagney sich bei einer Verfolgungsjagd in die Hose macht. Also, bitte mach es kurz und schaff mich dann schleunigst zu einem Klo. Meine Blase ist nicht mehr das, was sie mal war.«

»Sie biegt ab«, sagte ich, ohne auf Josie einzugehen.

»Da geht es zur Hauptstraße, dorthin, wo diese kleine Mall ist. In der Gegend sind eine Menge Bushaltestellen, vielleicht nimmt sie einen Bus. Und ich schwöre dir eins, Val Murray: Ich werde keinen Bus quer durch Glasgow verfolgen, und du auch nicht. Wir fahren nach Hause, ich sause aufs Klo, und dann trinken wir einen Tee zusammen und sprechen darüber, warum so was wie heute Abend nie wieder vorkommen darf.«

Ich ignorierte sie weiter.

Wilkies Mutter lief an der ersten Haltestelle vorbei, dann an der zweiten, und bevor sie die dritte erreichte, bog sie nach rechts in einen kleinen Pfad, der zum Einkaufszentrum führte.

Bisschen spät zum Einkaufen, aber bitte. Vielleicht arbeitete sie ja im Schichtbetrieb oder musste noch schnell was fürs Frühstück besorgen.

Ohne auch nur bis zu Ende zu denken, blinkte ich und bog ebenfalls nach rechts, auf den Parkplatz. Genau in diesem Moment verschwand sie in der Mall.

Josie stöhnte. »Sag mir jetzt bitte nicht, dass wir auch da rein müssen. Ich schwöre zu Gott, meine Blase erträgt es nicht, wenn ich jetzt noch an den Kühlregalen entlanglaufe.«

»Das brauchst du nicht«, versicherte ich ihr. Josie sah mich zweifelnd an. »Hast du nicht gesagt, du musst aufs Klo? Hier ist das nächste. Ich werde nicht zulassen, dass du meine Polster ruinierst«, erklärte ich, sah aber, dass sie kein bisschen überzeugt war.

»Und du wartest hier auf mich?«

»Nein, ich gehe kurz rein. Ich muss noch schnell ein Brot für morgen besorgen.«

»Ich möchte, dass du weißt, dass ich dir kein einziges Wort glaube. Aber mein Bedürfnis zu pinkeln ist größer als mein Bedürfnis, dich als Lügnerin zu überführen.«

Sie öffnete die Wagentür und rannte so eilig auf den Supermarkteingang zu, dass ich kaum hinterherkam. Was zum Teufel taten wir hier? Zwei alte Frauen auf Verfolgungsjagd, die ihr Opfer im Supermarkt stalkten? Oder besser gesagt eine, die stalkte, und eine treue Freundin, die mitgefangen war in diesem Irrsinn. Allmählich glaubte ich tatsächlich, dass ich Hilfe brauchte. Ein plötzlicher Gedanke schoss mir durch den Kopf – Dee hätte das alles zum Schreien komisch gefunden. Es war genau das, was sie auch tun würde, und wenn sie noch da wäre, wäre sie jetzt bei uns und würde sich kichernd hinter den Regalen mit den Küchenrollen verstecken.

Drinnen ging es links in ein Café, rechts zu den Kassen und den Toiletten und geradeaus weiter in den Laden. Josie bog sofort nach rechts, und ich lief geradeaus weiter, durch die Obst- und Gemüseabteilung zu den Delikatessen an der hinteren Wand. Keine Spur von ihr. Ich lief nach rechts in Richtung Softdrinks. Wieder nichts. Ich lief weiter, versuchte, normal zu gehen, damit ich nicht so auffiel. Am Ende jedes Ganges schaute ich kurz in den Kassenbereich, um mich zu vergewissern, dass sie nicht schon auf dem Weg nach draußen war. Aber sie war nirgends zu sehen.

Das Konserven- und Suppenregal. Nichts.

Tiernahrung. Keine Spur.

Haushaltsgeräte, Milchprodukte, Fleisch, Fisch und schließlich Tiefkühlkost.

Wo zum Teufel steckte sie? Wie konnte sie sich so einfach in nichts auflösen? Sie war definitiv hier reingegangen, da war ich ganz sicher.

Es traf mich wie ein Blitzschlag. Die Toilette. Sie musste dort verschwunden sein. Du meine Güte, vielleicht wusch Josie sich gerade neben ihr die Hände.

Das Mädchen, das an der Kasse gerade einen älteren Herrn abfertigte, sah mir interessiert zu, als ich wie eine Irre an ihr vorbeirannte. Wahrscheinlich würde sie gleich den Sicherheitsdienst verständigen und ihm eine Ladendiebin melden. Besser ich kam ihr zuvor.

»Ihre Toiletten sind dort drüben, oder?«, fragte ich sie.

Sie nickte und lächelte schwach. Hoffentlich verbuchte sie mich jetzt als ältere Dame mit einem dringenden Bedürfnis und nicht als eine mit drei Dosen Mais, einer Salami und einer Packung Nylonstrumpfhosen unter der Jacke.

Im Toilettenraum mussten sich meine Augen erst an das

bläuliche Licht gewöhnen. Irgendwo hatte ich mal gelesen, dass das schummrige Licht verhinderte, dass Junkies ihre Venen fanden, um sich einen Schuss zu setzen. Keine Ahnung, ob das wirklich stimmte, aber es war ein ziemlich depressiver Gedanke, dass es Menschen gab, die so verzweifelt waren, dass sie sich in einer Supermarkttoilette selbst zerstörten.

Die Türen zu allen drei Zellen waren geschlossen, aber ich sah, dass nur eine von ihnen auch tatsächlich besetzt war. Ich stieß die beiden ersten auf, nur um sicherzugehen. Leer. Also konnte es sich nur um die dritte handeln. Doch da musste Josie hinter sein, wenn ich sie nicht verpasst hatte und sie gerade die Backwarenabteilung nach mir absuchte.

Ich kniete mich hin und verrenkte mir den Hals, um die Schuhe unter dem Türspalt zu erkennen. Natürlich öffnete sie genau in diesem Moment die Tür.

»Ich schwöre zu Gott, du bringst uns heute noch in den Knast«, schimpfte sie.

»Ach, sei ruhig. Hilf mir lieber hoch. Meine Knie sind nicht mehr das, was sie mal waren.«

»Das hat Lacey nie zu Cagney gesagt«, antwortete sie, schob ihren Arm unter meinen und zog mich hoch.

»Danke.«

»Hast du sie gefunden?«

»Nein. Deshalb hab ich ja unter die Tür geschaut. Ich dachte, sie wäre vielleicht hier.«

Josie wusch sich vor dem Spiegel die Hände. »Ich habe niemanden gehört, daher glaube ich das nicht. Hey, in diesem blauen Licht sieht man ja mindestens zehn Jahre jünger aus. Vielleicht sollte ich mein Haus auch damit ausstatten.«

Ich wartete, bis der Handtrockner sich ausgestellt hatte, dann öffnete ich die Tür, frustriert, weil ich sie nicht gefunden hatte.

»Nach Hause?«, fragte Josie.

Ich nickte. »Nach Hause.«

Was sollte ich auch sonst sagen? Der heutige Abend war eine grauenhafte Aneinanderreihung aus Emotionen, Trauer und Verzweiflung gewesen, und ich hatte nichts erreicht, außer dass ich mich noch mehr gequält hatte. Josie hatte recht. Was brachte das? Dee war immer noch tot. Der Dreckskerl immer noch nicht. Und das würde ich einfach akzeptieren müssen. Was spielte es schon für eine Rolle, wo er lebte oder was seine Mutter dachte oder was ich ihnen gern sagen würde. Ich würde es nicht tun, und selbst wenn ich es täte, ich würde am Ende nur verlieren. Am Ende würden sie mich noch wegen Verleumdung verklagen, und wo stünde ich dann? Nein, sich so zu verhalten hieß, sie gewinnen zu lassen und selbst noch mehr zu verlieren, und ich wäre verdammt, wenn ich das zuließe. Ich musste nach Hause fahren. Zu meinem Don. Zu meinem Sohn. Zum Rest meines Lebens. Ja, es würde ohne Dee sein, aber ich würde einen Weg finden, damit zurechtzukommen.

Wir gingen in Richtung Ausgang, am Blumenladen vorbei, an der Apotheke, dem Optiker, dem Reisebüro. Sofort musste ich wieder an Dee denken.

Josie hakte sich bei mir unter. »Oh, schau nur. Eine Woche Teneriffa, all-inclusive.« Eine Pause. »Warum machen wir das nicht einfach, Val? Du kannst eine Auszeit gut vertragen, und ich sage zu einer Woche Lichtschutzfaktor 50 auch nie Nein.«

Sie hielt sich dran, versuchte, mich zu überreden, aber ich konnte nicht. Um nicht falsch verstanden zu werden, ich verstand ja, was sie meinte. Don hatte bis zum Sommer keinen Urlaub, er hätte sicher nichts dagegen, wenn ich mit Josie verreiste. Wahrscheinlich wäre er sogar froh. Aber ich konnte es trotzdem nicht und versuchte das Thema weit fortzudrängen.

»Jen ist diejenige, die dringend mal eine Pause braucht. Die arme Maus. Ihre Welt liegt ja völlig in Scherben.« Ich seufzte. »Ich bin froh, dass sie ein paar Tage verreist. Das tut ihr sicher gut.«

Josie nickte besorgt. »Ja, sie sah wirklich schrecklich aus, als ich heute Abend aus dem Büro ging. Ohne Dee ist sie so verlassen.« Josie fuhr fort. »Ich wollte sie gleich noch mal anrufen und hören, wie es ihr geht.«

Ich blieb plötzlich stehen und erstarrte. Wir hatten den Ausgang fast erreicht, und mein Blick fiel auf den Café-Bereich. Ungefähr zwanzig Tische standen dort, aber nur zwei von ihnen waren besetzt. An einem saß der ältere Herr, den ich auf dem Weg zur Toilette an der Kasse überholt hatte. An dem anderen ein junges Pärchen, das Händchen hielt und sich verliebt in die Augen schaute. Was meine Aufmerksamkeit erregte, war jedoch die Frau, die die Tische abräumte und abwischte. Sie war es. Ich war ganz sicher.

»Was ist los?« Josie sah mich erstaunt an.

Ich würde es ihr nicht sagen. Ich wollte nicht, dass sie sich Sorgen um mich machte, dass sie alle zwei Minuten bei mir anrief, um zu sehen, wo ich war und ob ich mal wieder auf dem Weg hierher war.

»Nichts. Mir ist nur gerade aufgefallen, dass ich das Brot für Dons Lunchpaket vergessen habe.«

»Sollen wir noch mal schnell reingehen?«

»Nein, nein, kein Problem«, versicherte ich ihr. »Lass uns jetzt lieber zu dir nach Hause fahren. Ich kann später noch eins besorgen.«

16. Kapitel

Jen

Die meiste Zeit des siebenstündigen Fluges über den Atlantik hatte ich damit verbracht, auf dieselbe Seite in meinem Buch zu starren und mir jede Einzelheit meines Gesprächs mit Pete noch einmal durch den Kopf gehen zu lassen. Ich hatte es bei Facebook, Twitter und Instagram probiert, aber er hatte sich nie für soziale Netzwerke interessiert, und soweit ich das sehen konnte, hatte sich daran nichts geändert. Nichts. Ich war schließlich auf Aryas Facebook-Seite gestoßen, aber sie war nur für Freunde einsehbar.

Wie hatte ich nur so blind sein können? Ich hatte schon früher von Paaren gehört, bei denen der eine Part dachte, sie seien glücklich verheiratet, bis der andere plötzlich mit der Sekretärin durchbrannte oder zugab, dass er ein Zweitleben als Escortdame führte, oder die Frau entdeckte, dass ihr Mann eine zweite Familie hatte in einer anderen Stadt. Aber ich hatte immer geglaubt, das alles könne nur völlig naiven Menschen passieren, dass es doch irgendwann mal ein Zeichen, irgendwelche Hinweise gegeben haben müsste.

Ich schätze, die hatte es wohl letztlich auch bei Pete und mir gegeben. Er hatte sich schon seit einer Weile zurückgezogen. War so abwesend. Ruhiger als früher. Aber diese Phase hatte nicht lange angehalten, ein paar Monate vielleicht, und sie war nicht so heftig gewesen, dass ich mir ernsthaft Sorgen gemacht hätte. Ich hatte sie gar nicht weiter ernst genommen, und auch Dee und Luke, die ja fast genauso viel Zeit mit ihm verbracht hatten wie ich, hatten sich nicht weiter darum gekümmert. Heute wünschte ich, ich hätte Dees Angebot, ihn zur Rede zu stellen, angenommen.

Noch so ein müßiger Wunsch. Ich wünschte, sie wäre hier. Ich wünschte, sie wäre an diesem verhängnisvollen Tag nicht zu ihrem Auto gegangen. Ich wünschte, alles wäre noch genau wie vor drei Monaten. Zu viele Wünsche, alle sinnlos.

Statt ins Buch starrte ich nun aus dem Fenster, aber ich nahm kaum etwas wahr. Ich mochte New York, ich liebte die Stadt allerdings nicht so sehr wie Dee. Mir war sie zu laut, zu chaotisch, zu groß, aber ich würde damit klarkommen müssen. Es wurde höchste Zeit, nach vorn zu schauen und die Dinge in die Hand zu nehmen. Wir brauchten neues Material für den Blog, neue Anregungen und Ideen. Zuletzt hatten wir einige Follower verloren, was nur daran liegen konnte, dass es ohne Dee keine Beiträge mehr gab. Sie hatte für jeden ihrer Follower hart gearbeitet, und sie wäre stinksauer, wenn ich das den Bach runtergehen lassen würde. Also hatte ich keine andere Wahl.

Der Verkehr auf dem Weg vom Flughafen in die City war nervenaufreibend, aus der normalerweise einstündigen Taxifahrt wurden fast zwei. Das Hotel in Manhattan war eins von Dees Lieblingshotels. Es war frisch renoviert worden, und sie hatte noch einmal herkommen und über den Relaunch berichten wollen. Noch etwas, das ihr versagt blieb.

Die junge Frau an der Rezeption hatte einen makellos dunklen Teint und Wangenknochen, die aussahen wie aus Bronze gemeißelt. »Ich habe eine Reservierung unter dem Namen Dee Harper von SONNE, SEE, SKI.« Sie warf einen kurzen Blick auf ihren Bildschirm. Ich wollte sie gerade über die Namensänderung informieren, als sie nickte und sagte: »Ja, hier habe ich es schon. Ich habe einen Brief für Sie.«

Sie kramte in einer Schublade und zog einen Umschlag mit Dees Namen heraus. Sicher Tickets für irgendeine Veranstaltung, die sie gebucht hatte.

»Danke.« Ich steckte den Umschlag in meine Tasche.

»Unsere Marketingabteilung überlässt Ihnen das Zimmer kostenlos, wie Sie ja wissen. Ich brauche nur Ihren Ausweis und Ihre Kreditkarte für etwaige Nebenkosten.«

»Natürlich!«

Ich reichte ihr meine Geschäftskreditkarte, wartete, bis sie sie durch den Scanner gezogen hatte und mir mit blendend weißem Lächeln zurückgab. Als Nächstes gab ich ihr meinen Pass. In diesem Moment kam eine Gruppe japanischer Touristen durch die Tür und flutete die Lobby. Ich sah die Irritation im Gesicht der jungen Frau, die meinen Ausweis kopierte und mir zurückgab, ohne auch nur einmal daraufzuschauen. Wieder wollte ich sie darauf hinweisen, dass mein Name nicht mit der ursprünglichen Buchung übereinstimmte, als sie dem Concierge ein Zeichen gab.

»Bill bringt Sie zu Ihrem Zimmer. Bitte lassen Sie mich wissen, wenn ich etwas für Sie tun kann. Ich wünsche Ihnen einen angenehmen Aufenthalt.«

Bill nahm meinen Koffer, als jemand aus der Gruppe begann, in gebrochenem Englisch auf die Rezeptionistin einzusprechen. Dies war kein guter Zeitpunkt, um sie mit Erklärungen über Dees Tod zu belasten, also entschied ich, es später nachzuholen.

Das Zimmer lag im dritten Stock, die Einrichtung, dicker grauer Teppichboden, cremefarbene Hochglanzmöbel und weiße Bettwäsche, war tatsächlich ganz neu. Purer Schick und Luxus. Guter Geschmack, liebste Freundin.

Mein Handy klingelte. Es war Luke. »Wie läuft's bei dir?«

»Alles okay. Ich hab gerade eingecheckt. Dee hat eine wunderschöne Suite gebucht – ein Traum.«

»Tja, sie stand schon immer auf einen gewissen Style.«

»Genau das habe ich auch gerade gedacht.« Ich lächelte traurig. »Aber ich fühl mich ein bisschen fehl am Platz. Dee müsste eigentlich hier sein.«

»Ich weiß, Jen. Wenn es jedoch irgendwen gibt, von dem sie sich gewünscht hätte, dass sie ihre Fünfsternesuite übernimmt, dann bist das du. Danke, dass du das machst. Solange der Laden und der Blog existieren und die Dinge, die ihr wichtig waren, haben wir wenigstens noch ein Stück von ihr.«

»Du hast recht. Wie ist es bei dir? Hast du einen ruhigen Abend?«

»Ja, ich bin völlig erledigt. Ich gehe gleich ins Bett. Aufregend, oder?«

Ich lachte. »In der Tat. Okay, ich melde mich morgen wieder. Das heißt, wenn ich das überlebt habe, was Dee für heute Abend geplant hat. Sie hat nur Locations und Uhrzeiten in ihrem Kalender stehen, ich weiß also nicht genau, was mich erwartet. Jedenfalls hab ich weder eine schusssichere Weste noch einen Fallschirm eingepackt. Glaubst du, das war ein Fehler?«

»Bestimmt.«

Es tat gut, Luke lachen zu hören. Er war immer ein spontaner, lebenslustiger Typ gewesen. Ich fragte mich, ob er je wieder so sein konnte.

Und ich fragte mich das auch, was mich betraf. »Also, bis morgen. Falls du nichts von mir hörst, bin ich irgendwo in der Notaufnahme gelandet.«

Er lachte immer noch, als ich auflegte, und es ging mir wieder ein bisschen besser. Ich hätte ihm erzählen sollen, dass ich Pete am Vorabend getroffen hatte, aber vielleicht war es besser so. Er hatte genug eigene Sorgen, er musste sich nicht auch noch mit meinen Problemen rumschlagen.

So, Schluss mit dem Selbstmitleid! Ich hörte Dee mir zurufen, ich solle mich zusammenreißen.

Ich beschloss, mich umzuziehen und auf den Weg zu machen. Ich warf einen Blick auf Dees Onlinekalender, den ich auf mein Handy geladen hatte. »*Eastside Jazz Club, 20 Uhr*. Das war der einzige Termin für heute. Ich klickte auf den Link und hatte die Adresse. Gut organisiert, unsere Dee.

Erst als ich mein Handy auf das Bett warf, fiel mir der schöne Blumenstrauß auf dem Sideboard vor dem Fenster auf. Darin steckte ein kleiner weißer Umschlag.

Die Marketingabteilung des Hotels tat wirklich alles, um sie positiv zu stimmen. Kein Wunder. Zum Preis eines geschmackvollen Blumenstraußes und mit einem kostenlosen Zimmer, das vermutlich sowieso nicht anderweitig gebucht worden wäre, konnten sie eine Bewertung erkaufen, die Tausende potenzieller Reisender erreichen würde. Ich schätzte, das war es, was Dee immer als Win-win-Situation bezeichnet hatte.

Ich vermisste sie so. Schon wieder.

Ich zog meine Stiefel aus und ging zum Fenster. Meine Zehen versanken in dem flauschigen Teppich. Ich öffnete den Umschlag und zog eine Karte heraus.

Schön, dass du wieder da bist. Ich hab dich so vermisst … XXX

Ich las den Text noch einmal. Ich verstand nicht ganz. Ich habe dich so vermisst? Wen? Das klang nicht wie ein Satz von der Marketingabteilung, und es ergab keinen Sinn. Soweit ich wusste, kannte Dee in New York überhaupt niemanden, schon gar keinen, der ihr Blumen schenken und sie vermissen würde.

Jede Menge logische Erklärungen kamen mir in den Sinn. Die Blumen mussten für die Person gedacht sein, die vor mir dieses Zimmer bewohnt hatte. Vielleicht hatte sie den Strauß gar nicht bemerkt, und das Zimmermädchen hatte ihn stehen lassen. Oder er war aus Versehen ans falsche Zimmer geliefert worden. Ich schaute wieder auf den Umschlag. Da stand nirgends *Für Dee*. Natürlich handelte es sich um einen Irrtum. Eine Verwechslung. Ich würde die junge Frau an der Rezeption gleich ansprechen und sie bitten, die Blumen dem rechtmäßigen Eigentümer zuzustellen.

Ich sprang unter die Dusche und spülte mir den Staub der langen Reise ab. Gegen den Schmerz, den jeder Gedanke an das Gespräch mit Pete bei mir auslöste, half es leider nicht. Ich war sicher, dass er nicht zu mir zurückkommen würde. Dies war mehr als eine verfrühte Krise in der Mitte seines Lebens. Es war endgültig. Das Zuschlagen einer Tür, die ich nicht zuschlagen wollte. Ehe ich mich versah, mischten sich meine Tränen in das Wasser.

Ich blieb viel zu lange unter der prasselnden Dusche stehen. Irgendwann waren meine Finger verschrumpelt, und mein Körper glühte. Ich drehte den Hahn ab. Die Handtücher waren dick und flauschig, und ich wickelte mir eins um den Körper, ehe ich ins Zimmer zurückging. Vielleicht sollte ich meinen Aufenthalt hier einfach noch ein bisschen verlängern. Eine Auszeit nehmen. War es nicht das, was mir alle rieten? Ich brauchte Zeit, um mir darüber klar zu werden, wie ich wieder mit dem Leben zurechtkommen konnte, denn so sollte es nicht weitergehen. Das Elend brachte mich Stück für Stück um.

Ich legte mich hin, aber mit dem Jetlag war es dieses Mal gar nicht so schlimm. Mein Tag-Nacht-Rhythmus war sowieso völlig durcheinander seit Dees … Eine halbe Stunde später stand ich schon wieder auf, setzte mich an den Frisiertisch, zog eine Bürste aus meiner Kulturtasche und bürstete mein Haar. Anschließend nahm ich den Fön aus der Schublade und pustete es trocken. Ich band es locker am Hinterkopf zusammen. Mit dieser Frisur würde ich keinen Preis gewinnen, aber es musste reichen.

Ich kramte gerade nach der Feuchtigkeitscreme, als mein Blick auf den Brief fiel, den ich beim Einchecken bekommen hatte. Ich öffnete den Umschlag und zog einen Briefbogen heraus. Bedrucktes Papier. Das Waldorf Astoria. Dee hatte letztes Jahr dort gewohnt, ich erinnerte mich noch gut, wie sehr sie davon geschwärmt hatte.

Die Worte darauf waren in einer Handschrift verfasst, die ich instinktiv als männlich identifizierte.

Dee, mein Liebling. Derselbe Ort. Dieselbe Zeit. Kann es kaum erwarten. X

Was um alles in der Welt …? Zum zweiten Mal in der letzten Stunde rätselte ich, was hier vor sich ging.

Dee, mein Liebling? Das klang so intim, aber es musste eine harmlose Erklärung geben. Klar. Dee hätte Luke doch nie betrogen oder irgendetwas getan, das ihn verletzt hätte. Okay, sie war lebenshungrig und liebte alles, was Adrenalin freisetzte – wenn sie etwas Unrechtes getan hätte, hätte ich jedoch davon gewusst. Sie hatte mir doch all ihre Geheimnisse anvertraut.

Vielleicht hatte jemand mit einem überschwänglichen Schreibstil die Zeilen verfasst. Ein Freund. Einer, den sie schon lange kannte. Viele PR-Leute waren so, immer nur Liebling, Schätzchen … Küsschen hier, Küsschen da. Klar, das war es. Bestimmt. Nichts Außergewöhnliches. Alles in Ordnung. Nur …

Ich nahm den Brief mit dorthin, wo ich die Karte aus dem Blumenstrauß abgelegt hatte, und verglich.

Dieselbe Handschrift.

Aber was bewies das schon? Nichts, außer dass es dieselbe überdrehte, übertrieben emotionale PR-Person geschrieben haben musste.

Ich checkte noch einmal den Onlinekalender, dabei wusste ich ganz genau, wie der erste Eintrag lautete. *Eastside Jazz Club, 20 Uhr*. Dann gab es noch einen Termin für den kommenden Abend. *Bar im Baccarat Hotel, 21 Uhr*. Ich googelte die Adresse – West 53rd Street. Der letzte Termin war am Morgen vor dem Rückflug. *Frühstück bei Tiffany*.

Gut. Außer der Reisemesse im Jacob K. Javits Convention Center am nächsten Tag standen also ein Jazzclub, eine stylishe Bar und Frühstück bei Tiffany auf ihrem Programm. Das klang genau nach Dee. Und nach Material, aus dem sie gute Storys für ihren Blog spinnen würde mit super Tipps für ein richtig cooles New-York-Erlebnis. Nichts Verdächtiges also. Nichts Verbotenes. Ich schüttelte mich und beschloss, die Sache zu vergessen. Ich war auf Geschäftsreise hier, und es wurde höchste Zeit, dass ich mich an die Arbeit machte. Ich griff nach meinem Mantel und verließ das Zimmer. Die Briefe ließ ich liegen.

Trotz der Kälte entschied ich mich, zu Fuß zum Jazzclub zu gehen und mir unterwegs an einem der vielen Stände um den Times Square einen Hot Dog zu gönnen. Auch das war eins der Dinge, auf die sich Dee jedes Mal besonders gefreut hatte. Sie war gelandet, mit dem Taxi ins Hotel gefahren und hatte dann so schnell wie möglich den ersten Hot-Dog-Stand angesteuert, den sie finden konnte. Ich fand, dass ich das auch tun müsste.

Der Wind wurde immer heftiger, und ich war froh, dass ich Mütze und Stiefel anhatte. Dee und ich hatten die gleichen. Wir hatten sie im Sale erstanden, meine waren aus schwarzem, ihre aus braunem Leder. Wie oft war das im letzten Jahr geschehen. Wir hatten genau das Gleiche gekauft, waren in ähnlichen Outfits aufgetaucht, hatten dieselben Restaurants zum Essen ausgesucht. Luke witzelte oft, wir würden uns einen Verstand teilen – ein Verstand, der jetzt wieder zu den kuriosen Nachrichten zurückwanderte.

Warum?

Ich war doch längst zu dem Schluss gekommen, dass sie völlig harmlos waren. Oder nicht? Während ich weiterlief, begann ich erneut, darüber nachzudenken. Ganz unmöglich, dass es sich um etwas Verbotenes handelte. Ausgeschlossen. Allerdings schien ich nicht jeden von Dees Kontakten über ihren Tod informiert zu haben. Natürlich wussten es all unsere Freunde, alle, die eine persönliche Beziehung zu ihr hatten. Ich hatte zudem die Geschäftspartner und die Stammkunden informiert, und zwar wesentlich sensibler, als ich dies kürzlich bei Delilah getan hatte. Die Erinnerung daran ließ mich jetzt noch erschaudern. Den anderen hatte ich einfach nur mitgeteilt, dass ich ab sofort ihre neue Ansprechpartnerin sein würde.

Die Nachricht über Dees Tod hatte auch in der Zeitung gestanden, mehr allerdings nicht. Val hatte großen Wert darauf gelegt, dass wir es weder bei Facebook noch in sonstigen sozialen Netzwerken erwähnten, und wir hatten dies nur allzu gern befolgt. Dee hatte das immer gehasst. Es hatte sie schrecklich genervt, wenn jemand gestorben war und die Twitter- und Facebook-Seiten anschließend voll gewesen waren mit Betroffenheitsbekundungen von Leuten, die – so ihre Worte – man zufällig mal irgendwo an der Bushaltestelle getroffen hatte.

»Ich verbiete dir das, sollte ich eines Tages ins Gras beißen. Keine Elogen. Kein falsches Gesülze«, hatte sie verkündet. »Und falls Danny Jones aus der Schule auch nur ein einziges Beileidswort postet, schreib ihm zurück, dass ich ihn immer noch für einen Schwachkopf halte, weil er mich damals betrogen hat.«

Ich hatte daraufhin laut gelacht. »Wie kommst du auf die Idee, dass ich dann noch hier bin? Du wirst doch viel älter als ich.«

»Woher willst du das wissen?«

»Dee, du joggst dreimal in der Woche und hast ein Herzkreislaufsystem wie ein Rennpferd. Ich mache nix und hab das Herzkreislaufsystem eines halb toten kettenrauchenden Esels.«

»Stimmt.« Sie hatte genickt. »Also gut, dann kümmere ich mich also um dich. An wen möchtest du nach deinem Ableben irgendwelche Rachenachrichten geschickt haben?«

»Du kannst meinem Dad sagen, er sei ein Versager, aber das dürfte er mittlerweile wissen. Und sonst …«, überlegte ich, »… sonst fällt mir niemand ein.«

Sie hatte sich zurückgesetzt, sich gerekelt, sich das Haar aufgesteckt und einen Bleistift hineingefriemelt, damit es zusammenhielt. Ich hatte ihr schon tausendmal dabei zugesehen und musste immer noch jedes Mal lächeln.

»Jen, du brauchst unbedingt mehr Spannung in deinem Leben. Es muss doch jemanden geben, den du so richtig hasst. Geh raus. Stell was an. Riskier was. Tu etwas, das du nicht darfst. Nerv die Leute.« Sie hatte sich heißgeredet.

»Du hast recht«, hatte ich geantwortet.

Dabei wusste ich, seit ich ein Teenager war, dass ich das nie tun würde. Ich stand auf Ruhe, Stabilität, Verlässlichkeit, Berechenbarkeit. Das war meine Komfortzone. Ein Psychologe hätte seine wahre Freude an mir. Ich hatte meine Mutter früh verloren, einen Vater, der keine Verantwortung übernahm und sich nur um sich selbst kümmerte und darum, wo er das nächste Bier herbekam. Aber ich wollte nicht jammern.

Schließlich hatte ich ja Glück gehabt. Der Tatsache, dass Dad so nutzlos war, hatte ich schließlich zu verdanken, dass ich bei Val und Don gelandet war. Und das war so viel besser gewesen als das Leben mit ihm. Auf jeden Fall war ich nicht so naiv zu glauben, dass meine Kindheit mir ein Gefühl von Sicherheit vermittelt hatte. Im Gegensatz zu Dee. Sie hatte immer gewusst, dass ihre Eltern, ganz gleich was passiert wäre, zu ihr gestanden und sie aufgefangen hätten. Und das hatte ihr die Möglichkeit gegeben, Risiken einzugehen und immer mal wieder das Leben am Abgrund zu wagen.

Meine Gedanken schwirrten nun durcheinander. War es das, was sie hier in New York getan hatte? War sie ein Risiko eingegangen und hatte etwas gewagt? Nein. Sie hätte niemals mit Lukes Gefühlen gespielt und ihre Ehe aufs Spiel gesetzt.

»Hör mal, Jen …« Ein weiteres Gespräch kam mir in den Sinn, es hatte an einem Sonntagnachmittag bei uns zu Hause stattgefunden. »Mal angenommen du könntest eine wilde Nacht mit einem Typen erleben, sagen wir mal mit Matt Damon, und du wüsstest hundertprozentig und absolut sicher, dass es niemals rauskommen würde … Würdest du es tun?«

Ich hatte gelacht. »Ja, klar. Matt Damon liegt bestimmt gerade in seinem Bett in Hollywood und denkt: Ich muss dringend den Jet anwerfen und nach Schottland fliegen, damit ich endlich diese Jen von SONNE, SEE, SKI vögeln kann.«

Daraufhin hatte Dee nur verächtlich den Kopf geschüttelt. »Du hast wirklich überhaupt keine Fantasie.«

»Absolut nicht. Aber um deine Frage zu beantworten: Nein, ich würde es nicht tun. Nicht mal mit Matt Damon. Ich hätte doch viel zu viel Stress wegen meiner Zellulitis. Wie ist es mit dir?«, hatte ich die Idee weitergesponnen und mir noch einen Schokokeks genommen. »Aber nein, du kannst ihn nicht haben, falls ich es mir doch noch anders überlege … Wir zwei können ja unmöglich mit demselben Typen ins Bett gehen …«

»Das wäre wirklich ungünstig«, hatte sie zugegeben und gekichert.

»Wenn du Ben Affleck haben könntest, ohne erwischt zu werden, würdest du das machen?«

»Sofort«, hatte sie ohne zu zögern erwidert. »Hast du ihn in *Batman* gesehen? Allerdings braucht man eine Menge Talkum, um ihn aus diesem Anzug zu kriegen.«

»Du würdest also ernsthaft mit einem anderen Mann schlafen?«

»Na ja, das ist ja kein gewöhnlicher anderer Mann. Batman hat übernatürliche Fähigkeiten.«

Ich hatte das Bedürfnis gehabt, noch weiter nachzuforschen. »Und wenn es nicht Batman wäre? Wenn es einfach nur irgendein schnuckliger Typ wäre, den du irgendwo kennengelernt hast, und du wüsstest, es würde nie jemand erfahren? Würdest du es tun?«

Sie würde Nein sagen. Natürlich würde sie das. Definitiv. Darauf hätte ich meine kompletten Ersparnisse verwettet.

»Ich weiß nicht. In der Situation war ich bisher noch nie.«

Gut, dass ich gar keine Ersparnisse hatte!

Sie hatte meine Frage beantwortet, aber nicht mit einem klaren Nein, und als ich jetzt so durch die Straßen des East Village schlenderte, kam ich nicht umhin, über die folgenden zwei Probleme nachzugrübeln. Erstens: Warum um alles in der Welt hatte ich mir bloß kein Taxi genommen? Dieser Club war viel weiter weg, als ich vermutet hatte. Zweitens: War es genau das, was sich hier abgespielt hatte? Hatte sie sich in exakt so einer Situation befunden und geglaubt, sie könnte sich eine Affäre leisten, ohne dass es jemand mitbekam?

Ich fröstelte, und das lag nicht nur an der Kälte.

Nein, ich glaubte das einfach nicht. Sie hätte so etwas nie getan. Es gab viele Gründe. Aber schon wegen der Liebe zu Luke hätte sie das nie und nimmer getan.

»Guten Abend, Madam.«

Gott sei Dank! Ein kahlköpfiger Hüne mit breiten Schultern und Südstaatenakzent begrüßte mich am Eingang des Clubs. Er ließ mich bis zu einer attraktiven schwarzhaarigen Frau mit perfektem Zahnpastalächeln passieren. Das Lächeln, das ich erwiderte, war damit nicht im Mindesten zu vergleichen. Ich nahm mir fest vor, mich mal wieder ums Zähnebleichen zu kümmern, sobald ich zu Hause war.

»Hi. Ihnen müsste eine Reservierung unter dem Namen Dee Harper vorliegen.«

Die Dame checkte ihr iPad. »So ist es. Darf ich Ihnen den Mantel abnehmen? Dann folgen Sie mir bitte.«

Sie gab meinen Mantel an einer kleinen Garderobe ab und führte mich in den Club. Es war dunkel und noch nicht sonderlich voll. Wahrscheinlich war es noch zu früh für die Jazzszene. Der Club war wie die alten Speakeasys, die ich aus Filmen kannte. Schummriges Licht, nur kleine Lämpchen auf den runden Tischen, von denen ungefähr dreißig im Raum standen. Tiefrote Wände und ein dicker Teppichboden unter meinen Füßen. Auf der Bühne vorn, zwischen schweren roten Samtvorhängen, stand ein einsamer Saxofonspieler.

Ich wurde zu einem Tisch rechts vor der Bühne geführt. Sofort erschien eine Kellnerin. »Hi, mein Name ist Candy, ich bin für Ihren Service zuständig. Was darf ich Ihnen bringen?«

»Einen Wodka-Tonic, bitte.« Ich trank nur selten Alkohol, aber an diesem Abend schien mir das die einzige Möglichkeit zu sein.

»Natürlich. Gern.«

Candy verschwand in Richtung der kleinen Bar, die ich hinten im Raum entdeckt hatte. Ich ließ den Blick weiterschweifen. An zwei Tischen saßen jeweils ältere Paare. Die Gesichter der Dame und des Herrn, die mir am nächsten saßen, konnte ich gut erkennen. Die beiden mussten Ende siebzig sein. Verträumt bewegten sie sich zur Musik hin und her. Ich sah, dass sie Händchen hielten, und sofort kamen mir die Tränen.

Was war nur los mit mir? In letzter Zeit hatte ich das Gefühl, total nah am Wasser gebaut zu haben. In diesem Moment wusste ich nicht mal, warum ich weinte. Oder eigentlich doch. Ganz kurz hatte ich mir vorgestellt, dass Pete und ich eines Tages so sein könnten. Wir würden in einem Café oder einer Bar sitzen und immer noch verliebt sein. Es würde nun nicht mehr dazu kommen, ich hatte nicht mal mehr meine beste Freundin, um mich zu trösten. Und schon weinte ich wieder. Dee würde es hier gefallen.

Ob sie heute das erste Mal in diesem Club gewesen wäre? Sie hatte nie davon gesprochen, und soweit ich wusste, hatte sie den Club auch in ihrem Blog nicht erwähnt. Aber sie war in den letzten zehn Jahren so oft in New York gewesen, dass es mich nicht überrascht hätte, wenn sie nur vergessen hätte, es zu erwähnen.

Reiß dich zusammen! Hör auf, vor Selbstmitleid zu zerfließen!

Wieder ließ ich den Blick durch den Raum schweifen. An so einem Ort überkam mich immer das Bedürfnis, eine Zigarette zu rauchen, dabei hatte ich mich bei dem einzigen Mal, an dem ich das getan hatte, anschließend in Vals Radieschenbeet übergeben und die gesamte Ernte vernichtet.

An zwei Tischen saßen einzelne Männer, einer vielleicht um

die fünfzig, der andere ungefähr in meinem Alter. Sie schauten zur Bühne und waren ganz in die Musik vertieft. Eine Frau in einer sehr farbenfrohen Seidenjacke saß ein Stück weiter an der Bar und tippte mit ihren rot lackierten Fingernägeln im Takt zur Musik auf die Theke. Mein Blick blieb jedoch an einem athletischen Anzugträger hängen, der in diesem Moment von der schönen Schwarzhaarigen zu einem Tisch in meiner Nähe geführt wurde. Für den Bruchteil einer Sekunde schaute er mich an, dann richtete er seine ganze Aufmerksamkeit auf die Kellnerin, die seine Bestellung aufnahm.

Die Kellnerin brachte meinen Drink. Ich nippte daran und sammelte im Geiste erste Ideen für den Blog. Das Interieur, die Stimmung, die Leute, die Musik. Ein typischer Abend in New York. So würde die Überschrift lauten. Dee wäre sicher etwas Originelleres eingefallen, aber ich war nun mal nicht so kreativ. Vielleicht kann Luke mir ein wenig helfen, bis ich mich eingearbeitet habe, dachte ich.

Ich stellte mir vor, wie Luke und Dee zusammen hier säßen. Ich war nicht so ein großer Jazzfan, aber Dee wäre begeistert von der Musik, dem Ambiente und dem Hauch von Dekadenz, der über allem schwebte.

Mein Drink schien verdunstet zu sein, also bestellte ich einen neuen. Allmählich füllte sich der Laden, ein Trompeter und ein Bassist unterstützten den Mann am Saxofon. Sie spielten einen Blues, der mir brandneu und klassisch zugleich vorkam.

Der zweite Drink stand auf meinem Tisch, dann der dritte, und während des dritten Glases merkte ich auf einmal, dass der Raum anfing zu schwanken. Irgendwie fühlte sich das gut an, ich wusste allerdings auch, was das bedeutete – ich war noch maximal ein Glas entfernt von der Radieschenbeetnummer und einem Kater, der mir den ganzen morgigen Tag versauen würde. Höchste Zeit, meine New Yorker Bleibe anzusteuern. Ich hatte genug Material zum Schreiben. Es wurde sowieso so voll, dass man sicher dankbar war, wenn ich meinen Tisch freimachte.

Draußen hatte ich das große Glück, ein Taxi zu erwischen, das gerade einen weiteren Gast abgesetzt hatte. Er hielt mir die Tür auf und machte eine übertriebene Verbeugung.

»Bitte sehr, Madam.«

»Vielen Dank«, antwortete ich. Es klang ein bisschen gelallt, aber mit etwas Glück hatte er es nicht bemerkt. Kein Wunder, dass Dee immer behauptet hatte, ich sei ein Leichtgewicht, was den Konsum von Alkohol betraf. Wie viel hatte ich gehabt? Drei Wodka. Oder vier? Ja, vier. Ich konnte mich gar nicht daran erinnern, sie alle bestellt zu haben – die Kellnerin hatte mir den dritten und vierten einfach ungefragt vor die Nase gestellt. Oder nicht?

Ehrlich gestanden hatte ich keine Ahnung.

In meinem Hotelzimmer ließ ich meine Klamotten einfach zu Boden fallen, trank noch ein Glas Wasser und schlüpfte dann unter die Bettdecke. Was für ein Tag! Ich war in New York. Allein. Ich machte Dees Job. Ich lag im Bett und war mehr als nur ein bisschen betrunken. In meinem Zimmer stand ein Blumenstrauß mit einer merkwürdigen Karte. Es gab einen seltsamen Brief in derselben Handschrift, der an meine verstorbene Freundin adressiert war. Und ich hatte nicht die leiseste Ahnung, was das alles bedeutete.

Wäre sie doch nur hier …

Das war mein letzter Gedanke, ehe ich in den Schlaf sank. Das Nächste, was ich wahrnahm, war ein bohrender Schmerz in meinem Kopf. Ich zwang meine Augen auf. Du lieber Himmel, was für ein Lärm. Ohrenbetäubend. Tja, so war das, wenn man zu viel trank. Ich richtete mich mühsam auf, schwankte ein wenig und stellte dann fest, dass der Lärm sehr real war. Stöhnend bewegte ich mich zum Fenster und schaute hinaus. Jawohl, auf der Baustelle an der gegenüberliegenden Straßenseite betätigte jemand einen Presslufthammer. Am Tag zuvor war mir gar nicht aufgefallen, dass dort gearbeitet wurde. Ich schaute auf meine Armbanduhr. Acht Uhr. Mist, ich hatte verschlafen. Mein nächster Termin war zwar erst mittags, aber ich hatte längst unterwegs sein wollen, um coole Dinge zu entdecken. Der Jetlag und der Restalkohol hatten mich fest im Griff.

Okay, höchste Zeit. In einer Minute. Nicht sofort. Ich trank einen Schluck Wasser und sank wieder aufs Bett. Das war also mein erstes New-York-Erlebnis gewesen. Ein Jazzclub. Ganz allein. Ein bisschen betrunken. Dee wäre stolz auf mich.

Dee. Ich dachte an die rätselhaften Begebenheiten vom Vortag zurück und kam zu demselben Schluss – ein übermotivierter PR-Mensch musste hinter den Nachrichten stecken. Wieso sollte ich etwas anderes denken? Ich schüttelte den Kopf. Nichts war hier passiert. Natürlich nicht. Ich schämte mich dafür, dass ich auch nur in Erwägung gezogen hatte, dass etwas anderes dahinterstecken könnte.

Schuldbewusst hob ich den Blick in Richtung Zimmerdecke. »Es tut mir leid, Dee«, flüsterte ich. Ich konnte ihre vor der Brust verschränkten Arme und den entrüsteten Gesichtsausdruck förmlich vor mir sehen. »Bitte, schau mich nicht so an«, fügte ich sicherheitshalber hinzu.

Zeit für eine Dusche. Ich stand auf, schwankte wieder ein bisschen und ging in Richtung Bad. Erst da sah ich den Brief, den jemand unter der Tür hindurchgeschoben hatte.

Die Schrift war … die mir schon bekannte. Natürlich.

Mein Herz klopfte schneller. Hoffentlich war es nur eine Rechnung oder …

Dee … Wo warst du? XX

Wieder schaute ich nach oben. »Wie wär's, wenn du mir das mal erklären würdest?«

17. Kapitel

Luke

Ein Teufelskreis. Ich zog eine Jeans an, und sie rutschte mir vom Hintern. Das kam von der ständigen Rennerei. Also beschloss ich, shoppen zu gehen und Ausschau zu halten nach einem besser passenden Ersatz. Aber der Gedanke, ein paar Stunden im Shoppingcenter zu verbringen, machte mich fast wahnsinnig. Lieber ging ich wieder laufen. Und nahm weiter ab.

Ich begriff nicht, wie die Frauen das machten. Dee war mindestens einmal im Monat shoppen gegangen. Ich dagegen? Dieselben Jeans seit Jahren, neue Shirts und Pullis an Geburtstagen und Weihnachten, fertig. Alles andere hatte Dee für mich besorgt. Ich war nicht stolz darauf, aber so war es nun mal gewesen.

Erst seit sie fort war, begriff ich, wie viel sie für mich getan hatte. Sie hatte die Rechnungen bezahlt, sie hatte die Lebensmittel bestellt, die uns einmal in der Woche geliefert wurden, sie hatte die Reisen geplant und die Klamotten gekauft. Geputzt hatte Josie einmal in der Woche, aber um alles andere hatte Dee sich gekümmert.

Okay, ich hatte mich um den Instandhaltungskram gekümmert, um Handwerksarbeiten und die Autos, und ja, ab und zu hatte ich auch mal einen Wochenendausflug geplant, aber das war's. Wie mies von mir, dass ich erst jetzt, da sie nicht mehr da war, zu schätzen lernte, was sie alles für mich getan hatte.

Und noch was war mies. Es war Samstag, und ich musste ein paar Stunden arbeiten. Wir mussten am Montag vor einem neuen Kunden präsentieren, und ich wollte sichergehen, dass alles perfekt vorbereitet war. Also fuhr ich in Richtung Stadt. Der Verkehr war nicht so schlimm wie an den Werktagen, deshalb würde ich es in weniger als einer halben Stunde schaffen. Danach würde ich noch ein bisschen ins Fitnessstudio gehen. Oder doch nicht? Das würde mich ein Vermögen an neuen Jeans kosten.

Ich rief über die Freisprechanlage SONNE, SEE, SKI an.

Mark war sofort dran.

»Hey, Kumpel, hast du Lust, nach Feierabend mit ins Studio zu gehen?«

»Moment, ich check mal kurz meinen Terminplan«, antwortete Mark. Ich hatte Dees Bruder vor der Beerdigung nur ein einziges Mal getroffen, damals, während unserer Flitterwochen in Australien. Er machte auf Anhieb einen netten Eindruck, so cool und entspannt, trotzdem hatte ich mir keine große Mühe gegeben, Kontakt zu halten. Aber das spielte keine Rolle mehr. Der erste Eindruck damals hatte mich nicht getäuscht, und wir gingen nun regelmäßig zusammen ins Studio oder in eine Bar. Es passte ihm, denn er kannte hier niemanden, und es passte mir, weil ich ein frisch verwitweter trauriger Freak war, dem ein beschissenes Karma das ganze Leben versaut hatte. »Ja, ich könnte«, sagte er schließlich.

»Super, ich hol dich gegen sechs ab.«

Ich atmete durch. Okay, ich hatte einen Plan für Samstagabend. Es war zwar nur das Fitnessstudio und anschließend vielleicht ein Bier irgendwo, aber wenigstens musste ich nicht allein zu Hause sitzen und darüber nachgrübeln, weshalb früher alles so viel besser war. Oder, schlimmer noch, mich in meiner miesepetrigen Verfassung in irgendwelchen Clubs rumdrücken.

Das erinnerte mich an etwas … Ich wählte eine neue Nummer und rechnete eigentlich fest damit, auf die Mailbox sprechen zu müssen, aber zu meiner Überraschung nahm er das Gespräch an.

»Hey, Luke. Alles okay, Junge?«

»Aha, der Verschollene«, antwortete ich. Ein zögerndes Lachen. Wenigstens war er anständig genug, so zu tun, als wäre es ihm peinlich. Klar, Pete und ich hatten uns über die Mädels angefreundet, aber wir hatten ein ziemlich enges Verhältnis zueinander gehabt. Nach der Beerdigung waren meine Brüder noch eine ganze Weile geblieben, und Pete war ein paarmal mit uns zusammen gewesen, aber danach hatte ich ihn kaum noch gesehen, im letzten Monat eigentlich gar nicht mehr. Es scherte mich nicht groß, dass er ein schlechter Freund war, aber Jen gegenüber hatte er sich echt übel verhalten, und ganz ehrlich war das auch der Grund meines Anrufs. Ich kannte den Typen schon so lange, mich interessierte, wieso er sich plötzlich so beschissen benahm. »Wir läuft's so bei dir?« Ich versuchte so locker wie möglich zu klingen.

»Ganz okay … Luke, es tut mir echt leid, dass …«

»Kein Problem.« Ich schnitt ihm das Wort ab. Ich brauchte keine Entschuldigung. Das half mir im Moment nicht.

»Es ist nur so … na ja, du weißt ja sicher, dass Jen und ich uns getrennt haben.«

»Das hat mich ziemlich … überrascht«, antwortete ich ehrlich.

»Tja …« Das war alles. Offenbar konnte ich keine weitere Erklärung erwarten, jedenfalls nicht am Telefon.

»Hör zu. Wieso treffen wir uns nicht irgendwann diese Woche auf ein Bier und eine Runde Poolbillard?«

»Klingt gut. Ich hab im Job gerade 'ne Menge Stress, aber sobald ich absehen kann, wann ich einen freien Abend habe, ruf ich dich an, okay?«

»Perfekt.«

Ich drückte die Taste am Lenkrad, die die Verbindung trennte. Ich wettete meinen letzten Zehner darauf, dass ich nichts von ihm hören würde.

Die Schranke zum Büroparkplatz öffnete sich, und ich fuhr auf meinen Stammplatz. Okay, noch ein Anruf. Mein tägliches Ritual jeden Morgen, wenn ich hier ankam. Und diesmal wusste ich genau, dass die Mailbox ansprang.

»Hi, hier ist Dee von SONNE, SEE, SKI. Sorry, ich bin wahrscheinlich gerade irgendwo in den Bergen unterwegs, auf dem Meer, im Liegestuhl oder drücke mich sonst wie vor der Arbeit. Aber wenn ihr mir eine Nachricht hinterlasst, rufe ich garantiert zurück.«

Man konnte das ganze Glück und die wunderbare Fröhlichkeit in ihrer Stimme hören. Selbst wenn ich nicht mit ihr verheiratet gewesen wäre, hätte ich sie toll gefunden. Und während ich ihr nun zuhörte, versuchte ich mir vorzustellen, dass sie tatsächlich irgendwo am Strand lag oder sich eine schwarze Piste hinunterstürzte und danach wie immer zu mir zurückkommen würde, sobald es möglich war. Ich brauchte einen Moment, um die Melancholie abzuschütteln.

Ich stellte den Motor aus und ging ins Gebäude. Samstags waren fast immer ein paar Leute da, ich sah die Lichter in ihren Zimmern, als ich zu dem Großraumbüro lief, in dem ich arbeitete. *Alle Kreativen gehören in einen riesigen Thinktank*, hatte man mir bei der Einstellung gesagt. Wahrscheinlich hatten sie mal irgendwo gelesen, dass offene Räume die Produktivität steigerten, weil dauernd irgendwer vorbeikam und man keine Chance hatte, ständig im Internet zu surfen oder *Pac-Man* zu spielen.

Callie sah mich, bevor ich sie sah. »Hi, mit dir hab ich heute gar nicht gerechnet.«

Ich lachte gequält. »Und ich dachte, ich wäre das einzige arme Opfer, das heute hier auftaucht und sich um die Präsentation für Montag kümmert.«

»Offenbar nicht. Ich war schon vor dir hier, also bin ich ganz klar das ärmere Opfer.«

»Zugegeben.«

»Super, dass das geklärt ist. Ich fühl mich jetzt viel besser«, scherzte sie.

Zumindest glaubte ich, dass sie scherzte. Dee hatte immer gesagt, ich sei so sensibel wie eine Eisenbahnschiene, wenn es um die Gefühle anderer Leute ging. Vielleicht war das der Grund, weshalb ich keine Veränderung bei Callie festgestellt hatte, nachdem ich sie an dem Abend im Club hatte sitzen lassen. Sie tat so, als wäre nichts geschehen, und wir verloren kein Wort mehr darüber. Natürlich wusste ich genau, dass es eine Flucht gewesen war, und ich hatte ein mieses Gefühl deshalb. Sie hatte sich mir geöffnet und mir vom Tod ihrer Schwester erzählt, und ich hatte sie nie mehr darauf angesprochen. Wenn sie mich fragte, wie es mir ging, sagte ich: gut. Mehr schaffte ich im Moment einfach nicht. Wenn wir in eine Situation gerieten, in der wir uns über unsere Verluste austauschten, würde ich vermutlich völlig zusammenbrechen und mich an ihrer Schulter ausweinen. Und das war keine gute Idee. Es war viel besser, unser Verhältnis oberflächlich zu halten.

Ich schaltete meinen Mac ein. »Also, wie kommt's, dass du dich an einem Samstagnachmittag hier herumtreibst? Trainiert Justin Superman für seinen nächsten Triathlon?« Sicherer Boden. Ich machte mich seit Jahren über die angebliche Perfektheit ihres Freundes lustig, und sie ging immer darauf ein.

»Keine Ahnung.« Sie zuckte die Schultern. »Wir sind nicht mehr zusammen.«

Herrje, ich trat wirklich in jedes Fettnäpfchen.

»Tut mir leid, das wusste ich nicht. Sonst hätte ich nicht davon angefangen … Ach, Mist. Sorry.«

Erst jetzt sah ich, dass sie lachte. »Kein Problem«, meinte sie. »Ich komm schon klar.«

»Gut zu wissen.« Mein Rechner war inzwischen betriebsbereit. Ich öffnete meine Präsentation und begann, daran zu arbeiten. Nach einigen Sekunden bemerkte ich, dass sie mich anlächelte. »Was hab ich jetzt wieder gemacht?«

Kichernd schüttelte sie den Kopf. »Nichts. Das ist es ja. Du musst ein Mann sein. Ich bin wirklich die Letzte, die die Genderkarte spielt, aber wenn du eine Kollegin wärst, würdest du mich jetzt über jede Einzelheit der Trennung ausfragen, und wir würden unsere gesamten früheren Beziehungen durchhecheln. Frauen würden so ein Gespräch nie an diesem Punkt einfach abbrechen.«

»Ich bevorzuge Diskretion. Vielleicht denke ich auch einfach nur, dass es mich nichts angeht.«

Sie verdrehte die Augen. »Ich werde euch Männer nie verstehen.«

»Okay, also … Warum habt ihr euch getrennt?«

Ihre Augen funkelten. »Das geht dich nichts an.«

»Und das ist genau der Grund, weshalb ich euch Frauen nie verstehen werde«, konterte ich.

Ich genoss die Frotzelei – davon hatte ich in meinem Leben im Moment viel zu wenig.

In den nächsten Stunden kümmerten wir uns um die Präsentation, bis sie so ziemlich perfekt war, dann redeten wir noch ungefähr eine Stunde über Agenturangelegenheiten. Besser gesagt, Callie redete. Ich hörte zu, und mein Unterkiefer klappte mit jedem Skandal, von dem sie berichtete, weiter nach unten. Anscheinend schlief die halbe Belegschaft miteinander, und die andere Hälfte plante eine Revolte gegen den Geschäftsführer. Es war jedenfalls wie im Film.

»Wie kann es sein, dass ich von alledem nichts mitbekomme?«, fragte ich und nahm den Kaffee, den sie mir hinhielt.

»Weil du reinkommst, deinen Job machst und wieder verschwindest. Das ist zwar sehr vorbildlich, aber so entgeht dir natürlich das Beste.« Sie trank einen Schluck. »Also, was hast du gleich vor, wenn wir hier fertig sind?«

»Ich hole meinen Schwager ab und fahre mit ihm ins Fitnessstudio.«

Meinen Schwager. Während ich das sagte, fiel mir auf, dass ich ihn das erste Mal so nannte – dabei war die Bezeichnung streng genommen gar nicht mehr gültig.

»Und danach?«

»Weiß noch nicht. Vielleicht gehen wir auf ein paar Bier ins Oscars.« Das war die trendige Sportsbar, die wir nach dem Training manchmal besuchten. »Er ist aus Australien gekommen, wegen der …« Das Wort wollte nicht heraus. Es war der erste unangenehme Moment des Tages. Ich räusperte mich und fuhr fort. »… Beerdigung. Er kennt hier nicht viele Leute, deshalb ist er froh, dass ich ihn ab und zu mitschleppe.«

»Ist er Single?«

»Äh … ja.« Ehrlich gesagt hatte ich gar keine Ahnung. Ich wusste, dass es in Schottland keine Frau gab, aber ich hatte ihn nie gefragt, ob er in Australien eine hatte.

»Gut aussehend?«

»Äh … ja, ich glaube schon. Wenn man auf Surfertypen steht, die aussehen, als kämen sie gerade vom *Baywatch*-Set.«

Sie dachte einen Moment nach. »Meine Freundin Lizzy und ich sind heute Abend im West End unterwegs. Vielleicht kommen wir vorbei und schauen uns deinen Surferschwager mal an. Sie ist Single und steht auf Sixpacks. Genau wie ich.«

Ich wusste nicht so recht, was ich dazu sagen sollte. Genauso wenig wusste ich, ob Mark das cool finden würde oder nicht.

Sie schien mein Zögern zu bemerken, denn sie lachte plötzlich. »Mark, ich möchte die beiden nicht verkuppeln. Wir kommen einfach nur vorbei und trinken was zusammen.«

Ich geriet in Panik. Was war nur los? Sie war doch lediglich eine Kollegin, die ein bisschen Spaß mit uns haben wollte. Dennoch wurde ich das Gefühl nicht los, dass es unrecht war.

Entspann dich, Harper.

»Kein Problem. Ich will nur nicht, dass er glaubt, ich wollte da beziehungsmäßig was organisieren. Ich denke in letzter Zeit einfach zu viel.«

»Das solltest du dir schleunigst abgewöhnen«, meinte sie, nahm ihre graue Handtasche und warf sie über die Schulter. »Denken wird definitiv überbewertet. Bis später.« Ein breites Grinsen, ein Augenzwinkern, und dann war sie weg.

Hm … Wenn ich die Dinge überdachte, konnte ich auf die Idee kommen, dass sie mit mir flirtete. Und so schmeichelhaft das wäre, denn sie war definitiv sehr hübsch, klug und witzig, das würde mir riesige Angst machen.

Ich kam bei SONNE, SEE, SKI an, als der Laden gerade schloss. Eine kleine Willkommensparty erwartete mich.

»Luke, Schätzchen, wie geht es dir?« Josie riss mich in ihre Arme. »Sag mal, du wirst ja immer dünner. Oder trägst du ein Miederhöschen?« Sie zwickte mich in die Seite, wo früher meine Wohlstandsröllchen gesessen hatten. Unwillkürlich kam mir der Gedanke, dass Dee meine neue Figur lieben würde.

»Ein Mieder natürlich. Wie Mark.«

Mark nickte, zog die Tür hinter sich zu und lauschte, bis der Alarm eingeschaltet war.

»Du meine Güte, diese Vorstellung wird mich noch eine Weile begleiten.« Lachend stieg Josie in ihren Wagen und fuhr davon.

»Ich mag sie, aber sie ist verrückt«, sagte Mark. »Sag mir nicht, dass das nicht stimmt.«

»Es stimmt, sie ist echt überdreht.«

Mark hielt mir ein Handy hin. »Ich hab mir übrigens doch ein neues gekauft. Mein australisches funktioniert hier nicht, und ich brauche eins, falls sich mein Chef meldet. Ich schick dir mal meine Nummer. Sagst du mir kurz deine?«

Ich nannte sie ihm, er speicherte sie, dann vibrierte mein Handy und signalisierte, dass eine SMS eingegangen war. *Glückwunsch, du bist der Fünfte, der meine Nummer bekommt. Pass gut darauf auf.*

Ich lachte. »Wer sind die anderen vier?«

»Mein Chef, Mum, Dad und Jen. Ich muss unbedingt mal wieder ausgehen und neue Leute kennenlernen.«

»Das müssen wir beide. Viel los heute im Laden?«

»Ganz ordentlich. Mum war eine Weile da, um auszuhelfen, aber sie war ziemlich müde, deshalb hab ich sie irgendwann nach Hause geschickt. Sie meinte, sie brütet was aus, wollte allerdings trotzdem bleiben. Ich glaube, sie macht sich Sorgen, dass es sonst zu stressig für uns wird.«

Zorn machte sich in mir breit. »Daran ist nur dieser Idiot schuld.«

Mark sah mich verwundert an, und erst da fiel mir auf, dass ich das gerade laut gesagt hatte.

»Sorry, Luke. Ich spreche von Pete.«

Mark brauchte einen Moment. »Jen's Ex? Der sie so einfach hat sitzen lassen? Ja, der scheint wirklich seltsam zu sein. Aber was hat er mit Mum zu tun?«

»An Wochenenden, wenn Dee unterwegs war oder Jen Buchungen erledigen musste, dann haben Pete oder ich oft ausgeholfen. Ich bin immer noch sprachlos, dass er sich so einfach aus dem Staub gemacht hat.« Ich drehte mich zu Mark um. »Er ist wirklich ein Idiot.«

Er grinste. »Da widerspreche ich dir nicht, Kumpel.«

Jen hatte mir erzählt, dass viele Kundinnen Pete echt heiß fanden. Ich verstand, wieso, auch wenn ich natürlich kein Experte auf diesem Gebiet war. Er war ein echter Sunnyboy. Durchtrainiert und unglaublich muskulös. Man konnte sein Sixpack sogar durch sein Shirt erkennen.

Auf dem Weg ins Studio redeten wir über Fußball, ein Thema, das uns während des gesamten Workouts und auch anschließend auf dem Weg zum Pub beschäftigte. Ich fuhr auf den Parkplatz, er war bewacht, falls ich mich später entschied, mehr als ein Bier zu trinken und den Wagen stehen zu lassen.

Erst als wir die Bar betraten, fiel mir Callie wieder ein. Oje, ich musste Mark ja noch beibringen, dass wir Gesellschaft haben würden.

Ich trug unsere Gläser durch die gut besuchte Bar zu dem Stehtisch in der Ecke, den wir mühsam ergattert hatten. Aus der Stereoanlage dudelte Bruce Springsteen, zum Glück nicht so laut, dass man sich nicht unterhalten konnte. Um die u-förmige Theke herum hingen ein Dutzend riesiger Bildschirme von der Decke, auf jedem lief ein anderer Sportsender. Von unserem Platz aus sah man vor allem Basketball. NBA. Ein lokales Derby. Clippers gegen Lakers. Ich sah zu, wie ein Spieler von der Dreierlinie einen Wurf ansetzte. Der Ball ging glatt ins Netz.

»Hör mal, ich hoffe, es ist okay, aber ich habe einer meiner Kolleginnen erzählt, dass wir heute Abend hier sind, und sie meinte, sie käme vielleicht vorbei.« Mark hatte sein Bier halbwegs zum Mund geführt. Jetzt hielt er inne und sah mich an. Sofort ging ich in die Defensive. »Nicht, was du denkst. Ich weiß, wir haben nie wirklich darüber gesprochen, aber deine Schwester ist für mich unersetzbar, und ich glaube nicht, dass sich daran je etwas ändern wird.«

Mark trank einen Schluck. Dann antwortete er. »Ich weiß, das klingt jetzt vielleicht merkwürdig … Tatsächlich kannte ich Dee gar nicht besonders gut. Sie war erst zwölf, als ich nach Australien gegangen bin, danach hab ich sie immer nur für kurze Zeit gesehen. Allerdings denke ich, dass ich sie genug kannte, um genau zu wissen, dass sie nie gewollt hätte, dass du dein restliches Leben allein verbringst.«

Ich wusste nicht, was ich darauf antworten sollte. Zu meiner großen Verlegenheit spürte ich, dass ich rot wurde und meine Kehle sich zuschnürte. Das war der Grund, weshalb ich mit Jungs solche Gespräche nicht führte, schon gar nicht mit dem Bruder meiner gestorbenen Frau. Es war einfach zu unangenehm.

Bis vor ein paar Monaten hatte ich nie geweint, hatte nie eine Panikattacke, hatte nie Angst, nie Wut gehabt. Jetzt passierte es immer dann, wenn ich am wenigsten damit rechnete. Es überfiel mich, wenn ich mich endlich mal einen ganzen normalen Tag lang normal fühlen wollte.

Verdammt, sie fehlte mir so sehr. Unser Leben fehlte mir so sehr. Mir fehlte, sie abends in den Armen zu halten. Mir fehlten ihre ausgezeichneten Kochkünste, ihr Lachen, ihre sprudelnde Energie, ihre Zärtlichkeit. Einfach alles.

Es dauerte eine Weile, ehe ich antworten konnte, ohne zu

riskieren, dass ich völlig die Fassung verlor. »Vielleicht. Aber so weit bin ich noch nicht. Ich kann mir nicht mal vorstellen, wie das gehen könnte.« Themawechsel. »Wie sieht es bei dir aus? Hast du in Australien jemanden?«

Er seufzte. »Das ist eine längere Geschichte.«

Selbst ich erkannte, dass er ziemlich verbittert klang.

»Hab ich da etwa einen wunden Punkt getroffen?«

»Hm, das könnte man so sagen. Mein Job macht es mir nicht leicht. Ich bin immer ein oder zwei Monate am Stück unterwegs. Für eine Beziehung ist das ziemlich schwierig. Eine Zeit lang gab es da eine, mit der ich zusammen war. Tara.«

Er zog seine Brieftasche hervor und zeigte mir das Foto einer blonden Frau, etwa Mitte dreißig, sonnengebräunt. Sie hielt ein Surfbrett unter dem Arm und lachte, während sie der Kamera die Zunge herausstreckte.

»Wow! Hübsches Mädchen! Was ist passiert?«

Mark zuckte mit den Schultern. »Sie kommt aus Neuseeland, hatte dort für eine Tauchschule gearbeitet. Wir trafen uns, wenn ich an Land war. Ich habe sogar überlegt, sie zu fragen, ob sie zu mir ziehen will, doch dann wurde ihre Mum plötzlich krank, und sie musste zurück nach Christchurch.«

»Und das war es dann?«

Er nickte. »Tara ist ein Freigeist. Es läuft so lange, wie es sich gut anfühlt, sagte sie immer. Ich schätze, es hat sich für sie nicht mehr gut angefühlt, jedenfalls hab ich seither nichts mehr von ihr gehört. Ehe ich herkam, hab ich ihr eine Nachricht geschickt und dann von hier versucht, sie zu erreichen. Sie hat nicht reagiert. Das ist wohl auch der Grund, warum ich immer noch hier bin. Da ich auch noch nicht wieder arbeiten muss, macht es keinen Sinn, vorher zurückzugehen. Außerdem dachte ich immer, Mum würde sich freuen, mich in ihrer Nähe zu haben. Inzwischen bin ich mir da allerdings nicht mehr so sicher.«

Das verstand ich nicht. »Val? Sie ist überglücklich, dass du hier bist. Wenn sie sich ein wenig zurückzieht, liegt das nur daran, dass … Na ja. Sie und Dee waren sich immer sehr nah. Es muss schrecklich schwer für sie sein.«

Mark nickte. »Ich weiß. Versteh mich nicht falsch, aber sie scheint so leer zu sein. Gott, das ist alles eine Katastrophe, oder? Können wir nicht lieber wieder über die Defensivstärken und -schwächen der Erstligamannschaften sprechen?«

»Klar.«

»Gut. Ich besorge uns noch ein Bier.« Er nahm sein fast leeres Glas und ging zur Theke. Wenig später kam er mit zwei vollen Gläsern zurück.

Das war besser. Keine Komplikationen. Keine Klippen. Nur Fußball, Basketball und ein bisschen oberflächliches Blabla mit einem Typen, der mein Schwager war und doch nicht.

Und dann kamen Callie und ihre Freundin Lizzy.

18. Kapitel

Jen

Ich las die Nachricht zum zehnten Mal. *Dee … Wo warst du?* Meine geliebte verstorbene Freundin gab mir keine Hinweise.

XX. Zwei Küsse. Okay, das hieß nicht unbedingt, dass es sich um eine Liebesaffäre handelte. Wenn ich eine Nachricht an Val oder Josie schrieb, setzte ich auch immer zwei Küsschen ans Ende.

Plötzlich kam mir ein ganz neuer Gedanke. Vielleicht stammten die Blumen und die Briefe ja von einer weiblichen Person, einer Frau, die sie kennengelernt und mit der sie sich auf Anhieb gut verstanden hatte. Ja! Das war's! Skandale und Affären kamen im Film vor, aber doch nicht bei Ladenbesitzerinnen aus Weirbridge. Es gab eine ganz harmlose Erklärung.

Oder doch nicht?

Sie hätte doch mir gegenüber erwähnt, wenn sie jemanden kennengelernt hätte. Und wieso hatte sie keine E-Mail von ihr erhalten in letzter Zeit oder sonst wie mit ihr kommuniziert? Alle Mails an Dee wurden jetzt an mich weitergeleitet, mir wäre das doch aufgefallen. Unser Leben hatte sich in engen Kreisen bewegt. Wir hatten zusammen gearbeitet, waren zusammen ausgegangen, hatten dieselben Freunde gehabt.

Ich bekam auf einmal richtig Heimweh. Ich griff zum Handy und schrieb eine SMS an Val. *Hab gerade an dich gedacht. Wünsche mir so, du wärst hier. Liebe Grüße* XX

Senden.

Na also, wieder hatte ich unwillkürlich zwei Küsschen hinzugefügt. Und Mist, ich hatte die Zeitverschiebung ganz vergessen. Zu Hause war jetzt drei Uhr nachts.

Zu meiner großen Überraschung antwortete sie trotzdem sofort. Oje! Hoffentlich hatte ich sie nicht geweckt! *Ich vermisse dich auch! Ich hoffe, du amüsierst dich ordentlich. Liebste Grüße* XX

Wenn ich die Kraft von Val Murray besäße, wäre ich auf ewig dankbar!, dachte ich. Ich wusste, dass sie in jeder Sekunde litt, aber sie zeigte es nicht, war immer für alle da. Wenn es eine perfekte Mutter gab, dann war es Val.

Ich wollte das Handy gerade zurück aufs Bett werfen, als ich feststellte, dass ich zwei weitere Nachrichten bekommen hatte, eine von Luke und eine von einer unbekannten Nummer. Ich öffnete zuerst die von Luke. *Pete ist ein Schwein! X*

Ich musste lachen, trotz allem und trotz des riesigen Pete-großen Lochs in meinem Leben. Keine Ahnung wieso, aber unreif wie ich war, freute ich mich über die moralische Unterstützung.

Ich klickte auf die zweite Nachricht. *Du hast es geschafft! Ich habe ein neues Handy! Und ich bin Lukes Meinung. Mark X*

Ich schickte beiden dieselbe Antwort: *Bin gerade aufgewacht. Total verkatert. Werde wohl nie erwachsen. Und freue mich über eure Einschätzung bzgl. des Charakters meines Ex. X*

Mist! Schon wieder die Zeit vergessen! Ich hoffte nur, dass sie ihre Handys stumm geschaltet hatten und ich sie nicht weckte. Oder dass sie in irgendeinem Club unterwegs waren. Nein. Das passte nicht zu ihnen. Mark hatte mir erzählt, dass er seine wilden Zeiten hinter sich hätte, und Dee und ich hatten Luke und Pete immer lange überreden müssen, wenn wir mal Lust zum Tanzen hatten. Sie gingen viel lieber in eine Bar.

Ich schrak auf, als es an der Tür klopfte. Ich öffnete und blickte auf ein Tablett mit einer Silbercloche. Daneben standen ein Kännchen Kaffee und frische Backwaren.

Ich erinnerte mich vage daran, am Vorabend, nachdem ich ins Hotel zurückgekehrt war, ein Zimmerservice-Formular ausgefüllt zu haben. Offenbar hatte ich da schon geahnt, dass ich am Morgen aussehen würde wie die Hauptdarstellerin aus *Die Nacht der lebenden Toten*. Ich warf einen kurzen Blick in den Spiegel. Korrekte Einschätzung.

Die Pfannkuchen konnte ich nicht mal anschauen, aber ich knabberte ein wenig am Speck und trank zwei Kaffee zwischen Duschen und Anziehen. Ich nahm mir vor, die rätselhaften Nachrichten jetzt rätselhaft sein zu lassen. Es machte keinen Sinn, weiter zu spekulieren. Ich hatte keine Ahnung, was das alles bedeutete, aber ich kannte meine Freundin, vertraute ihr und Schluss!

Zeit, den Tag in Angriff zu nehmen.

Ich schlüpfte in Jeans und Pulli – Dee hatte immer gesagt, der April in New York sei wie der Glasgower Sommer. Sonnig, manchmal windig und gerade so warm, dass man ohne Thermounterhose aus dem Haus gehen konnte – und verließ das Hotel.

Das Convention Center war in der Nähe des Lincoln Tunnels am Hudson. Ich nahm mir ein Taxi. Als ich ankam, hielt ich das Ticket, das ich aus Dees E-Mail ausgedruckt hatte, vor den Scanner und ging durch in eine riesige Halle voller Messestände. Wie sollte ich vorgehen? Dee hatte viel Erfahrung gehabt und genau gewusst, was es sich anzuschauen lohnte und was nicht. Ich hingegen war völlig ahnungslos. Zögernd lief ich durch die Gänge, nahm hier und da einen Prospekt mit, wenn etwas interessant aussah, und unterhielt mich mit dem einen oder anderen Aussteller.

Ich verbrachte sechs Stunden auf der Messe, bis meine Füße schmerzten und sich mir der Kopf drehte, aber es war insgesamt sehr angenehm. Niemand kannte mich. Ich musste niemandem etwas vormachen. Nicht besonders höflich sein. Oder etwas erklären. Ich war eine Person in einem Raum voller Fremder, und es kümmerte niemanden, dass mein Leben gerade zu Staub zerbröselt war und ich absolut keine Ahnung hatte, was ich hier eigentlich tat.

Ich erfuhr einiges über das Chartern von Jachten, über Conciergeservice, exklusive Inseln und Privatjets. Ich lernte, dass es zahllose ungewöhnliche Arten zu heiraten gab und ein paar interessante zu sterben. Ich sammelte Informationen über Instrumente und Dinge, die das Reisen leichter machten, entspannter, schöner, oder, im Fall eines Pfeffersprays, sicherer. Ich schaute mir an, wohin die ganz Reichen verreisten und in welchen Luxushotels sie verkehrten, und irgendwann hatte ich die ersten Beiträge für den Blog im Kopf. Ich zog mein Handy aus der Tasche und begann, Ideen hineinzusprechen, und am Ende hatte ich ungefähr ein Dutzend Konzepte, die ich mit Lukes Hilfe in interessante Reiseberichte verwandeln würde. Erstaunlicherweise genoss ich das alles mehr, als ich es mir je hätte vorstellen können. Und zum ersten Mal begriff ich, warum Dee in dieser Arbeit aufgegangen war.

Bevor ich ins Hotel zurückfuhr, kehrte ich auf einen Drink und einen Imbiss in einer irischen Bar ein. Ein Tisch war noch frei. Ich setzte mich und schaute mich um. Es war eines dieser typischen irischen Pubs. Allerlei Souvenirs an den Wänden. Ein Geiger. Guinness vom Fass. Auch hierüber würde ich ein paar Zeilen schreiben.

Sobald die Kellnerin, sie hatte eine rote Mähne und einen Bostoner Akzent, meine Bestellung aufgenommen hatte, einen Kaffee und eine Portion Irish Stew, nahm ich mein Notebook und tippte ein paar Stichworte hinein. Die Ausstattung, Speisekarte, Kunden, Personal, Musik. Anschließend machte ich noch ein paar Fotos.

Es war schon fast acht Uhr, als ich wieder im Hotel ankam. Am liebsten hätte ich nur noch die Füße hochgelegt und meine müden Knochen ausgeruht. Aber ich widerstand dem Bedürfnis. Schließlich hatte ich ja noch einen Termin.

Die Bar im Baccarat Hotel.

Widerstrebend zog ich ein schlichtes schwarzes Kleid an, raffte mein Haar zu einem Pferdeschwanz zusammen und machte mich auf den Weg. Das Mädchen an der Rezeption besorgte mir ein Taxi, es kam, noch ehe ich an der Tür war. Ich stieg ein, nannte die Adresse und schaute aus dem Fenster, während wir durch die belebten Straßen fuhren.

Diese Reise war wie ein Trip in die Vergangenheit. Dee und ich hatten mit einundzwanzig zum ersten Mal New York besucht, und ich konnte mich noch gut an jeden Aufschrei, jedes Lachen, jede Unternehmung erinnern. Dee war die Initiatorin gewesen, und mir wurde wieder klar, dass sie immer die Aktive gewesen war, ohne die wir vieles nicht geschafft hätten. Dafür war ich ihr unendlich dankbar. Ein schrecklicher Schmerz fuhr mir durch den Magen, und ein so starkes Gefühl der Trauer überfiel mich, dass ich mich am Türgriff festklammern musste.

Dann kamen die Tränen. Sie strömten mir über die Wangen, und ich drehte das Gesicht schnell zur Seite, damit der Taxifahrer es nicht sah. Ich war eine Frau in einem Taxi, der das Herz brach, weil sie so viel verloren hatte, was sie niemals zurückbekommen würde. Pete war für mich ebenso tot wie Dee. Ich würde es niemals verstehen, nie begreifen, was schiefgelaufen war, aber ich war absolut sicher, dass es keinen Weg zurück gab. Und doch, wenn er plötzlich vor meiner Tür – unserer Tür – stehen und mir sagen würde, er habe sich geirrt und wolle zu mir zurück, ich würde ihm sofort verzeihen. Dee würde mir allein für diesen Gedanken den Kopf abreißen. Sie würde mich auffordern, mich zusammenzureißen. Stolz zu sein. Sie würde sagen, dass er mich nicht verdient hatte. Dabei wussten wir beide, dass er es doch hatte. Zumindest damals.

Das Taxi hielt vor einem Gebäude mit einer gigantischen Glasfassade. Vor dem Eingang standen viereckige schwarze Pflanzkübel mit riesigen Buchsbaumkugeln. Ich sammelte mich kurz und überprüfte mein Make-up, während der Taxifahrer das Wechselgeld herauskramte.

Das Foyer war klassisch elegant, aber kein Vergleich zur Luxusausstattung der Bar. Schwarz-weiße Fliesen auf dem Boden, tiefrote Wände, exquisite Leuchten. Das war etwas ganz anderes als die Orte, an denen ich sonst verkehrte, und zugleich so sehr Dee. Jeder Quadratzentimeter Glanz und Glamour hätte sie begeistert!

Ich verdrängte die Traurigkeit, die mich schon wieder überfiel, und setzte mich an die Theke. Los, Jen, du schaffst das! Ich bestellte einen Gin Tonic, machte ein paar Aufnahmen vom Interieur. Und dabei hielt ich die ganze Zeit Ausschau nach etwas Bekanntem, nach einem Hinweis, was Dee hier gewollt haben könnte. Wieso hatte sie fixe Uhrzeiten für ihre Besuche im Jazzclub und in dieser Bar eingeplant? Eine Hotelbar wie diese hier hatte doch den ganzen Abend geöffnet. War sie mit jemandem verabredet gewesen? Ich warf einen Blick auf die Uhr. Fünf nach neun. Wieder scannte ich den Raum. Nahezu jeder Platz war besetzt, alles elegant gekleidete Gäste. Viele standen, unterhielten sich, lachten, flüsterten. Niemand kam mir auch nur entfernt bekannt vor.

Ich blieb eine Stunde und beobachtete das Treiben um mich herum. Dabei wurde mir mehr und mehr bewusst, dass ich nicht hierher passte, so allein und einsam. Niemand sprach mit mir. Niemand schenkte mir einen zweiten Blick. Niemand gab mir auch nur den leisesten Hinweis darauf, was meine beste Freundin hier vorgehabt hatte. Offenbar keinen Bekannten treffen.

Eine neue Idee kam mir. Vielleicht hatte sie diese Zeit gewählt, weil sie irgendwo gehört hatte, dass die Stimmung um diese Zeit am besten war. Ja, so war es sicher.

Ich beschloss, dass ich genug gesehen hatte, um ein paar Zeilen zu schreiben. Ich zahlte und ging hinaus, ein livrierter Portier hielt mir die Tür eines Taxis auf.

Ich hatte diese Reise nie machen wollen, aber vielleicht hatte es ja seinen Grund, dass ich gekommen war. Das alles gehörte schließlich zu Dee. Ich war an ihrer Stelle hier, realisierte ihre Pläne und wandelte auf ihren Spuren.

Ich war mir nur nicht sicher, wo sie mich hinbrachten.

19. Kapitel

Luke

Ein Zug donnerte an meinem Fenster vorbei. So hörte es sich wenigstens an. Dabei wohnte ich doch gar nicht in der Nähe einer Eisenbahn. Also vielleicht eher ein Gewitter? Mühsam riss ich ein Auge auf, aber ich sah nur Dunkelheit. Mist. Wo war ich? Und was hatte ich am Abend zuvor getrunken? Ich versuchte, meine Zunge vom Gaumen zu lösen, und kam zu dem Schluss, dass es Sekundenkleber gewesen sein musste.

Ich spulte zurück. Vor mir lief ein Film ab, den ich zum ersten Mal sah.

Mark und ich in der Bar. Callie und Lizzy kommen dazu. Es kommt mir seltsam vor, Callie im normalen Alltagsleben zu sehen. Im Job ist sie immer tipptopp businessmäßig gekleidet, auch wenn wir mal mit den Kollegen ausgehen. Sie und Lizzy haben Skinny Jeans an, Callie hat dazu ein enges schwarzes Shirt gewählt und eine schwarze Bikerjacke, Lizzy ein rotes Shirt und eine kurze weiße Jacke. Und beide tragen Schuhe, bei deren Anblick man schon Höhenangst bekommt.

Ich stelle uns vor, und wir ziehen zwei Barhocker an den Stehtisch.

»Was möchtet ihr trinken?«

»Bier«, antwortet Lizzy.

»Ich auch«, sagt Callie. »Ich komme mit.«

Wir holen für alle Bier. Danach Tequila Shots. Mehr Tequila Shots. Ich erinnerte mich an viel Gelächter. Lizzy ist Krankenschwester und hat unzählige bizarre Storys aus ihrem Berufsalltag auf Lager. Callie

erzählt ein paar Anekdoten aus unserem Büro und zieht über einige Kollegen her, und zwar so witzig, dass man sich einfach halb totlachen musste, auch wenn man sie nicht persönlich kennt.
Irgendwann geht Lizzy eine rauchen, Mark begleitet sie nach draußen. Daraufhin fragt Callie mich, ob sie damit rechnen müsse, dass ich mich wieder aus dem Staub mache wie beim letzten Mal, als wir zusammen aus waren. Gott! Das hat sie also nicht vergessen. Ich versichere ihr, dass ich nicht mal mehr weiß, wo der Ausgang ist, und sie hört gar nicht mehr auf zu lachen.
Mark und Lizzy kommen zurück. Noch mehr Tequila Shots. Sein Arm liegt auf ihrer Stuhllehne, die beiden sind sich offensichtlich nähergekommen. Sie rutscht noch ein Stück mehr zu ihm, und ihm scheint es zu gefallen.
Weitere Tequila Shots.
Die Bar macht Feierabend.
Marks Handy vibriert. Eine SMS von Val, die wissen will, wann er nach Hause kommt. Das finden die Mädels zum Schreien komisch.
»Ich wohne hier ganz in der Nähe«, sagt Callie. »Ihr könnt gerne noch mit zu mir kommen.«

Ich drückte auf die Stopptaste. Der Film blieb stehen. Mein Herz hämmerte wild. Was zum Teufel hatte ich getan? Dee würde mich dafür umbringen, dass ich die ganze Nacht unterwegs gewesen war und … Ich brauchte einen Moment, bis ich mich wieder erinnerte. Dann wich mir sämtliche Luft aus der Lunge. Meine Frau war tot. Meine Frau war tot. Meine Frau war tot. O Gott. Ich spürte, wie eine Träne von meinem rechten Auge zu meinem rechten Ohr rollte. Ich wischte sie nicht fort.

Der Film setzte sich wieder in Bewegung.

Mark schreibt Val zurück, dass er bei mir übernachtet. Erneutes Gekreische. Er ist Mitte dreißig und muss seine Mum anlügen, wo er die Nacht verbringt?

Wir ziehen los, halten unterwegs an, um einen Burger zu essen, in einem Etablissement, in dem vermutlich gegen jede Hygienevorschrift verstoßen wird, die es überhaupt gibt. Dann sind wir in Callies Wohnung. Sie liegt direkt am Fluss, ist nagelneu. Sehr puristisch, nur Leder und Glas.

Wieder Tequilas.

Mark und Lizzy gehen raus auf den Balkon. Callie und ich bleiben in der Küche.

Die Panik packte mich wieder. O Gott, Dee, es tut mir so leid.

Wir reden.

»Du hast gar nicht nachgefragt. Ich meine die Sache, über die wir heute im Büro gesprochen haben«, sagt sie.

»Worüber haben wir denn heute im Büro gesprochen?« Ich kann mich kaum noch an meinen Namen erinnern.

»Über das Ende mit Justin Superman.«

»Ach ja. Also los, erzähl. Ich glaube, ich hab gerade meine weibliche Seite wiedergefunden. Schau dir mein interessiertes Gesicht an«, antworte ich.

Wow! Ich erinnere mich an ihren Scherz. Diese eine Synapse scheint erstaunlicherweise nicht in Tequila zu schwimmen.

»Ich hab mich in einen Neuen verguckt«, sagt sie. »Daher musste er weg. Außerdem steh ich nicht mehr auf Lycrashorts.«

»Sondern?«

»Was?«

»Worauf stehst du denn?«

Gott, was denke ich mir nur dabei? Nichts. Ich habe keine Strategie. Es ist bloß eine Aneinanderreihung von Sätzen aus dem Kopf eines Betrunkenen.

»Auf dich.« Herrje. Jetzt kommt mir auch noch die Sprechfähigkeit abhanden. »Ich weiß, dass du eine schreckliche Zeit hinter dir hast, und ich weiß auch, dass es noch viel zu früh ist, aber wenn du irgendwann so weit bist und wieder nach vorn schauen kannst, weißt du, wo ich bin. Drei Schreibtische neben dir.« Sie kichert.
Ich finde, dass sie hübsch aussieht. Und ich denke, ich würde sie gern in den Arm nehmen und sie spüren. Einfach nur jemanden im Arm halten.
»Ich würde dich wirklich sehr gern küssen«, sagt sie als Nächstes.
Wie bitte? Meint sie das ernst? Ich bin fertig, eine psychisch gestörte, traurige Katastrophe, und sie flirtet mit mir?
Mein betrunkenes Ich will jemanden in den Armen halten, das ist alles. Seit dem Tag, an dem ich meiner Frau begegnet bin, hab ich nie wieder eine andere geküsst. Dee Harper ist meine Frau. Und ja, sie ist tot, aber ich bin doch immer noch ihr Ehemann, und es gibt nichts, was ich daran ändern will, und … Oje, dieser Schmerz! Der Raum beginnt sich zu drehen, ich gerate schon wieder in Panik, mein Kopf zerspringt fast, mein Magen dreht sich.
»Entschuldige bitte, ich …«
Ich stolpere aus der Küche, fand irgendwie das Bad, übergebe mich, wanke zurück. Callie steht im Flur.
»Es tut mir so leid«, murmle ich und schäme mich unendlich.
Ich rechnet damit, dass sie sauer ist, vielleicht verlegen, doch stattdessen schaut sie mich an, als würde sie mich verstehen.
»Du kannst hier schlafen«, sagte sie und zeigt auf eine Tür. »Das Gästezimmer. Hier hast du Ruhe.«
Sie lächelt, ich lächle zurück. Dankbar.
Ich gehe hinein, sinke aufs Bett, versinke in der Dunkelheit.
Das ist alles.

Wieder hielt ich den Film an.

Die Erleichterung war gigantisch. Ich hatte keine andere Frau angerührt, weil ich wusste, dass ich das nicht konnte. Ich gehörte Dee. Eine andere anzurühren würde bedeuten, dass sie nicht mehr da war, dass sie nicht mehr zurückkam, und ich war noch längst nicht so weit, diese Wahrheit zu akzeptieren. Wie sollte ich? Ich konnte mich ja nicht einmal an die Zeit erinnern, in der ich sie nicht geliebt hatte.

Ein neuer Gedanke, der die anderen verdrängte.

Ich war noch nicht so weit, aber ich konnte nicht mein ganzes Leben so leben. Irgendwann würde ich nach vorn schauen müssen. An andere Dinge denken. Wieder ein Leben führen. Irgendwann würde ich loslassen müssen.

Nur jetzt noch nicht.

20. Kapitel

Jen

Mein Koffer war fertig gepackt, ich würde später noch einmal vorbeikommen und ihn holen. Ich trank den Kaffee, den ich bestellt hatte. Sonst wollte ich nichts.

Ich hatte keine Ahnung, was mich an diesem Morgen erwartete, vermutete aber, dass Frühstück bei Tiffany zwangsweise etwas mit Shoppen zu tun hatte. Dee liebte Tiffany. Das letzte Mal, als sie in New York gewesen war, hatte sie sich die berühmten Herzchenohrstecker gekauft. Davor das passende Armband. Davor eine Kette mit Herzchen und Schloss. Sie hatte mindestens sechs oder sieben Teile aus der Serie besessen. Bestimmt hatte sie vorgehabt, sich an diesem Morgen ein weiteres zuzulegen.

Ich zog mein Handy aus der Tasche und checkte noch einmal Adresse und Öffnungszeiten. Ich wusste, dass der Laden an der 5th Avenue lag, war jedoch nicht ganz sicher, auf welcher Höhe. Ich klickte auf den Kalendereintrag. 97 Greene Street. Merkwürdig, ich war ganz sicher, dass es die 5th Avenue war. Ich schaute noch einmal hin. Da stand definitiv 97 Greene Street. Ein rascher Blick ins Internet lieferte die Erklärung. Es gab eine Filiale dort. Das hatte ich nicht gewusst. Erneut checkte ich die Öffnungszeiten. Ab elf Uhr. Ich hatte noch viel Zeit, also beschloss ich, zu Fuß zu gehen. Es würde ungefähr eine Stunde dauern, aber selbst an einem Sonntag wäre ich mit dem Taxi nicht viel schneller dort gewesen.

Um kurz vor elf bog ich in die gepflasterte Straße, lief noch ein Stück weiter, vorbei an Dior, Louis Vuitton, Anna Sui, und stand schließlich vor einer wunderschönen Sandsteinfassade, davor riesige, üppig begrünte Pflanzgefäße, an den Fenstern Markisen in Tiffany-Türkis.

Ich setzte mich auf die Kante eines Pflanzkübels und schaute den vorbeigehenden Passanten zu. Einige waren auf dem Weg zur Arbeit, andere bummelten durch die Straßen, Zeitungen oder iPads unter dem Arm, führten ihre Hunde Gassi, hielten Händchen, joggten. Sie wunderten sich sicher, dass ich lächelte, aber ich musste plötzlich an letztes Jahr Weihnachten denken. Luke und ich hatten heimlich beschlossen, Dee und Pete identische Laufshorts zu schenken. Als die beiden sich danach zum ersten Mal zum Joggen verabredet hatten, hatte ich dafür gesorgt, dass Pete Dee die Tür öffnete, und es hatte einen Moment gedauert, bis sie gemerkt hatten, dass sie das gleiche Outfit trugen. Luke und ich hatten das zum Brüllen komisch gefunden, und die zwei hatten den Spaß mitgemacht und waren tatsächlich so losgelaufen. Sie hatten ausgesehen wie Barbie und Ken aus der Olympia-Edition.

Ich brauchte eine Weile, ehe ich wieder in die Gegenwart zurückfand. Okay, Frühstück bei Tiffany. Ich war am richtigen Ort, aber Frühstück? Mein Blick wanderte die Straße hinunter, und dann sah ich es. Ein Hotdog-Stand etwa zwanzig Meter weiter hatte bereits geöffnet. Natürlich! Täglich ein Hotdog – Dees wichtigste Big-Apple-Regel. Die Vorstellung, einen Hotdog zum Frühstück zu essen, erschien mir wenig verlockend, ich kaufte mir trotzdem einen, häufte Ketchup und Senf darauf, so wie sie es geliebt hatte, stellte mich an einen ruhigen Fleck und aß ganz langsam. Wenn sie mir zusah, sollte sie diesen Moment genießen. Als ich fertig war, schaute ich in Richtung Himmel, wie ich es Dutzende Male am Tag machte, und lächelte.

Ehe ich am Morgen das Zimmer verlassen hatte, hatte ich an der Rezeption angerufen, um zu fragen, ob jemand wüsste, wer die Blumen und Briefe geschickt hatte – ich hoffte, dass Dee deswegen nicht allzu sauer auf mich war. Ich hatte kein Glück. Unten auf der Karte stand die Telefonnummer eines Blumenladens, also rief ich dort an, erhielt jedoch nur die Antwort, dass die Kundendaten vertraulich seien. Was bedeutete das? War es ein großer Irrtum oder …

Nein, genug davon.

Ich war nicht sicher, ob Dee über meine aberwitzigen Verdächtigungen lachen würde oder ob sie entsetzt wäre, dass ich ihr so etwas auch nur eine Sekunde lang zutraute. Aber eigentlich tat ich das gar nicht. Klar war der Gedanke kurz durch meinen Kopf gezuckt, doch ich hatte ihn schnell wieder verworfen. Dee hatte Luke über alles geliebt. Für diese Dinge würde es eine völlig harmlose Erklärung geben, und vielleicht würde ich eines Tages herausfinden, welche. Vielleicht würde ich erfahren, wer der Absender war und wieso es keine Mails oder Anrufe gab, keine Namen und Telefonnummern, keine weiteren Versuche, Kontakt zu ihr aufzunehmen. Vielleicht würde ich es auch nie erfahren. Ganz egal. Das Einzige, was zählte, war, dass ich hier war und das tat, was sie sich von mir gewünscht hätte. Das war sicher Dees Art, mich dazu zu zwingen, nach vorn zu schauen.

Langsam ging ich zurück in die Richtung, aus der ich gekommen war, bis ich wieder vor Tiffany stand. Ich hatte das Frühstück erledigt, nun kam der zweite Teil der Aufgabe an die Reihe. Eine genaue Beschreibung des Interieurs wäre sicher toll für den Blog, aber ich hatte nicht die Absicht etwas zu kaufen. Ich trug nicht viel Schmuck. Lediglich die kleinen Brillantohrstecker, die Val mir zum fünfundzwanzigsten Geburtstag geschenkt hatte, und Mums Ehering am Mittelfinger der rechten

Hand. Eine kleine Erinnerung an sie. Ich liebte es, sie auf diese Weise immer bei mir zu haben. Um den Hals hatte ich ein Goldkettchen von Pete, das er mir im vergangenen Jahr zu Weihnachten geschenkt hatte. Ich sollte es vielleicht einschmelzen lassen. Oder zumindest ersetzen durch etwas, das mir mehr bedeutete als eine Erinnerung an einen Mann, der mich so eiskalt abserviert hatte.

Als ich die Eingangstür erreichte, stellte ich fest, dass mein Timing perfekt war, denn ein großer dunkelhaariger Mann kam gerade heraus und hielt mir die Tür auf. Hinter einer der Theken begrüßte mich ein gut aussehender Verkäufer in einem schicken Anzug mit einem strahlenden Lächeln.

»Guten Morgen, Madam. Darf ich Ihnen etwas zeigen?«

Ich hatte absolut keine Idee. Instinktiv berührte ich die Kette an meinem Hals. »Ich hatte mal überlegt, die hier zu ersetzen.«

»Eine Halskette? Natürlich. Ich zeige Ihnen gern eine Auswahl.«

Er führte mich durch den Laden, zeigte mir in den Auslagen schwere Silberketten mit Knebelverschluss, wunderschöne Glücksbringer und hübsche Schleifen und erklärte mir zu jedem Stück und jeder Serie ihre Geschichte. Return to Tiffany, Tiffany Infinity, die Schlüssel-Kollektion, die Atlas-Kollektion und sogar ein paar Stücke, die Paloma Picasso entworfen hatte. Jedes einzelne Teil war wunderschön und sehr stilvoll, aber nichts sprach mich direkt an, bis …

Ich sah es in der Glasvitrine mit der 1837er-Kollektion – ein zartes Silberkettchen mit zwei ineinander verschlungenen Kreisen, einer in Silber, einer in Gold. Das waren wir zwei, Dee und ich, untrennbar miteinander verbunden.

Ich weiß nicht, ob der nette Verkäufer, der mich bediente, die Tränen sah, die mir in die Augen traten, auf jeden Fall sagte er nichts. Er legte die Kette in eine der wunderschönen türkisfarbenen Schachteln, die so typisch für Tiffany waren, schnürte ein Seidenband darum und steckte es in eine passende Papiertüte.

Ich gab ihm meine Kreditkarte. Mir war völlig gleichgültig, dass die Kette teurer war als alles, was ich mir je geleistet hatte, mal abgesehen von meinem Haus und meinem Auto. Er reichte mir Kreditkarte und Tüte, und irgendwie schaffte ich es, mich auf die Straße zu retten, ehe die Tränen haltlos über mein Gesicht strömten. Seltsam. Dee und ich waren nur ein einziges Mal gemeinsam in New York gewesen, diese Stadt hatte für mich keinen besonderen emotionalen Wert. Als ich jetzt hier stand, fühlte ich mich Dee dennoch so nah, dass ich fest glaubte, sie neben mir zu spüren.

Irgendwann gelang es mir, mich loszureißen und langsam zum Hotel zurückzugehen. Ich holte mein Gepäck und fuhr zum Flughafen. Es herrschte relativ wenig Verkehr, daher war ich rechtzeitig dort, und der Flieger startete pünktlich. Als er seine Reiseflughöhe erreicht hatte, griff ich in meine Handtasche, zog die türkisfarbene Schachtel heraus. Ich legte die Kette, die Pete mir geschenkt hatte, ab und ersetzte sie durch die, die Liebe bedeutete und nicht Verrat. Dann lehnte ich mich zurück, schloss die Augen und dachte noch einmal an meine Reise zurück.

Es war traurig gewesen, verwirrend, einsam, interessant, witzig. Der Jen von früher hätte es nicht gefallen, sie hätte es kaum erwarten können, zu Pete zurückzukehren, oder sie hätte Dee gebeten, sie zu begleiten. Die neue Jen wusste, dass sie keine Wahl hatte und dass es Zeit wurde, nach vorn zu schauen. Vielleicht musste ich nun mit der Vergangenheit abschließen. Dee würde das von mir erwarten. Ich lächelte, als ich daran dachte, wie sehr sie die letzten Tage genossen hätte. Nein, mehr noch – sie wäre jede Sekunde auf den Beinen gewesen, hätte alles erforscht und in sich eingesogen. Hoffentlich war sie stolz darauf, dass ich für sie eingesprungen war und ihre Pläne zu Ende gebracht hatte. Ich hatte die Messe besucht, auf der sie jedes Jahr gewesen war, und ihre gesamten Termine wahrgenommen. Der Jazzclub … Berauschend, ein bisschen dekadent, ein intimer Ort voller Fremder, die ich im Dunkeln kaum hatte erkennen können. Die Bar im Baccarat Hotel … Pompös, wunderschön, elegant, eine Erinnerung an glanzvolle Zeiten. Frühstück bei Tiffany …

Mit den Fingerspitzen berührte ich die beiden verschlungenen Ringe. Dee und ich. Ich versuchte mir vorzustellen, wie dieser Vormittag verlaufen wäre, wenn sie dabei gewesen wäre. Wir wären Arm in Arm vom Hotel zur Greene Street gegangen, und sie hätte mir die ganze Zeit vorgehalten, dass wir nicht mit dem Taxi fuhren. Das war eine ihrer Widersprüchlichkeiten. Sie joggte fünfzehn Kilometer, aber sie ging keinen Meter zu Fuß, wenn sie nicht unbedingt musste. Wir hätten uns einen Hotdog gekauft, hätten vor dem Ladeneingang gesessen und die Leute beobachtet und Geschichten über sie erfunden. Dann hätte sie mich gepackt und hochgezogen und mich zu Tiffany hineingeschoben. Sie hätte die Tür …

Moment … Meine Fantasien wurden kurz unterbrochen, als sich in meiner Erinnerung noch einmal die Tür zu dem Schmuckimperium öffnete.

Der Typ, der herausgekommen war, als ich den Laden betreten hatte. Ich war viel zu sehr mit mir selbst beschäftigt gewesen, um ihn zu registrieren, aber jetzt in der Rückschau stellte ich plötzlich fest, dass er mir irgendwie bekannt vorkam. Ich zermarterte mir das Hirn. Aus Glasgow? Von der Arbeit? Ein

Kunde? Ein Promi? Jemand, den ich aus der Zeitung kannte? Keine Ahnung.

New York. Naheliegend, dass es jemand war, den ich zu Hause schon einmal gesehen hatte, aber wie hoch war die Wahrscheinlichkeit, in dieser riesigen Stadt ein und derselben Person zweimal zu begegnen?

Im Geiste ging ich die Leute durch, die im Hotel arbeiteten, die anderen Gäste, die Angestellten in den Lokalen, die ich besucht hatte, selbst die Hotdog-Verkäufer.

Gott! Das war echt nervend!

Die Gäste im Irish Pub. Nein, nichts. Die Gestalten im schummrigen Jazzclub. Nichts. Dann … Bingo! Jetzt hatte ich es. Ich hatte auf ein Taxi gewartet, ein Wagen hatte gehalten, ich war darauf zugegangen, und er war ausgestiegen, hatte mir die Tür aufgehalten und eine Verbeugung gemacht. »Bitte sehr, Madam«, hatte er gesagt. Ich war eingestiegen, hatte mich bedankt, und er hatte gelächelt, bevor er zum Eingang des Jazzclubs gegangen war.

Es war derselbe Mann gewesen, der mir bei Tiffanys begegnet war. Ich war ganz sicher. Wie konnte das sein? Wie hoch war die Chance, in einer der geschäftigsten Städte der Welt einen Menschen gleich zweimal zu treffen?

Zufall. Es musste ein Zufall sein.

Aber …

War nicht die Chance größer, mit Matt Damon im Aufzug stecken zu bleiben?

Also doch kein Zufall? Eine ganze Batterie von Fragen begann durch meinen Kopf zu rattern. Hatte er im Club und bei Tiffany Ausschau nach Dee gehalten? Hatten sie sich dort verabredet? War er ein Geschäftskontakt? Ein Freund? Etwas anderes? Mehr als das?

Warum hatte sie mir nie etwas von ihm erzählt? Weil es nichts zu erzählen gab? Oder weil es etwas war, das sie nicht erzählen wollte? Ich hielt die Luft an, ehe ich den nächsten Gedanken zuließ. Ich wollte das nicht. Es war illoyal, auch nur so zu denken. Gab es dennoch den Hauch einer Möglichkeit, dass Dee sich mit ihm verabredet hatte, weil sie etwas Verbotenes vorgehabt hatte?

Wie sollte ich die Wahrheit je erfahren, wenn die einzige Person, die sie mir erklären konnte, nicht mehr da war?

21. Kapitel

Val

Dons Geschnarche hörte sich an wie ein Güterzug, der durch mehrere Tunnel hintereinander fuhr. Laut, leise, laut, leise. Es gab Zeiten, da hatte mich das wahnsinnig gemacht und zur Flucht ins Gästezimmer getrieben. Jetzt lag ich neben ihm und nahm es kaum wahr. Es war einfach da, im Hintergrund, beinahe beruhigend. Nicht dass ich das ihm gegenüber je zugeben würde. Ich stieß ihn trotzdem hin und wieder in die Seite, wenn der Lärmpegel so schlimm wurde, dass die Nachbarn denken mussten, eine Horde Bären würde in unserer Straße wüten.

Ich schaute auf meinen Digitalwecker, während ich aus dem Bett stieg. Viertel nach drei. Ich hatte eine Zeit lang vor mich hin gedöst, aber ich würde ganz sicher nicht mehr einschlafen. Ich schaute kurz in Marks Zimmer, als ich daran vorbeikam. Er hatte den ganzen Tag tief und fest geschlafen, nachdem er völlig fertig von Luke nach Hause gekommen war. Ich war froh, dass die zwei sich so gut verstanden. Sie taten sich gut. Absurd, dass Dees Bruder und ihr Mann sich erst jetzt, da sie nicht mehr lebte, angefreundet hatten. Wo war da der Sinn?

Ich ging nach unten, blieb vor einem Stapel Wäsche stehen, die ich am Nachmittag gefaltet hatte, und zog eine Jeans und einen dicken Pulli heraus. Bequeme Klamotten.

Leise zog ich mich an. Ich versuche mir einzureden, dass ich nirgends hinwollte. Seltsam, wie man sich selbst etwas vormachen konnte. Ich war wie eine Alkoholikerin, die heimlich eine

Flasche Gin im Toilettenspülkasten versteckte und sich einredete, dass sie sie nie trinken würde.

Natürlich hatte ich ein Ziel, ich wusste genau, wo ich hinwollte. Es hatte damit begonnen, dass die Supermarktgänge zur einzigen Aktion wurden, mit der ich mich ablenken konnte, während der ich nicht an andere denken und kein tapferes Gesicht aufsetzen musste, bei der es mir irgendwie gelang, die blinde Wut im Zaum zu halten und die Angst, die mir die Kehle zuschnürte.

Das war bis vor Kurzem so gewesen. Jetzt ging es dabei auch um ihn, um den, der dies alles verursacht hatte, der mir mein Mädchen genommen hatte. Ich wollte ihn treffen, ihn kennenlernen, sein Gesicht sehen. Aber ich fand ihn nicht, daher musste das vorläufig reichen.

Ich schlich die Treppe hinunter und schloss die Haustür leise hinter mir. Ich musste einen Weg hinuntergehen, vorbei an den anderen Häusern in unserer Reihe, um zum Parkplatz zu gelangen. Als ich den Motor anließ, war ich daher weit genug entfernt, um keinen meiner Männer zu wecken.

Ich nickte dem Mann vom Wachdienst zu, als ich am Eingang des Supermarktes an ihm vorbeilief. Eine Regalreihe hinauf. Die nächste hinunter. Eine hinauf. Wieder hinunter. Ich ging so langsam wie möglich, damit jeder Moment andauerte. Zwischendurch blieb ich stehen, starrte irgendwelche Produkte an, die ich niemals kaufen würde, nur damit noch mehr Zeit verging. Irgendwann erreichte ich die Kasse. Ein älterer Kassierer ließ jedes Teil über den Scanner laufen.

Steak, Zwiebelringe, Tiefkühl-Pommes-frites, Pfeffersauce, Bananenkuchen, Vanillesauce.

»Sie haben aber noch viel vor«, meinte er mit einem Augenzwinkern.

»So ist es.«

Ich nickte. Ich würde ihm nicht die Wahrheit erzählen. Schließlich wusste ich längst, wie unbehaglich sich die Leute dann fühlten. Besser, ich lächelte und nickte nur. Lächeln und nicken.

Mit meiner Tüte lief ich in Richtung Ausgang. Aber ich ging noch nicht. Natürlich nicht. Ich ging weiter ins Café. Dieser Supermarkt war nicht der, zu dem ich normalerweise ging, ich war erst ein Mal mit Josie dort gewesen. Es war der Supermarkt von Darren Wilkies Mutter. Ich hatte keine Ahnung, ob sie hier war, wusste nicht mal, ob das Café so früh am Morgen überhaupt noch geöffnet hatte. Aber ich versuchte es trotzdem, weil ich so besessen davon war, etwas über sie und ihre Familie zu erfahren, dass ich einfach nicht anders konnte.

Als ich den ersten Tisch erreichte, sah ich, dass es tatsächlich geöffnet war und außer mir noch einige andere Gäste da waren. Ein Priester saß an einem Ecktisch und unterhielt sich mit einer jungen Frau, die vielleicht neunzehn oder zwanzig war. Sie schauten nicht hoch. Wenn ich religiös gewesen wäre, hätte ich in seiner Anwesenheit vielleicht ein Zeichen für göttlichen Beistand gesehen, aber alle religiösen Gefühle, die ich je gehabt hatte, waren mit dem letzten Atemzug meines Mädchens erloschen. Wie konnte irgendein Gott so etwas zulassen?

Ich ging zu der verlassenen Theke, nahm eine Tasse, stellte sie unter die chromblitzende Maschine und drückte die Taste für schwarzen Kaffee. Der Lärm schien die Bedienung alarmiert zu haben, denn ich hörte Schritte.

Das konnte sie nicht sein. Natürlich nicht. Es musste ja ein ganzes Team geben, das hier abwechselnd Dienst hatte. Dennoch wusste ich, noch während mir dieser Gedanke durch den Kopf ging, dass sie es war.

Sie sah müde aus. Erschöpft. Ihr Haar war rot gefärbt und zu einem Pferdeschwanz zusammengebunden, in ihr Gesicht waren die Sorgen eines ganzen Lebens eingegraben. Ihre Fingerspitzen waren gelb von Nikotin, sie hatte die hagere Figur eines Menschen, der hauptsächlich von Zigaretten und Wodka lebte. Ich hasste sie auf den ersten Blick. Kein Wunder, dass sie diesen Versager, der mein Kind getötet hatte, großgezogen hatte. Ob sie je versucht hatte, ihm den Unterschied zwischen Gut und Böse beizubringen? Ob sie ihm erklärt hatte, wie wichtig es war, gute Entscheidungen zu treffen und anderen Menschen mit Respekt zu begegnen?

Die Flüssigkeit in meiner Tasse begann hin und her zu schwappen, und ich versuchte verzweifelt, das Zittern meiner Hand zu stoppen.

»Möchten Sie sonst noch was?« Das war sie. Die Mutter des Mannes, der Dee umgebracht hatte. Sie redete mit mir, ihre Stimme klang müde und heiser und zugleich weicher, als ich erwartet hatte. Ich schüttelte den Kopf und traute mich nicht zu sprechen. »Das macht dann eins fünfzig, bitte.«

Keine Ahnung, was sie glaubte, wieso meine Hände so zitterten. Oder warum ich unfähig war zu sprechen und ihr trotzdem in die Augen sah. So oft hatte ich mir diesen Moment ausgemalt, und doch wusste ich jetzt nichts zu sagen. Das war weder der richtige Ort noch die richtige Zeit. Ich war unsicher, wusste nicht genug über sie oder ihre verkommene Familie.

Es gelang mir irgendwie, ihr die abgezählten Münzen zu geben, dann steuerte ich mit meiner Tasse und den Einkäufen zu einem Tisch und setzte mich. Während der nächsten halben Stunde beobachtete ich sie heimlich. Ich sah ihr zu, wie sie die Tische säuberte, die Glasflächen der Theke abwischte, den Boden kehrte, wie sie Salz, Pfeffer und Zucker auffüllte.

Und ich hasste sie.

Ich hasste sie mit jeder Faser meines Körpers, denn wenn sie diesen Mistkerl nicht zur Welt gebracht hätte, würde meine Dee heute noch leben.

Es wurde so viel über Gefühle geredet, wenn so etwas passierte. Darüber, dass man nach vorn schauen müsse, loslassen, einen Schlussstrich ziehen.

Bei mir ging das nicht.

Meine Tochter war tot, und ich war zornig und verbittert und brauchte keine Entschuldigung dafür, dass ich mir nicht einmal vorstellen konnte, jemals loszulassen.

22. Kapitel

Jen

19. Mai. Heute wäre Dees dreißigster Geburtstag gewesen.

Wir trafen uns um zehn Uhr morgens auf dem Friedhof. Der Tag war genauso trübe wie unsere Gedanken. Don und Val. Josie, Luke und ich. Mark war nach Australien zurückgeflogen, aber er hatte bei seinem Abschied angekündigt, wenn sein Job dort erledigt war, wiederzukommen. Er hatte gesagt, er wolle Val während der Gerichtsverhandlung zur Seite stehen, aber ich fragte mich, ob es nicht auch etwas mit Lizzy zu tun hatte, dem Mädel, das er durch Luke kennengelernt hatte. Er hatte sich ein paarmal mit ihr getroffen, behauptete allerdings, es sei nichts Ernstes.

Ich drehte mich zu Val um. Schwer zu glauben, dass die Frau neben mir dieselbe Frau war, die Silvester noch auf dem Tisch getanzt hatte. Die strahlend und fröhlich gewesen war. Lebenslustig und unbändig. Diese Val war in den vier Monaten seit dem Tod ihrer Tochter schmal geworden, sie hatte einiges an Gewicht und Lebenslust verloren. Auch Don sah man die Anstrengungen der letzten Monate deutlich an. Er war um Jahre gealtert, seine Augen lagen tief in den Höhlen, seine Wangen waren eingefallen. Früher hatten die beiden immer Händchen gehalten, sie hatten miteinander gescherzt, geflirtet, gelacht. Jetzt lebten sie stumm nebeneinanderher. Nicht dass Val das jemals zugegeben hätte. »Alles okay«, sagte sie immer, wenn ich nachfragte. »Wenn man so lange verheiratet ist wie Don und ich, ist das eben manchmal so.«

Auch Luke hatte abgenommen. Sein dunkles lockiges Haar reichte ihm bis zum Hemdkragen, er sah schick aus in dem Anzug, den wir letztes Wochenende zusammen gekauft hatten. Dee hatte es immer gern gehabt, wenn er einen Anzug trug, aber seine alten Jacketts und Hosen waren viel zu weit, und er hatte mich gebeten, ihn zu begleiten, um einen neuen mit ihm auszusuchen. Die Szene spielte sich erneut in meinem Kopf ab.

»Soll er für einen besonderen Anlass sein?«, fragte die freundliche Verkäuferin mit der Hochsteckfrisur, die uns bediente. »Nein, nein, lassen Sie mich raten! Ich bin eine gute …« O Gott. Bitte nicht! »Sicher ist es … ist es …« Sie musterte uns intensiv, als bräuchte sie noch einen letzten entscheidenden Hinweis für ihre Theorie. »… eine Verlobung!« Triumphierend sah sie uns an.

»Nein. Ganz falsche Richtung«, antwortete Luke mit einem Lächeln.

Bestimmt hoffte er, das Thema sei damit beendet. Aber leider verstand Betty, die detektivische Anzugverkäuferin, die Botschaft nicht.

»Sie sind zu einer Hochzeit eingeladen?« Leere Gesichter. »Zu einer Taufe? Einer Geburtstagsparty?« Sie schien eine Veränderung in unseren Gesichtern bemerkt zu haben. »Aha! Das habe ich mir doch gleich gedacht! Wessen Geburtstag ist es denn?«

»Der meiner Frau«, antwortete Luke.

Ich besaß wirklich keine großen hellseherischen Fähigkeiten, aber selbst ich ahnte, was als Nächstes geschehen würde. Unser Pech, dass ausgerechnet wir die geschwätzigste Verkäuferin des ganzen Ladens erwischt hatten.

Wie aufs Stichwort wandte sie sich an mich. »Das ist ja wunderbar! Führt er Sie groß zum Essen aus? Wie romantisch! Ich habe gehört, das Restaurant im Blythswood Hotel sei ganz hervorragend.«

»Ich bin nicht seine Frau.« Ich hoffte inständig, dass sie trotz ihrer beschränkten Sensibilität die unterschwellige Botschaft auffing, die ich ihr schickte und die ungefähr lautete: Halt jetzt endlich die Klappe!

»Ah, verstehe! Sie muss sicher heute arbeiten, oder?«

Luke fand, dass es nun reichte, und griff zum ultimativen Gesprächsstopper. »Sie ist tot.«

»Sie … Oh.« Die arme Frau war fassungslos. Hastig zerrte sie eine Krawatte aus dem Regal, für die Luke sich interessiert hatte. »Ich schaue mal, ob wir die noch in Blau haben.« Sie verschwand eilig, ihr Gesicht hatte ungefähr denselben Rotton wie die Krawatte in ihrer Hand.

»Glaubst du, Dee hat das mit Absicht gemacht?«, fragte Luke.

»Ja«, antwortete ich.

So sprachen wir inzwischen über sie, als wäre sie noch hier, würde an allem teilnehmen, was wir taten, und sich zwischendurch kleine Scherze mit uns erlauben.

Ich fragte mich, was sie wohl dachte, als wir jetzt die Blumen, weiße Rosen, auf ihr Grab legten.

Nach einiger Zeit zogen wir Frauen uns zurück auf die Bank, die Val und Don vor ihrem Grab hatten aufstellen lassen. Die beiden kamen jeden Sonntag hierher.

»O mein Gott, seht euch das an!«

Josie zeigte auf einen gigantischen Grabstein mit riesigen Engelsflügeln und blinkenden Lichtern ringsherum. Ja, sie blinkten tatsächlich! Entweder funktionierten sie mit Solarenergie, oder es war ein Fall für diese Geisterjäger aus dem Fernsehen.

»Ich hab ein ganz schlechtes Gewissen, dass ich unserer Dee

nur einen Strauß Rosen und eine Bambuspflanze mitgebracht habe«, meinte Val.

Wir mussten alle drei kichern. Das hatte nichts mit mangelnder Pietät zu tun. Dee wäre entsetzt gewesen, wenn Josie oder Val nicht mit einer zynischen Bemerkung auf diesen Anblick reagiert hätten.

Ich beobachtete, wie Luke zärtlich die Hand auf Dees Grabstein legte und dann zu uns kam. Man sah ihm an, wie schwer es ihm fiel, die Fassung zu bewahren. Geburtstage wurden bei uns immer groß gefeiert. Die Feierlichkeiten dauerten meist ein ganzes Wochenende, und bei Dee hatte es zu diesen Anlässen fast immer irgendeine lebensbedrohliche Form von Action gegeben. Fallschirmspringen. Gokartrennen. Panzerfahren. Paintballspielen.

»Okay, sollen wir?«, fragte Luke.

Don und Luke gingen voraus zum Auto. Ich hatte mich bei Val untergehakt, als mir noch etwas auffiel. Es war das erste Mal seit fünfzehn Jahren, dass Pete an Dees Geburtstag nicht dabei war. Ich fragte mich, ob er überhaupt daran gedacht hatte.

Val schien meine Gedanken erraten zu haben. »Hast du etwas von Pete gehört?«

Ich schüttelte den Kopf. »Gestern hab ich von seinem Rechtsanwalt die Verträge für den Hausverkauf bekommen. Es soll in den nächsten Wochen über die Bühne gehen.«

Ich konnte nicht verhindern, dass meine Stimme brüchig klang. Inzwischen hatte ich den Kampf um das, was ich verloren hatte, aufgegeben. Jetzt wollte ich die letzten Verbindungen so schmerzlos wie möglich lösen.

»Und? Unterschreibst du?«

Ich zuckte mit den Schultern. »Ich bin mir nicht sicher. Zuerst wollte ich unbedingt im Haus bleiben, aber jetzt … Vielleicht ist es besser, wenn ich mir was Neues suche. Es hängen zu viele Erinnerungen daran«, antwortete ich.

Val war noch nicht fertig. »Hast du ihn seit dem Tag, als du ihm vor seinem Büro aufgelauert hast, noch einmal wiedergesehen?«

Ich schüttelte den Kopf und verdrehte die Augen. »Du meinst, als ich ihm zufällig über den Weg gelaufen bin?«, korrigierte ich lächelnd. »Nein. Das wäre vielleicht anders, wenn wir Kinder hätten oder einen Hund. So gibt es keinen Grund, sich noch einmal zu treffen. Er hat mir ja klar und deutlich zu verstehen gegeben, dass es aus ist. Ich kann einfach nicht glauben, dass ich ihn mein halbes Leben lang geliebt habe und er mich plötzlich wie eine Fremde behandelt. Ich werde das niemals begreifen können.«

»Ich aber! Kein Rückgrat. Er hat einfach kein Rückgrat! Wenn es einen Menschen gibt, dem man mal ordentlich in den Hintern treten müsste, dann ist er es.«

Val hatte eine eindeutige Meinung. Sie hatte Pete immer gern gehabt, in der Sekunde, als er mich im Stich gelassen hatte, war das jedoch vorbei gewesen. So war Val nun mal. Die netteste, treueste Person, solange man niemanden, den sie liebte, verletzte.

Der Tisch im Tulip, dem Hotel, in dem auch der Empfang nach Dees Beerdigung stattgefunden hatte, war für uns bereit, als wir kamen. Er stand in einer Nische mit einer samtbezogenen Eckbank, auf dem Tisch lag ein blütenweißes Tischtuch. Vielleicht war es schwer verständlich, dass wir an einen Ort zurückkehrten, mit dem wir einen so traurigen Anlass verbanden, aber die glücklichen Erinnerungen überwogen. Dee war hier getauft worden, wir hatten unsere Schulabschlussparty hier gefeiert, sie hatte ihr Hochzeitsfest und die Familie nahezu alle Geburts- und Jahrestage begangen. Es war unser Lieblingsfeierort. Wir gehörten hierher. Das Einzige, was nicht passte, war die Tatsache, dass Dee nicht mit uns hier war. Ich schob diesen Gedanken weit von mir.

Wir bestellten Mojitos, Dees Lieblingsdrink. Den erstaunten Blick der Bedienung, der es vermutlich nicht gewohnt war, dass seine Gäste um die Mittagszeit schon Cocktails bestellten, ignorierten wir geflissentlich. Sobald wir alle ein Glas in der Hand hielten, sprach Don einen Toast aus.

»Auf mein kleines Mädchen! Auf den verrücktesten, schönsten, liebenswertesten und chaotischsten Menschen, den es je gab. Herzlichen Glückwunsch zum Geburtstag, Dee!« Beim letzten Wort brach seine Stimme.

»Herzlichen Glückwunsch zum Geburtstag!«, riefen wir alle.

Nun war Luke an der Reihe. »Auf meine Frau, die ich an jedem einzelnen Tag vermisse. Und die mich, wenn sie hier sein könnte, jetzt wahrscheinlich ermahnen würde, mich zusammenzureißen und wie ein Mann zu benehmen. Herzlichen Glückwunsch zum Geburtstag, meine Süße!«

Wir lachten.

»Traurig, aber wahr«, kommentierte ich.

»Okay, du Schlaumeier, jetzt bist du dran«, sagte er.

Ich dachte jeden Tag an sie, nun wusste ich nicht, was ich sagen sollte.

Mehr als alles auf der Welt wünschte ich mir, mit ihr sprechen zu können, ein allerletztes Mal, um ihr zu sagen, dass ich sie liebte, dass sie mir fehlte, und um ihr all die Fragen zu stellen, die mir seit meiner New-York-Reise keine Ruhe mehr ließen. Trotz aller Bemühungen und Recherchen verstand ich immer noch nicht, was sich dort abgespielt hatte. Ich hatte die Fotos von Dees Facebook-Freunden durchforstet, um herauszufinden, ob der Mann, den ich dort getroffen hatte, dabei war. Vergebens. Ich hatte ihr iPad und ihre Kamera durchsucht, auch da war nirgends ein Hinweis auf ihn zu finden gewesen. Abgesehen von der Idee, noch einmal nach New York zu fliegen und das Personal des Jazzclubs und bei Tiffany zu befragen, fiel mir nichts mehr ein. Und schließlich bestand ja immer noch die Möglichkeit, dass es sich doch nur um einen Zufall handelte oder der Typ lediglich ein Geschäftskontakt war. Ich kam einfach nicht weiter, daher hatte ich beschlossen, das Ganze als großes, unlösbares Rätsel zu verbuchen und zu vergessen.

Das war jedoch leichter gesagt als getan. Vor allem an einem Tag, an dem man Dee in ihrer ganzen verrückten, chaotischen und unberechenbaren Art feiern und ehren musste.

»Herzlichen Glückwunsch zum Geburtstag! Wir stoßen an auf Dee, die immer voller Lachen und Liebe war. Und voller Überraschungen und echt blöder Ideen, die uns ohne Ende Scherereien bereitet haben.« Ich hob mein Glas, und die anderen jubelten.

Wir schauten Val an, und einen Moment dachte ich, sie würde in Tränen ausbrechen. Aber sie holte tief Luft, straffte die Schultern und hob ihr Glas. »Auf Dee Ida Murray …«

»Ida?«, rief Josie überrascht dazwischen.

»Das war die einzige Möglichkeit zu verhindern, dass sie nach Dees Geburt im Kreißsaal auch noch die zweite Strophe von *My Girl* sang«, erklärte Val. »Oder Don hätte den Feueralarm auslösen müssen.«

»Stimmt.« Don nickte.

Luke, Josie und ich konnten uns vor Lachen kaum noch halten.

»Auf Dee Ida Murray Harper«, rief Val, »der ich meine grauen

Haare verdanke, ein paar Falten zu viel und mehr als dreißig Jahre Mutterglück. Ich habe jede einzelne Sekunde mit ihr genossen. Bis auf den einen Abend, als sie sich in der Schuldisco mit Pernod und Johannisbeersaft so betrunken hat, dass ich anschließend meinen weißen Berberteppich auf den Müll werfen musste.«

Bei der Erinnerung hätte ich mich fast an meinem Mojito verschluckt. Dee hatte damals behauptet, wir würden mit unserem in Saftflaschen geschmuggelten Alkohol auf der Party der Zehntklässler supercool ankommen. Und so war es auch. An dem Abend hatte ich das erste Mal mit Pete geknutscht. Blöderweise waren wir ein paar Stunden später nicht mehr so cool gewesen, als Dee sich nämlich die Seele aus dem Leib gekotzt und Val mit allen Mitteln versucht hatte, den dicken roten Fleck aus ihrem Teppich zu schrubben. Sie hatte uns Hausarrest bis an unser Lebensende angedroht.

Schließlich war Josie an der Reihe. »Herzlichen Glückwunsch, Dee, mein kleiner Messie. Du bist offenbar in dem Glauben aufgewachsen, dass dir ein Leben lang Reinigungsfeen hinterherlaufen und deinen Kram wegräumen.«

»Das ist tatsächlich so gewesen«, rief Val dazwischen. »Und das ist Dons Schuld.«

Josie sprach weiter. »Meine Arbeit ist sehr viel einfacher geworden, seit du nicht mehr da bist, aber ich würde den ganzen Tag und die Nacht durcharbeiten, wenn ich dich dafür zurückhaben dürfte.«

Ich umarmte sie, und wir stießen noch einmal an. Allmählich machte mich der Mojito auf nüchternen Magen etwas benommen, daher war ich froh, als das Essen endlich kam.

Steak, Zwiebelringe, Tiefkühl-Pommes-frites, Pfeffersauce, Bananenkuchen, Vanillesauce. Für Außenstehende sahen wir sicher aus wie eine glückliche Familie, die ein schönes Ereignis feierte.

Wir aßen, wir redeten, und wir erinnerten uns, und es dauerte ein paar Stunden, bis alle Geschichten erzählt, alle Desaster wiederholt, alle schönen Momente noch einmal durchlebt und wir zum Aufbruch bereit waren.

Ich umarmte der Reihe nach Val, Don und Josie, ehe sie ins Taxi stiegen und die Fahrt nach Hause antraten. Luke und ich warteten auf das nächste Taxi. Unsere Häuser lagen nur ein paar Straßen auseinander, was Dee immer befürwortet hatte. »Wir können uns jedes Mal ein Taxi teilen, wenn wir in eurer Nähe wohnen, damit sparen wir ein Vermögen«, hatte sie verkündet, als sie und Luke beschlossen hatten, ein Haus zu kaufen.

»Zuerst zu dir oder zu mir?«, fragte Luke.

Ich schwankte leicht und musste mich kurz an der Säule vor der großen Mahagonitür des Hotels abstützen. Aber die kühle Luft tat meinem benebelten Kopf gut.

»Mir egal. Dein Zuhause ist etwas näher, also lass uns zuerst dahin fahren.«

In diesem Moment bog das Taxi um die Ecke. Luke hielt mir die Tür auf, und ich stieg ein. Als er dem Fahrer seine Adresse nannte, fiel mein Blick auf die Uhr.

»Es ist ja erst sechs«, stellte ich überrascht fest. Ich fühlte mich wie auf dem Nachhauseweg von einem langen Ausgehabend.

»Wie bitte?« Luke stieg von der anderen Seite ein.

»Es ist erst sechs«, wiederholte ich. »Es kommt mir viel später vor.«

»Stimmt.«

Ich legte meine Hand auf seine. »Du hast das heute super gemacht. Val und Don haben sich gewünscht, dass wir Dees Leben feiern, und genau das haben wir getan.«

»Das haben wir wirklich. Was glaubst du? Hätte ihr das gefallen?«

»Total. Aber sie hätte bestimmt versucht, uns alle noch in einen Club zu zerren, um weiterzufeiern. Du und ich wären davon nicht begeistert gewesen.«

»Tja, Gegensätze ziehen sich an, hab ich recht? Dee und ich, du und Pete.« Er unterbrach kurz, um dem Fahrer eine Anweisung zu geben. »Die nächste rechts, bitte.« Das Taxi hielt an. »Möchtest du noch auf einen Drink mit reinkommen?«

Ich wusste genau, was er dachte. Er wollte nicht allein in ein leeres Haus kommen, und ich ehrlich gesagt auch nicht. Vor allem nicht in dieses Haus, vor allem nicht an diesem Abend.

»Klar.« Ich nickte und stieg aus. Dann schaute ich zum Himmel. »Siehst du, Dee?«, flüsterte ich, während ich wartete, bis Luke den Taxifahrer bezahlt hatte. »Wir sind gar nicht solche Leichtgewichte, wie du immer geglaubt hast.«

23. Kapitel

Val

Mein Don hatte viel zu viel getrunken. Lange her, seit ich ihn so erlebt hatte. Natürlich randalierte er weder durchs Haus, noch sang oder grölte er. Er war einfach nur lockerer, mehr so wie der Don von früher, so wie er gewesen war vor dem Tag, als Jen uns aus dem Krankenhaus angerufen hatte.

Das Taxi hatte zuerst uns nach Hause gebracht und war dann mit Josie weiter nach Glasgow gefahren. Sie hatte *My Girl* vor sich hin gesummt. Es war einer dieser Songs, die einem einfach nicht aus dem Kopf gehen wollten, die man tagelang vor sich hin summte.

»Möchtest du einen Tee, Schatz?«, fragte ich Don, als wir ins Haus gingen.

»Nein, danke«, antwortete er und nahm plötzlich meine Hand.

Das überraschte mich. Wir hatten uns in den letzten Monaten kaum berührt, geschweige denn etwas Leidenschaftlicheres gemacht. Ich hatte es damit erklärt, dass Mark hier war. Dabei wussten wir beide, dass es daran nicht lag.

Er zog mich fest an sich, schlang seine großen, starken Arme, mit denen er so viele Jahre auf Baustellen gearbeitet hatte und die noch immer so kräftig waren wie die eines jungen Mannes, um mich. Für mich hatte es nie einen anderen gegeben als Don. Auch heute war das noch so. Das Problem war nur, dass ich für niemanden mehr irgendetwas empfand.

Nein, das stimmte nicht. Ich empfand puren Hass auf Wilkie und seine Familie. Dauernd musste ich an sie denken, überlegte, was ich ihnen an den Kopf werfen würde, wenn ich ihnen irgendwann von Angesicht zu Angesicht gegenüberstand.

Don hielt mich fest umschlungen, wiegte sich zu einer imaginären Melodie in seinem Kopf.

Im Laufe der Jahre hatten wir das Tausende Male gemacht, nur er und ich, wenn alle anderen im Bett waren oder unterwegs. Er hatte irgendwas von Frank Sinatra aufgelegt, wir waren genau wie jetzt durch die Küche getanzt, und ich hatte gedacht, wie glücklich ich mich schätzen konnte, ihn zu haben, wie glücklich, das Leben zu haben, das ich führte.

Die Verbitterung erstickte mich fast.

»Komm, Schatz, ich bin müde«, sagte ich.

Ich löste mich aus seinen Armen und ignorierte den Schmerz, der kurz über sein Gesicht zuckte. Es war noch nicht einmal sieben Uhr, aber ich konnte das jetzt nicht ertragen. Ebenso wenig konnte ich fernsehen oder am Küchentisch sitzen und verzweifelt nach etwas suchen, worüber wir sprechen konnten. Außerdem hatte ich nicht ganz die Unwahrheit gesagt. Es war so lange her, dass ich eine ganze Nacht durchgeschlafen hatte, ich hatte das Gefühl, permanent in einem Zustand völliger Erschöpfung zu sein. Vielleicht half es, einmal früh schlafen zu gehen.

Ich schloss die Haustür ab und ging hinauf ins Bad, schlug noch eine Stunde tot und legte mich dann ins Bett. Don blieb unten, schaute ein wenig fern, kam aber rauf, als er mich aus dem Bad kommen hörte. Ich zog mir den Schlafanzug an, während Don auf die Toilette ging, hoffte ich, schnell einschlafen zu können. Ich hatte zu viel getrunken für meine nächtliche Irrfahrt, daher musste ich zu Hause bleiben, ob ich wollte oder nicht.

Ein paar Minuten später kam auch Don ins Bett, aber anstatt sich gleich auf die andere Seite zu drehen, wie er es seit Monaten tat, zog er mich an sich wie in den ersten Jahren unseres gemeinsamen Lebens.

»Ich weiß nicht, was ich tun kann, um es für dich erträglicher zu machen, Val«, sagte er mit rauer Stimme.

Es traf mich völlig unvorbereitet. Don war keiner, der über Gefühle redete. In den letzten vier Monaten hatte es zwischen uns kaum ein tiefgründigeres Gespräch gegeben, das über die Frage, was wir zu Abend essen würden, hinausging. Aber ich machte ihm deshalb keine Vorwürfe. Viel mehr hätte ich selbst nicht hinbekommen.

»Ich glaube, da gibt es auch nichts«, antwortete ich ehrlich.

»Ich weiß. Und es geht mir genauso. Aber, Liebling, ich fürchte, wir haben nicht nur Dee verloren. An dem Tag, als sie von uns gegangen ist, haben wir auch uns verloren. Ich liebe dich, Val. Alles an dir. Und unsere Dee fehlt mir in jeder Sekunde meines Lebens. Trotzdem müssen wir wieder anfangen zu leben, Val. Bitte sag mir, wie ich dir helfen kann, das zu begreifen.«

Ich konnte ihm nicht antworten, brachte kein Wort über die Lippen. Mein Kissen war nass von Tränen. Ich wusste nicht, ob es seine oder meine waren, ich wusste, dass er recht hatte. Und ich wusste, dass ich einen Weg finden musste, diesen Schmerz loszuwerden, den Hass auf diesen Menschen, der meine Familie zerstört hatte, sonst würde ich eines Tages, wenn er sich doch irgendwann verlor, feststellen, dass ich niemanden mehr hatte.

Wilkie hatte uns Dee genommen. Ich musste zusehen, dass er uns nicht noch mehr nahm, aber ich hatte keine Ahnung, wie.

24. Kapitel

Jen

Den Balkon mochte ich an Dees Haus am meisten. An Lukes Haus. Komisch, dass ich immer noch zuerst an sie dachte. Es war ein Stadthaus mit zwei Schlafzimmern im Erdgeschoss und einer offenen Küche mit Wohnbereich im ersten Stock, weil man von hier oben den schönsten Blick auf die umliegenden Hügel hatte. Als Luke und Dee damals eingezogen waren, hatte Don die Fenster durch Glastüren ersetzt und einen halbkreisförmigen Balkon angebaut. Es war schon praktisch, einen Dad zu haben, der Handwerker war. Aber das gesamte Interieur stammte von Dee. Silber- und Grautöne, flauschige Teppiche, Samt, Leder und Kristall, eine trendige Kombination, die an die Fünfsternehotels erinnerte, die sie auf ihren vielen Reisen besucht hatte. Leider hatte Dee immer so gelebt, als hätte sie auch einen Fünfsternezimmerservice. Gut, dass es Josie gab.

»Josie kommt nicht mehr«, sagte Luke, und ich musste lachen. »Kaffee, Wein oder Bier?«

»Genau darüber habe ich gerade nachgedacht. Ein Bier, bitte.«

Er nahm zwei Flaschen aus dem Kühlschrank und reichte mir eine. Nach den ganzen Mojitos konnte ich keine Cocktails mehr sehen, aber auf Kaffee hatte ich auch keine Lust. Außerdem würde Dee sehr unzufrieden sein, wenn ihre Party schon vorüber wäre.

Wir gingen hinaus auf den Balkon, nahmen uns eine der flauschigen Decken, die Dee in einem Korb neben der Tür aufbewahrte, und ließen uns nebeneinander in die Sessel fallen.

Luke stand noch einmal auf. »Bin sofort zurück«, sagte er. »Ich hole mir nur schnell ein Sweatshirt.«

Kurze Zeit später war er wieder da. Statt des Anzugs trug er Jeans und einen dicken Pulli. Er reichte mir ein Sweatshirt, das ich sofort erkannte. Es stammte von Dees letztem New-York-Trip. Sie hatte es für mich mitgebracht, sich eines Abends ausgeliehen, und danach hatte ich es nicht wiedergesehen. Bei dem Gedanken musste ich lächeln. Ich zog es über und legte mir die Decke auf die Beine. Eine Zeit lang schwiegen wir, verloren in Erinnerungen an den Tag.

Luke sprach als Erster. »Denkst du auch manchmal, wie schön das Leben war und dass es jetzt nur noch ein großer Mist ist?«

»Jeden Tag«, gab ich zu, versuchte jedoch, nicht allzu verbittert zu klingen. »Mindestens ein Dutzend Mal, und das allein vor dem Frühstück.«

Das brachte auch ihn zum Lächeln.

Wieder schwiegen wir, jeder von uns hing seinen Gedanken nach, durch einen Schleier von viel zu vielen Mojitos.

»Weißt du, manchmal frage ich mich, ob ich genug für sie war. Das habe ich noch nie jemandem erzählt.«

Ich sah ihn überrascht an. »Natürlich warst du das. Wie kommst du auf diese Idee?«

Er zuckte mit den Schultern. »Weil es stimmt. Ich denke, wir konnten uns beide glücklich schätzen, dass sie einen Job hatte, der ihr zusätzlich Aufregung und Abwechslung verschafft hat. Sie brauchte das einfach. Sie musste ständig Neues ausprobieren, immer etwas planen. Eigentlich war sie nie zufrieden mit dem, was wir hatten. Sie war ruhelos, ständig auf der Suche nach dem nächsten Kick.«

Seltsam. Ich kannte Dee fast mein ganzes Leben und wusste,

dass Luke recht hatte, aber mir war nie klar gewesen, dass er sich darüber Sorgen machte.

»Wir hatten uns an dem Morgen gestritten«, sagte er plötzlich leise.

»Wirklich?« Meine Gedanken wanderten zurück zu jenem Tag. Ich hatte ihn eine Million Mal in meinen Gedanken durchgespielt, jedoch immer erst von dem Moment, in dem die Polizei vorgefahren war, um sich um den Lärm aus dem Nachbarhaus zu kümmern. Davor hatten wir auf dem Sofa gelegen und uns über unsere schmerzenden Knochen und unseren Kater beklagt. »Davon hat sie mir nichts erzählt. Worüber denn?«

»Kinder.« Lukes Stimme klang so traurig, dass ich ihn am liebsten in den Arm genommen hätte. »Wir hatten seit Monaten darüber gesprochen, ob es nicht langsam Zeit würde, eine Familie zu gründen … Nein, das stimmt nicht ganz. *Ich* hatte seit Monaten darüber gesprochen, ob es nicht langsam Zeit würde, eine Familie zu gründen, und sie hat mir jedes Mal tausend Gründe aufgezählt, warum wir das nicht tun sollten.«

Ich hätte mein letztes Hemd darauf verwettet, dass Dee jede Einzelheit aus ihrem Leben mit mir geteilt hatte, doch das hatte sie mir verschwiegen.

»Ich weiß nicht, ob ich mehr darüber geschockt bin, dass sie keine Kinder wollte, oder darüber, dass sie mir das nie erzählt hat.«

Luke lächelte. »Du weißt, wie sie war. Ernste Themen haben sie nie lange beschäftigt.«

Das stimmte. Es war eine der Charaktereigenschaften, die ich an ihr besonders gemocht hatte. Dieser ständige Optimismus, die Lust am Leben, die Entschlossenheit, sich niemals von etwas herunterziehen zu lassen.

»Ich war mir immer sicher, dass sie Kinder haben wollte«, sagte ich. »Wir haben oft darüber gesprochen, wie wir sie zusammen großziehen würden.« Diese Erinnerung brachte neuen Schmerz.

»Das wollte sie auch, und wir wollten es bald probieren, aber dann hat sie eines Tages einfach ihre Meinung geändert. Sie kam mit unzähligen Ausreden, warum wir noch warten sollten. Ihr Job. Sie wollte ein größeres Haus. Mehr Geld auf dem Konto. Wir würden nicht mehr so viel reisen können. Sie wollte sich noch nicht festlegen. Und so weiter. Eine ganze Liste von Argumenten, die dagegensprachen.«

»Und was hast du dazu gesagt?«

Er überlegte einen Moment. »Ich habe gehofft, dass sie ihre Meinung noch einmal ändern würde. Dann dachte ich plötzlich, dass sie vielleicht auch über mich ihre Meinung geändert hatte und wir vielleicht ein Problem hatten, aber sie sagte, ich würde das alles überbewerten. Sie sei einfach noch nicht so weit. Bald, sagte sie, nur noch nicht jetzt.«

»Und darüber habt ihr an jenem Morgen gestritten?«

Er seufzte. »Ich habe das Thema noch einmal angeschnitten und sie gebeten, mir wenigstens eine ungefähre Zeitvorstellung zu nennen, aber das wollte sie nicht. Also wurde ich sauer, habe sie gefragt, ob sie sich denn überhaupt vorstellen könne, jemals mit mir Kinder zu haben …«

»Natürlich konnte sie das!«, rief ich.

»Sie sagte, das wisse sie nicht mehr.«

»Das ist unmöglich!«

Ich sah sein Gesicht im Lichtschein, der Schmerz war überdeutlich. Was er da sagte, konnte ich nicht glauben. Warum hatte sie mir nie etwas davon erzählt?«

Er fuhr fort. »Danach ist sie zu dir gegangen, und das war's.

Manchmal bin ich so sauer auf sie. Ich weiß, das ist schrecklich von mir, aber so musste es doch nicht sein. Wenn sie ihre Meinung nicht geändert hätte, wären wir alle noch zusammen. Dee, unser Baby und ich. Vielleicht hätten wir sogar zwei Kinder. Ich hätte noch immer eine Frau und eine Familie, und alles wäre so anders.«

Ich versuchte, Worte zu formen, aber es kamen keine aus meinem Mund. Ich war wie gelähmt. Völlig geschockt. Es dauerte eine Weile, ehe ich die Sprache wiedergefunden hatte. »Das tut mir leid, Luke. Sehr leid. Davon wusste ich nichts. Wir haben immer über alles geredet, zumindest habe ich das geglaubt, davon hat sie mir allerdings nie etwas erzählt.« Ich sagte ihm nicht, dass mir auch in New York ein paar Dinge mysteriös vorgekommen waren. »Ich hätte geholfen, wenn ich gekonnt hätte. Nicht dass das viel gebracht hätte, wenn sie sich einmal etwas in den Kopf gesetzt hatte.«

Das war so. Wenn Dee etwas wollte, blieb sie dabei, starr und konsequent. Immer. Genau dieser Beharrlichkeit war es zu verdanken, dass unser Laden eröffnet wurde und sich so gut entwickelte und dass unser Leben so bunt und voller Abenteuer gewesen war, auch wenn es darunter einige gegeben hatte, die wir gar nicht unbedingt erleben wollten.

»Ich kann mir nicht vorstellen, dass es jemanden gibt, der so viel Kraft hat, wie sie hatte«, sagte er und versuchte, die Traurigkeit abzuschütteln. »Herrje, es tut mir leid, Jen. Das passiert mir immer wieder. In der einen Minute reiße ich mich zusammen und habe das Gefühl, dass es mir ganz gut geht, in der nächsten trifft es mich wie ein Keulenhieb, und ich breche völlig zusammen. Ich wünschte, ich hätte sie an diesem Morgen geküsst, ehe sie aus dem Haus gegangen ist, verstehst du das? Ich wünschte, ich hätte ihr gesagt, wie sehr ich sie liebe.«

»Das wusste sie.«

»Ja. Ich hoffe es.«

Luke stand auf, verschwand kurz im Haus und kam mit zwei neuen Flaschen Bier heraus.

»Wieso sitzen wir eigentlich hier draußen in der Kälte?«, fragte er.

Ich zeigte nach oben zu dem einzigen hellen Licht am Himmel. »Weil es hier draußen so schön ist und wir die Sterne sehen können.«

»Das ist nur ein Flugzeug auf dem Landeanflug zum Glasgower Flughafen«, bemerkte er trocken.

»Das hab ich schon befürchtet. Deshalb arbeite ich wohl auch in einem Geschäft und nicht in der Astronomie«, antwortete ich. »Weißt du, ich frage mich manchmal, was mit mir nicht stimmt.«

Das schien ihn zu überraschen. »Warum?«

»War ich in den letzten Jahren in einer Art Trancezustand? Die beiden Menschen, die mir am nächsten standen, Pete und Dee, bitte nicht übel nehmen, waren mit Dingen beschäftigt, von denen ich absolut keine Ahnung hatte. Dee steckte in diesem Familienplanungsdilemma, und Pete ist langsam in einen Zustand des Unglücklichseins versunken, der offenbar so desaströs war, dass er mich verlassen musste. Gott, ich muss wirklich an meiner Menschenkenntnis arbeiten. Gibt es von dir vielleicht auch etwas, das ich wissen müsste? Bitte, red es dir von der Seele. Hast du Pläne auszuwandern? Trägst du heimlich Frauenwäsche? Hast du was mit Jennifer Aniston?«

»Das Letzte«, antwortete er und musste lachen.

»Aber mal im Ernst. Wie konnte ich so blind sein?«

»Vielleicht weil du immer nur das Gute in allem siehst? Sorry, das war eine schlechte Erklärung. Was Besseres fiel mir so spontan nicht ein.« Er zuckte mit den Schultern. »Apropos mangelnde Menschenkenntnis. Ich bekenne mich auch schuldig. Ich hatte ja ebenfalls keine Ahnung, was für ein Idiot Pete ist. Hast du noch mal was von ihm gehört?«

Dieselbe Frage, die Val und Josie gestellt hatten.

»Keinen Ton. Josie hat mir angeboten, ihn auszulöschen. Ich glaube, ich nehme ihr Angebot an«, witzelte ich mit einem Hauch Enttäuschung.

Luke legte die Füße auf den Tisch. »Weißt du, für mich ist das auch alles merkwürdig. Wir waren befreundet seit Jahren. Ich meine, es ist eine Sache, seine Freundin nach fünfzehn Jahren zu verlassen, aber eine Männerfreundschaft auch so einfach aufzugeben? Immerhin verbinden uns etliche Fußballjahre und diverse Finalspiele.«

Das Funkeln in seinen Augen verriet mir, dass er scherzte. Ich ging darauf ein. »Du hast völlig recht. Vielleicht solltest du professionelle Hilfe in Anspruch nehmen. Ich bin ganz sicher, dass es für besonders schwere Fälle Selbsthilfegruppen gibt, die Opfer von zerbrochenen Fußballfreundschaften auffangen. Auf jeden Fall kannst du in dieser schweren Zeit auf mich und die Bierflasche zählen.«

»Und auf Callie«, ergänzte er und grinste.

»Natürlich! Auf Callie auch! Ist sie immer noch scharf auf dich?« Komisch, das zum Ehemann seiner besten Freundin zu sagen. Anfangs war mir bei der Vorstellung von Luke und einer Neuen übel geworden. Aber er hatte mir versichert, dass das Interesse nur einseitig war, daher konnte ich jetzt etwas leichter darüber reden. »Mark meinte, sie hätte dir ziemlich deutlich zu verstehen gegeben, dass sie dich verführen will. Sagt man das eigentlich noch so? Verführen? Ich bin aus den Flirtnummern ja schon lange raus.«

»Ja, das sagt man, aber nur in Filmen aus dem achtzehnten Jahrhundert.«

Zum ersten Mal seit Monaten spürte ich, dass die Anspannung bei mir etwas nachließ. Es war das erste einigermaßen normale Gespräch, das sich anfühlte wie früher. Einen Moment konnte ich mir sogar vorstellen, dass Pete und Dee nur eine Runde joggen waren und Luke und ich ein Bier tranken und darauf warteten, dass sie zurückkamen.

So war es nicht, ich hatte allerdings genug Alkohol im Blut, um mich noch ein wenig treiben zu lassen.

»Okay. Und wie sagt man heute? Dass sie mit dir gehen will?« Ich kicherte.

»Da wir nicht mehr vierzehn sind, würde ich dazu auch Nein sagen.« Er lachte jetzt richtig, es tat so gut, das zu sehen. »Sie hat jedenfalls gesagt, dass sie gern mal mit mir ausgehen würde.«

»Und? Tust du das?«

Er seufzte. »Ich weiß nicht. Jedes Mal, wenn ich mir das vorstelle, sehe ich nur Dee. Ich kann noch nicht mit jemand anderem zusammen sein, es fühlt sich einfach nicht richtig an.« Irgendwie war ich froh, das zu hören. Ich war auch noch nicht bereit, Luke mit einer anderen zu erleben.

»Gott, wir beide sind ganz schön fertig, oder?«

Er nickte. »Das sind wir. Aber die Tatsache, dass wir zu zweit sind, hilft immerhin ein bisschen. Ich bin wenigstens nicht die einzige trübe Tasse.«

Ich hob meine Bierflasche, und wir stießen an.

Nachdem ich einen großen Schluck getrunken hatte, schaute ich kurz auf mein Handy. Es war kurz nach acht. »Ich gehe jetzt besser, ich muss morgen arbeiten. Val meinte, sie käme vorbei, um mir ein bisschen zu helfen. Ich sollte darüber nachdenken, jemanden dauerhaft einzustellen, zumindest so lange bis Mark zurück ist. Er meinte, das nächste Mal würde er drei Monate bleiben. Ich hoffe es. Irgendwie hab ich mich an ihn gewöhnt.«

»Ich auch«, meinte Luke. »Er war so etwas wie mein Pete-Ersatz. Ich hoffe nur, dass er mich nicht auch im Stich lässt, sonst muss ich noch annehmen, dass es an mir liegt. Gott, jetzt wird es langsam richtig kalt hier draußen.«

Zeit, nach Hause zu gehen. Es war ein langer, sehr emotionaler Tag gewesen, und ich war froh, dass er vorbei war. Jeder einzelne Tag tat weh, aber die besonderen Tage waren noch viel schlimmer.

Luke hielt mir die Balkontür auf. »Danke, dass du noch mitgekommen bist, Jen. Das Haus ist so still ohne Dee.«

»Und meins ist so still ohne Pete«, antwortete ich. »Ich hab oft Angst, nach Hause zu gehen.« Ich ging vor, faltete meine Decke zusammen und legte sie zurück in den Korb.

»Bitte, bleib hier.«

Ich drehte mich um. »Was?«

»Bleib hier. Wohn eine Weile bei mir, bevor du dich entscheidest, was du tun willst. Das Gästezimmer steht leer, es wird nicht genutzt. Hast du nicht damals Dee beim Anstreichen geholfen?«

Ja schon, aber … Ich konnte nicht. Es durfte nicht sein. Wir waren hier nicht bei *Friends*, wo jeder einfach in eine andere Wohnung zog, wenn ihm danach war. Dies hier war das wahre Leben, und ich konnte nicht einfach bei Luke einziehen.

»Ich glaube, du hast zu viel Bier getrunken, mein Lieber. Das ist genauso eine Schnapsidee wie Kebab-Essen nach einer Party. Man bereut es am nächsten Tag immer. Trotzdem danke.« Ich umarmte ihn. Er war so ein netter Typ. Er hatte das alles nicht verdient.

»Okay, dann bring ich dich wenigstens nach Hause.«

Plötzlich war mir der Gedanke, nach Hause zu gehen, den ganzen Weg auf meinen High Heels, an der Stelle vorbei, wo Dee gelegen hatte, unerträglich.

»Ich bleibe.«

Warum fühlte es sich so unangenehm an, das zu sagen? Ich hatte doch schon Dutzende Male hier übernachtet. In einer der Schubladen im Gästezimmer lagen sogar eine Zahnbürste und ein Nachthemd von mir. Aber bei allen früheren Gelegenheiten war Dee hier gewesen.

»Sicher?« Luke sah mich an. »Ich will dich zu nichts überreden.«

»Ganz sicher. Nur für heute. Ich will jetzt auch nicht allein sein.«

Ich sah, wie erleichtert er war. »Danke, Jen. Können wir noch ein bisschen zusammen fernsehen und ein paar Bier trinken?«

»Klar.«

Es war nur eine Nacht. Zwei verwundete Seelen, die sich gegenseitig Gesellschaft leisteten. Was konnte das schon schaden?

25. Kapitel

Luke

Es hätte mich eigentlich nicht wundern dürfen, dass Josie es als Erste herausfand.

Schuld daran war ein kleines Versäumnis: Ich hatte mir die Schlüssel noch nicht zurückgeben lassen, seit sie nicht mehr regelmäßig zweimal pro Woche zum Saubermachen kam. Erstaunlich, wie viel Unordnung eine einzige Person anrichten konnte.

Gott, Dee fehlte mir so.

Genau das dachte ich auch in dem Moment, als ich von der Arbeit nach Hause kam und die Haustür aufschloss. Wann würde ich endlich nicht mehr damit rechnen, ihre Stimme zu hören, wenn ich das Haus betrat? Wann würde ich mir endlich nicht mehr vorstellen, sie wäre hier, im Bad, würde auf mich warten mit nichts als einem breiten Lächeln im Gesicht?

Mich erwartete ein ganz anderes Szenario.

»Hey, Luke«, hörte ich die Stimme in der Sekunde, als ich die Tür hinter mir schloss.

Josie. Wie üblich in Ninja-Schwarz gekleidet.

Ich glaube, ich bin tatsächlich vor Schreck hochgesprungen. Eine so dynamisch den Staubsauger schwingende Fünfundsechzigjährige war selbst für einen harten Kerl wie mich eine echte Herausforderung.

»Josie! Du hast mich zu Tode erschreckt!«

»Tja, diese Wirkung beabsichtige ich bei Männern. Das hält sie nämlich davon ab, sofort meinem Charme zu verfallen.« Ich umarmte sie und registrierte das saubere Haus. »Ich weiß, dass du mich eigentlich nicht mehr brauchst, aber ich dachte, ich könnte trotzdem einmal im Monat vorbeikommen und dir ein bisschen unter die Arme greifen. Mal in alle Ecken gehen und so.«

»Ich …«

In diesem Moment bemerkte ich die Missbilligung in ihrer Stimme und begriff sofort, warum. Mist! Natürlich würde sie die Spuren entdeckt haben. Jens Klamotten lagen auf einem Stuhl, eine zweite Tasse stand in der Küche, im Bad ihr Kosmetikzeug. Wer konnte schon damit rechnen, dass dieser weibliche Sherlock Holmes überraschend hier auftauchen würde!

Aber vielleicht stellte Josie ja keine weiteren Fragen.

»Also raus mit der Sprache! Wer ist sie? Ich meine, natürlich geht es mich nichts an und du bist ein erwachsener Mann, mein Junge. Mir steht auch gar kein Urteil zu, nur …«

Jetzt musste ich tatsächlich ein Lächeln unterdrücken. Josie urteilte, richtete und vollstreckte bei jeder sich ihr bietenden Gelegenheit. Es war Teil ihres Charmes. »Ganz ehrlich, es ist erst fünf Monate her! Fünf Monate! Welche Frau tut so was? Kommt hierher und stellt ihre verfluchten Hausschuhe hier ab, wo Dee doch noch in jedem Winkel des Hauses steckt. Wie gesagt, mir steht kein Urteil zu, aber ich hab schon einiges über diese Callie aus deiner Agentur gehört. So etwas Dreistes! Sie sollte mal darüber nachdenken, was sie da tut. Ich meine, ein verheirateter Mann! Frisch verwitwet! Und …«

»Es ist nicht Callie.«

Das ließ sie verstummen. Sie brauchte einen Moment, um sich zu sammeln. »Du meine Güte, Luke, erzähl mir jetzt bloß nicht, dass du auf einer dieser Internetseiten warst. Du hast ja gar keine Ahnung, was sich dahinter für ein Lug und Trug verbirgt. Diese Mädchen laden irgendwelche Fotos hoch, stellen ihre Körper zur Schau und ...«

Ich hätte sie am liebsten weiterreden lassen. Das war das Witzigste, was ich seit Langem gehört hatte – auch wenn es möglicherweise damit endete, dass sie mit dem Staubsauger auf mich losging, wenn ich die Lage nicht schleunigst deeskalierte.

»Josie! Es ist auch keine Escortdame.«

»Also, wer um alles in der Welt ...«

»Es ist Jen.«

»Es ist ... Nein! O mein Gott!«

Sie war fassungslos. Also sprudelte alles ohne Punkt und Komma in einem einzigen, rasenden Schwall aus mir heraus.

»Es ist nicht, was du denkst, sie bleibt nur für eine Weile, und wir haben nichts erzählt, weil wir nicht wollten, dass jemand da was reininterpretiert oder falsch versteht, sie hatte einfach nur Probleme, allein in ihrem Haus zu sein, und ich war dankbar für ein bisschen Gesellschaft, und sieh mich nicht so an, ich sage die Wahrheit, und wenn du mir nicht glaubst, schau doch im Gästezimmer nach, das Bett ist benutzt, weil sie da immer schläft, also ist alles ganz harmlos, Josie, wirklich.«

Himmel, die CIA brauchte eine wie Josie. Beim ersten Blick auf ihre zynisch hochgezogenen Augenbrauen würde jeder Verdächtige zerbröseln wie trockenes Laub.

»Ich war noch nicht im Gästezimmer«, antwortete sie, aber ich merkte, dass sie ein wenig runterrutschte von ihrem hohen moralischen Ross.

»Komm, ich mach uns einen Kaffee«, bot ich an.

»Kipp einen Wodka rein – den brauche ich nach diesem Schock.« Sie setzte sich an den Küchentisch. Dee hatte ihn auf einer Auktion erstanden, bei der Gegenstände versteigert wurden, die von der Staatsanwaltschaft beschlagnahmt worden waren. Vermutlich saß jetzt gerade irgendein armer Teufel im Knast, ohne zu ahnen, dass man seinen gesamten Besitz verscherbelt hatte und sein Esstisch nun das Prunkstück meiner Küche war. »Jen hat mir nichts davon gesagt«, stellte sie überflüssigerweise fest.

»Ich weiß. Wir wollten nicht, dass jemand die falschen Schlüsse zieht und böse Sachen macht, wie mit dem Staubsauger hier hereinzustürmen.« Josie wurde nicht mal rot. Ich redete weiter. »Sie hat eine verflucht schwere Zeit und ich auch, also haben wir uns zusammengetan. Aber wir sind bloß Freunde, Josie, das ist alles. So wie du und ich. Wenn du mich nicht anschreist«, fügte ich hinzu. Mit einer aufgebrachten Josie war nicht zu spaßen.

»Wie lange geht das schon so?«, fragte sie. Man merkte ihr an, sie war ein bisschen beleidigt, dass man sie nicht eingeweiht hatte.

»Seit Dees Geburtstag. Aber es ist nur vorübergehend. Jen hat sich entschieden, ihr Haus zu verkaufen und sich etwas Neues zu suchen. Es ist ihr schwergefallen, jeden Abend nach Hause zu fahren und an der Stelle vorbeizukommen, an der Dee gestorben ist. Und dazu noch das mit Pete …«

»Mistkerl!«, entfuhr es ihr.

Ich hoffte, dass sie damit Pete meinte.

»Das alles macht also Sinn. Wir leisten uns gegenseitig Gesellschaft. Damit geht es etwas leichter.«

Sie schien das zu akzeptieren, fragte aber noch einmal nach. »Und du glaubst nicht, dass ihr zwei … na ja, du weißt schon.« Sie machte eine Handbewegung, mit der über Sechzigjährige sexuelle Handlungen symbolisierten.

Oje. »Nein. Bestimmt nicht. Wir sind uns viel zu ähnlich. Außerdem würden wir dann nie etwas auf die Reihe kriegen.« Das war ein Insider zwischen uns. Pete und Dee waren in unserer Vierergruppe definitiv die Aktiven gewesen. Jen und ich hingegen würden auf Dauer nicht mehr von Netflix loskommen. Das wiederum war der Grund, weshalb wir so perfekt harmonierten. »Außerdem …«, ich wurde nun ernst, »könnte ich mir niemals vorstellen, mit jemand anderem zusammen zu sein als mit Dee.«

Plötzlich war sie voller Mitleid. »Oh, Junge, es tut mir so unendlich leid für dich, wirklich.«

Wir schwiegen. In einem Liebesroman würde man vermutlich sagen, unsere Blicke verschmolzen miteinander, und sie schaute tief in meine Seele. Aber dann wanderten ihre Augen weiter südlich an meiner Anatomie entlang.

»Du schwörst also, dass du sie nicht zu deinem körperlichen Vergnügen ausnutzt? Sonst müsste ich dich nämlich umbringen.« Sie lachte heiser.

»Ich schwöre es. Sie schläft im Gästezimmer, ehrlich! Josie, bitte, tu mir einen Gefallen, sprich mit niemandem darüber. Auch nicht mit Jen. Sie macht sich große Sorgen, dass es jemand in den falschen Hals bekommen könnte, und ich möchte unbedingt verhindern, dass sie wieder zurück in ihr Haus zieht und dort zugrunde geht.«

Sie dachte einen Moment nach, dann war sie offenbar überzeugt. »Hm, das verstehe ich. Ich werde es für mich behalten. Es sei denn, ich brauche irgendwann Material für einen kleinen Erpressungsfall.« Sie lachte scheppernd und stand auf. »So, mein Junge, ich muss los. Das Gästezimmer schaffe ich heute nicht mehr, aber ich wette, bei Jen ist sowieso alles tipptopp. Nächsten Monat komme ich wieder und gehe einmal durchs Haus. Und wehe, ich erlebe dann wieder so eine Überraschung! In meinem Alter kann ich so etwas nicht mehr verkraften.«

Ich umarmte sie. »Versprochen. Auch wenn ich glaube, dass du eine ganze Menge aushalten kannst.«

Diesmal hielt das Lachen an, bis sich die Haustür hinter ihr geschlossen hatte.

Ich lief die Treppe hinauf und knöpfte im Gehen mein Hemd auf. Das Schlafzimmer sah noch ganz genauso aus wie an dem Sonntagmorgen, als Dee das Haus verlassen hatte. Ihre Kleiderschranktür stand einen Spalt offen, weil er überfüllt war. Ihr Bademantel hing an der Tür. Ihr Ladekabel lag auf ihrem Nachtschränkchen. Das Handy war bei dem Zusammenprall völlig zertrümmert worden, ich bewahrte die Einzelteile in einer Plastiktüte in meiner Kommode auf.

Das Buch, das sie zuletzt gelesen hatte, lag neben dem Ladekabel. James Clavell. *Noble House*. Dee hatte es sich nach einer Hongkong-Reise gekauft, weil sie eine Vorstellung davon haben wollte, wie es in den Sechzigerjahren, als Hongkong noch zu Großbritannien gehört hatte, dort zugegangen war. Ich hatte es nach ihrem Tod gelesen und mich gefragt, was sie wohl gedacht hatte, als sie es das letzte Mal aus der Hand gelegt hatte. Über solche Dinge grübelte ich dauernd. Dee hatte nicht geahnt, dass sie an jenem Sonntag nicht mehr nach Hause zurückkehren würde. Ich hatte früher nie an den Tod gedacht, und jetzt beherrschte er mich ununterbrochen. Manchmal dachte ich dieses ganze klischeehafte Zeug wie: Jeder Tag könnte dein letzter sein. Und dann wieder: Was macht es für einen Sinn, etwas anzufangen oder zu planen, wenn es einem in der nächsten Sekunde genommen werden kann?

Ich setzte mich auf meine Seite des Bettes … Unsinn. Mir gehörten jetzt beide Seiten. Ich zog die Schuhe aus, einen nach dem anderen, legte mich aufs Bett und streckte die Hand nach Dees Nachttisch aus. Dort lag noch etwas. Ein Foto. Sie und ich. Unsere Hochzeit. Wir lachten über irgendwas – ich konnte mich nicht daran erinnern, was es gewesen war.

»Das Foto habe ich immer geliebt.«

Jen stand in der Tür. Ich hatte sie gar nicht gehört.

»Ich auch.«

Sie kam zu mir, streifte ebenfalls die Schuhe ab und setzte sich mit überkreuzten Beinen auf Dees Bett.

»Hast du einen anstrengenden Tag gehabt?«

»Es ging so«, antwortete ich und stellte das Foto zurück. »Aber ich hatte eine pikante Begegnung, als ich nach Hause kam. Josie war hier. Sie hat immer noch einen Schlüssel und wollte ein bisschen Frühjahrsputz machen. Sie hat deine Sachen gesehen.«

»Oh, Mist!« Jen ließ sich rücklings in die Kissen fallen. »Was hat sie gesagt?«

»Sie dachte, sie wären von Callie. Sie findet, dass Callie eine Schlampe ist.«

Jen strahlte. »Perfekt!«

»Ich hab ihr gesagt, dass es deine Sachen sind.«

»Prima!« An ihrer Stimme hörte ich, dass es das nicht war.

»Es war okay. Ich konnte ihr irgendwie klarmachen, was passiert ist, und sie hat es geschluckt.«

»Meinst du?«

»Ja. Sie hat mir geglaubt. Auch wenn ich mir ziemlich sicher bin, dass sie mein Bett auf DNA-Spuren untersucht hat. Vermutlich ist sie gerade auf dem Weg in ein Labor, um sie überprüfen zu lassen.«

Ich sah, dass Jen sich entspannte. »Ich hoffe, sie versteht das«, sagte sie leise.

»Ich denke schon. Ich habe sie auf jeden Fall gebeten, es niemandem zu erzählen.«

»Gut. Ich weiß zwar, dass Val es auch verstehen würde, aber ich will sie im Moment einfach nicht noch mehr belasten. Sie versucht, es zu verbergen, ich bin dennoch sicher, dass sie wegen des Gerichtsverfahrens nervös ist. Gut, dass Mark diese Woche zurückkommt – sie braucht ihn. Und ich bin ehrlich gesagt auch froh, wenn er wieder im Laden ist. Du glaubst gar nicht, wie viele Kundinnen nach ihm fragen und ganz enttäuscht sind, wenn ich ihnen erkläre, dass er nicht da ist. Mein gesamtes Know-how und meine ganzen Erfahrungen kommen gegen diesen David-Gandy-Verschnitt einfach nicht an.«

»Wer ist David Gandy?«

»Ein Model. Du meine Güte, hab ich es denn nur mit Amateuren zu tun?« Sie schlug mit einem Kissen nach mir. Gott, war ich froh, dass sie hier war. Dee würde sich auch darüber freuen, da war ich ganz sicher. »Also, was steht heute Abend an? *House of Cards* oder *Game of Thrones?*«

Ich dachte einen Moment nach. »*Game of Thrones. House of Cards* erinnert mich zu sehr an Josies Verhörmethoden.«

26. Kapitel

Val

Mein erster Gedanke, als ich erwachte und die Augen öffnete. Sechzehn Tage. Sechzehn Tage, bis ich dieses miese Schwein aus der Nähe sehe, ihm endlich in die Augen schauen und klarmachen kann, was er uns angetan hat. Ganz egal, ob man mich danach aus dem Gerichtssaal zerrt, ich werde ihm ordentlich die Meinung sagen. Ihm und seiner gesamten verdorbenen Familie. Sechzehn Tage.

Das Datum war das Einzige, was mich aufrecht hielt. Ich musste stark sein. Musste unbedingt dabei sein, um Gerechtigkeit für mein kleines Mädchen zu bekommen. Ich hatte das Gefühl, nicht trauern zu können, nicht ansatzweise an die Zukunft denken zu können, bis ich diesen Abschaum im Staub zerdrückt sah. Ich hätte nie geglaubt, dass ich jemanden so hassen könnte wie diesen Typen. Er musste zahlen, so einfach war das. Vielleicht konnte dann für mich und Don endlich ein Heilungsprozess beginnen. Ich hasste mich dafür, dass ich Don immer noch keine Ehefrau sein konnte, ihn nicht lieben konnte, ihn nicht umsorgen konnte. Jedes Mal, wenn ich ihn ansah, erinnerte ich mich an das, was wir verloren hatten. Unsere Tochter. Unser kleines Mädchen.

Wieder wuchs die Wut.

Sechzehn Tage.

Aber zunächst musste ich den heutigen Tag schaffen.

Don war bereits unter der Dusche, daher zog ich meinen Bademantel über, schlüpfte in meine Hausschuhe und ging nach unten. Der Briefträger war schon da gewesen. Ich sammelte die Post auf und nahm sie mit in die Küche. Bei der Post wusste man in letzter Zeit gar nicht mehr, woran man war. Entweder kam sie frühmorgens oder abends, wenn man das Abendessen zubereitete. Nicht wie früher. Zwei Zustellungen pro Tag. Eine frühmorgens, die andere am frühen Nachmittag. Als Dee klein gewesen war, hatte sie oft auf den Briefträger gewartet, um ihm Hallo zu sagen.

»Worüber lächelst du, Schatz?«

Don war hereingekommen und riss mich aus meinen Gedanken. Einen Moment lang war ich ungehalten. Erinnerungen waren alles, was ich noch hatte. Zurückschauen. Die Vergangenheit noch einmal durchleben. Einen Hauch von Glück verspüren, weil ich mir für einen Augenblick einreden konnte, dass ich noch dort war, nicht in der Hölle, in der wir jetzt lebten.

»Ach, nichts. Ich träume nur ein bisschen vor mich hin«, antwortete ich. Die Erinnerung gehörte mir, und ich wollte sie nicht teilen. Das klang egoistisch, aber so fühlte ich nun mal, und es gab nichts, was ich tun konnte, um daran etwas zu ändern. Ich beschäftigte mich rasch, schaltete die Kaffeemaschine ein, legte Speck in die Pfanne, strich Butter auf die Brötchen. Das war unser normales Samstagmorgenritual, es lief geradezu automatisch ab.

Ich hörte, dass die Haustür geöffnet wurde und Luke und Jen hereinkamen. Ich war froh, dass die beiden immer noch viel Zeit zusammen verbrachten. Dee war die treibende Kraft und das Bindeglied zwischen den beiden gewesen, daher hätten sie leicht auseinanderdriften können. Aber soweit ich das beurteilen konnte, geschah das nicht.

Jen umarmte mich, und ich küsste sie auf die Wange.

»Wie geht es dir heute?«, fragte sie.

Okay, Val, komm schon. Lächele. Sei positiv. Reiß dich zusammen. Es war eine Sache, dass Don wusste, dass mit Dee etwas in mir gestorben war, doch ich bemühte mich weiter sehr, andere damit nicht zu belasten. Das brauchte niemand. Ganz bestimmt nicht der arme Luke, der nun ohne die Frau klarkommen musste, mit der er den Rest seines Lebens verbringen wollte. Oder Jen, die gleichzeitig Schwester und beste Freundin verloren hatte. Sie hatten beide so schwer zu kämpfen, da mussten sie sich nicht auch noch um mich sorgen.

»Gut, meine Süße. Gut. Die Eier sind in zehn Minuten fertig.«

Luke setzte sich an den Tisch, reichte Don eine Zeitung und behielt eine für sich. Beide schlugen die letzten Seiten auf wie jeden Samstagmorgen. Diese kleinen Routinen hielten uns am Leben. Die nächste Stunde würden sie sich über die Fußballspiele unterhalten, die an diesem Tag stattfanden. Jen würde ihr Ei mit Speck essen und dann losziehen, um ihren Laden zu öffnen. Ich würde ein bisschen aufräumen und Jen anschließend für ein paar Stunden helfen. Wir waren ein Team. Wir hielten durch. Ich wollte nicht diejenige sein, die uns runterzog.

Jen schenkte sich und Luke Kaffee ein und setzte sich.

»Val, Luke kommt heute mit und hilft mir im Laden«, sagte sie. Ich war froh, dass Luke sich wieder überwinden konnte, samstags ein paar Stunden auszuhelfen, so wie er es früher immer getan hatte. Es musste schwer für ihn sein. »Wenn du dir also einen freien Tag gönnen oder deinen Ehemann schick zum Essen ausführen möchtest, kein Problem.«

Etwas Schlimmeres konnte ich mir gar nicht vorstellen. Ich wagte nicht, Don anzuschauen, dabei spürte ich genau, dass er den Kopf gehoben hatte und gespannt auf meine Antwort wartete.

»Nein, nein.« Ich winkte hastig ab. »Du kannst sicher eine zweite Hilfe gut gebrauchen.«

Dons Kopf versank wieder hinter der Zeitung. Er sagte keinen Ton. Ich hätte ihm so gerne versichert, dass es mir leidtat. Ich hätte ihm gerne erklärt, wieso ich den anderen gegenüber wie früher sein konnte, es bei ihm aber nicht schaffte. Sie brauchten mich. Ich konnte sie nicht im Stich lassen. Und weiß Gott, ich würde so gern auch für Don da sein, aber es ging einfach nicht. Sechzehn Tage. Ich musste nur diese Gerichtsverhandlung hinter mich bringen, dann würde alles besser werden. Ganz bestimmt.

»Wie du meinst.« Jen lächelte. Sie war so ein hübsches Ding. Sie hatte nicht den Mut und die Energie unserer Dee, doch deshalb hatten sie so gut zusammengepasst. Dee hatte Jen angetrieben, und Jen hatte Dee am Boden gehalten. Ein perfektes Gespann. Ein bisschen wie Dee und Luke.

Als ich Jen ein Brötchen reichte, stand sie auf und umarmte mich noch einmal.

»Danke für alles, was du für mich tust, Val. Ich weiß das sehr zu schätzen. Mark kommt bald zurück, dann kannst du endlich wieder die Füße hochlegen.«

»Das ist wirklich kein Problem für mich. Du weißt doch, dass ich mich gerne beschäftige. Ja, noch eine Woche, dann ist er wieder hier. Ich hab nichts von ihm gehört, seit er nach Australien geflogen ist, aber das hab ich auch früher nie. Anrufe sind nur im absoluten Notfall gestattet, wenn er mit dem Schiff unterwegs ist.«

Das einzige Mal, dass es dazu gekommen war, war an dem Tag gewesen, als Don ihm die Nachricht von Dees Tod hatte überbringen müssen. Aber das sprach ich nicht aus.

Wir plauderten angeregt, während wir frühstückten. Über

dies und das. Den Laden. Lukes neueste Werbekampagne. Sorgfältig mieden wir das Thema, das uns alle beherrschte.

Jen beendete ihr Frühstück und stellte ihren Teller und ihre Tasse in die Spülmaschine. Luke stand ebenfalls auf. Das war ungewöhnlich. Früher war er meist noch eine Weile geblieben und hatte sich mit Don unterhalten. In den Laden war er erst am späten Vormittag gegangen, wenn es dort voll wurde.

»Bist du auch schon weg?«, fragte ich.

»Ja, wir sind mit einem Auto hier. Ich … hab Jen auf dem Weg hierher abgeholt.«

Das verstand ich gut. Die Benzinpreise waren in letzter Zeit atemberaubend.

»Okay, ihr Lieben, dann bis später. Ich komme um die Mittagszeit. Dann könnt ihr eine Pause machen und eine Kleinigkeit essen gehen.«

Don sagte kein einziges Wort, und ich war froh darüber. Ich würde nicht darüber diskutieren, was ich mit meinem Tag anstellte. Das war allein meine Angelegenheit.

Luke küsste mich auf die Wange, dann waren die beiden weg. Ich räumte den Tisch ab und hatte die Küche fast fertig, als mein Blick auf die Post fiel. Gut, ich hatte noch etwas zu tun. Ich setzte mich an den Tisch und öffnete die Briefe. Eine Gasrechnung. Ein Brief von einem Kinderhilfswerk, das um Spenden bat. Hm, vielleicht würde ich das machen. Die Organisation leistete gute Arbeit, das wusste ich. Eine Erinnerung, dass unser Heißwassergerät gewartet werden musste. Eine Karte vom Krankenhaus mit dem Hinweis, dass Dons nächster Gesundheitscheck anstand. Er gehörte zu einer umfassenden Vorsorgeversicherung, die wir abgeschlossen hatten. Dee hatte damals darauf bestanden. »Ich will schließlich nicht, dass ihr die Augen zumacht, ehe ihr mein Erbe verjubelt habt«, hatte sie lachend gesagt. Der Schmerz dieser Erinnerung schnürte mir die Luft ab. Wenn wir doch nur geahnt hätten, dass sie lange vor uns gehen würde … Ich hätte jeden Penny zusammengekratzt, um von hier wegzuziehen, eine Million Kilometer weit weg von dem bekifften Mistkerl, der sie getötet hatte.

Sechzehn Tage.

Ich legte die Benachrichtigungskarte zur Seite. In diesem Moment sah ich den Absenderstempel in der linken oberen Ecke des letzten Briefumschlags. Staatsanwaltschaft Glasgow.

Warum schrieb man uns?

Mein Herz begann in meiner Brust zu hämmern, und mein Atem setzte aus, als ich den Umschlag aufriss und das Schreiben herausnahm.

Sehr geehrte Mrs. Murray, sehr geehrter Mr. Murray,
hiermit teilen wir Ihnen mit, dass der Gerichtstermin für die Angelegenheit im Anklagefall gegen Darren Wilkie auf den 30. Oktober verlegt worden ist. Wir hoffen auf Ihr Verständnis. Sollten Sie …

Ich hörte auf zu lesen. Das Papier verschwamm vor meinen Augen, heiße Wut durchzuckte mich. Wie konnten sie nur? Wir hatten es fast geschafft, und jetzt verlegten sie einfach den Termin? Mein Atem ging stoßweise, mein Herz drohte mir aus der Brust zu springen.

Schon die sechzehn Tage waren mir wie eine Ewigkeit erschienen. Bis Oktober konnte ich nicht warten. Ich konnte das nicht vier weitere Monate durchstehen. Und was, wenn ihnen einfiel, es erneut zu verschieben? Ich konnte nicht so lange warten. Ich brauchte Klarheit, und zwar sofort.

27. Kapitel

Jen

Er stand vor dem Laden und wartete auf mich, und ich freute mich unglaublich, ihn zu sehen. »Mark! Ich hab dich erst morgen erwartet!«

»Wir sind früher zurückgekommen. Ein gewaltiger Sturm hatte sich zusammengebraut, da war es sicherer, den Trip abzukürzen. Ich hab einen früheren Flug erwischt und bin schon gestern Abend gelandet.«

»Ist das die Stelle, an der ich so tun muss, als würde ich verstehen, was genau du machst?« Lachend steckte ich den Schlüssel ins Türschloss und schaltete die Alarmanlage aus.

»Ich bin Inspektionstaucher. Momentan arbeite ich auf dem Forschungsschiff einer Ölgesellschaft. Sie sucht nach geeigneten Bohrstellen. Mein Job findet hauptsächlich unter Wasser statt, ich überprüfe den Schiffsboden auf Lecks und Schäden und kümmere mich darum, dass die nötigen Reparaturarbeiten erledigt werden.«

»Und wieso muss ich dich dann immer überreden rauszugehen, um Sandwiches zu holen, wenn es draußen regnet?« Wir betraten das Büro und stellten unsere Taschen ab.

Er grinste nur. Meine Güte, war er attraktiv! Sein Gesicht war tief gebräunt, so wie im Januar, als er zu Dees Beerdigung gekommen war. Das brachte seine blauen Augen, die denselben Ton hatten wie die seiner Schwester, noch mehr zum Strahlen. Das dunkelbraune Haar fiel ihm ins Gesicht, was ihm etwas Verwegenes gab. Kein Wunder, dass alle Kundinnen auf ihn standen. Vielleicht sollte ich darüber nachdenken, ein Schild aufzuhängen: ACHTUNG! UNSERE MITARBEITER SIND KEINE LUSTOBJEKTE! AUCH WENN SIE GENAU SO AUSSEHEN.

Zwangsläufig verrichteten wir die Routineaufgaben, so wie wir es uns angewöhnt hatten. Ich holte die Kassenschublade mit dem Wechselgeld aus dem Safe, er machte Kaffee und schaltete die Licht- und Musiksysteme ein. *Club Tropicana* dudelte durch das Ladenlokal, unser Sommer-Soundtrack. Auch das war Dees Idee gewesen – unterschiedliche Musik für die unterschiedlichen Jahreszeiten. Sie hatte Wochen damit verbracht, Playlisten für Frühling, Sommer, Herbst und Winter zusammenzustellen, damit wir nicht jeden Tag dasselbe hören mussten.

Ich erklärte Mark die Neuheiten und räumte ein wenig herum. Am Tag zuvor hatten wir eine Lieferung Sonnenmousse mit Lichtschutzfaktor 50 bekommen. Ich hatte noch keine Zeit gehabt, sie ins Regal zu räumen, das wollte ich jetzt nachholen. Ich griff nach einer Schere und öffnete das Paket.

»Hattest du Gelegenheit, nach Hause zu fahren? Dein Zuhause in Australien meine ich.«

Mark stellte mir einen Kaffee auf den Schreibtisch. Wenn ihm auffiel, dass Dees Cardigan immer noch über dem Stuhl hing, ließ er sich nichts anmerken. »Nein, es gab keinen Grund, das zu tun. Gott, das klingt jämmerlich.« Er grinste. »Ich meine damit, ich wusste ja, dass ich wieder hierherkommen würde. Es hat keinen Sinn gemacht, für ein paar Tage auszupacken und wieder einzupacken. Da bin ich lieber gleich hergeflogen.«

»Deine Mum hat sich bestimmt riesig gefreut.«

Er runzelte die Stirn. »Ich kann nicht fassen, dass sie den Gerichtstermin einfach verschoben haben. Das hat sie ganz schön umgehauen. Ich denke, Mum und Dad brauchen dringend einen Abschluss. Wir wahrscheinlich auch. Na ja, wie auch immer. Wie ist es hier gelaufen? Was gibt es Neues?«

Arme Val. Als ob sie nicht genug ertragen müsste. Sie hatte immer ein Lächeln und eine Umarmung für jeden, aber man spürte, dass es wahnsinnig anstrengend für sie war. Offenbar wollte Mark nicht weiter darüber sprechen, also tat ich es auch nicht.

»Oh, nicht viel eigentlich. Doch! Ich hab mich nun endgültig entschieden, das Haus zu verkaufen.«

»Wow! Wie kam das denn?«

Ich beschloss, ihm die Wahrheit zu sagen. Nicht die ganze. Aber einen Großteil. Ich würde nicht erwähnen, dass ich inzwischen in Lukes Gästezimmer gezogen war. Es war schließlich nur vorübergehend, bis ich wieder was Eigenes hatte. Es tat so gut, nicht mehr jeden Abend in ein leeres Haus gehen zu müssen.

»Es hängen zu viele Erinnerungen daran, gute und schlechte. Ich hatte super Zeiten mit Pete, bis er dann auf meinem Bett saß und mir erklärte, dass er mich verlassen würde. Und super Zeiten mit Dee, bis …«

Die Tränen schossen mir in die Augen, und ich drängte sie zurück. Das passierte in letzter Zeit immer seltener. Zu Anfang hatten die Tränen mich alle paar Stunden überkommen, jetzt schaffte ich es manchmal mehrere Tage, nicht zu weinen. Zum Glück wechselte Mark wieder das Thema.

»Hast du immer noch keine Erklärung von Pete?«

Ich schüttelte den Kopf. »Mit Luke hat er auch nicht gesprochen, die beiden haben keinen Kontakt mehr. Als hätte er uns komplett aus seinem Leben geschnitten. Aber ich treffe ihn nächste Woche. Dazu waren tatsächlich ungefähr fünfzig SMS nötig und die Androhung, sonst in seinem Büro aufzutauchen. Dee hatte für das Wochenende einen Trip nach Barcelona geplant. Ich werde ihn übernehmen, weil ich den Blog dringend aktualisieren muss. Ich wollte Pete unbedingt noch vorher treffen, um ihm zu sagen, dass ich verkaufen möchte. Bei der Gelegenheit werde ich noch mal versuchen, eine Erklärung von ihm einzufordern.«

Eine SMS unterbrach unser Gespräch.

»Sicher sagt er gerade ab.« Ich schaute auf mein Handy.

»Nein, nein, das ist meins«, sagte er. »Lizzy.«

»Ah. Wie läuft denn die Romanze des Jahres?«

»Na ja«, antwortete er abwesend.

»Ooooh, gibt es etwa Probleme im Paradies?«

Er seufzte. »Nicht direkt. Ich würde es eher als unterschiedliche Wahrnehmung der Dinge bezeichnen. Wir haben uns ein paarmal getroffen, und als ich unterwegs war, hatte ich Zeit darüber nachzudenken. Ich schätze, ich sollte es beenden. Sie weiß, dass ich wieder nur ein paar Monate hier bin und dann nach Australien zurückgehe. Da macht es irgendwie keinen Sinn, hier etwas Ernsteres anzufangen, oder?«

»Wahrscheinlich nicht.« Bei dem Gedanken, dass er wieder zurückgehen würde, verspürte ich einen kleinen Stich. Es würde ein weiteres Loch in mein Leben reißen, wenn er nicht mehr da war. Doch darüber wollte ich jetzt nicht nachdenken.

»Aber bring es ihr bitte schonend bei und sorg dafür, dass sie hier nicht auftaucht.«

»Ach, ich glaube, sie wird es gar nicht weiter schlimm finden. Unsere Beziehung ist ziemlich locker, und sie hatte zwischendurch immer noch ein paar andere Typen.«

Ich hielt mir die Ohren zu. »Nein, nein, nein, bitte, sag nichts. Diesen ganzen modernen Beziehungskram verstehe ich nicht.

Das macht mir Angst. Pete und ich haben uns mit vierzehn kennengelernt. Damals hat man mit einem Jungen hinter der Schulturnhalle geknutscht, das war alles. Und zwar nur mit einem! Ich glaube, ich komme mit der heutigen Dating-Welt gar nicht mehr zurecht. Ich werde wohl ewig Single bleiben und als vertrocknete Jungfer enden, immer noch hier in diesem Laden, umgeben von Heidi-Klum-Bikinis.«

Ich meinte das nicht ganz ernst, aber ein Fünkchen Wahrheit war durchaus dabei. Dating. Bei dem bloßen Gedanken daran würde ich am liebsten die Tür abschließen und für immer und ewig auf dem Sofa liegen bleiben, um im Fernsehen Serien anzuschauen.

»Ach, Jen, so schlimm wird es bestimmt nicht werden«, meinte Mark mitfühlend.

»Glaubst du?«

»Bis dahin ist sicher längst ein neues Bikinilabel im Trend.«

Sein Lächeln war unwiderstehlich. Ich lachte immer noch, als die Tür aufging und der erste Kunde den Laden betrat.

»Gut, dass wir ein bisschen geredet haben. Auch wenn du an deinen Beratungsqualitäten noch arbeiten könntest«, fügte ich hinzu.

Ich war fast an ihm vorbei, als er meine Hand festhielt.

»Ich mache nur Spaß«, sagte er, »und du weißt das. Du wirst einen tollen Mann finden, einen der dich verdient hat und der dich viel glücklicher macht als dieser Idiot Pete.«

»Glaubst du das wirklich?«

»Ich weiß es.«

Er sagte das so überzeugt, dass ich es plötzlich auch glaubte.

28. Kapitel

Val

Ich verabscheute die Ausweichmanöver, die Don und ich jeden Abend vollzogen, wenn wir ins Bett gingen. Ich ging immer als Erste nach oben, zog mich aus und schlüpfte unter die Decke. Dann hörte ich ihn hinaufkommen, ins Bad gehen, danach kam er ins Zimmer, schlüpfte ebenfalls unter die Decke und schmiegte sich von hinten an mich. Das war immerhin etwas. Bis wir nach Dees Geburtstag geredet hatten, war eine tiefe, scheinbar unüberwindliche Kluft zwischen uns gewesen. Jetzt gab es wenigstens ein bisschen körperlichen Kontakt. Emotional waren wir nie weiter voneinander entfernt gewesen.

Der Text eines alten Pink-Floyd-Stücks ging mir immer wieder durch den Kopf. *Wish You Were Here* hieß es, und es gab darin eine Zeile, die lautete: *Zwei verlorene Seelen schwimmen in einem Aquarium.* Das waren wir. Don und ich. Er wusste nicht, wohin mit der Liebe, die er einst für Dee empfunden hatte, und ich konnte ihn nicht lieben, solange ich so voller Hass war.

Seit ich diesen Brief von der Staatsanwaltschaft geöffnet hatte, hatte meine Wut ein bisher ungekanntes Ausmaß erreicht, und ich musste alle Kraft darauf verwenden, sie unter Kontrolle zu halten. Es war mir unglaublich schwergefallen, nicht sofort zum Haus von Darren Wilkies Mutter zu stürmen und meinen Frust dort abzuladen. Ich hatte schon an unserer Haustür gestanden, mich aber gerade noch beherrschen können. In diesem Zustand durfte ich das nicht tun. So gerne ich ihm sofort ins Gesicht schauen wollte, ihn bestrafen und für alles zahlen lassen wollte, ich musste ruhig sein, vorbereitet, klar denkend, wenn ich ihm gegenüberstand.

Der neue Termin war erst in gut drei Monaten, und manchmal fragte ich mich, ob mich der Schmerz bis dahin umbringen würde. Vielleicht schaffte das auch der Stress, den ich damit hatte, den Schmerz zu verbergen. Josie hatte es sich zur Aufgabe gemacht, mich zu beschäftigen und abzulenken. Treffen mit den Literaturfreundinnen. Mittagessen. Fast täglich ein kurzer Besuch zum Kaffee. Und immer wieder beobachtete sie mich ganz genau, ob es Anzeichen für eine weitere Kernschmelze bei mir gab. Ich versicherte ihr, dass es nicht so war. Es gehe mir gut, sagte ich. Ich käme klar. Bliebe stark.

Das war meine Geschichte, und an die würde ich mich auch weiterhin halten, ganz gleich, was geschah. Der Schmerz war tief in mir verborgen, und ich würde ihn mit niemandem teilen.

Ich spürte Dons warmen Körper an meinem Rücken und stellte fest, dass es guttat. Ich hörte ihn »Ich liebe dich« murmeln und schrak zusammen. Seit wir verheiratet waren, waren diese Worte jeden Abend vor dem Einschlafen das Letzte gewesen, was ich gehört hatte. Bis Dee gestorben und er verstummt war. Dies war der erste Abend, an dem er es wieder laut aussprach, genau wie früher, und ich wusste nicht, ob ich dankbar darüber sein sollte oder verzweifelt. Bedeutete das, dass er über sie hinwegkam? Wieder auf normal schaltete? Wusste er denn nicht, dass es nie mehr ein Normal geben konnte?

Er schien zu merken, dass ich angespannt war. »Ich sage dir das, Val, weil es so ist. Ich liebe dich, was auch immer geschehen ist.«

Ich hörte, wie rau seine Stimme klang, und mir war klar, dass er nicht über sie hinweg war.

Don war kein großer Redner, hatte seine Gefühle nie offen

zur Schau gestellt. In all den Monaten hatten wir viel über Dee gesprochen, nur nie darüber, was ihr Tod in uns ausgelöst hatte. Ich wusste, dass er litt, aber was sagte es über ihn, dass er versuchte, mich zu erreichen. Er war größer und stärker als ich. Es war sein Weg, kleine Schritte auf mich zuzumachen. Mich zu berühren. Mir zu sagen, dass er mich liebte.

»Ich weiß«, antwortete ich und hasste mich selbst. Dafür, dass ich nichts zurückgab. Ich konnte nicht. Ich hatte nichts zu geben.

Nach ein paar Minuten hörte ich, wie sich sein Atem veränderte, seine Arme entspannten, und er glitt in den Schlaf. Eine Stunde lang sah ich zu, wie die Ziffern auf meinem Digitalwecker umsprangen. Dann wusste ich, dass ich nicht im Bett bleiben konnte.

Seit Wochen war ich nachts nicht unterwegs gewesen. Ich hatte Schlaftabletten genommen, weil ich wusste, dass ich dann nicht Autofahren konnte. Es war der einzige Weg, nicht »dort« hinzufahren, denn davor hatte ich große Angst.

Aber jetzt war Mark zurück. Ich wollte nicht, dass er mitbekam, dass ich Tabletten nahm und morgens müde war. Daher lag ich nachts da, wälzte mich von einer Seite auf die andere und kämpfte gegen den Drang aufzustehen. Bis ich nicht mehr konnte.

Don ließ mich nun ganz los und rollte auf den Rücken, und ich wartete auf das, was als Nächstes kommen würde. Ja, da war es schon. Tiefes Schnarchen. Leise erst, danach lauter und rhythmischer. Ich spürte, wie die Wut in mir hochstieg, und wusste, ich musste entweder gehen oder ihn im Schlaf ersticken. Also stand ich leise auf und verließ das Zimmer.

Als ich an Marks geschlossener Zimmertür vorbeikam, redete ich mir ein, dass ich nur runterging, um einen Tee zu trinken, aber ich wusste, dass ich mich selbst betrog. Ich zog Leggings an und einen dicken grauen Rolli und schlüpfte in meine schwarzen Lederstiefel, die unten an der Hintertür standen. Im Nu war ich aus der Tür, schlich den Weg hinunter, an den Nachbarhäusern vorbei zum Parkplatz. Nahezu geräuschlos öffnete und schloss ich die Autotür, um ja niemanden zu wecken.

Das Gefühl der Befreiung, als ich mich auf den Weg machte, war unglaublich. Ich versuchte, nicht zu denken, nicht zu planen, denn so musste ich mir nicht eingestehen, wo ich hinfuhr.

Natürlich wusste ich das ganz genau.

Zwanzig Minuten später kam ich an dem Supermarkt vorbei, in dem sie arbeitete, aber ich fuhr weiter. Die Mutter wollte ich nicht sehen – *ihn* wollte ich sehen. Ich bog in eine Parklücke gegenüber vom Haus der Familie Wilkie und stellte den Motor aus. Kein Lichtschein war zu sehen. Das war um drei Uhr nachts normal, es machte mich nur noch zorniger. War er da drin? Schlief er? Spielte er an einer blöden Playstation oder Xbox? Lag seine Mutter im Bett und schlief, obwohl sie doch wusste, was für ein Nichtsnutz ihr Sohn war? Oder arbeitete sie, lachte mit Kollegen, bemitleidete die Unglücklichen, die so spät noch ins Café kamen, ohne sich einzugestehen, dass sie als Mutter eines Killers die Unglücklichste von allen war?

Eine halbe Stunde blieb ich so stehen, dann drehte ich erneut den Zündschlüssel. Entgegen meiner vorherigen Absicht steuerte ich ein paar Minuten später in eine leere Parklücke am Supermarkt.

Die Türen öffneten sich, und ich trat ein. Jede Faser in mir schrie danach, sofort zu schauen, ob sie da war. Aber noch nicht.

Ich nahm einen Korb und begann, den ersten Gang entlangzulaufen. Obst und Gemüse. Zurück. Getränke. Zurück. Brot und Kuchen. Zurück. Und so weiter, einen Gang hinauf, den nächsten hinunter. Ich dehnte es aus, denn auch wenn mich die Anspannung fast umbrachte, war die Vorstellung, sie tatsächlich zu sehen, fast noch schlimmer. Herrje, ich war nicht mehr bei Sinnen. Zumindest das war mir bewusst.

Der Typ an der Kasse schaute kaum auf, als er meine Waren scannte. Ich war froh darüber. Die Geschwätzigen waren die Schlimmsten.

Steak, Zwiebelringe, Tiefkühl-Pommes-frites, Pfeffersauce, Bananenkuchen, Vanillesauce.

Er addierte zehn Cent für die Plastiktüte, in die ich alles packte, und ich zahlte mit meiner Karte. Dann zog mich eine unsichtbare Macht, während eine andere versuchte, meinen nächsten Schritt zu verhindern.

Ich bog in das leere Café ein – und mein Herz sank. Sie stand nicht hinter der Theke. Ich konnte nur einen Hinterkopf sehen, aber das Haar war kurz, grau. Ein Mann. Wie konnte ich gleichzeitig so unendlich erleichtert und enttäuscht sein?

Ich wollte nach Hause, doch meine Hände zitterten, und ich hatte Angst, mit so viel Adrenalin im Blut zu fahren. Ein Tee. Zehn Minuten. Nur so lange, bis ich mich etwas beruhigt hatte.

Erst als ich dicht vor der Theke stand, drehte die Person dahinter sich um, und ich erstarrte. Sie war es. Dieselbe Person und doch nicht. Statt des Pferdeschwanzes trug sie eine Kurzhaarfrisur. Aber es war dasselbe Gesicht. Dieselbe Person.

Unsere Blicke trafen sich, und ich schaute nach einem Zeichen des Wiedererkennens. Nichts.

»Wie kann ich Ihnen helfen?«, fragte sie mit verkrampftem Lächeln.

»Ich hätte gern einen Tee«, sagte irgendjemand. Außer mir war niemand da, also musste ich es gewesen sein.

»Den Tee können Sie sich selbst nehmen«, sagte sie.

Natürlich. Ich wusste das vom letzten Mal und von jedem anderen Supermarktcafé, in dem ich je gewesen war. Mit zitternden Händen nahm ich mir Tasse und Untertasse und einen Teebeutel. Ich hängte den Teebeutel in die Tasse, stellte sie unter die Maschine, drückte auf eine Taste und sah zu, wie das Wasser herauskam. Verzweifelt versuchte ich, mich auf etwas anderes zu konzentrieren als die Frau hinter der Theke, die ein paar Schritte weiter zur Kasse gegangen war.

»Eins fünfzig, bitte.«

Ich nahm einen Fünfer aus meinem Portemonnaie und reichte ihn ihr. Erst dann hatte ich Gelegenheit, sie anzuschauen. Ich sah, dass sie dunkle Ringe unter den Augen hatte, ihre Wangen waren eingefallen, ihre Hände zitterten noch stärker als meine. Normalerweise hätte sie mir schrecklich leidgetan, aber ich verspürte kein Mitleid. Keinen Funken.

Sie gab mir mein Wechselgeld zurück. Unsere Hände berührten sich kurz, und ich musste mich wahnsinnig zusammenreißen. Diese Hände hatten ihren Sohn berührt, hatten ihn gehalten, gefüttert, hin und her gewiegt, wenn er als kleiner Junge abends nicht schlafen konnte. Hatte sie sie um ihn gelegt, als sie ihn aus dem Gefängnis abgeholt hatte, nachdem er auf Kaution freigekommen war? Nachdem er mein Mädchen getötet hatte? Hatten sie ihm Geld gegeben, damit er sich Getränke und Pillen kaufen konnte, die ihn high machten? Ich hasste sie.

»Alles in Ordnung?« Ich brauchte einen Moment, um zu begreifen, dass sie mich meinte und dass ich sie die ganze Zeit angestarrt hatte.

»Ja. Lange Nacht«, antwortete ich, als würde das irgendetwas erklären.

»Soll ich Ihnen die zum Tisch tragen?« Sie zeigte auf die Teetasse, die leise klirrend auf der Untertasse hin und her wackelte, weil meine Hände so bebten. Bei dem Gedanken, sie könnte sie berühren, wurde mir übel.

»Nein.«

Es war mir völlig gleichgültig, ob sie mich für die unhöflichste Person auf dieser Erde hielt. Ich hielt sie für die mieseste Mutter auf dieser Erde, dagegen war Unhöflichkeit gar nichts.

Ich wollte sie anschreien, ihr sagen, was ich von ihr und ihrem widerwärtigen Sohn hielt. Ich wollte sie an den Haaren packen, die noch übrig waren, und ihren Kopf auf die Theke schlagen, bis sie das Bewusstsein verlor. Wut. Kalte, erbarmungslose Wut. Aber ich tat nichts von alledem, denn ich hatte in meinem Leben noch nie einen Menschen geschlagen, und sie würde nicht der erste sein. Ich hasste sie, aber ihren Sohn hasste ich noch mehr, und ich wollte ihm ins Gesicht schauen, ihm vorhalten, was er getan hatte, meine Fingernägel in seine Wangen graben, bis ihm das Blut übers Gesicht lief.

Sie zuckte nur mit den Schultern, und ich wandte mich ab und setzte mich an einen Tisch in der Ecke. Ich nahm zwei Schluck Tee und stellte dann fest, dass ich ihn nicht herunterbekam. Rasch stand ich auf, nahm meine Einkaufstüte und ging hinaus. Es kümmerte mich nicht im Mindesten, ob sie mir nachsah oder dachte, ich hätte den Verstand verloren.

Meine Zeit würde kommen. Aber noch war es nicht so weit.

29. Kapitel

Jen

Wir hatten uns wieder in dem Café gegenüber von seinem Büro verabredet. Sollte das Servicepersonal dort doch noch ein bisschen Spektakel erleben.

Ich kam eine Stunde zu früh, weil ich mich ohnehin auf nichts anderes konzentrieren konnte. Ich wollte ruhig und gefasst sein, wenn er kam, und ich wollte sehen, mit wem er das Büro verließ. Darauf war ich nicht stolz.

»Hallo mal wieder«, begrüßte mich die Kellnerin vom letzten Mal. Kein Wunder, dass sie sich an mich erinnerte.

»Hi. Einen Cappuccino bitte.«

»Gern.«

Sie lächelte und zog sich zurück, vermutlich, um den Rest der Crew darüber zu informieren, dass ich wieder da war und sie sich auf Folge 2 der dramatischen Livedoku freuen konnten.

Ich hatte mich gerade an einen Tisch gesetzt, als ich ihn zu meinem Erstaunen bereits aus dem Gebäude kommen sah. In Joggingklamotten. Der Teil war keine Überraschung. Er war häufig gleich nach der Arbeit eine Runde laufen gegangen, weil er sich nicht mehr motivieren konnte, wenn er erst einmal zu Hause war. Der Weg bis nach Weirbridge war zu weit, daher lief er regelmäßig eine Dreiviertelstunde, sprang dann im Büro kurz unter die Dusche und fuhr anschließend nach Hause. In seiner Firma gab es Fitness- und Umkleideräume, er hatte also alles, was er brauchte.

Nein, die Überraschung war, dass er den Arm um Arya und

ihre gesamten prächtigen ein Meter achtzig gelegt hatte. Nein, eigentlich war es das auch noch nicht. Die wirkliche Überraschung kam, als er stehen blieb, um sie zu küssen, mitten auf der Straße. Pete hasste öffentliche Liebesbekundungen. Er fand sie peinlich und blöd. Ich hatte mal versucht, ihn oben auf dem Eiffelturm zu küssen, und er hatte den Kopf so schnell weggedreht, dass er heftig gegen mein Kinn geprallt war. Zwei Tage lang hatte ich Tabletten gegen die Schmerzen nehmen müssen.

Ich sah gebannt zu, wie er ihr Gesicht zärtlich in die Hände nahm, und wartete auf den Stich, der mir durchs Herz gehen würde. Seltsamerweise kam er nicht. Noch vier Monate zuvor wäre ich ohne zu zögern über die Straße gesprintet und hätte ihn zur Rede gestellt. Jetzt war ich nur froh, dass ich Gewissheit hatte.

»Oje«, hörte ich eine leise Stimme dicht hinter mir.

Ich drehte mich um und sah die Kellnerin. Wie angewurzelt stand sie da, meinen Kaffee in der Hand, und starrte in dieselbe Richtung wie ich. Auf den knutschenden Pete.

»Ja, oje«, stimmte ich ihr zu.

»Ex?«, fragte sie mitfühlend.

»Woran merkt man das?«

»Heute nicht, aber beim letzten Mal bist du wie eine Wahnsinnige über die Straße gerannt.«

Ich musste lachen. »Das war nicht einer meiner größten Momente«, gab ich zu.

Damit hätte es gut sein können. Ende der Unterhaltung. Fall abgeschlossen. Wenn sie nicht weitergeredet hätte.

»Also, ganz ehrlich, er ist es nicht wert. Glaub mir. Er hat ständig irgendeine Neue.«

Einen Moment glaubte ich, mich verhört zu haben, aber sie war noch nicht fertig.

»Du und die da drüben, dann eine, mit der er sich immer hier zum Mittagessen getroffen hat. Kann natürlich sein, dass das alles harmlos war, aber das bezweifle ich. Genieß deinen Cappuccino.«

Meinen Cappuccino genießen? Sie hatte mir soeben eröffnet, dass mein Exfreund mit hoher Wahrscheinlichkeit ein Serien-Womanizer war, und ich sollte meinen Cappuccino genießen?

Ich richtete meine Aufmerksamkeit wieder auf Pete, der nun Aryas Hand hielt, während sie etwas zu ihm sagte. Er lachte und beugte sich vor, um sie erneut zu küssen, ehe sie in die eine Richtung ging und er in die andere joggte. Ich hatte noch nie so sehr auf Regen gehofft.

Was. Für. Ein. Schwein. Ein mieses Schwein.

In diesem Moment wurde mir klar, dass ein Teil von mir immer noch gehofft hatte, dass er zurückkommen würde, auf seinen Anruf gewartet hatte oder darauf, dass er vor meiner Tür, *unserer* Tür stehen und mich um Verzeihung anflehen würde. Mir wurde auch klar, dass ich ihm nur deshalb persönlich sagen wollte, dass ich das Haus verkaufen wollte, weil ich hoffte, dass ihn das zur Vernunft bringen würde. Natürlich wusste ich, dass das unsinnig war. Er hatte mir ja schon die Unterlagen geschickt, um seine Ansprüche geltend zu machen. Aber irgendwie war mir das immer noch nicht endgültig genug vorgekommen.

Ich verbrachte die folgenden vierzig Minuten damit, mir abwechselnd wie ein Idiot vorzukommen und ihn zu hassen, bis ich ihn wieder zurückkommen und auf das Gebäude zulaufen sah. Hm. Er sah echt gut aus und war superfit, und dennoch … Am Ende war er nichts weiter als ein Typ in Laufhosen mit … Schweißflecken am Hintern. Irgendwo tief in mir hörte ich Dee vor Lachen schreien, und ich wusste genau, wenn sie hier wäre, würde sie mir jetzt eindringlich raten, mich zusammenzureißen und ihn endlich in die Wüste zu schicken. Sie hatte immer behauptet, er würde sich zu sehr um sich selbst drehen.

Zum ersten Mal in den sechs Monaten, seit er mich sitzen gelassen hatte, hatte ich auf einmal die absolute Gewissheit, dass ich Nein sagen würde, wenn er mich fragen würde, ob ich ihn zurücknähme. Wow! Ein erhebendes Überlegenheitsgefühl, gefördert durch das Koffein in meinem Cappuccino, durchströmte mich.

Ende. Aus und vorbei.

Was hatte ich an ihm nur geliebt? Krampfhaft überlegte ich, was uns zusammengehalten hatte. Es hatte keine Konflikte gegeben. Keine großen Streitpunkte. Wir waren so lange zusammen und perfekt aufeinander abgestimmt gewesen – Dee, Luke, Val, Don und Josie hatten großen Anteil an unserem Glück gehabt. Im Nachhinein fragte ich mich, ob das die Tatsache verschleiert hatte, dass uns etwas gefehlt hatte. Na ja, das holte Pete ja offenbar gerade nach.

Zwanzig Minuten später – Gott, er hatte nicht mal so viel Respekt, pünktlich zu sein – kam er frisch geduscht hereingetänzelt und setzte sich auf den Stuhl mir gegenüber. Die Kellnerin war sofort bei ihm. Er war zwar emotional ein viel zu großes Wrack, um ihre Missbilligung zu spüren, aber ich vernahm sie laut und deutlich und lächelte ihr zum Dank für ihre Solidarität kurz zu, während er einen Orangensaft bestellte. Sie war im Nu zurück, um bloß keine Sekunde des Dramas zu verpassen.

Ich sagte kein Wort, bis er die Stille nicht mehr aushalten konnte. Dass er zuerst einknickte, erfüllte mich mit kindischer Freude.

»Wie geht's dir?«, fragte er.

»Ganz gut. Luke auch. Val und Don auch. Josie auch. Ach, und Mark auch. Ich weiß, du hast ihn nie richtig kennengelernt, er ist ein echt netter Typ. Uns allen geht es gut. Bis auf Dee geht es jeder einzelnen Person, mit der du früher dein Leben verbracht hast, gut. Und wir wollten uns alle herzlich bei dir bedanken, dass du dich aus dem Staub gemacht hast, als wir dich am dringendsten gebraucht hätten.«

Das war offenbar nicht die Art Konversation, die er erwartet hatte. Er sprang sofort in die Defensive. »Moment mal, wie kannst du es wagen …«

Ein kollektives tiefes Einatmen hinter der Theke, und ich wusste, dass die anderen Bedienungen, der Koch, vielleicht auch die Reinigungskraft und alle sonst in unserer Nachbarschaft aufmerksam lauschten.

Ihnen und mir zuliebe hielt ich mich nicht länger zurück.

»Ich wage es, weil du widerlich bist. Echt widerlich. Und ich kann überhaupt nicht begreifen, dass ich das nicht schon früher bemerkt habe.« Ich machte keine Atempause, weil ich ihm keine Gelegenheit geben wollte, mich zu unterbrechen. »Du hast mit mir Schluss gemacht, okay, aber wie konntest du Val und Don nur auch so im Stich lassen? Seit du ein Teenager warst, hast du praktisch mit bei ihnen im Haus gewohnt. Was haben sie nicht alles für uns getan? Und Luke erst. Er hat gerade seine Frau verloren. Er war dein bester Freund, und du hast ihn einfach fallen lassen. Wer tut so was? Ach ja, stimmt, du. Ich wollte dich nur wissen lassen, dass ich es ablehne, dich auszuzahlen. Ich werde das Haus nächste Woche zum Verkauf anbieten. Wenn du irgendwelche Möbel haben willst, hast du Pech gehabt, denn ich habe bereits alles gespendet.« Ich war nun in Fahrt und steuerte auf direktem Weg den Highway der Reue an. »Außerdem habe ich dich und deine Freundin vorhin gesehen.

Nette Show, die ihr mir da geboten habt. Versuch gar nicht erst, irgendwas zu leugnen, du miese Ratte. Und erspar mir auch die Einzelheiten, wie es angefangen hat, denn es kümmert mich einen Dreck. Es interessiert mich nicht, was du mit ihr treibst, genauso wenig wie es mich kümmert, was du mit den anderen vor ihr gemacht hast. Du bist es nicht wert. Echt nicht. Tu mir nur einen Gefallen und richte ihr etwas von mir aus. Sag ihr, dass sie was Besseres verdient hat als so ein treuloses Arschloch, das die Menschen, die ihn geliebt haben, einfach im Stich lässt, ohne sich auch nur ein einziges Mal nach ihnen umzudrehen, wenn er genug hat.«

Danach stand ich auf, sammelte jedes Fünkchen Würde, das ich noch besaß, zusammen und ging. Ich schaffte es fast ohne Zwischenfall. Fast. Es war einfach, nun ja … ein blöder Zufall, dass beim Vorbeigehen meine Hand kurz zuckte und ihm den Orangensaft in den Schoß kippte. Er sprang entrüstet auf, aber ich marschierte einfach weiter.

»Er zahlt«, verkündete ich laut und vernehmlich.

»Klar. Und du machst dir jetzt einen schönen Tag!«, rief die Kellnerin und erstickte fast vor Lachen.

Ein perfekter, siegreicher Augenblick! Ich genoss ihn! Mit wippendem Hinterteil ging ich aus der Tür und stieg in mein Auto. Auf dem Rückweg nach Weirbridge hörte ich laut Beyoncé-Songs. Mit kreischenden Reifen hielt ich auf dem Parkplatz, der an Vals Garten grenzte, lief zum Haus, trommelte an die Tür, weil ich zu ungeduldig war, nach meinem Schlüssel zu suchen, und überfiel den armen Mark, der mir öffnete, mit einem triumphierenden: »Ich hab's geschafft!« Dann betrat ich den Flur, schloss die Tür hinter mir und brach in Tränen aus wie eine zerplatzte Wasserbombe.

In Überlegenheit war ich noch nie sehr gut gewesen.

»Hey, was ist los? Was ist passiert? Oje, du hast dich mit Pete getroffen. Was hat er gesagt?«

»Ist Val da?«, jammerte ich.

So viel zu meinem siegreichen, starken Ich. Ich brauchte Dee. Ich brauchte Val. Ich brauchte jetzt ganz dringend Val.

»Nein, sie ist mit Josie bei ihren Literaturfreundinnen. Dad arbeitet heute länger. Ich bin allein. Oh, du meine Güte, komm her.«

Er breitete die Arme aus, und ich ließ mich hineinfallen. Im Nu hatten meine Tränen sein T-Shirt durchnässt. Meine Schultern bebten. Das alles war zu viel gewesen. Entschieden zu viel.

»Ich rufe Josie an«, bot er an.

»Nein! Sie bringt ihn um. Mit bloßen Händen.«

Er lächelte sein ansteckendes Lächeln, und dann kam es zu der Situation, bei der man gleichzeitig lachte und weinte und nicht wusste, was davon am Ende gewinnen würde …

Keine Ahnung, was genau passierte. Echt nicht. Irgendeine kosmische Macht zog mich auf die Zehenspitzen, und ich küsste ihn. Auf den Mund. Ich gab ihm nicht nur ein flüchtiges Küsschen. Und dann merkte ich zu meinem Entsetzen, dass er mich zurückküsste. Er verlangsamte das Tempo, sodass aus hektisch wunderbar wurde. Es tat so gut, wieder in den Armen eines Mannes zu sein, sich gemocht zu fühlen. Sämtliche Anspannung fiel von mir ab, meine Schultern sanken herunter, dann wanderte seine Hand von meinen Schultern zu meinem Gesicht, umfassten es und …

Die Erinnerung an Pete, wie er Arya geküsst hatte, ihr Gesicht berührt … Ich wich zurück, der Augenblick war zerstört.

»Es tut mir leid«, flüsterte ich. »Das wollte ich nicht. Das wollte ich wirklich nicht.«

Seine Hände rutschten hinunter zu meiner Taille, er hielt

mich weiter fest. Unsere Gesichter waren sich so nah, dass ich seinen Atem spüren konnte, als er sprach.

»Du brauchst dich nicht zu entschuldigen. Daran war ich definitiv genauso beteiligt.«

Oh, dieser wunderbare, charmante Mark! Der Typ, der Dutzende von Kundinnen dazu bringen konnte, ein Vermögen für einen Kaschmirpulli auszugeben, den sie irgendwo hinten im Kleiderschrank vor ihren Ehemännern verstecken mussten.

Und ich küsste ihn wieder. Ich war entsetzt. Was tat ich bloß?

»Ich muss jetzt gehen …«

»Tu es nicht.« Ich war nicht sicher, ob er das gesagt hatte oder der Teil in mir, der ihn wieder küssen wollte. Er war es gewesen. Denn er wiederholte es gleich noch einmal. »Geh nicht.«

Ich wäre fast nicht gegangen, aber das war zu viel für mich. Ich war nicht so spontan. Das ging bei mir einfach nicht. Ich brauchte eine Woche, bis ich mich entscheiden konnte, ehe ich ein Paar neue Schuhe kaufte. Zwei Wochen, wenn sie für einen besonderen Anlass gedacht waren. Dee war spontan, nicht ich.

Dee.

O Gott. Ich hatte soeben ihren Bruder geküsst! Sie wäre entsetzt.

Der Gedanke kam direkt auf meine Zunge.

»Dee wäre entsetzt.«

Mark schüttelte energisch den Kopf. »Nein, ganz sicher nicht.«

Dies war eine der Situationen im Leben, in denen eine Entscheidung getroffen werden musste. Und ich fühlte mich jämmerlich überfordert. Einerseits: Hatte uns nicht gerade Dees Tod gezeigt, dass das Leben kurz war und gelebt werden wollte? Oje, ein Kuss reichte aus, um meinen inneren moralischen Kompass völlig durchdrehen zu lassen. Andererseits: Das hier war keine gute Idee. Val und Don waren für mich Elternersatz, und es ging um ihren Sohn.

»Ich kann nicht.«

»Ich bin froh, dass du es getan hast.«

Ich wich zurück, öffnete die Tür. »Es tut mir leid«, sagte ich … und dann stürzte ich fluchtartig auf mein Auto zu.

Das war so gar nicht ich. Dee war immer die Forsche gewesen. Ich war berechenbar. Ausgeglichen. Überlegt. Souverän. Und all das hatte meiner Aktion gerade gefehlt.

Mein Magen drehte sich auf dem gesamten Nachhauseweg. Mark. Klar war er attraktiv, aber er war ganz und gar nicht mein Typ. Mein Typ war … Pete. Punkt.

Mein Auto stoppte, und ich stellte fest, dass ich bereits vor Lukes Haus angekommen war. Ich war wie unter Drogen gefahren. Gott! Ich war noch nicht so weit. Warum wohnten wir nur alle so verdammt nah zusammen?

Bitte sei nicht zu Hause. Bitte sei nicht zu Hause. Bitte sei nicht zu Hause.

Als ich die Tür aufschloss, hob er den Kopf von der Couch.

»Hey! Ich wollte schon nachhören, wo du bleibst. Wie ist es gelaufen?«

»Nicht wie erwartet«, antwortete ich kleinlaut.

Er setzte sich auf, sein Gesicht wirkte beunruhigt.

»Warum? Was ist denn passiert? Herrje, er ist so ein Trottel …«

»Ich hab Mark geküsst.«

30. Kapitel

Luke

»Du hast was?« Ich musste mich verhört haben. Das konnte nicht sein.

»Ich hab Mark geküsst. Verdammter Mist!« Sie durchquerte den Flur und trat beim Gehen ihre Schuhe aus. Auch das war völlig untypisch für sie. Jen zog ihre Schuhe immer ordentlich aus und trug sie sofort hinauf in ihr Zimmer. Also ins Gästezimmer. Jetzt ließ sie sie einfach stehen und kam zum Sofa, wo ich halb saß, halb lag. Sie hockte sich neben mich auf den Couchtisch, stützte das Gesicht in die Hände und sah mich ratlos an. »Keine Ahnung, warum ich das getan habe, Luke. Ich weiß irgendwie gar nichts mehr.« Ich wollte erst etwas antworten wie »Wir anderen auch nicht«, aber da sie offenbar noch mehr sagen wollte, hörte ich ihr erst einmal weiter zu. »Ich hab das Gefühl, nichts mehr unter Kontrolle zu haben. Soll ich das Haus verkaufen? Soll ich nicht? Soll ich hier bei dir bleiben? Soll ich nicht?«

»Natürlich sollst du das«, antwortete ich.

»Ich weiß ja, dass es mir hier viel besser geht als allein zu Hause. Aber ich hab Angst, dass Val oder Don oder sonst jemand falsche Schlüsse daraus ziehen könnte …«

»Das wird niemand tun.«

»Vielleicht, ich möchte trotzdem kein Risiko eingehen.«

Das verstand ich sehr gut. Ganz ehrlich empfand ich genau dasselbe.

»Bis heute war ich nicht mal sicher, ob das mit Pete für mich wirklich vorbei ist«, gab sie zu.

Das überraschte mich jetzt. »Ich hatte keine Ahnung, dass es daran einen Zweifel gab. Sonst hätte ich bestimmt nicht so schlecht über ihn geredet.«

Jetzt musste sie lächeln. »Er hat es verdient. Jedes einzelne Wort.«

»Allerdings.« Ich war froh, dass sich die Falten auf ihrer Stirn wenigstens ein wenig geglättet hatten. »Also, was genau ist passiert?«

»Ich musste mitansehen, wie er mitten auf der Straße mit Arya geknutscht hat.«

»Pete?« Ich war sprachlos. »Er hasst doch öffentliche Bekundungen von …«

»Ich weiß. Jetzt offenbar nicht mehr. Die Leute mussten sich an ihnen vorbeischieben, während sie dastanden wie in der Schlussszene eines Hugh-Grant-Films. Es war unglaublich. Und dann hat mir die Bedienung aus dem Café noch zu verstehen gegeben, dass er ein Serienvögler ist.«

»Was?«

»Na ja, nicht so ganz. Aber sie hat gesagt, dass sie ihn schon mit mehreren Frauen gesehen hat. Ich war jedenfalls so in Fahrt, dass ich ihm eine Riesenszene gemacht habe, nachdem er dann endlich die Finger von seiner aktuellen Flamme gelassen hatte. Ich hab ihm klargemacht, was für ein rückgratloses, treuloses Arschloch er ist und dass ich das Haus verkaufe, und danach bin ich ziemlich stolz auf mich aus dem Café gerannt. Auf dem Nachhauseweg hab ich Beyoncé gehört und beschlossen, bei Val vorbeizufahren, und als Mark mir die Tür aufgemacht hat, weil Val nicht da war, bin ich zusammengebrochen und hab ihn geküsst.«

»Herrje.« Ich kannte Mark nicht besonders gut, war mir aber ziemlich sicher, dass er keiner war, der solch eine Gelegenheit ausnutzte. Ganz kurz kam mir der Gedanke, dass Dee das genießen würde. Sie liebte Dramen. Ich war da ganz anders. Meine Brust schnürte sich zu, und ich überlegte hin und her, wie ich reagieren sollte. »Ich weiß nicht, was ich dazu sagen soll«, gab ich schließlich zu. »Auf dem Gebiet bin ich echt überfordert.«

Das war nicht gelogen. Meine Spezialgebiete waren Oberflächlichkeiten, Irrelevantes und Sport. Es gab Typen, mit denen ich seit Jahren befreundet war, und ich wusste nicht mal, ob sie verheiratet waren.

»Es gibt auch nichts zu sagen. Ich bin heilfroh, dass ich morgen erst mal nach Barcelona fliege. Ich könnte ihm im Moment nicht in die Augen schauen.«

»Irgendwann wirst du das müssen.«

»Weiß ich ja. Gott, ich bin echt eine Katastrophe.«

»Stimmt.« Ich meinte das gar nicht so, aber sie lächelte wieder. »Dee würde es lieben.«

»Ich vermisse sie so sehr, Luke. Ich würde alles tun, um sie zurückzubekommen.«

»Ich auch.«

Ich beugte mich vor und umarmte sie.

»Vorsicht«, warnte sie. »Wenn Männer versuchen, mich zu trösten, bin ich unberechenbar. Ich falle sofort über sie her und küsse sie. Wer hätte das für möglich gehalten?«

»Keine Sorge. Ich werde mich schon zu wehren wissen«, versicherte ich.

»Ich bin eine fast dreißigjährige Frau, Luke. Wie kann es sein, dass mein Leben plötzlich so chaotisch ist?«

Wenn ich darauf eine Antwort gewusst hätte, hätte ich sie auch für mich selbst genutzt. Unkonzentriert im Job. Heulattacken, wenn ich am wenigsten damit rechnete. Eine Mitbewohnerin im Haus, weil ich nicht allein sein konnte. Ich hatte keine

Ahnung, wie ich mich selbst je wieder in den Griff bekommen konnte, geschweige denn einen Tipp für eine andere Person.

Ich war ganz schlecht in emotionalen Dingen, aber ich beschloss, es trotzdem zu wagen. Dee wäre stolz auf mich. »Vielleicht weil uns das Leben in diesem Jahr ziemlich viel Mist beschert hat? Letztes Jahr um diese Zeit hatten wir noch eine klare Vorstellung, woran wir waren und wie es weitergehen würde, seit ein paar Monaten hat sich das alles verändert. Wir halten uns nur noch mühsam über Wasser …«

»Wir sind kurz vorm Ertrinken«, korrigierte sie.

»Möglich. Aber wir müssen versuchen, irgendwie an der Oberfläche zu bleiben …« Ich brach ab und wechselte die Strategie. »Sind das zu viele Schwimmvergleiche? Sorry. Ich bin in so was sehr unerfahren.«

Sie lächelte und wirkte plötzlich nicht mehr ganz so traurig. »Du machst das gut. Danke.« Sie rutschte vom Tisch, setzte sich neben mich auf die Couch und lehnte den Kopf an meine Schulter. »Wie soll ich mich nur Mark gegenüber verhalten? Wird jetzt alles ganz schrecklich unangenehm für uns?«

»Ich bin sicher, dass er damit klarkommt«, antwortete ich und hoffte, dass meine Einschätzung richtig war.

Mark schien ein Mann zu sein, der so etwas nicht allzu wichtig nahm. Seit dem Abend in der Kneipe hatte er sich ein paarmal mit Callies Freundin Lizzy getroffen. Callie hatte mir erzählt, die beiden hätten sich darauf verständigt, dass es bei einer lockeren Beziehung blieb. Ich wusste nicht genau, wie das funktionieren konnte, aber es schien für sie beide okay zu sein.

»Ich muss jetzt nach oben gehen und packen«, sagte Jen, ohne sich zu rühren. »Bitte sag mir, dass wir das alles irgendwie durchstehen, Luke.«

»Das werden wir. Schau mal, heute Abend hast du Pete endlich die Meinung gesagt und bist dir nun ganz sicher, dass es auch für dich vorbei ist. Das ist doch ein großer Fortschritt. Du musst einen Schritt nach dem anderen machen, auch wenn das abgedroschen klingt.«

»Das tut es wirklich.« Sie lächelte und drückte mir einen Kuss auf die Wange. »Danke schön. Ich weiß deinen Rat sehr zu schätzen, Luke. Auch dass ich hier sein darf, dass ich dich habe. Ich denke, wir müssen einfach durchhalten, um es irgendwie ans andere Ufer zu schaffen.«

»Du hast recht. Gute Nacht, Süße. Wann bist du morgen weg?«

»Halb sechs.«

»Okay, dann bist du also nicht mehr da, wenn ich aufstehe. Ich wünsch dir einen guten Flug, schreib mir kurz, wenn du angekommen bist.«

»Das tue ich«, versprach sie. »Vielleicht verschafft mir Barcelona ja etwas mehr Klarheit.«

»Vielleicht«, sagte ich, während sie die Treppe hinaufging.

Ich lehnte mich zurück und starrte an die Decke. Klarheit. Wie kam es nur, dass ich das unangenehme Gefühl hatte, dass ich – um bei meinen neu entdeckten emotionalen Talenten und meinen Schwimmanalogien zu bleiben – gerade in einen ganz unerwarteten Sog geriet?

31. Kapitel

Jen

Ich schaute aus dem Taxifenster und sah das Hotel, lange bevor wir dort ankamen. Das Renaissance Fira lag zehn Minuten vom Flughafen entfernt am Stadtrand von Barcelona. Auf den ersten Blick schätzte ich es auf fünfundzwanzig Stockwerke, aber was es von allen anderen Hotels, in denen ich je war, unterschied, war die Tatsache, dass die Fenster aussahen wie Bäume.

Als ich durch die Glastüren eintrat, machte ich mir im Kopf gleich ein paar Notizen für den Blog. Marmorboden, Ledersessel im Foyer, eine Bar. Höfliches Personal an der Rezeption. Dieses Mal hatte ich im Voraus angerufen und den Namen der Reservierung geändert. Man wusste, dass nicht Dee, sondern Jen von SONNE, SEE, SKI kam. Ich hatte keine Erklärung abgegeben, warum das so war. Ich verdrängte die Erinnerungen an New York, die sich zurückmeldeten. Diese Tür hatte ich geschlossen. Mit einem Knall. Es machte keinen Sinn, Ereignisse neu zu beleben, die ohnehin nie geklärt würden.

Ich erhielt eine Schlüsselkarte und ging direkt zu den Aufzügen. Glas, Chrom, viel Schwarz, aber das Auffallendste waren die Bäume hinter den Glasflächen. Als der Aufzug losfuhr, erkannte ich, dass das Gebäude wie ein Viereck angelegt war, in dessen Mitte sich eine Freifläche befand, die dschungelähnlich mit Bäumen und Sträuchern bepflanzt war. Ein Thema offenbar.

Der Aufzug hielt im dreiundzwanzigsten Stock. Ich stieg aus, bog nach rechts, hatte den Garten zu meiner Rechten und eine schwarze Wand links. Kleine, geschickt angebrachte Neonschilder wiesen den Weg zu den Zimmern. Meine Karte funktionierte auf Anhieb, was zumindest nach meiner Erfahrung selten vorkam.

Als ich das Zimmer betrat, sah ich mich staunend um. Auf jeden Fall sehr ungewöhnlich. Minimalistisch. Postmodern. Und, sehr selten für ein Hotel, alles ganz in Weiß. Die Fliesen auf dem Boden konnten aus Marmor oder Granit sein, da war ich nicht ganz sicher. Weiße Wände, ein weißer Kleiderschrank, daneben ein niedrig angebrachtes Regalbrett, ein riesiges Fenster, bis auf eine große blattförmige Fläche in der Mitte aus mattiertem Glas. An einer Seite stand ein großartiges – ich nahm mir vor, den Ausdruck für den Blog zu speichern, denn er war absolut zutreffend – weißes Bett, das man mittels durchscheinender Stoffbahnen, die man rundum zuziehen konnte, vom Sitzbereich vor dem Fenster abschotten konnte. Es war so schön und so romantisch, dass ich mich dabei ertappte, mir zu wünschen, Pete wäre hier. Dann fiel mir wieder ein, dass die Worte Pete und Romantik definitiv nicht mehr in einen Satz gehörten. Genau genommen war ich nicht mal sicher, ob sie das je getan hatten.

Ich schaute kurz in Dees Onlinekalender. Es war nur ein Kurztrip: Hinflug am Morgen, am kommenden Abend ging es mit dem letzten Flieger schon wieder nach Hause. Im Kalender stand nur ein Termin, ein Abendessen in einem Restaurant ungefähr fünf Minuten vom Hotel. Ich überlegte kurz, sofort loszuziehen und mit der Metro ins Stadtzentrum zu fahren, aber Dee hatte in ihrem Blog schon viel zu Barcelona geschrieben, und ich selbst war ein paarmal mit ihr hier gewesen, daher kannte ich die ganzen Touristenattraktionen schon. Und ganz ehrlich hatte ich keine Lust auf Trubel. Worauf ich viel mehr

Lust hatte, waren Ruhe und Entspannung und ein paar Stunden Ablenkung von meinen vielen Gedanken. Dee hatte mich oft darum beneidet, dass ich es genießen konnte, allein zu sein und nichts zu tun, während ich sie dafür bewunderte, dass sie keine Sekunde still saß und ständig auf der Jagd nach neuen Erlebnissen war. Zehn Minuten nachdem sie irgendwo angekommen war, hatte sie meist neue Leute kennengelernt, innerhalb eines Tages hatte sie neue Freunde. Ich liebte das an ihr, aber ich selbst war anders.

Ich hatte auf der Website gelesen, dass das Hotel einen Dachterrassenpool hatte. Zu reinen Recherchezwecken zog ich meinen Bikini an, darüber einen der weißen Bademäntel, die im Kleiderschrank hingen, und fuhr mit dem Aufzug nach oben. Genau genommen brauchte man zwei Aufzüge, um aufs Dach zu gelangen – einen bis zum fünfundzwanzigsten Stock und dann einen weiteren zur Pooletage.

Ich schob die Tür zur Terrasse auf und brauchte einen Moment, um mich an das gleißende Sonnenlicht zu gewöhnen. Als es so weit war … Wow! Ich verstand nun, warum Dee unbedingt hierher gewollt hatte. Der Pool war nicht besonders groß, vielleicht zwanzig Meter lang, aber er war an drei Seiten umgeben von einer Holzterrasse, auf der große Doppelsonnenliegen aus weißem Leder standen. Links befand sich eine lang gestreckte Bar. Es gab auch eine Sitzecke unter einem weißen Sonnensegel. Aber was mich wirklich umhaute, war die Aussicht. Man konnte kilometerweit sehen. Vor mir die Stadt Barcelona, links am Horizont die Berge, rechts der Hafen und das Meer. Es war einfach atemberaubend. Umwerfend. Das Wort »großartig« hatte definitiv Konkurrenz bekommen.

Ich sah, dass noch eine Liege frei war, also steuerte ich sie an, legte mein Buch und meine Sonnenmousse ab und ging los, um mir ein Handtuch und einen Drink zu besorgen. Einen Gin Tonic und einen Kaffee. Dees Standardbestellung. Die Kombination erschien mir perfekt geeignet für diesen Augenblick. Ich war schließlich an Dees Stelle hier, da passte es gut, wenn ich für ein bisschen Dee-Feeling sorgte.

Mit dem Handtuch unter dem Arm trug ich meine Getränke zur Liege und stellte sie auf das Tischchen daneben. Ich breitete das Handtuch aus, ließ den Bademantel fallen und entfaltete mich wie ein Schlafsack, der nach Monaten endlich wieder aus seiner engen Packhülle befreit wurde. Die Sonne wärmte mich sofort, und ich setzte meine Sonnenbrille auf – eine Gucci, ich hatte sie im Büro gefunden, also war sie entweder von Dee oder stammte aus der Musterkollektion, die wir im Sommer kostenlos erhalten hatten. Anschließend cremte ich mich mit Lichtschutzfaktor 50 ein. Ohne eine dicke Cremeschicht oder einen Dufflecoat konnte meine helle schottische Haut die Sonne nicht lange vertragen.

Mit der Brille war ich in der Lage, die anderen Sonnenanbeter um mich herum unauffällig zu mustern. Lauter schöne Menschen, so viel stand fest. Designerbademode, gebräunte Körper, manikürte Nägel … und ich spreche nur von den Männern. Jedes Augenpaar war hinter einer exklusiven Designerbrille versteckt. Von meinem Platz aus konnte ich Chanel, Tom Ford und Prada erkennen.

Ich gehörte nicht hierher, aber das hieß nicht, dass ich es nicht genoss.

Mein ganzer Stress, meine Probleme und die Erinnerung an die Küsse mit Mark schmolzen in der sengenden Hitze dahin, und ich griff zu meinem Buch. *Kill Me Twice* von Anna Smith. Ich fing an zu lesen, nippte abwechselnd an meinen Drinks und fragte mich, wieso ich das Reisen bisher immer Dee überlassen hatte. Die Antwort war klar. Ich war genauso glücklich zu Hause, werkelte gerne in meinem Garten oder ging zu Val zum Essen. Das hier war allerdings definitiv eine gute Alternative.

Ich blätterte die Seiten um und ließ den Blick noch einmal kurz umherschweifen. Worüber die beiden hübschen golden gebräunten Mädchen mit den sexy Bikinis an der Bar wohl lachten? Und was sie unter den knappen Höschen und Oberteilen wohl für weiße Streifen hatten? Das hätten Dee und ich sein können – natürlich in züchtigeren Outfits.

Ich lächelte einem älteren Paar zu, der Mann döste, die Frau neben ihm las in einem eBook, ihre Hände berührten sich, als müssten sie sich vergewissern, dass der andere auch da war. Ich dachte an Pete und mich.

Ein schreckliches Gefühl des Verlustes überfiel mich. Nicht weinen. Bloß nicht weinen. Mach jetzt nicht auf schniefende einsame Singlefrau und versetz deine Mitmenschen in Angst und Schrecken, weil sie fürchten müssen, du könntest gleich neben ihnen stehen und ihnen die Ohren vorjammern.

Ich schloss die Augen, atmete tief ein und aus, kämpfte gegen die Tränen, öffnete die Augen wieder …

Er war hier.

Er war es. Definitiv.

Ruckartig setzte ich mich auf. Ja. Er stand an der Tür, in Shorts und T-Shirt, und sah sich suchend um. Der Typ aus New York.

Ich sah ihn noch genau vor mir, wie er vor dem Jazzclub die Tür des Taxis aufhielt. Auch als ich zu Tiffany hineingegangen war, war er in meinem Blickfeld gewesen. Jetzt wandte er sich ab und ging zurück zur Tür.

Ich sprang auf, ohne mich darum zu kümmern, dass mein weißes Fleisch vor Erregung heftig vibrierte. Der Dachgarten war eine Oase der Ruhe, daher kam es nicht infrage zu schreien, zu rennen oder eine internationale Krise heraufzubeschwören. Also verfiel ich in den hüftschwingenden Gang einer olympiaverdächtigen Geherin. Dass ich dabei aussah, als müsste ich dringend aufs Klo, ignorierte ich.

Am Pool entlang, links abbiegen ... die Leute guckten mir neugierig nach. Und wenn schon! Ich verfiel doch in einen Laufschritt, rannte zur Tür, riss sie auf, lief hindurch ... Aufzug oder Treppe? Treppe. Ich rannte hinunter in den nächsttiefere Etage, dorthin, wo ich vorher den Aufzug gewechselt hatte. Niemand zu sehen.

Insgesamt gab es fünf Aufzüge. Rasch scannte ich die Digitalanzeigen. Drei fuhren gerade nach unten, einer kam nach oben, der fünfte befand sich gerade in diesem Stockwerk. Ich drückte die Taste nach unten, und die Türen des nächsten Aufzugs glitten auf. Hastig drückte ich den Abwärtsknopf, aber es war schon jetzt aussichtslos. Er konnte in jedem anderen Aufzug nach unten sein, und er konnte auf jeder Etage aussteigen.

»Komm schon, komm schon ...«

Mein Herz raste. Was zum Teufel bedeutete das alles? Zwei Mal konnte noch ein Zufall sein, aber ihm hier zum dritten Mal zu begegnen, in einem anderen Land ... Da war definitiv etwas faul. Hatte Dee in irgendwelchen Schwierigkeiten gesteckt? War er ein Blogger-Kollege, mit dem sie sich gelegentlich ausgetauscht hatte? Oder hatte sie tatsächlich ... O Gott, ich hasste es, das schon wieder zu denken, aber hatte sie vielleicht etwas Verbotenes getan? Nein. Das war völlig ausgeschlossen.

Die Tür zum Erdgeschoss öffnete sich. Ich hastete hinaus, sah mich in der Lobby um, suchte nach seinem Gesicht zwischen all den Menschen. Die Schlange von Gästen an der Rezeption, die darauf warteten, einzuchecken, die Männergruppe an der Bar, das Personal. Nichts. Er war nicht hier. Mist! Hätte ich mir allerdings je gewünscht, im Zentrum der allgemeinen Aufmerksamkeit zu stehen, dann war das jetzt mein Moment. Alle Augenpaare in der Lobby waren nämlich auf die Frau im Bikini gerichtet, die dort stand und ihre bleiche Haut zur Schau stellte.

Vor Scham versinkend zog ich mich zurück zu den Aufzügen, froh, dass aus einem gerade eine Gruppe älterer Damen mit großen Hüten und Trolleys herauskam. Sicher waren sie auf der Durchreise, auf dem Weg zu einem der riesigen Kreuzfahrtschiffe, die im Hafen lagen. Barcelona galt als viertgrößtes Kreuzfahrtschiffdock der Welt.

Ich ignorierte ihre neugierigen Blicke, als ich mich an ihnen vorbei in den Aufzug schlängelte, um wieder nach oben zu fahren. Ich musste meine Niederlage eingestehen. Keine Chance, ihn in einem Hotel dieses Ausmaßes, geschweige denn in dieser Stadt, je wiederzufinden.

Zurück auf der Dachterrasse bestellte ich mir noch einen Gin Tonic. Ich nahm ihn mit zu meiner Liege, erfrischte mich mit der eiskalten Flüssigkeit und versuchte das Pochen in meinen Schläfen zu bekämpfen. Sicher kam es von der Kombination aus Hitze, Anstrengung, Schock und der schieren Blamage, einem beträchtlichen Teil der Bevölkerung Barcelonas meine Oberschenkel präsentiert zu haben. Dee hätte das zum Schreien komisch gefunden. Ich lehnte den Kopf an das Polster der Liege und führte ein kurzes inneres Gespräch mit ihr.

Ich wünschte mir so, du lägst jetzt neben mir, würdest mit mir Gin trinken und über den rothaarigen Typen in der knallengen Badehose da drüben in der Ecke lästern. Und ich wünschte mir, du würdest mir verraten, was zum Teufel du hier vorhattest. Komm schon, Dee, bitte weih mich in dein Geheimnis ein.

Sie antwortete nicht.

Dann kam mir ein Gedanke. Sie hatte doch für den Abend ein Abendessen in einem Restaurant in der Nähe geplant. Bei zwei von drei New-York-Terminen, die sie in ihrem Kalender hatte, war er aufgetaucht. Ich würde meinen letzten Klacks Sonnenmousse Lichtschutzfaktor 50 darauf verwetten, dass er auch an diesem Abend da sein würde.

32. Kapitel

Val

Der Friedhof war verlassen. Nur eine Gruppe vierzehn- oder fünfzehnjähriger Jungen drückte sich in dem kleinen Unterstand am Eingang herum, mit ein paar Bierdosen, einer großen Plastikflasche Cola und einer Packung Zigaretten. Für diese Altersklasse gab es an einem Samstagabend in der Stadt nicht viel zu tun, trotzdem fragte ich mich, ob ihre Eltern wohl wussten, dass sie hier waren. Ich war nie eine Übermutter gewesen, aber ich hatte immer ganz genau gewusst, wo meine beiden mit wem unterwegs gewesen waren und wann sie nach Hause kommen würden.

Und wozu hatte das geführt?

Ich hatte Dee während ihrer gesamten Kinder- und Teeniezeit behütet, auf sie aufgepasst, ihr geholfen, die richtigen Entscheidungen zu treffen. Dann, als meine Aufgabe erledigt war, hatte ich sie in die Welt entlassen, und als sie meinen Schutz am dringendsten benötigt hatte, war ich nicht da gewesen. Ich hatte sie nicht zurück ins Haus gezerrt, sie aus dem Weg gestoßen oder einfach ihre Pläne für diesen Tag geändert, damit sie gar nicht erst in die Nähe dieses Schweins gekommen wäre, das sie getötet hat.

Als ich bei den Jungen ankam, stellte ich fest, dass sie schon ordentlich was getrunken hatten. Ich blieb stehen und schaute sie der Reihe nach an.

»Ey!« Der Kleinste und somit der, der sich am meisten beweisen musste, schaute zurück. »Ist was?«

»Ich versuche, mir eure Gesichter zu merken, denn wenn irgendein Grabstein verschmutzt oder eine einzige Blume verknickt ist, weiß ich, wer das gewesen ist.«

Das brachte ihn sofort zum Schweigen, und auch die anderen starrten stumm zu Boden und griffen nach ihren Bierdosen. Ich ging weiter, vorbei an jahrzehntealten Gräbern, bis ich zu Dees Grab kam. Es war ein heller, warmer Sommerabend, und die weißen Rosen, die ich vor den Stein gepflanzt hatte, sahen wunderschön aus.

Wie immer wischte ich als Erstes mit einem Feuchttuch über den Granit. Dabei sprach ich die ganze Zeit stumm mit ihr. »Ich bin's, mein Schatz. Dein Dad ist im Pub, und ich hab mich so einsam gefühlt, da dachte ich, ich besuche dich noch kurz. Unser Mark ist mit dem Mädchen unterwegs, mit dem er sich schon ein paarmal getroffen hat. Lizzy heißt sie. Ich hab sie noch nicht kennengelernt, aber Josie hat mir alles über sie erzählt. Sie scheint nett zu sein, aber ihre Beziehung ist nur locker, sagt Mark. Nicht exklusiv, so nennt er das. Was für ein Unsinn. Das hätte es zu unserer Zeit nicht gegeben. Tja, heute ist vieles anders. Was gibt es sonst noch? Oh, Jen ist verreist, in irgendein Hotel in Spanien, das du gebucht hattest. Die Ärmste hatte überhaupt keine Lust, sie versucht trotzdem alles, um euren Laden und die Internetseite am Laufen zu halten, damit du stolz auf sie bist. Ich mache mir manchmal Sorgen um sie. Dieser Feigling Pete hat sich noch immer nicht gemeldet. Ich werde ihm gehörig die Meinung sagen, wenn er es tut. Schamlos, wie er sich verhält. Absolut schamlos. Keiner von uns hat mehr ein Wort von ihm gehört, seit er unsere Jen einfach hat sitzen lassen. Nicht mal Luke. Um den sorge ich mich übrigens auch. Er ist so schmal geworden. Josie sagt, sie sei letzte Woche bei ihm gewesen, um das Haus auf Vordermann zu bringen, und es ist noch alles ganz genau so, wie du es verlassen hast. Du hast dir wirklich einen anständigen Mann ausgesucht, Liebes. Seriös und verlässlich wie dein Dad.« Nachdem der Grabstein poliert war, die vertrockneten Blüten entfernt und ein paar Zweige abgeschnitten waren, damit ich sie gleich mitnehmen konnte, setzte ich mich auf die Bank vor Dees Grab. Dort führte ich mein einseitiges Gespräch fort. »Ich war wieder bei ihr. Der Mutter. Ich weiß, dass ich versprochen habe, es nicht mehr zu tun, aber ich konnte einfach nicht anders. Von ihrem Sohn habe ich immer noch keine Spur gesehen. Und stell dir vor, Dee, der für uns zuständige Beamte hat mir erzählt, dass der Anwalt des Mistkerls auf ›nicht schuldig‹ plädieren will. Nicht schuldig. Du glaubst gar nicht, wie wütend mich das macht. Wenn er nicht schuldig wäre, säße ich jetzt nicht an einem Samstagabend hier an deinem Grab. Ich hasse ihn, Dee. Ich wollte noch nie jemanden mit meinen bloßen Händen töten, aber aus diesem Jungen würde ich zu gern den letzten Atemzug herauspressen. Nein, er ist kein Junge. Ein Mann. Vierundzwanzig ist er. Alt genug, um für seine Tat geradezustehen, und trotzdem versucht er, sich aus der Verantwortung zu stehlen und auf seine Unschuld zu pochen. Damit werde ich ihn nicht durchkommen lassen. Ich werde ihn den Händen der Gerechtigkeit übergeben, ich werde ihn im Gefängnis schmoren sehen.«

Plötzlich spürte ich, dass jemand hinter mir stand. Es handelte sich nicht um den Geist eines Toten, so viel stand fest.

»Ist das hier eine Privatparty, oder kann ich auch mitmachen?«, fragte er.

»Gott Allmächtiger, Luke, hast du mich erschreckt! Ich dachte schon, es wäre einer der Burschen, die am Eingang herumlungern. Ich habe ihnen geraten, ja keinen Blödsinn zu machen, das hat ihnen nicht geschmeckt, schätze ich.«

Ich sah, dass Luke in Joggingklamotten war. Sein Shirt, sein Haar und sein Gesicht waren verschwitzt.

»Hast du ihnen etwa angedroht, sie anzuzeigen, falls sie hier etwas kaputt machen?«

»Woher weißt du das?«

»Hab ich geraten.« Er lachte und setzte sich zu mir.

Er lächelte so süß. Kein Wunder, dass Dee ihn so geliebt hatte. Erst hatte ich Sorge gehabt, er sei vielleicht zu ruhig und zu zurückhaltend und sie würde dominieren. Aber er hat sich mit seiner besonnenen Art oft durchgesetzt. Er hat ihr gutgetan, und ich war dankbar dafür.

»Und? Hast du einen aufregenden Samstagabend vor dir?«

»Und wie. Du auch?«

»Ich gehe direkt in den Club, wenn ich hier fertig bin«, antwortete ich. Ich war fest entschlossen, ihn nicht denken zu lassen, ich wäre hier, weil es mir schlecht ging. »Josie sitzt schon auf heißen Kohlen und wartet darauf, dass ich sie abhole.«

Er lachte schallend.

Anschließend war es eine Weile still, während wir beide überlegten, wie wir dieselbe Frage stellen sollten. Das wusste ich, weil er sich schließlich als Erster vorwagte.

»Also, was treibt dich hierher, Val? Alles in Ordnung mit dir?«

»Klar.« Eine Lüge. »Ich bin einfach nur gerne hier …« Ich hasste es. »Es ist so schön still hier, und ich kann in Ruhe nachdenken.« Konnte ich gar nicht, außer darüber, wie ich Darren Wilkie leiden sehen wollte. Aber Luke schien meine Erklärung hinzunehmen. »Was ist mir dir?«

Er seufzte. Ich sah, dass es ihm nicht gut ging. Das war ja auch kein Wunder. »Manchmal glaube ich, dass ich hier nur herrenne, um ihr zu beweisen, dass ich jetzt Sport mache und mich nicht zu einem frustfressenden Dickwanst entwickle.«

Er wollte sich mit einem Witz herausreden, ich ließ ihn jedoch nicht.

»Und sonst?«

»Ich weiß einfach nicht, wie ich ohne sie weiterleben soll. Seit dem Tag, als wir uns kennengelernt haben, haben wir fast jeden Tag zusammen verbracht, zu zweit oder zu viert mit Jen und Pete. Wir waren zusammen im Urlaub, haben jedes Wochenende etwas unternommen, haben uns nach der Arbeit getroffen. Und jetzt sind Dee und Pete auf einmal nicht mehr da, und Jen und ich … wir sind … irgendwie verloren. Ich gehe joggen, ich gehe ins Fitnessstudio, aber es erscheint mir alles so sinnlos. Ich weiß nicht, wann ich wieder richtig leben kann, Val. Ich habe keine Ahnung, wie ich ohne sie je wieder glücklich sein kann. Es tut mir leid. Ich sollte das nicht alles auf dir abladen.«

Es brach mir das Herz, ihm zuzuhören. Zu meiner Schande musste ich gestehen, dass ich noch nie darüber nachgedacht hatte, wie es mit ihm weitergehen sollte. Er war noch ein junger Mann, zu jung, um nicht noch einmal glücklich zu werden. Dee hätte niemals gewollt, dass er bis zum Ende seines Lebens trauerte und allein blieb. Und sosehr es mich schmerzte, ich hatte das Gefühl, dass ich ihm die Absolution erteilen musste.

»Du brauchst dich nicht zu entschuldigen. Du kannst immer so mit mir reden, Luke. Dee fand immer, man müsse für den Augenblick leben, das brauche ich dir nicht zu sagen. Schon als Kind hat sie mich verrückt gemacht mit all ihren Plänen, Ideen, ihrem Aktionismus. Don fand das immer toll, aber er musste ja auch nicht stundenlang mit ihr durch die Straßen skaten oder in der Notaufnahme sitzen, weil sie zum zehnten Mal von der Schaukel gefallen war.«

»Ich habe die Narben gesehen«, sagte er und lächelte traurig.

»Sie hat trotzdem immer weitergemacht. Und genau das will

ich sagen, Luke. Es ist in Ordnung, nach vorne zu schauen und neu anzufangen. Ich weiß, es wird schwer sein, wenn du eines Tages mit einer anderen Frau kommst, und im Moment kann ich nicht einmal die Vorstellung ertragen. Dennoch kannst du nicht dein restliches Leben lang ungeliebt bleiben. Wenn du so weit bist, wird sich von selbst ein neues Leben einstellen.«

Ich verlor beinahe die Fassung, als er die Hand auf meine legte und ich die Tränen in seinen Augen schimmern sah. Dee hatte immer gesagt, er sei sensibel, aber seit ihrem Tod hatte ich ihn sehr tapfer und sehr stark erlebt. Er hatte das getan, was wir alle taten: gekämpft, um den Kopf über Wasser zu halten.

»Danke, Val«, sagte Luke. »Ich glaube, das musste ich jetzt von dir hören. Es fällt mir schwer, an eine Zukunft zu denken, und wenn ich es tue, habe ich immer das Gefühl, es wäre respektlos, das Leben irgendwann wieder zu genießen.«

»Ich schätze, es wäre respektlos, es nicht zu tun«, antwortete ich nachdenklich.

Wir saßen noch eine Zeit lang so da, beide in Gedanken versunken. Keine Ahnung, woran Luke dachte, aber ich war längst wieder bei Darren Wilkie und dem, was ich ihm sagen würde.

Ohne es so recht zu wollen, sprudelte es plötzlich aus mir heraus. »Denkst du auch manchmal an ihn, Luke?«

»An wen?«

»An den Mistkerl, der unsere Dee getötet hat. Darren Wilkie.«

Ich sah, dass er überlegte und seine Antwort gut überdachte. »Manchmal, wenn ich etwas in der Zeitung lese oder an die Gerichtsverhandlung denke. Ansonsten eher nicht, weil es ja doch nichts ändert. Er hat es nun mal getan. Wichtig ist nur, dass er bekommt, was er verdient hat. Ansonsten ist er mir keinen zweiten Gedanken wert.«

Ich wusste, dass er recht hatte, und ich wünschte, ich könnte es genauso sehen. Aber der Hass auf Wilkie ging einfach nicht weg.

Gott, was ist nur mit uns allen los, Dee?, fragte ich sie stumm. Ich konnte förmlich sehen, wie sie die Augen verdrehte und mich ermahnte, mich nicht so aufzuregen.

Das werde ich, Liebes, versprach ich ihr im Stillen.

Ganz bestimmt.

Sobald Darren Wilkie seine gerechte Strafe bekommt.

33. Kapitel

Jen

Ich machte es mir inzwischen zur Gewohnheit, zu früh zu kommen. Das Restaurant war eine traditionelle kleine Tapas-Bar mit vielleicht fünfzehn Tischen. Ich vermutete, dass es sich um einen Familienbetrieb handelte: Mama, Papa und zwei erwachsene Söhne. Die Wände waren in einem tiefen Burgunderrot gestrichen, auf dem Boden lagen Mahagonidielen, die aussahen, als wären sie hundert Jahre alt, und es duftete wunderbar nach Tomaten, Knoblauch, Olivenöl und frischen Kräutern.

Genau so mochte ich es. Nichts Hippes oder Glamouröses oder Megatrendiges. Keine Gäste, die Selfies schossen, keine Promis, die angestarrt wurden. Aber es entsprach so gar nicht Dees Vorlieben. Seltsam. War sie am Ende nicht diejenige gewesen, die das Restaurant ausgesucht hatte?

Der Mann am Empfang, den ich als Familienpatriarchen identifizierte, begrüßte mich, und ich bat um den Tisch nahe der Tür.

»Hinten durch ist es viel ruhiger«, antwortete er. Normalerweise hätte ich seinen Rat befolgt, aber ich wollte nicht riskieren, ein zweites Mal an diesem Tag hinter dem Typen herzurennen, daher wollte ich gut vorbereitet sein.

Sicherheitshalber trug ich Sneakers zu meinem hellblauen Minikleid, die ich mir aus einer der neuen Sommerkollektionen ausgeliehen hatte, die in der vergangenen Woche geliefert worden waren. Mein Haar hatte ich zum Pferdeschwanz zusammengebunden. Ich fand, dass ich mit meiner frisch erworbenen leichten Sonnenbräune einen ganz passablen Eindruck machte – auch ohne High Heels.

Einer der Kellner, ein dunkelhaariger, attraktiver junger Mann, brachte mir den Kaffee, den ich zuvor bei seinem Vater bestellt hatte. Das war zwar ein etwas ungewöhnlicher Aperitif, doch ich wollte auf jeden Fall vermeiden, dass meine Urteilsfähigkeit vom Alkohol vernebelt wurde.

Es wurde neun Uhr. Und später. Inzwischen hatten sich ein paar Tische mehr gefüllt. Mein Herz schlug jedes Mal schneller, wenn die Tür geöffnet wurde und neue Gäste eintraten, aber er war nicht dabei. Vielleicht war nun der Zeitpunkt erreicht, offiziell in Erwägung zu ziehen, dass ich den Verstand verloren hatte. Und einen Riesenfehler machte.

Der Kellner blieb neben meinem Tisch stehen, daher bestellte ich eine Tortilla und Hähnchen in Knoblauchsoße. Schließlich würde ich an diesem Abend niemanden mehr küssen.

Gott, dieser Gedanke brachte mich wieder zurück zum Vorabend. Mark. Den ganzen Tag hatte ich mich bemüht, nicht an ihn zu denken. Wie konnte ich nur? Was war nur in mich gefahren? Okay, er hatte sich nicht wirklich gesträubt, aber das lenkte nicht von der Tatsache ab, dass ich angefangen hatte. Ein leichtes Kribbeln breitete sich in meinem Magen aus. Ich kämpfte erst dagegen an, bis ich mir schließlich eingestehen musste, dass es, nun ja, irgendwie ziemlich schmeichelhaft war, dass er nicht gewollt hatte, dass ich aufhörte. Das tat allerdings nichts zur Sache. Fand ich ihn attraktiv? Absolut. Aber ich fand auch Adam Levine von Maroon 5 attraktiv, und trotzdem würde ich ihm nicht einfach die Zunge in den Hals stecken. Gut, diese Behauptung musste erst noch bewiesen werden, denn bisher war er mir schließlich noch nie begegnet. Gott, wie peinlich konnte man sein! Val und Don wären entsetzt, wenn sie das erführen.

Okay, Mark war ein erwachsener Mann und konnte selbst entscheiden, mit wem er was tat, aber klar war: Jede Art von romantischer Beziehung war viel zu nah an zu Hause.

Weitere Überlegungen. Herrje, der Abend entwickelte sich noch zu einer totalen moralischen Innenschau.

Wenn er also nicht Dees Bruder wäre, würde ich dann anders denken?, fragte ich mich. Irgendwas tief in mir, ich glaube, es waren meine Eierstöcke, signalisierten mir, dass es so wäre. Ich musste mich beherrschen, um nicht laut zu lachen.

Die Tür ging auf, mein Magen hob sich und ... sackte wieder in sich zusammen. Ein Paar, eine große schlanke Frau mit braunen Locken und perfekt geschminktem Gesicht in einem knallroten Trägerkleid und High Heels. Rassig. Der Mann an ihrer Seite war älter, aber ebenso tadellos gekleidet. Das schwarze Haar hatte er zurückgekämmt wie ein Filmstar aus den Vierzigern. Wenn Dee jetzt hier wäre und wir wie so oft unser Fremde-Leute-beobachten-Spiel spielen würden, würde sie mir ins Ohr flüstern: »Reiches Paar, zweite Ehe, super Beziehung, sensationeller Sex, sie immer oben.«

Ich sah zu, wie der Besitzer sie mit großem Tamtam, Umarmungen und Küsschen begrüßte und an einen Tisch führte. Erst als sie aus meinem Blickfeld verschwunden waren, sah ich, dass sie nicht die einzigen neuen Gäste waren.

Er stand an der Tür und ließ den Blick suchend durch den Raum schweifen. Ehe ich richtig nachgedacht hatte, war ich bereits aufgesprungen und hatte die Hand auf seinen Arm gelegt. Mir war durchaus bewusst, dass ich es mir inzwischen zur Gewohnheit machte, Männer zu belästigen.

»Entschuldigen Sie bitte«, sagte ich mit leicht zitternder Stimme. »Suchen Sie vielleicht Dee?«

Er schien überrascht, und einen Moment lang glaubte ich

erneut, ich hätte alles ganz falsch interpretiert. Bis er antwortete. »Ja. Sagen Sie, kenne ich Sie? Hat Dee Ihnen gesagt, dass Sie heute Abend kommen sollen?«

Sein Akzent war australisch. Vielleicht ein Freund von Mark. Natürlich, das war es! Vielleicht hätte ich Mark lieber fragen sollen, anstatt sein Gesicht abzulecken. Er hätte mir alles erklären können, hätte meinen bösen Verdacht zerstreuen und mir eine völlig harmlose, logische Erklärung für alles liefern können. Ich schämte mich unendlich, ihr so misstraut zu haben. Wie konnte ich nur? Sie hätte mir bis zu meinem Lebensende vertraut, und ich dachte das Allerschlimmste von ihr. Aber jetzt musste ich dem Mann vor mir erst einmal klarmachen, dass Dee tot war.

»Nein, das hat sie nicht. Aber ich fürchte, es gibt da ein paar Dinge, die Sie wissen sollten. Setzen Sie sich zu mir?«

34. Kapitel

Luke

Bis vor einer halben Stunde hatte ich nicht vorgehabt herzukommen. Wirklich nicht. Deshalb war ich joggen gegangen und irgendwann auf dem Friedhof gelandet, wo ich Val getroffen hatte. Damit hatte ich nicht gerechnet, aber ich war im Nachhinein sehr froh darüber. Ihre Ratschläge hatten mich zum Nachdenken bewegt. Vielleicht wurde es wirklich Zeit, wieder mit dem Leben zu beginnen.

Früher war ich für eine Party mit meinen Kollegen immer zu haben gewesen. Seit Dees Tod konnte ich es nicht mehr ertragen, unter Leute zu gehen. Sie wussten nicht, wie sie sich verhalten sollten. Im Büro war das noch ganz okay, man konnte kurz reden, ein bisschen auf betroffen machen und dann schnell wieder an den Schreibtisch zurückflüchten. Ein gemeinsamer Abend in einem Club dagegen war etwas anderes. Bestimmt fürchteten alle, plötzlich mit mir allein in der Ecke zu stehen und meinem ganzen Elend ausgesetzt zu sein. Die Aussicht auf einen heulenden Mann war schließlich für jeden ein Albtraum. Da schaute man lieber schnell weg und mied den Augenkontakt.

Aber das war nur die halbe Wahrheit. Noch schlimmer war mein schlechtes Gewissen. Ich konnte doch nicht ausgehen, lachen, tanzen, Bier trinken, während meine Frau tot war. Ein paar Drinks mit Mark oder das eine Mal mit Lizzy und Callie waren eine Sache – ein richtiger Abend mit Partystimmung war etwas völlig anderes.

Und trotzdem war ich nun hier.

Sechs Monate nachdem ich meine hübsche Frau beerdigt hatte, war ich hier. Und hätte mich am liebsten sofort wieder auf dem Absatz umgedreht.

»Hey, schaut mal, wer gekommen ist!«, hört ich eine Stimme, und ohne auch nur hinzusehen, wusste ich, dass es Callie war. Sie kam auf mich zugestürmt, schlang ihre Arme um mich und küsste mich auf die Wange. »Du bist tatsächlich hier! Ich freue mich«, sagte sie lächelnd.

Ich musste zugeben, sie war echt attraktiv. Vor allem an diesem Abend in ihrem weißen Kleid. Ganz schön figurbetont. Sie trug ihr Haar offen, ihre Absätze waren so hoch, dass sie fast so groß war wie ich.

»Du hast noch gar kein Bier. Das müssen wir dringend ändern.« Sie ging voraus zur Bar, wo eine große Wanne mit Eis und kaltem Bier stand. Wenn unsere Agentur feierte, dann hatte das immer Stil. Wir mieteten meist den kompletten VIP-Bereich eines trendigen West-End-Clubs, und es gab Champagner und Bier bis zum Abwinken, natürlich alles auf Kosten des Unternehmens. Heute wurde die Milchkampagne gefeiert. Jawohl, mit diesem dämlichen Spruch hatten wir tatsächlich den Pitch gewonnen und danach den kompletten nationalen Werbeetat, was coole zehn Millionen Umsatz bedeutete. Ich würde eine saftige Bonuszahlung erhalten, ebenso wie meine anderen Kollegen, daher die protzige Party. Die meisten von ihnen waren laut, sie waren grenzwertig nervend, sie waren sehr überzeugt von sich und ihren Fähigkeiten, aber hey, niemand war perfekt, und sie waren wenigstens nicht langweilig. Nicht so wie ich, der noch bis vor einer Stunde erwogen hatte, den Abend vor der Glotze zu verbringen und sich die tausendste Wiederholung von *Top Gun* anzuschauen. Ich war nicht stolz auf mich.

»Bin sofort wieder zurück«, sagte Callie. »Ich hole nur schnell meine Tasche und mein Glas.«

Ich nahm mir ein Bier, öffnete es und unterhielt mich mit einigen der anderen Jungs aus dem Team. Zu meiner grenzenlosen Verwunderung hielten alle ganz normal Augenkontakt zu mir und machten gar nicht den Eindruck, als hätten sie Angst vor mir.

Apropos laut und überzeugt von sich. »Hey, du auch hier?«, rief ein leicht überdrehter Domenic und klatschte mich ab.

»Kylie, das ist Luke«, schrie er und meinte damit das Mädchen neben ihm. Ich nahm an, dass es die war, mit der er seit einiger Zeit zusammen war, und mir fiel wieder ein, dass er behauptet hatte, sie sähe aus wie eine Kardashian. Er hatte nicht ganz unrecht, das musste ich zugeben.

Ich streckte meine Hand aus. »Freue mich, dich kennenzulernen, Kylie.«

Sie sah meine Hand überrascht an, dann schüttelte sie sie. Vielleicht hätte ich sie auch abklatschen sollen.

»Hey, hatte deine Frau nicht einen Reiseshop?«, brüllte Domenic. So viel zu der Tatsache, dass meine Kollegen das Thema vermieden.

»Ja.«

»Siehst du, was hab ich dir gesagt?«, meinte er zu Kylie. »Er kann dir sicher ein günstiges Angebot für Agia Napa besorgen.«

»Das wäre cool«, antwortete Kylie.

»Ich rede mal mit der anderen Besitzerin«, versprach ich und hoffte, dass Jen darüber nicht allzu sauer sein würde.

»O ja, deine Frau ist ja … äh … tot. Tut mir leid.«

Jawohl, meine Frau ist ja … äh … tot. In der Tat. Das klaustrophobische Gefühl, das mich in den ersten Monaten nach ihrem Tod ständig beherrscht hatte, meldete sich plötzlich mit

Macht zurück, und ich wusste, dass ich hier wegmusste. Kleine Schritte. Das war ein erster gewesen. Jetzt reichte es. Zeit zu gehen.

»Ich hole mir noch ein Bier«, verkündete ich, ehe ich die Flucht antrat.

Es dauerte ein paar Minuten, bis ich mich durch die Menge geschoben hatte, vorbei an der Bierbar und an meinem Boss.

»Wo willst du hin, Luke Harper?« An Callie war ich noch nicht vorbei.

»An die frische Luft.«

»Du bist doch gerade erst gekommen«, protestierte sie. Ich sah, dass sie ihre Tasche und ihr Glas gefunden hatte. »Du kannst noch nicht gehen. Komm, tanz mit mir.«

Sie griff nach meiner Hand und zog mich zur Tanzfläche. Lieber hätte ich mir die Augen mit Schaschlikspießen ausstechen lassen. Ich tanzte mit nur zwei Bier. Dabei hatte ich eine strikte Regel: tanzen erst ab zehn Drinks, und dann auch nur, wenn ein paar hochprozentige dazwischen gewesen waren.

Wie aufs Stichwort erschienen ein paar Kellnerinnen auf der Tanzfläche, alle hatten Tabletts mit kleinen Gläsern in den Händen. Wodka Shots. Dee hatte sie geliebt. Ich wertete es als ein Zeichen, dass sie mich aufmuntern wollte und sich darauf freute, mir beim Tanzen zuzuschauen.

Callie nahm ein Glas in jede Hand, und ich tat das auch. Wir kippten den Inhalt herunter, und irgendwie kam ich damit bis ans Ende des Calvin-Harris-Songs. Ich machte eine Geste, als würde ich mir die Kehle durchschneiden, was so viel bedeutete wie: Komm, lass uns aufhören. Sie verdrehte die Augen und klammerte sich an mein Shirt, während wir die Tanzfläche verließen. Endlich fand ich ein sicheres Plätzchen und blieb stehen, in einer Ecke, wo wir nicht von anderen bedrängt wurden. Ich wusste nun wieder, weshalb ich Clubs nicht mochte. Früher war ich nur hingegangen, weil Dee so gern tanzte. Aber selbst dann hatten Jen und ich meist irgendwo auf einer bequemen Couch gesessen und über Gott und die Welt geredet, bis Dee irgendwann völlig erschöpft und glücklich von der Tanzfläche zurückkam.

»Du darfst noch nicht gehen«, wiederholte Callie. »Wir haben dich endlich hierherbekommen, jetzt werden wir das auch ausnutzen.«

»Ja, aber …«

Sie unterbrach jede Ausrede, die ich mir einfallen lassen wollte. »Ist es wegen dem, was ich dir beim letzten Mal gesagt habe?«

Sie hatte jetzt ganz große Augen, war ein bisschen betrunken, hübsch und total sexy. Doch schon bei dem Gedanken hatte ich wieder ein schlechtes Gewissen.

»Was meinst du?«, fragte ich zurück.

Okay, an jenem Abend in ihrem Apartment war sie zutraulich geworden, aber ich hatte das auf zu viel Alkohol und eine gehörige Portion Mitleid zurückgeführt. Jedenfalls war sie am nächsten Tag in die Agentur gekommen, als wäre nichts gewesen, und hatte es seither nie wieder erwähnt. Redeten wir nicht alle mal Unsinn, wenn wir betrunken waren?

»Na ja, das hier.« Sie drückte ihre Lippen auf meine und schlang die Arme um meinen Nacken. Und ich ließ es geschehen. »Lass uns gehen«, sagte sie und nahm meine Hand.

Ich versuchte, mir einzureden, dass ich endlich einen Vorwand hatte, den Club zu verlassen. Doch während ich ihr nach draußen folgte, kam ich zu dem Schluss, dass es Zeit wurde, mir ein paar Wahrheiten einzugestehen.

Ich hatte gewusst, dass sie hier sein würde.

Deshalb war ich hergekommen.

Meine Frau war erst sechs Monate tot.

Und ich verließ den Club mit einer anderen Frau.

Was sagte das über meinen Charakter?

Und wieso sehnte ich mich so danach, Jens Stimme zu hören, die mir versicherte, dass das in Ordnung war?

35. Kapitel

Jen

»Ich bin Jen, Dees Geschäftspartnerin.«

Sein Gesichtsausdruck veränderte sich, wurde freundlicher, als machte das alles gut.

»Sie hat mir viel von Ihnen erzählt«, antwortete er. Damit hatte er mir etwas voraus. *Mir* hatte sie nie etwas von ihm erzählt. Es fiel mir immer noch schwer zu begreifen, dass dieser Mann tatsächlich existierte, dass er hier war und dass ich mich mit ihm unterhielt.

»Ich wünschte, ich könnte das auch behaupten«, antwortete ich und versuchte, einigermaßen ruhig zu klingen. »Aber leider hat sie nie von Ihnen gesprochen. Ich kenne nicht mal Ihren Namen.«

»Brad«, antwortete er freundlich. Offenbar wollte er gerne mehr erfahren, denn er zog einen Stuhl heran und machte dem Kellner ein Handzeichen. Dieser war bereits auf dem Weg zu uns, als sein Daddy, der Restaurantbesitzer, meinen Begleiter sah und auf uns zugeschossen kam.

Brad stand auf und umarmte ihn. »Carlos! Schön, dich zu sehen.«

»Brad. Lange nicht gesehen.« Er machte dem Kellner ein Zeichen. »Diago, bring Wein für unseren Freund!«

Offenbar ein Stammkunde. Solange er mit dem Austausch von Freundlichkeiten beschäftigt war, hatte ich Gelegenheit, ihn genauer zu mustern. Anfang, vielleicht Mitte vierzig. Perfekt sitzender Anzug, gut geschnitten, teure Manschettenknöpfe. Er sah … elegant aus. Das war das richtige Wort. Dunkles Haar, kurz, zurückgekämmt. Alphatier. Die Züge nicht ausgeprägt genug, um klassisch schön zu sein, aber durchaus sehr attraktiv. Selbst im Anzug wirkte er durchtrainiert. Athletisch. Breite Schultern. Sixpack. Ein Typ, der ein Unternehmen leitete oder selbstständig war, der Selbstbewusstsein und Zielstrebigkeit ausstrahlte. Keiner, der im Schlafanzug zu Hause vor dem Fernseher saß und mit seiner Freundin Serien anschaute.

Mir wurde klar, was das bedeutete. Er war das krasse Gegenteil von Luke. Diese Erkenntnis traf mich wie ein Donnerschlag. Luke. Ich hatte nie viel gebetet. Die Tatsache, dass ich Mum so früh verloren hatte und mit einem untauglichen Dad klarkommen musste, hatte mir meinen Glauben an alles Gute und Schöne gründlich vermiest. Doch jetzt schickte ich ein stummes Gebiet an wen auch immer. Bitte, mach, dass es eine total harmlose Erklärung für all das gibt. Aber eine böse Stimme sagte mir, dass es nicht so war. Ich konnte sehr gut verstehen, warum Dee sich zu diesem Mann hingezogen gefühlt hatte. Sein Charme, seine Selbstsicherheit, sein teures Outfit. Sie hatte sich immer nach ein bisschen mehr Glamour gesehnt.

In diesem Moment ging die Tür erneut auf, und Carlos lief los, um die neuen Gäste enthusiastisch zu begrüßen. Der Arme! Es musste ganz schön anstrengend sein, jeden Tag so viel Überschwang aufzubringen.

»Wo ist denn meine kleine Dee? Und darf ich aus der Tatsache, dass sie Sie geschickt hat, schließen, dass Sie unser kleines Geheimnis kennen?«

Der Klang des Wörtchens »Geheimnis« gefiel mir ganz und gar nicht. Oh, Dee, bitte sag mir, dass ich mich irre.

Ehe ich ihm antworten konnte, brachte der Kellner eine Flasche Rotwein und zwei Gläser. Mein neuer Bekannter Brad probierte ihn, nickte und ließ einschenken.

Luke hätte den Kronkorken einer Bierflasche geöffnet.

Gegensätze.

»Zum Wohl!« Er hob sein Glas.

Herrje, wie würde das alles ausgehen? Spontane Entscheidung. Kopf zuerst. Raus damit!

»Brad, es tut mir wahnsinnig leid … Dee ist tot.«

Ein Herzschlag. Dann sackte er in sich zusammen.

»Tot?« Er stellte sein Glas ab, als hätte er Angst, es würde ihm sonst aus der Hand gleiten. Sie hatte ihm also etwas bedeutet, so viel war klar. Es war nicht bloß eine Bekanntschaft oder ein harmloser Flirt gewesen. Aber ich hatte keine Zeit, darüber nachzudenken, denn Brad schaute mich an, als rechnete er damit, dass ich ihm als Nächstes erklärte, dass alles nur ein Scherz sei und ich mit der Pointe herauskam.

Nur leider gab es keine.

»Sie wurde von einem Auto überfahren. Der Typ am Steuer stand unter Drogen und war auf der Flucht vor der Polizei. Er raste über einen Gehweg auf eine Gruppe spielender Kinder zu, und Dee sprang dazwischen, um einem von ihnen das Leben zu retten. Dabei hat das Auto sie selbst erwischt. Sie war auf der Stelle tot.«

Er sagte kein Wort, hob nur ganz langsam das Glas zum Mund und trank einen Schluck. Sein Gesicht war aschfahl.

Ich hatte immer noch keine Ahnung, was für eine Beziehung die beiden gehabt hatten, dennoch war es mir unmöglich, kein Mitleid mit ihm zu haben.

»Wann?«, fragte er schließlich.

»Im Januar.«

Ich sah, wie sich sein Gesichtsausdruck langsam veränderte.

Verwirrung, Verstehen … dann Trauer. Es waren echte Gefühle, das konnte ich sehen, aber er wirkte sehr gefasst. Ein Typ, der bei einer Krise nicht gleich zusammenbrach.

Er brauchte einen Moment, um wieder zur Verwirrung zurückzukehren. »Woher wissen Sie dann von mir?«

»Ich wusste es nicht. Ich habe die von Dee geplante Reise nach New York angetreten, habe die Termine in ihrem Kalender wahrgenommen. Die Briefe und die Blumen im Hotel …«

Er nickte. »Ja, die waren von mir. Ich habe nie verstanden, warum sie darauf nicht reagiert hat. Im Hotel sagte man mir, sie sei dort gewesen …«

»Ich war das. Die Buchung lief unter ihrem Namen.« Er war es also tatsächlich die ganze Zeit gewesen. Jede Hoffnung, dass es sich bei den Briefen und den Blumen um harmlose Gesten eines übereifrigen PR-Verantwortlichen handelte, fiel in sich zusammen.

»Ah. Verstehe. Nachdem sie meinen Brief unbeantwortet ließ, nahm ich an, dass es Probleme gegeben hatte, dass ihr Ehemann sie vielleicht begleitet hatte.«

»Luke«, sagte ich. Ich weiß auch nicht, wieso ich plötzlich das Bedürfnis hatte, seinen Namen auszusprechen. »Der Name ihres Mannes ist Luke.«

Zu meiner Rechten sah ich den Kellner an den Tisch kommen, vermutlich um die Essensbestellung aufzunehmen, aber Brad winkte ihn fort.

Mit gerunzelten Brauen versuchte er zu begreifen. Selbst in dieser Situation verströmte er noch pure, raue Männlichkeit.

»Wieso wusste ich das nicht?« Er schüttelte den Kopf. »Ich habe gedacht, es hätte eine Planänderung gegeben. Wir hatten eine strikte Vereinbarung: keine E-Mails, keine SMS, keine Anrufe, keine Verpflichtungen …«

Die Angst vor der Wahrheit brachte mich fast um, aber ich musste es wissen. »Weil Sie eine Affäre hatten?«

Sag Nein. Bitte sag Nein.

»Ja.«

Nein. Oh, Dee.

»Hat sie Ihnen denn nie etwas davon erzählt?«, fragte er.

Ich schüttelte den Kopf. Traurigkeit. Wut. Erstaunen. Ungläubigkeit. Ein Mix aus Emotionen kämpfte in meinem Kopf um die Vorherrschaft.

»Erzählen Sie es mir?«, fragte ich.

Er trank noch einen Schluck, seufzte. »Was möchten Sie wissen?«

»Wann haben Sie Dee kennengelernt?«

»Vor ein paar Jahren. Sie war in Australien, um ihren Bruder zu besuchen …«

Meine Gedanken hasteten zurück, bis ich die Daten klar hatte. »Aber … aber das war während ihrer Flitterwochen«, stieß ich hervor.

»Ja. Ich besitze mehrere Bars und Restaurants an der Goldküste, und sie ist zufällig in eine hereinspaziert, um einen Bericht für ihren Blog zu schreiben. Das war Schicksal, hat sie immer gesagt.«

Mein wachsender Zorn wurde nur dadurch etwas besänftigt, dass er aufrichtig erschüttert zu sein schien.

»Und seither hatten Sie regelmäßig Kontakt?«

Er lächelte bitter. »Ich reise viel, bin immer auf der Suche nach neuen Investitionen, plane neue Hotels, Clubs, Bars. Und sie reist auch viel … reiste«, korrigierte er sich und atmete tief durch, ehe er weitersprach. »Wir haben uns getroffen, wann immer es möglich war. Wir hatten separate Zimmer, alles im Voraus gebucht. Wenn einer von uns nicht auftauchte, wusste der andere, dass etwas dazwischengekommen war, und dann haben wir uns beim nächsten Mal wiedergesehen. Das ist ein paarmal passiert. Letzten Juni … in Paris …«

»Paris«, wiederholte ich und erinnerte mich. »Ich hatte die Grippe, und sie konnte den Laden nicht allein lassen. Ich weiß noch, dass ich gar nicht verstehen konnte, weshalb sie darüber so sauer war. Sie musste den Trip doch nur um eine Woche verschieben.«

»Da war ich schon wieder fort. Ich war dort, um mich nach einem Standort für einen neuen Club umzuschauen. Nur eine Stippvisite.«

Wieso wusste ich das nicht? Wieso hatte sie mir nichts gesagt? Wie konnte sie mir das antun?

»Was genau war zwischen Ihnen? Haben Sie geplant, irgendwann für immer zusammenzubleiben?«

Er schüttelte den Kopf. »Ich habe Dee geliebt, sie hat mich geliebt. Aber wir wussten beide, dass wir woandershin gehören. Ich bin keiner, der sich bindet. Und sie hatte ein Leben in Schottland, das sie nicht aufgeben wollte.«

»Und einen Ehemann«, wiederholte ich. Es war kindisch, ich konnte dennoch nicht anders.

»Ja, und einen Ehemann«, wiederholte er.

Ich sah, dass sich sein Gesichtsausdruck veränderte. Eine Frage schien ihn zu beschäftigen.

»Ich verstehe, dass Sie wegen der Briefe und der Blumen wussten, dass es mich gibt. Aber woher wussten Sie, wie ich aussehe?«

»Ich habe Sie in New York gesehen, im Jazzclub. Ich wollte gerade zurück ins Hotel, als Sie dort ankamen. Sie haben mir die Taxitür aufgehalten. Damals habe ich mir noch nichts dabei gedacht, dann habe ich Sie aber bei Tiffany wiedergesehen.«

»Dort haben wir uns immer an unserem letzten Vormittag getroffen.« In seiner Stimme klang Wehmut. »Ein Ritual. Ich hab ihr was Schönes gekauft, und sie hat so getan, als wollte sie es nicht.«

Das wurde ja immer schlimmer! Diese ganzen Tiffany-Schmuckstücke … Mir hatte sie immer erzählt, sie hätte sie sich selbst gekauft …

»Waren Sie auch in der Bar des Baccarat-Hotels?«, fragte ich ihn.

Er nickte. »Ja. Noch so eine Gewohnheit. Dee liebte diese Bar.«

Es verschaffte mir ein wenig Befriedigung, dass ich immerhin damit recht gehabt hatte. Ich hatte also richtig vermutet, dass sie dem Fünfsterneluxus und dem Glamour erlegen gewesen war. Ich kannte vielleicht nicht all ihre Geheimnisse, aber ich kannte Dee.

»Ich war dort, hab was getrunken, und als sie nicht aufgetaucht ist, bin ich wieder gefahren.«

Er musste an der Bar gestanden und mir den Rücken zugedreht haben, sonst hätte ich ihn doch bemerkt.

»Ich habe Sie dort nicht gesehen. Erst als ich im Flieger nach Hause saß und noch einmal über die Briefe nachgedacht habe, wurde mir bewusst, dass ich Sie im Club und bei Tiffany getroffen habe. Aber ich habe immer weiter geglaubt, es wäre alles nur ein Zufall, bis ich Sie heute Morgen am Hotelpool entdeckte.« Das überraschte ihn. »Ich habe versucht, Ihnen zu folgen. Am Ende stand ich im Bikini in der Lobby. Nicht einer meiner besten Augenblicke.«

Er lachte leise, und ich nutzte die Gelegenheit, um die Frage zu stellen, die mich schon die ganze Zeit beschäftigte.

»Darf ich Sie fragen, ob Sie gar nicht gebunden sind?« War es das? Zwei Verheiratete, die sich nebenbei amüsierten?

Ich hoffte sehr, dass er die Bitterkeit in meiner Stimme nicht hörte. Ich konnte es nicht verhindern. Von Minute zu Minute wurde ich wütender auf Dee. Wie hatte sie nur so etwas tun können? Hatte sie denn gar nicht an Luke gedacht? War sie so sehr geblendet gewesen von all dem Luxus und dem Glanz, dass sie uns völlig ausgeblendet hatte? Und wieso hatte sie mir gegenüber nie ein Wort erwähnt? Ich wusste wirklich nicht, welche der Fragen mehr wehtat.

»Nein, ich war nie verheiratet. Das ist nichts für mich. Wie gesagt, die Beziehung, die ich zu Dee hatte, war völlig unkompliziert. Wir haben uns getroffen, hatten eine gute Zeit zusammen, dann sind wir in unsere Alltage zurückgekehrt bis zum nächsten Mal. Keine Bindung, keine Verpflichtungen, keine Ansprüche. Wir wussten beide genau, was es war – reines Vergnügen! Wir hatten eine großartige Zeit zusammen, und das war alles, was es je sein sollte. Sie wollte sich nicht scheiden lassen, und ich wollte nicht heiraten, also war es perfekt. Sie war perfekt.«

»Ich bin mir nicht sicher, ob ihr Mann Ihnen in diesem Augenblick zustimmen würde.« Es fiel mir immer schwerer, ruhig zu bleiben.

»Dee sagte immer, unsere Beziehung habe sie und ihren Mann zusammengehalten. Habe die Spannung aufrecht gehalten. Ich glaube, sie hat Luke und mich auf ganz unterschiedliche Weise und aus ganz unterschiedlichen Gründen geliebt.«

Darauf wusste ich keine Antwort. Ich konnte mir nicht einmal annähernd vorstellen, wie man zwei Männer gleichzeitig lieben konnte.

Mein Schweigen verschaffte ihm Gelegenheit, eine neue Frage zu stellen. »Werden Sie ihm von mir erzählen?«

»Ich schätze, das muss ich. Luke ist ein anständiger Kerl. Es wäre unfair, es ihm nicht zu sagen.«

Ich dachte jetzt laut, instinktiv. In Wahrheit wollte ich Luke diese Nachricht ganz und gar nicht zumuten.

Er stellte sein Weinglas ab und dachte einen Moment nach. »Ich finde, es wäre unfair, es ihm zu sagen. Dann gäbe es noch ein Gespenst, mit dem er künftig leben muss.«

Heiße Wut überkam mich, und ich wusste nicht einmal, auf wen. Auf den selbstsicheren Mann vor mir? Auf Dee, die uns alle in diese Situation gebracht hatte? Oder auf mich, die nichts mitbekommen hatte? Die ihre beste Freundin nicht genug gekannt hatte, um zu spüren, wozu sie in der Lage gewesen war?

Ich hätte es wissen müssen. Ich konnte es nicht fassen.

Warum, Dee? Warum waren wir dir nicht genug?

Die Antwort stand direkt vor mir. Brad und sein schillerndes Leben waren so weit entfernt wie nur möglich von unserem Leben in Weirbridge. Unser Leben zu Hause hätte Dees Hunger nach Leben niemals stillen können. Auf seltsame Weise hatte Brad recht. Weil er ihre Abenteuerlust befriedigt hatte, war es ihr möglich gewesen, ein normales Leben zu Hause mit uns zu führen.

Es gab nichts, was ich nicht für sie getan hätte, aber mir war trotzdem übel bei dem Gedanken, was sie gemacht hatte. Wie konnte sie nur? Die Frage kreiste unaufhörlich in meinem Kopf, ich schaffte es dennoch nicht, sie vor diesem Mann laut auszusprechen. Diesem Fremden. Einem Fremden, der meine beste Freundin geliebt hatte und den sie ebenso geliebt hatte. Ich wollte ihn hassen, doch im Moment tat er mir nur leid. Schließlich hatte er sie auch verloren.

Das Mitleid wich Angst und der Gewissheit, dass es irgendwie illoyal gegenüber Luke war, hier zu sitzen.

Zeit zu gehen. Ich wusste nicht alles, aber ich wusste genug.

»Sie wollen gehen?«, fragte er, als ich aufstand. Es war keine Frage.

»Ja. Es tut mir leid … Das ist einfach alles zu viel für mich.«

»Das verstehe ich.« Er griff in seine Jackentasche und zog eine schwarze Lederbrieftasche hervor. Er klappte sie auf und nahm eine Visitenkarte heraus.

In diesem Moment sah ich ihr Gesicht. Ein Schnappschuss. Dieses Julia-Roberts-Lächeln, die roten Haare. Er hatte ihr Foto bei sich. Wenn es noch einer Bestätigung bedurft hatte, dass dieses Verhältnis nicht bedeutungslos gewesen war, dann war es das Foto.

»Sollten Sie je Kontakt mit mir aufnehmen wollen, hier ist meine Nummer.« Er reichte mir die Karte.

Ich nahm sie. »Das werde ich nicht tun«, antwortete ich ehrlich. Ich hatte ihm nichts mehr zu sagen, selbst hier zu sitzen fühlte sich wie Verrat an Luke an.

»Ich weiß«, sagte er leise. »Darf ich Sie ins Hotel zurück begleiten?«

Er hatte Manieren. Zwei anständige Männer. Dee hatte einen guten Geschmack.

»Nein, danke. Ich muss jetzt unbedingt einen klaren Kopf bekommen.«

Er merkte, dass es keinen Sinn machte zu diskutieren. Ich ließ ihn mit seinem Glas Wein und seinen Gedanken allein. Noch ein Herz war gebrochen.

Die kühle Nachtluft umgab mich, als ich zum Hotel ging. Ich wollte nur dorthin zurück, packen, bei der Airline anrufen und auf den ersten Flug am kommenden Morgen umbuchen, um aus dieser Stadt zu verschwinden, in der die Erinnerung an meine beste Freundin so befleckt worden war.

Auf den Straßen war noch immer viel los. Typisch Spanien.

Es war nicht ungewöhnlich, um zehn Uhr abends oder noch später zu essen. Niemand schenkte mir einen zweiten Blick, als ich durch die Stadt lief. Alle gingen ihrem normalen Leben nach und waren völlig ahnungslos, welche Bombe gerade in meinem hochgegangen war.

Im Hotel hielt mir der Concierge die Tür auf. Ich bedankte mich, durchquerte die Lobby und fuhr mit dem Aufzug in mein Zimmer.

Erst als ich die Tür hinter mir geschlossen hatte, gaben meine Beine nach. Ich sank völlig erschöpft zu Boden. Wie konnte sie nur?

Dee, was hast du dir dabei nur gedacht?

Seit dem Abend, als Pete mich verlassen hatte, hatte ich mich nicht mehr so einsam und verzweifelt gefühlt.

Als ich ein wenig Kraft gesammelt hatte, stand ich auf, ging zur Minibar und nahm ein Fläschchen Gin heraus. Es würde nicht ausreichen, daher rief ich den Zimmerservice an und bestellte drei Gin Tonic und einen Kübel mit Eis. Noch während ich wartete, öffnete ich das Fläschchen aus der Minibar, schenkte den Gin in ein Glas, eine Dose Tonic dazu und setzte mich auf die Bettkante. Viel zu unruhig und zu aufgedreht stand ich wieder auf und öffnete meinen Koffer. Ich begann, meine Siebensachen zusammenzusuchen und hineinzuwerfen. Innerhalb weniger Minuten war ich fertig. Ich zog Dees iPad aus dem Safe und ging auf die Website der Airline. Sie berechneten mir einen Hunderter für die Umbuchung! Pure Geldmacherei, aber ich hätte auch das Doppelte bezahlt, wenn ich dafür schneller nach Hause kam.

Der Zimmerservice klopfte an, und ich gab dem Typen zehn Euro Trinkgeld. Sollte doch wenigstens einer einen schönen Abend haben.

Ich zog mein Handy hervor und schaute auf das Display, um die Uhrzeit zu checken. Ein Uhr nachts. Also Mitternacht in Großbritannien. Ich nahm das Headset, suchte unter meinen Favoriten Lukes Namen und … nach kurzem Zögern warf ich das Handy zur Seite. Ich konnte ihn jetzt nicht anrufen. Erst musste ich gründlich überlegen, wie ich es ihm am besten beibrachte. Hey, Luke, deine verstorbene Frau hat von der ersten Minute eurer Hochzeit an einen anderen gevögelt.

Er hatte verdient, es zu erfahren, aber ich konnte es ihm nicht am Telefon sagen. Es musste unter vier Augen passieren.

Ich kippte den ersten der Gin Tonics herunter, dann legte ich mich aufs Bett und ging meinen Gedanken nach.

»Wie konntest du das nur tun, Dee?«, fragte ich dieses Mal laut. »Und warum hast du mir nicht genug vertraut, um mit mir darüber zu reden? Wie konntest du das geheim halten? Wieso habe ich nie etwas geahnt? Luke hat dich so geliebt, und du hast ihn so hintergangen. Warum? Was hat dir das Recht dazu gegeben?« Ich dachte wieder an Brads Bemerkung. Er hatte behauptet, Dee hätte sich niemals von Luke trennen wollen. »Wieso nicht? Wieso hast du Luke nicht gehen lassen und ihm die Chance gegeben, eine Frau zu finden, die ihn nicht das gesamte Eheleben betrügt? Was hast du dir nur gedacht? Dass das okay war? Wie verkommen warst du?«

Noch während ich sprach, wurde mir klar, dass es typisch Dee war. Lebe für den Moment. Dieses starke Bedürfnis nach Aufregung. Ihre Begeisterung fürs Abenteuer, kombiniert mit einer Schwäche für Glanz und Glamour. Brad mit seiner Eleganz und seinem großzügigen Lebensstil musste unwiderstehlich für sie gewesen sein. Das sah ich jetzt ganz klar.

Warum war sie dann bei Luke geblieben?

Aber ich kannte die Antwort auf diese Frage. Sie hatte ihn

geliebt. Sie hatte ihn wirklich geliebt. Das, was sie verbunden hatte, war einzigartig gewesen. Dee hatte nur nie genug bekommen, kein Abenteuer hatte ihre Sehnsucht nach mehr stillen können – mit der schnellsten und steilsten Achterbahn fahren, mit dem Fallschirm aus höchster Höhe aus einem Flugzeug springen, mit dem Geschäft immer weiter expandieren. Mir war nur nie klar gewesen, dass das auch für ihren Ehemann gegolten hatte.

Es würde Luke endgültig das Herz brechen, aber wie konnte ich es ihm vorenthalten? Er kämpfte so sehr darum, einen Weg der Heilung zu finden. Wir beide taten das. Die einzige Zeit, in der wir uns annähernd glücklich fühlten, war, wenn wir zusammen waren, zwei emotionale Wracks, die sich gegenseitig Halt gaben …

Ich musste weggedöst sein, vermutlich dank der beruhigenden Wirkung des Gins, denn das Nächste, was ich wahrnahm, war das hartnäckige Vibrieren meines Handys. Ich wühlte hektisch unter der Bettdecke, bis ich es gefunden hatte. 6.00 Uhr stand auf dem Display, darüber LUKE. Schon beim Anblick seines Namens wurde ich panisch.

»Hi«, krächzte ich. Meine Kehle fühlte sich an, als hätte ich einen Sack Sand verschluckt

»Oh, entschuldige, hab ich dich geweckt?«, fragte er. Ich hörte an seiner Stimme, dass etwas passiert war.

Himmel, wusste er Bescheid? Hatte er es herausgefunden? War ich so betrunken gewesen, dass ich ihn doch angerufen hatte? Nein, das war ausgeschlossen.

»Nein, ist schon okay. Ich wollte gerade aufstehen. Alles in Ordnung? Du klingst so …«

»Ich bin gerade erst nach Hause gekommen.«

»Aber es ist doch …«, ich versuchte verzweifelt, mich zu

erinnern, ob es zu Hause eine Stunde früher oder später war, »… fünf Uhr. Hattest du so eine wilde Nacht?«

Alles gut bei ihm. Vielleicht ein bisschen zu viel getrunken? Wahrscheinlich war er doch bei dieser Agenturparty gewesen. Ich hatte ihm dazu geraten, aber er hatte große Angst davor gehabt.

»Ich war bei Callie«, sagte er. »Über Nacht.«

»Über Nacht wie: Ich hab bei ihr auf der Couch geschlafen?« Bitte sag Ja. Ich flehe dich an. Ich konnte jetzt nicht noch einen Schock verkraften. Dabei hatte Luke wirklich jedes Recht zu tun, was er wollte, vor allem nach dem, was ich am Abend zuvor über Dee erfahren hatte.

»Nein.« Er seufzte. »Ich hab die Nacht *mit* ihr verbracht.«

Mein Herz sank. Oh, Luke. In jedem seiner Worte steckte so viel Kummer, dass ich nicht mal zu fragen brauchte, wie es ihm jetzt ging. Mein Magen drehte sich, und mir wurde übel. Wie war ich nur in diesen Schlamassel geraten?

Ich warf das Handy aus der Hand und schaffte es gerade noch rechtzeitig ins Bad, ehe ich mich übergab, bis ich nichts mehr im Magen hatte. Mit zitternden Beinen versuchte ich mich aufzurichten, als das Zimmertelefon klingelte. Ich hatte noch nie verstanden, wieso es in Hotels Telefone im Bad gab – für mich war bisher keine Situation denkbar gewesen, die mich dort zum Plaudern einladen würde. Das änderte sich jetzt schlagartig.

Ich nahm den Hörer ab. »Hallo?«

»Jen, bist du okay? Du warst plötzlich weg, und als ich dich zurückrufen wollte, bist du nicht mehr rangegangen.«

»Sorry, ich musste mich …« Kalter Schweiß trat auf meine Stirn. Er lief mir über das Gesicht, die Hände, den Rücken. »Mir geht es nicht gut. Ich glaube, ich habe gestern Abend zu viel getrunken.«

»Und ich bin nicht bei dir! Gott, was sind wir für ein trauriges Paar!« Es klang beinahe melancholisch, und ich wusste nicht, was ich darauf antworten sollte.

Luke hatte mit Callie geschlafen. Sollte ich ihm einen Vorwurf machen, dass er Dees Erinnerung untreu war? Ihm sagen: »Gut gemacht!« und mich freuen, dass er endlich wieder ein bisschen Spaß am Leben hatte? Oder sollte ich sagen, dass ich mir wirklich wünschte, er hätte es nicht getan? Das Letzte stimmte. Ja, es war egoistisch, und ja, ich hatte Mark geküsst, daher stand mir überhaupt kein Urteil zu, aber es veränderte alles. Vorher waren wir zwei Menschen gewesen, die versucht hatten, ihr Leben neu zu ordnen. Wir hatten uns gegenseitig geholfen, weil wir die Einzigen waren, die wirklich verstehen konnten, was der andere durchgemacht hatte. Jetzt hatte sich das verändert. Er hatte es verändert.

»Und wie fühlst du dich?«, fragte ich.

Ich hörte Luke seufzen, dann sagte er: »Ich glaube, ich habe mich noch nie so sehr gehasst.«

Seine verzweifelte Stimme, der deutlich wahrnehmbare Schmerz waren wie rote Signallampen dafür, dass jetzt nicht der geeignete Zeitpunkt war, um ihm von Brad zu erzählen.

36. Kapitel

Val

Eigentlich war ich fest entschlossen gewesen, an diesem Abend zu Hause zu bleiben. Zumindest redete ich mir das ein. Aber es war eine Lüge, denn ich hatte die Schlaftablette, die es mir unmöglich gemacht hätte, Auto zu fahren, nicht genommen. Stattdessen hatte ich im Bett gelegen, auf den Wecker gestarrt, gehorcht, bis ich sicher war, dass Don schlief, dann war ich aufgestanden, hatte mich leise angezogen und war aus dem Haus geschlichen. Dieses Mal fuhr ich zuerst zum Supermarkt, kaufte ein wie immer und ging danach ins Café.

Sie war nicht da. Hinter der Theke stand ein Mann, ein muskelbepackter Hüne mit rasiertem Schädel und einem Lächeln, das schiefe Zähne entblößte. Ich ging sofort wieder. Wie immer würde ich an der Tafel vorbeifahren, die Tüte dort an die Tür hängen und danach nach Hause.

Das musste aufhören. Ich verlor allmählich völlig den Verstand. Ich musste nach Hause fahren. Diesem Wahnsinn ein Ende setzen. Mich endlich in den Griff bekommen.

Ein paar Minuten später bog ich schon wieder in ihre Straße. Ich fuhr auf den Parkstreifen gegenüber ihrem Haus, schaltete den Scheinwerfer aus, ließ aber Motor und Heizung an, denn trotz der Sommernacht war es empfindlich kühl.

Im Haus brannten keine Lichter.

Ich starrte auf die Fenster, eins nach dem anderen, fragte mich, in welchem Zimmer er wohl schlief und ob ich ihn verletzen würde, wenn ich etwas hineinwarf.

Wenn ich doch nur den Mut hätte, es zu probieren.

Keine Ahnung, wie lange ich da gestanden hatte, als mich plötzlich ein Lichtschein erfasste. Ein Auto parkte hinter mir ein.

Jeder Nerv in mir schrie auf, mein Herz fing an zu rasen. Panik, Wut, Angst, Hass. Das konnte nur er sein. Wer sonst außer einem Junkie oder einer verzweifelten, vor Trauer erstickenden Mutter würde sich um diese Zeit nachts hier herumtreiben?

Wieder ein Licht. Ein anderes Licht als vorhin. Es war ein einzelner Strahl, und ich sah im Seitenspiegel, wie er immer größer wurde. Ich presste die Zähne zusammen. Komm nur her! Ich hab keine Angst vor dir, du unnützer Abschaum. Ich werde dafür sorgen, dass du bekommst, was du verdienst.

Ich erschrak, als plötzlich jemand an mein Seitenfenster klopfte. Aber ich hatte tatsächlich keine Angst. Seit Monaten stellte ich mir diesen Augenblick vor, plante ihn, malte mir aus, wie er ablaufen würde. Jetzt war es so weit.

Ich öffnete das Fenster, adrenalingestärkt.

»'n Abend, Madam. Könnten Sie bitte kurz aus dem Wagen steigen?«

Die Erkenntnis traf mich wie ein Schlag ins Gesicht.

Ich stieg aus. Über die Schulter eines Polizisten hinweg, der aussah wie zwölfeinhalb, sah ich, dass im Haus des Mistkerls ein Licht anging. Er hatte tatsächlich wegen mir die Polizei gerufen? Meine Emotionen fuhren Achterbahn. Aus einer kurzen Irritation wurde kochender Zorn.

»Darf ich fragen, was Sie hier tun?«, fragte der Beamte.

»Ich beobachte das Haus von diesem Bastard, der meine Tochter umgebracht hat.«

Die Antwort hatte er nicht erwartet. Sein Partner, ein älterer

Mann, der neben dem Polizeiwagen stehen geblieben war, trat näher.

»Madam, darf ich Sie um Ihren Namen bitten?«

»Val Murray.«

»Und Ihre Tochter?«

»Dee Harper.«

Unmittelbares Verstehen. Der ältere Beamte nickte dem jüngeren kurz zu und trat noch einen Schritt weiter vor, um zu übernehmen.

»Ich erinnere mich an den Fall. Es tut mir sehr leid, was mit Ihrer Tochter geschehen ist. Darren Wilkie steht unter Anklage, stimmt's?« Es war eine Frage, aber er kannte die Antwort.

»Ja.«

Ich nickte. Es wunderte mich nicht, dass sie über Wilkie und seine Verbrechen Bescheid wussten. Glasgow war zwar eine große Stadt, aber Dees Tod war Stadtgespräch gewesen.

»Mrs. Murray, ich muss Sie bitten, kurz mit zu unserem Fahrzeug zu kommen. Wir haben eine Beschwerde vorliegen, weil Ihr Wagen mehrfach hier gesichtet worden ist. Wir müssen Ihre Personalien aufnehmen.« Ich sah, dass ihm das schwerfiel. Er tat nur seinen Job. Ich verstand. »Wir machen es so kurz wie möglich, es ist auch nicht nötig, dass wir dazu zur Wache fahren«, versicherte er, als ich mich nicht regte.

Selbst in meinem Zustand registrierte ich, dass in seinen Worten Mitgefühl lag. Wir wissen, dass Ihnen das unfair erscheint. Kommen Sie einfach kurz mit, wir erledigen es ganz schmerzlos …

Es war mir egal. Ich hatte in meinem Leben nie etwas Böses getan, allenfalls mal falsch geparkt oder die zulässige Geschwindigkeit überschritten, und nichts konnte schlimmer sein, als das, was ich hinter mir hatte. Ich dachte an Don und

Mark, und ich wusste, dass sie außer sich sein würden, wahrscheinlich sauer, aber auch das war mir egal. Es ging nicht um sie, es ging um Dee.

Ich wollte ihnen gerade folgen, als ich auf einmal einen Schatten wahrnahm. Eine dunkle Gestalt kam auf uns zu. Ich erstarrte. Der Polizist merkte es sofort und drehte sich um. Unwillkürlich legte er den Arm um mich, um mich zu beschützen.

Für den Bruchteil einer Sekunde dachte ich, es wäre Darren Wilkie. Aber nein. Zu klein. Zu schmal.

Als sie näher kam, erblickte sie mich und riss die Augen auf. »Ich kenne Sie doch! Sie waren ein paarmal im Café.«

Ich antwortete nicht, sah sie nur an. Ihre Wangen waren noch eingefallener als beim letzten Mal, als ich sie gesehen hatte, unter ihren Augen lagen dunkle Schatten.

»Sie sind diejenige, die immer hier draußen steht?«

Ich zuckte nicht zurück. Der Polizist trat vor, um die Lage zu klären. Dabei wurde deutlich, dass er die Frau kannte. »Mrs. Wilkie, das ist Mrs. Murray.«

Ein leerer Blick. Der Name sagte ihr offensichtlich nichts. Ich beschloss, ihr auf die Sprünge zu helfen.

»Ich bin Dee Harpers Mutter. Ihr ungeratener Sohn hat meine Tochter totgefahren. Aber bitte, ich lasse mich gern festnehmen. Schlimmeres als das, was Ihre Familie uns angetan hat, kann mir nicht mehr passieren.«

Ihr Kopf zuckte zurück, als hätte ich sie geohrfeigt. Sie war sprachlos.

»Wir wollten uns nur kurz mit Mrs. Murray im Auto unterhalten. Wir kümmern uns darum. Am besten gehen Sie zurück ins Haus.« Einer der Polizisten.

Besser hätte ich es nicht beschreiben können. Kriechen Sie zurück in Ihre Gosse.

»Nein«, antwortete sie. Es war erst nur ein Flüstern, dann gelang es ihr, etwas lauter zu sprechen. »Bitte, vergessen Sie meinen Anruf und lassen das hier auf sich beruhen, Jim.« Sie sah den älteren der beiden Männer an. Ich weiß nicht, was mich mehr überraschte: dass sie seinen Namen kannte oder dass sie nicht wollte, dass sie mich zur Rede stellten.

Nach kurzem Nachdenken nickte er. »Okay. Ich denke, das ist das Beste, Margo«, sagte er, ehe er sich an mich wandte. »Mrs. Murray, wenn Sie möchten, können Sie jetzt nach Hause fahren.«

Die Erleichterung war ihm deutlich anzumerken. Gehen Sie weiter. Hier gibt es nichts zu sehen. Doch dann sprach sie weiter, wieder an mich gewandt. »Kann ich kurz mit Ihnen sprechen? In Ruhe. Nicht hier.«

Wieder schockierte sie mich. Was sollte ich ihr antworten? Ich hatte ihr ein paar Wahrheiten zu sagen, und mein Adrenalinspiegel war hoch, also sagte ich Ja.

»Okay, aber ich komme nicht mit rein«, stieß ich hervor. Im Leben würde ich keinen Schritt in das Haus ihres Sohnes setzen.

»Dann vielleicht in Ihrem Auto«, schlug sie vor. Ich nickte, und sie wandte sich an die Polizisten. »Danke, Jim.«

»Wir sind ungefähr eine Stunde in der Gegend«, antwortete er. »Wenn jemand von Ihnen noch ein Problem hat, rufen Sie an. Mrs. Murray, das mit Ihrer Tochter tut uns wirklich sehr leid.« Er machte seinem Partner ein Zeichen, dann stiegen die beiden in ihren Dienstwagen und fuhren davon.

Erst als ich auf meinem Fahrersitz saß, wurde mir klar, dass ich am ganzen Körper zitterte.

Die Mutter des Bastards stieg neben mir ein. Eine Zeit lang sagte keine von uns ein Wort.

»Ich habe die Polizei verständigt, weil ich dachte, Sie wären ein Drogendealer«, begann sie schließlich.

»Ach was!«

Ich starrte weiter aus dem Fenster, wagte es nicht, sie anzuschauen. Der Gedanke, dass sie in meinem Auto saß, auf dem Platz, auf dem Dee so oft gesessen hatte, war mir unerträglich.

»Ständig taucht einer von ihnen hier auf«, erklärte sie weiter. »Darren schuldet offenbar der halben Stadt Geld. Wir sind schon so oft belästigt worden, dass ich einen engen Draht zur Polizei habe. Sie haben bisher noch nicht kapiert, dass er nicht mehr hier ist.«

»Nicht mehr hier? Wo ist er denn?«

»Er sitzt. Seit Monaten. In Barlinnie. Das hat nichts mit dem zu tun, was mit Ihrer Tochter passiert ist. Diesmal waren es Drogen. Mal wieder. Er dealt seit Jahren. Süchtig ist er schon viel länger. Wenn uns nicht die Dealer heimsuchen, dann er, weil er Geld für neues Zeug braucht.« Unglaublich, dass sie mir das alles erzählte. Mit so etwas hatte ich ganz und gar nicht gerechnet. Ich hatte gedacht, sie würde versuchen, ihn zu verteidigen, aber ihre Verachtung für ihn sprach aus jedem einzelnen Wort. »Mrs. Murray, es gibt nichts, was ich sagen oder tun kann, um das mit Ihrer Tochter ungeschehen zu machen. Es tut mir sehr, sehr leid. Wirklich. Sie müssen uns hassen, und das kann ich nur zu gut verstehen. Es gibt nichts, was ich zu seiner Verteidigung sagen könnte, denn ganz ehrlich, mit Darren ist einfach vieles schiefgelaufen. Er war sein Leben lang in Schwierigkeiten, schon als kleiner Junge. Besondere Schulen. Heime. Immer wieder Gefängnis. Dieses ist das einzige Zuhause, das er je hatte, aber er ist schon lange nicht mehr willkommen. Er ist schlecht, das ist die Wahrheit. Wir haben alles versucht, um ihn auf die rechte Bahn zu lenken, es hat nicht funktioniert. Ich könnte den ganzen Tag hier sitzen und Ihnen erzählen, was er unserer Familie angetan hat, mir und meinem Mann, Gott sei seiner Seele gnädig, aber ich möchte nicht, dass Sie denken, ich würde versuchen, meinen Schmerz mit Ihrem zu vergleichen. Keines unserer anderen Kinder ist so geworden. Alle schämen sich für ihn. Ich entschuldige mich für alles, was er Ihnen genommen hat.« Ein heftiger Husten schüttelte sie plötzlich. »Lungenkrebs«, sagte sie. »Fünfzig Jahre geraucht. Ich sage das nicht, um Ihr Mitleid zu bekommen, sondern nur, damit Sie es wissen.« Das erklärte ihre veränderte Frisur. Wieder ein Hustenanfall. »Die Chemo ist schrecklich«, krächzte sie, als sie wieder Luft bekam.

Ich hätte aus Stein sein müssen, um kein Mitgefühl für sie zu empfinden. Lieber Himmel, was für ein Leben. Ich hatte Wilkie und seiner Familie im letzten Jahr sonst was an den Hals gewünscht, aber nicht so etwas, nicht jetzt, nicht einer Mutter, die vom Leben so gebeutelt war.

Eine ganze Weile sagte keine von uns etwas. Dann fand ich meine Stimme wieder. »Unsere Dee war etwas ganz Besonderes«, sagte ich. »Sie hatte eine außergewöhnliche Persönlichkeit. Sie hatte einen Mann. Freunde. Einen tollen Beruf. Das ist alles weg. Ich werde nie erleben, wie sie alt wird, werde nie ihre Kinder im Arm halten.« Ich brachte die Worte nur stockend hervor, jedes begleitet von unsäglicher Trauer. »Er hat ihr das genommen. Uns allen. Ich habe noch nie jemanden so gehasst wie ihn.«

Sie atmete schwer. Die Scheiben beschlugen, schufen einen Kokon, der uns vor der Außenwelt abschirmte.

»Sie sind also hergekommen, um auf ihn zu warten?«, fragte

sie. »Ich habe Ihr Auto nämlich ein paarmal gesehen. Deshalb habe ich die Polizei angerufen.«

»Ich weiß es nicht«, antwortete ich ehrlich. »Ich weiß wirklich nicht, was ich getan hätte. Seit Dees Tod habe ich keine einzige Nacht geschlafen, deshalb bin ich einfach nur durch die Gegend gefahren. Ihr Haus war oft mein Ziel. Und das Café.«

»Woher wussten Sie, dass ich dort arbeite?«

»Ich bin eines Abends hier vorbeigekommen und habe Sie aus dem Haus kommen sehen. Dann bin ich Ihnen einfach gefolgt.« Es gab keinen Grund, die Wahrheit zu verleugnen. »Ich weiß, dass das alles keinen Sinn macht. Aber seit der Sekunde, als er in dieses Auto stieg und den Motor startete, macht nichts mehr Sinn.« Die Tatsache, dass ich hier saß und mit seiner Mutter sprach, während allmählich die Sonne aufging, war Beweis genug.

»Er wird bis zur Gerichtsverhandlung im Knast bleiben«, sagte sie. »Er hat das verdient, und es bricht mir das Herz, so etwas über meinen Sohn zu sagen. Ich verstehe gut, dass Sie uns hassen. Wenn das einem meiner Mädchen passiert wäre, würde ich das auch tun.«

Sie hatte also Töchter. Bisher hatte ich nie einen Gedanken daran verschwendet, dass es noch weitere Familienmitglieder geben könnte. Nur ihren Sohn. Sie krümmte sich unter einem erneuten Hustenanfall.

»Die Polizei hat uns gesagt, dass er auf unschuldig plädiert«, sagte ich. »Wir werden also jede Einzelheit des Tages durchgehen müssen, alles noch einmal durchleben, weil er nicht Manns genug ist, für sein Verbrechen einzustehen. Hat er uns denn nicht schon genug Schmerz zugefügt? Aber ich werde hingehen, weil ich ihn leiden sehen möchte.«

Sie nickte stumm. »Das verstehe ich. Ich würde es auch tun.«

Sie legte die Hand auf den Türgriff, dann zögerte sie. »Glauben Sie bitte nicht, dass wir ihn unterstützen oder dass meine Familie seine Taten rechtfertigt. So ist es nicht. Es klingt schrecklich, aber für uns ist er schon lange tot.«

Mit ihrer schmalen Hand öffnete sie die Tür. Instinktiv berührte ich ihren Arm.

»Ich bin froh, dass wir miteinander gesprochen haben«, sagte ich und meinte jedes Wort ehrlich. »Ich werde Sie von nun an nie wieder belästigen.«

Ihr trauriger Gesichtsausdruck sagte mir, dass sie das bereits wusste.

Ich fuhr nach Hause, wie betäubt. Jeder einzelne Satz des Gesprächs ging mir noch einmal durch den Kopf. Ein Gedanke beschäftigte mich dabei besonders – in gewisser Weise war ihr Schicksal noch viel schlimmer als meins. Ich hatte Dee verloren, aber mir blieben als Trost mein Stolz auf sie und die Gewissheit, dass sie eine anständige und gute Person war, die nie jemandem wehgetan hatte, dass sie geliebt hatte und zurückgeliebt worden war. Darren Wilkies Mutter hatte ihren Sohn verloren, und alles, was ihr geblieben war, waren ein gebrochenes Herz und tiefe Scham.

Es war bereits hell, als ich auf den Parkplatz am Ende unserer Straße fuhr, langsam zu unserem Haus ging und die Tür aufschloss.

Don kam mit blassem Gesicht aus der Küche. Als er mich sah, erstarrte er und riss mich in seine Arme, als wäre ich gerade von den Toten auferstanden.

»Um Gottes willen, Val, wo warst du? Mark und ich waren die ganze Nacht auf den Beinen. Wir wollten gerade die Polizei anrufen.«

Er hielt mich, als wollte er mich nie wieder loslassen. Zum

ersten Mal seit langer, langer Zeit fühlte es sich gut an, in seinen Armen zu sein.

»Das ist eine lange Geschichte, Don. Wir machen uns einen Kaffee, dann erzähle ich dir alles.«

37. Kapitel

Jen

Ich war nicht traurig, als Mark mir eine SMS schrieb, dass er später kommen würde. Im Gegenteil. Eigentlich war ich sogar froh, dass ich noch einen kleinen Aufschub hatte, ehe ich ihn wiedersah. Ich war müde, ich war gereizt, ich hätte am liebsten den Laden gar nicht aufgeschlossen.

Am Tag zuvor hatte ich lange nachgedacht. Nach dem Rückflug aus Barcelona hatte ich mir ein Taxi genommen und war sofort zu mir nach Hause gefahren. Luke hatte ich erzählt, ich müsse unbedingt dort sein, weil der Immobilienmakler mit dem ersten Interessenten vorbeikommen würde. Das war nicht ganz gelogen. Der Makler war tatsächlich mit einem Interessenten gekommen, aber er hatte die Besichtigung allein begleitet, weil ich das nicht ertragen hätte.

Auf dem Rückweg von Barcelona hatte ich entschieden, wieder in mein Haus zurückzuziehen, bis es verkauft war. Ich wollte sicher sein, dass es zu jedem Besichtigungstermin blitzblank war. Das redete ich mir jedenfalls ein. In Wahrheit konnte ich nicht in Lukes Nähe sein, schließlich hatte ich ununterbrochen Dees Betrug im Kopf und war hin- und hergerissen, ob ich es ihm sagen sollte oder nicht. Er hatte angeboten, mir beim Aufräumen zu helfen, aber ich hatte abgelehnt, hatte behauptet, ich sei fix und fertig, würde die Arbeit lieber schnell allein hinter mich bringen und danach Schlaf nachholen.

Haha.

Die halbe Nacht rechnete ich damit, dass er trotzdem auftauchte – zum Glück tat er das nicht. Okay, ich war vielleicht eine miese Freundin, aber im Moment schaffte ich es einfach nicht, mich um ihn zu kümmern. Ich hatte genug eigene Probleme am Hals. Gott, ich kam mir so unglaublich naiv vor! Dee war eine Serienbetrügerin, Pete ein verkommener Ehebrecher, und Luke vögelte sich fröhlich durch die Gegend. Warum hatte er das getan? Und warum machte es mir so viel aus? Es wäre doch ohnehin früher oder später passiert. Tja, vielleicht hatte ich mich innerlich in einer Art Komfortzone eingerichtet, in der er und ich gegen den Rest der Welt standen, und jetzt war er einfach ausgebrochen und hatte mich allein gelassen. Das brauchte ich alles nicht. Ganz und gar nicht. Ich fand die Welt gerade ziemlich zum Kotzen.

Um zu prüfen, ob nach meinem Wochenendtrip die Regale eingeräumt waren und alles seine Ordnung hatte, ging ich eine Stunde früher ins Geschäft. Josie kam kurz nach mir, eine E-Zigarette im Mundwinkel. Offenbar ihr neuester Versuch, endlich mit dem Rauchen aufzuhören. Ich hatte völlig vergessen, dass sie sich angekündigt hatte, weil sie am Samstagabend keine Zeit gehabt hatte. Wenn ich mich recht erinnerte, hatte sie irgendwas von einem Ausflug mit ihren Literaturfreundinnen im Zusammenhang mit Tom Jones erzählt.

Ich beschloss, so zu tun, als ginge es mir gut, weil ich keine Lust auf eines ihrer unangenehmen Verhöre hatte.

»Du siehst aus, als hättest du in eine Zitrone gebissen«, bemerkte sie spitz, ehe sie direkt zur Sache kam. »Also, was ist los?«

Offenbar musste ich dringend an meinem »Alles in bester Ordnung«-Gesicht arbeiten. »Nichts. Ich hatte bloß ein anstrengendes Wochenende.« Die Untertreibung des Jahres!

»Ich dachte, du warst in Barcelona.«

»Genau. Es ist eine lange Geschichte, Josie, und wenn du mich nicht nerven willst, lässt du das Thema jetzt einfach auf sich beruhen.«

Sie stellte ihre Handtasche ab, zog Dees Schreibtischstuhl hervor und sah mich erwartungsvoll an. »Beruhen lassen läuft bei mir nicht«, verkündete sie entschlossen.

Der Damm brach. Eigentlich hatte ich die Lügen und Geheimnisse für mich behalten wollen, aber ich fühlte mich so elend, dass ich ihr alles erzählte. Dees Affäre. Lukes One-Night-Stand. Petes Gleichgültigkeit und seine neue Beziehung. Wie schrecklich mir das alles zusetzte. Ich musste es einfach loswerden, und Josie war dafür die beste Person. Es gab nichts, womit sie nicht klarkam, nichts schockierte sie, und was am Wichtigsten war: Sie liebte jeden von uns. Außer Pete.

Als ich fertig war, warf sie ihre E-Zigarette zur Seite und kramte eine Schachtel richtige Zigaretten aus ihrer Handtasche. Dann schob sie einen Stuhl ans Fenster, öffnete es, setzte sich auf den Sims und lehnte sich weit hinaus, um rauchen zu können. Herrje, diese Frau benahm sich wie ein Teenie. Aber sie hatte mir zugehört, hatte nicht ein einziges Mal dazwischengeredet, nur hin und wieder eine Rückfrage gestellt, wenn sie etwas nicht verstanden hatte.

»Oh, dieses Luder«, kommentierte sie, als ich mit der Geschichte über Dee fertig war. »Sie konnte sich nie mit etwas zufriedengeben. Es würde Val das Herz brechen, wenn sie das erführe.«

»Ich werde es ihr niemals sagen, Josie, und du darfst das auch nicht tun. Bisher bist du ohnehin die einzige Person, die ich eingeweiht habe.«

Natürlich hatte ich lange darüber nachgedacht, es auch Val

zu erzählen, hatte überlegt, ob ich überhaupt das Recht hatte, ihr eine so wichtige Information über Dees Leben vorzuenthalten. Am Ende war ich zu dem Schluss gekommen, dass ich es ihr nicht sagen konnte. Es würde ihr tatsächlich erneut das Herz brechen und zudem einen Schatten auf die Erinnerung an ihre Tochter werfen. Sie durfte es niemals erfahren.

»Das ist eine kluge Entscheidung, Liebes. Es ist ein großes Geheimnis. Aber was ist mit Luke? Was wirst du ihm sagen?« Sie schloss das Fenster wieder, kletterte vom Stuhl und schaltete den Wasserkocher ein.

Auch darüber hatte ich in den letzten vierundzwanzig Stunden ununterbrochen nachgedacht – zumindest in der Zeit, in der ich nicht darüber gegrübelt hatte, dass er mit Callie im Bett war –, und ich hatte jedes Mal eine neue Entscheidung getroffen.

»Ich weiß es nicht. Einerseits möchte ich ihm nicht die Erinnerung an Dee nehmen und ihn daran zweifeln lassen, dass sie ihn geliebt hat. Auch wenn sie ihm untreu war, ich weiß, dass er die Liebe ihres Lebens war.« Josie nickte nachdenklich. »Andererseits, was ist, wenn er es eines Tages rauskriegt und mitbekommt, dass ich es ihm verschwiegen habe? Das würde er mir nie verzeihen. Wir sind immer ehrlich zueinander gewesen.«

»Bist du dir da sicher?«, fragte sie und sah mich eindringlich an.

»Klar. Wieso fragst du das?«

»Ich weiß, dass du bei ihm wohnst.«

Aha. Ich hatte mich schon gefragt, wann das zur Sprache kommen würde. »Er hat mir erzählt, dass du es weißt«, antwortete ich. »Ich wollte dir nichts sagen, solange Val nichts davon weiß. Ich wollte auf keinen Fall, dass sie denkt, ich würde versuchen, Dees Platz einzunehmen. Wir haben bloß … Ich weiß gar nicht, wie ich dir das erklären soll, Josie, aber wir waren einfach beide so einsam, und es hat uns gutgetan, uns gegenseitig Gesellschaft zu leisten. Gott, es ist alles so kompliziert. Inzwischen bin ich wieder ausgezogen.«

Sie kletterte erneut auf den Stuhl und öffnete das Fenster. In der Hand hielt sie schon wieder eine Zigarette. Gut, dass der Laden im Erdgeschoss lag, sonst hätte jetzt neben ihrer Lunge auch noch ein Risiko für Leib und Leben bestanden.

»Wieso?«

»Weil … wenn er sich häufiger mit Callie treffen möchte, will ich ihm nicht im Weg sein. Er braucht seinen Freiraum.«

»Aha.« In ihrer Stimme lag ein gewisser Triumph. »Du belügst dich also selbst, und ihr zwei belügt euch gegenseitig.«

Mein Kopf begann, richtig heftig zu schmerzen. »Josie, was redest du da?«

Sie schloss das Fenster und kletterte wieder herunter. Kein Wunder, dass sie die Oberschenkel einer Zwanzigjährigen hatte. »Ich glaube, du hast Gefühle für Luke entwickelt und er für dich.«

»Nein, Josie, das stimmt nicht. Wir haben uns immer gern gehabt, aber mehr ist da nicht. Er wird für mich stets Dees Ehemann bleiben, auch wenn sie nicht mehr bei uns ist. Genauso werde ich für ihn bis auf alle Ewigkeit Dees Freundin sein.«

»Das glaube ich nicht«, widersprach sie vorsichtig. »Aber weißt du was? Es ist völlig in Ordnung, dass ihr es euch nicht eingestehen wollt, dass ihr euch Zeit lasst. Alles andere wäre ein Riesenfehler. Ich denke trotzdem, dass ich recht habe.«

Nein. Sie irrte sich. Sie irrte sich total. Wir waren nicht mehr als zwei ertrinkende Menschen, die sich auf stürmischer See aneinanderklammerten. Punkt. Die Ladentür ging auf, und der erste Kunde brachte mich in die Wirklichkeit zurück.

»Josie, darf ich dich darauf hinweisen, dass du auch im Kino immer ein falsches Ende vorhersagst?«

»Ich habe ja nicht gesagt, dass ich *immer* recht habe«, konterte sie. »Aber in diesem Fall ist es so. Und ich bin da, falls du mich brauchst, meine Süße.« Ich musste wieder gegen die Tränen kämpfen, und sie nahm mich in die Arme und wischte sie weg. Erst dann war ich in der Lage, mich dem Kunden zu widmen.

Josie verlor den ganzen Vormittag kein einziges Wort mehr über die Angelegenheit. Zum Glück, denn das Gehämmer in meinem Kopf wurde immer wilder, und der Schlafmangel gab mir den Rest. Trotzdem musste ich permanent darüber nachdenken, was sie gesagt hatte, und kam jedes Mal zu dem Schluss, dass sie auf der völlig falschen Fährte war.

Doch in Wahrheit war sie das nicht.

Der Gedanke ließ mich nach Luft schnappen. O Gott, in welchem Zustand des Nichtwahrhabenwollens hatte ich nur gelebt? Im letzten Monat hatte ich mich jeden Tag, jede Nacht nur dann gut gefühlt, wenn ich mit Luke zusammen war, war nur dann glücklich gewesen, wenn ich seine Stimme gehört hatte.

Aber es durfte nicht sein. Auf gar keinen Fall! Egal, was Dee getan hatte. Ich war nicht wie sie, und ich würde niemals damit leben können, sie so zu verraten. Das konnte ich ihr nicht antun. Und überhaupt, was würden Val und Don von mir denken? Oder Mark? Nein! Zwischen mir und Luke konnte es nie etwas geben, ganz gleich, was ich für ihn empfand.

Und wenn ich schon mal definitive Entschlüsse für mein Leben traf, würde ich auch jedes Missverständnis in Hinblick auf Mark aus der Welt schaffen.

Als er gegen elf Uhr auftauchte, stand ich an der Theke und wartete auf ihn. Ich gab ihm gar nicht erst die Gelegenheit, seine Tasche im Büro abzustellen.

»Ich wollte dir nur sagen, es tut mir leid, dass ich dich am Freitagabend belästigt habe. So was mache ich normalerweise nicht. Du warst einfach zur falschen Zeit am falschen Ort.«

Wieder dieses lässige, verführerische Lächeln. »Ich würde es nicht unbedingt als falsch bezeichnen«, antwortete er und versuchte schon wieder, mit mir zu flirten.

Erschöpft ließ ich meinen Kopf auf die Schreibtischplatte sinken. »Lieber Gott, bitte mach, dass das endlich aufhört«, murmelte ich und schaute ihn an. »Mark, ich bin ein Wrack. Mein Leben liegt in Scherben. Ich kann einfach nicht noch mehr Komplikationen brauchen. Und im Augenblick stehe ich kurz davor, völlig durchzudrehen und irgendwohin eingeliefert zu werden. Ich brauche ganz dringend wieder ein normales, friedliches, langweiliges Leben. Ohne Dramen. Ohne Komplikationen. Ohne Horrormeldungen. Also bitte vergiss, dass ich dich geküsst habe, vergiss dieses Gespräch und lass uns einfach so tun, als wäre das alles nie passiert. Geht das?«

»Klar.« Er zuckte mit den Schultern.

Ich war nicht sicher, ob ich ihm glauben konnte, aber ich nahm es mal so hin.

»Gut. Perfekt. Dann lass uns noch mal ganz neu anfangen.« Ich holte tief Luft und verfiel in einen fröhlichen Singsang. »Guten Morgen, Mark. Wie geht's dir? Hattest du einen schönen Vormittag?«

Er zuckte wieder mit den Schultern. »Ging so. Ein bisschen seltsam würde ich sagen.«

Das stand so nicht im Drehbuch. Ich wollte doch keine Dramen mehr. »Wirklich? Warum?«

»Mum schleicht sich jede Nacht aus dem Haus, um Darren Wilkie und seine Mutter zu stalken.«

Erneut ließ ich den Kopf auf den Schreibtisch sinken. So viel zu einem normalen, friedlichen, langweiligen Leben.

38. Kapitel

Luke

Ich erinnerte mich ganz genau an den Moment, in dem mir klar wurde, dass es ein Riesenfehler war.

Callie öffnete den Reißverschluss ihres Kleides und ließ es zu Boden gleiten. Heiß war gar kein Ausdruck dafür. Athletischer Körper, breite Schultern, sensationelle Brüste, und nachdem ich mich davon erholt hatte, dass sie die Hollywoodnummer durchzog, trat ich näher, fuhr ihr mit dem Finger über die Wange, beugte mich zu ihr hinunter, spürte ihren Atem an meinem Gesicht, küsste sie ganz langsam und zärtlich … und dachte an eine andere.

Dee.

Und danach an Jen.

Gott, was war da passiert?

Der Sex war okay. Callie war hübsch und sexy und das alles, und aus irgendeinem Grund schien sie auf kaputte Typen wie mich zu stehen, aber sobald es vorüber war, fühlte es sich falsch an. Es gab irgendwie keine richtige Verbindung. Keine Liebe. Ich bekam plötzlich Platzangst und musste dringend da weg, was mich zu einem Typen machte, der ich nie war. Das war nicht cool. Ganz und gar nicht cool. Dee war sicher nicht begeistert, dass ich eine andere Frau anfasste, aber dieser überstürzte Abgang würde ihr noch weniger gefallen.

Und Jen? Was würde sie denken? Und wieso spielte das so eine große Rolle?

Herrje, was war nur los mit mir?

Es war wie ein Schritt vor und sechs zurück. Jedes Mal, wenn ich dachte, ich hätte ein Stück geschafft, endete es so – ich führte völlig idiotische Selbstgespräche und fühlte mich total mies.

Ich ging in unser Schlafzimmer – mein Schlafzimmer –, zog Jeans und Hemd aus und Jogginghose und T-Shirt an. Was sagte es eigentlich über mein Leben aus, dass ich die meiste Zeit davon mit etwas zubrachte, das ich während meiner Ehe verabscheut hatte?

An der Tür schlüpfte ich in meine Sportschuhe und ging hinaus. Normalerweise lief ich als Erstes in Richtung Friedhof, doch an diesem Morgen zog es mich in die andere Richtung. Ich verfiel sofort in ein gemächliches Traben, ohne mich groß warm zu machen, denn ganz ehrlich, eine Muskelzerrung wäre eine willkommene Abwechslung. Mal was anderes als diese ständigen Selbstvorwürfe.

Was war ich bloß für ein jämmerlicher Idiot.

Und was für ein Heuchler. Pete hatte ich als treulosen Bastard beschimpft, dabei war ich selbst kein bisschen besser. Ich war einer, der ein halbes Jahr nach dem Tod seiner Frau eine andere vögelte.

Ich musste stehen bleiben und mich an eine Bushaltestelle lehnen, bis die Übelkeitsattacke vorüber war. Denn ich wusste, dass das noch nicht alles war. Die Wahrheit war noch viel schlimmer.

Ich erreichte ihre Straße, ehe mir so richtig klar war, dass ich dorthin unterwegs war. Ich konnte den kurzen Weg zu ihrem Haus nicht entlanggehen, konnte die Stelle nicht anschauen, an der meine Dee gestorben war, daher lief ich hinten rum, entriegelte das Gartentörchen und öffnete es.

Da saß sie, auf der Treppe zur Terrasse, als hätte sie auf mich gewartet – die Haare zu einem Dutt hochgesteckt, Jeans, weißes T-Shirt, nackte Füße, einen Becher Kaffee in der Hand.

Ich ging auf sie zu, und sie lächelte das traurigste Lächeln, das ich je gesehen hatte. Es war genau so, wie ich es erwartet hatte. Sie würde mich nun anders betrachten, zu dem Schluss kommen, dass ich nicht besser war als Pete. Noch ein Mensch, den sie seit Jahren kannte und von dem sie nun feststellen musste, dass sie in Wahrheit nichts von ihm wusste. Ich hatte damit gerechnet, dass es so kommen würde, und trotzdem erzählte ich es ihr. Das sagte einiges aus über meine Blödheit.

»Hey …« Es dauerte einen Moment, ehe mein Atem einigermaßen regelmäßig ging.

»Hey«, antwortete sie.

Ich setzte mich neben sie auf die Treppe. »Denkst du gerade darüber nach, wie du mir in Zukunft aus dem Weg gehen kannst, nachdem ich mich komplett lächerlich gemacht habe?«

»So ähnlich«, antwortete sie leise. Sie war eine, die es immer mit der Wahrheit hielt.

»Es tut mir leid.«

»Du brauchst dich nicht zu entschuldigen. Ich weiß gar nicht, weshalb ich so genervt bin. Es ist dein Leben, deine Trauer, dein Schmerz. Du musst damit umgehen. Es steht mir nicht zu, darüber zu urteilen.«

»Du hast recht. Du bist eine schlechte Freundin.« Das brachte sie wieder zum Lächeln, nicht mehr ganz so traurig wie vorher. Und deshalb beschloss ich, ihr den ganzen Kram zu erzählen, den ich mir seit Samstagabend versuchte einzugestehen. »Ich weiß nicht, wie ich es anfangen soll … für mich bist du nicht mehr nur eine Freundin … Meine Gefühle für dich … sie sind stärker, als sie für eine Freundin sein sollten.«

»Ich weiß«, antwortete sie. Es war nicht viel mehr als ein Flüstern, und sie starrte vor sich hin, ohne mich anzuschauen.

Wie? War sie Hellseherin? »Aber woher?«

»Josie hat es mir gesagt.«

»Josie? Gott, sie macht mir Angst.«

»Mir auch.« Keiner von uns wusste darauf etwas zu sagen, also saßen wir nur schweigend nebeneinander. Irgendwann sprach sie wieder. »Sie meint, ich hätte auch mehr als freundschaftliche Gefühle für dich.«

Okay, damit hatte ich jetzt nicht gerechnet. Ich war voll darauf eingestellt, dass sie mir eine knallen und mich in die Wüste schicken würde.

»Wahrscheinlich tut es mir gleich leid, dass ich dir diese Frage gestellt habe: Ist es so?«

»Ja.«

Ich schloss die Augen, um besser verstehen zu können. Das machte die Situation eigentlich um einiges einfacher, aber irgendwie war es nicht so.

»Ich möchte dich gern küssen«, sagte ich und zog ihr Kinn sanft zu mir. Zum ersten Mal schaute ich in ihre müden, rot verweinten Augen.

»Bitte nicht«, antwortete sie. »Ich kann das nicht. Ich würde es mir nie verzeihen.«

Ich schüttelte den Kopf. »Das ist Unsinn. Haben wir beide es nicht verdient, glücklich zu sein? Ich kann mir nicht vorstellen, dass Dee etwas dagegen hätte, dass es uns gut geht, auch ohne sie.«

Meine Stimme war ganz heiser, atemlos. Ich spürte, dass ich kurz vor dem Platzen stand. Nicht wegen Jen, sondern wegen der ganzen verzwickten Situation. Ich hatte das nie gewollt und Jen auch nicht, aber wir waren beide am Boden zerstört und kamen fast um vor Kummer, und ich konnte mir einfach keinen Grund denken, warum wir das nicht alles hinter uns lassen und ein neues Glück finden konnten.

»Das stimmt vielleicht, aber ich kann doch nicht einfach das Leben leben, das eigentlich für sie bestimmt war. Ich könnte mich morgens nicht mehr im Spiegel anschauen und abends nicht mehr einschlafen. Es geht nicht.«

»Dann haben wir also keine Chance?«

»Nein.«

»Tu das nicht, Jen.«

Eine seltsame Mischung aus Panik und Resignation überkam mich. Ihre Reaktion war so typisch für sie. Genau so war Jen. Tu das Richtige. Kein Drama. Keine Forderungen.

Eine dicke Träne rollte ihre Wange hinunter, und ich beugte mich zu ihr hinüber und wischte sie weg.

Sie drehte sich wieder zu mir, und jetzt sah ich pure Entschlossenheit in ihrem Gesicht. »Wir wissen nicht mal, ob unsere Gefühle füreinander echt sind oder ob wir es nur so empfinden, weil wir beide so verzweifelt und so aufeinander angewiesen sind. Es kann nicht gut gehen, Luke, so oder so nicht. Wenn wir es versuchen würden, und es würde funktionieren, würde ich mich jeden Tag dafür hassen, Dees Zukunft gestohlen zu haben. Wenn wir es versuchen würden, und es würde nicht funktionieren, würde ich mich dafür hassen, unsere Freundschaft zerstört zu haben. Wir können nur verlieren.«

In meinem ganzen erwachsenen Leben hatte ich noch nie um etwas gefleht, und das Einzige, was mich jetzt davon abhielt, war die tiefe Verzweiflung in ihrem Gesicht. Sie hatte genug Leid erfahren. Ich konnte ihr nicht noch mehr zufügen. Verdammter Mist.

»Was machen wir denn jetzt? Sollen wir so tun, als wenn nichts wäre?«

»Ja. Und dann stellen wir vielleicht eines Tages fest, dass es nur ein Moment in unserem Leben war, der vorübergegangen ist. Und genau das ist es, Luke. Lass uns nicht versuchen, das zu ändern.«

Damit stand sie auf, ging ins Haus, schloss die Tür hinter sich … und ich fing an zu laufen.

39. Kapitel

Jen

Dee reichte mir eine Zigarette. Ich nahm einen Zug und gab sie ihr zurück. Sie nahm auch noch einen, warf den Stummel danach in die Toilette und zog ab. Draußen checkten wir vor dem Spiegel noch einmal kurz unsere Frisuren und liefen zurück in die Schulaula, die die Schülerinnen und Schüler der Kunst-AG in eine Weihnachtsdisco verwandelt hatten. Glitzerkugeln und Girlanden hingen von der Decke herunter, die Wände waren mir rotem Krepppapier dekoriert, auf der Bühne im vorderen Teil der Aula stand die Musikanlage mit zwei Plattenspielern.

Robbie Williams' Millennium *war gerade zu Ende, und* Never Ever *von All Saints setzte ein. Dee kreischte und zerrte mich auf die Tanzfläche. Wir sahen beide gleich aus: khakigrüne Cargohose, weiße Adidas-Turnschuhe, enge weiße T-Shirts, riesige Kreolen. Als wir das Haus verlassen hatten, hatte Val uns gesagt, dass wir großartig aussähen, und zum allerersten Mal fühlte ich mich auch so. Mum hatte mir in den Jahren vor ihrem Tod keine neuen Klamotten kaufen können, weil Dad unser Geld versoffen hatte. Als ich bei Dee eingezogen war, hatte alles, was ich besaß, in einen einzigen Koffer gepasst. Das war es. Mein ganzes Leben in einem Koffer.*

Dee hatte alles mit mir geteilt. Ihr Zimmer, ihre Musik, ihre Schminksachen. Als ich vierzehn wurde, besorgte sie mir samstags einen Job bei dem Friseur, für den sie auch arbeitete. Double trouble, sagte Don immer, wenn wir unten erschienen, fertig gestylt zum Ausgehen, in identischen Klamotten, mit identischen Frisuren, identischem Make-up. Und auch wenn an Dee alles viel besser aussah, war ich zutiefst dankbar, dass ich endlich dazugehörte. Ich war eine von den Murrays.

Der Song war zu Ende, und als Nächstes folgte Believe *von Cher. Wir gingen zurück zu unseren Sitzplätzen. Dees Freund Jake McGuinness, zwei Jahre älter als wir und schon in der zwölften Klasse, kam mit einem seiner Freunde auf uns zu und fragte Dee, ob sie mit ihm nach draußen gehen wolle. Natürlich wollte sie. Jake McGuinness war der zweitcoolste Junge in der Schule, nur eine Klasse unter Ian McGuire, der die Topposition innehatte, weil er für das schottische Footballteam spielte.*

»Ich bin gleich wieder da. Lass dir was einfallen, falls jemand nach mir fragt.« Und dann war sie verschwunden und ließ mich mit Jakes Kumpel Pete einfach stehen.

»Möchtest du auch ein bisschen nach draußen gehen?«, fragte er, nachdem wir uns eine Zeit lang verlegen angeschwiegen hatten.

»Warum nicht?«

Wir fanden Jake und Dee hinter der Turnhalle, sie saß auf seinem Schoß, und er hatte die Hand unter ihrem T-Shirt. Mein erster Gedanke war, dass Val sie umbringen würde, mein zweiter, dass Don Jake umbringen würde.

»Hi, Jen«, rief Dee und kicherte. Keine Ahnung, was sie so lustig fand. »Komm, trink einen Schluck.«

Sie hielt mir eine Flasche Wein hin. Lambrusco. Eine Zweiliterflasche. Ich hatte die Wahl: Nein sagen und mich von ihr runtermachen lassen oder mich irgendwann in einem Gebüsch übergeben wie beim letzten Mal, als sie mich dazu gezwungen hatte, Alkohol zu trinken.

Natürlich sagte ich Ja, trank und war komplett hinüber, als wir schließlich wieder hineingingen. Keine Ahnung, wer den Mistelzweig über die Tür gehängt hatte, aber Pete wusste, was er bedeutete, beugte sich zu mir herunter und küsste mich.

Es war das erste Mal, dass mich ein Junge küsste. Ich war immer Jenny mit der toten Mutter gewesen. Jenny mit dem betrunkenen Dad.

Jenny, die bei Dee wohnte. Jetzt war ich Jenny, die einen Jungen geküsst hatte.

Ich schwebte nach Hause, glücklich und aufgekratzt. Kurz vor unserer Straße besprühten Dee und ich uns mit Parfüm und steckten uns Kaugummis in den Mund, um den Wein- und Zigarettengeruch zu übertünchen. Val und Don saßen auf dem Sofa, als wir hereinkamen, in derselben Position wie immer: Ihr Kopf lag an seiner Brust, und er hatte den Arm um sie gelegt, während sie zusammen fernsahen.

»Hattet ihr einen schönen Abend, Mädels?«, fragte Val und musterte uns aufmerksam. Offenbar bestanden wir den Test.

»Ja. Wir gehen gleich ins Bett«, verkündete Dee. »Nacht, Mummy, hab dich lieb. Hab dich auch lieb, Dad.«

»Nacht, Mädels, ich hab euch auch lieb. Mit vielen großen Herzen!«, antwortete Val wie jeden Abend.

Wir gingen die Treppe hinauf. Ich zog mich aus, schlüpfte in meinen Pyjama und kletterte ins Bett. Ich hatte einen Jungen abgekriegt – und dazu noch einen so tollen! Pete McLean.

»Ich hab dir doch immer gesagt, dass er hinter dir her ist.« Dee kicherte. »Bestimmt fragt er dich, ob du mit ihm gehen willst.«

Ich hoffte so, dass sie recht behielt. Darum betete ich schon seit Langem. Erst nach einer Weile fiel mir auf, dass sie sich gar nicht bettfertig machte. Sie saß auf der Fensterbank und schaute hinaus.

»Was machst du noch?«, fragte ich ungeduldig.

Ich wollte, dass sie endlich auch ins Bett kam, damit wir jede Einzelheit des heutigen Abends noch einmal genau durchgehen konnten, vor allem natürlich den Teil, der mich und Pete McLean betraf.

»Ich … Ah, da ist er ja endlich«, stieß sie aus.

»Wer?«

»Ian McGuire. Ich hab ihm gesagt, er soll mich hier abholen, und er macht es tatsächlich.«

»Aber du bist doch mit Jake zusammen«, erinnerte ich sie.

Sie lachte. »Jen, hast du dir Ian McGuire schon mal angeschaut?«

Dee öffnete das Fenster und war schon halb draußen, ehe ich antworten konnte.

»Ich bin nicht lange weg«, sagte sie.

»Aber, Dee, du kannst doch nicht einfach …«

»Klar, kann ich.« Sie lachte nur. »Versprich mir nur, dass du Jake nichts davon erzählst. Dein Ehrenwort.«

Gott, sie machte mich wahnsinnig. Total wahnsinnig. Aber ich liebte sie.

»Ich verspreche es!«

Und ich hielt mein Versprechen.

Und heute, fast fünfzehn Jahre später, als ich aus dem Küchenfenster auf die Grünfläche schaute, wo sie gestorben war, wusste ich, dass ich mein Versprechen immer halten würde.

Ich würde niemandem von ihren Geheimnissen erzählen. Und damit meinte ich nicht nur die Sache mit Ian McGuire.

40. Kapitel

Val

Der Oktoberwind war beißend kalt, aber ich spürte es kaum. An der Tür stand ein Mann mit einer Kamera und machte Fotos, als handelte es sich um einen Event mit hohem Unterhaltungswert. Ich senkte den Kopf und lief an ihm vorbei, ohne aufzusehen. Dies war kein Tag, an den es Erinnerungen geben sollte. Ich wollte nicht, dass irgendwas davon für die Nachwelt festgehalten wurde.

In jeder anderen Situation wäre ich kurz stehen geblieben, um mir das Gebäude mit der schönen, hellen Sandsteinfassade und den mit Säulen begrenzten Eingang anzuschauen. Eine klassische dorische Fassade. Ich wusste, dass man das so nannte. Unsere Dee hatte auf der Highschool mal ein Referat über die Architektur in Glasgow gehalten, und dies war eines der Gebäude, mit denen sie sich damals beschäftigt hatte. Der Oberste Gerichtshof. Ich hatte sie an einem Samstagmorgen hergefahren, damit sie ein paar Fotos mit ihrer Polaroidkamera machen konnte. Jetzt war sie die Einzige aus unserer Familie, die nicht hier sein konnte.

Don, Luke, Mark, Jen und Josie waren an meiner Seite, als wir durch die Tür ins Gebäude gingen, hinter einer Angestellten her, die uns den Weg zur Besuchergalerie zeigte. Ich hätte ihr am liebsten erklärt, dass wir keine Besucher waren. Wir waren nicht hier, um uns die Zeit zu vertreiben und ein wenig Unterhaltung zu haben, sondern um Gerechtigkeit zu erfahren, dieses Stück Dreck für seine abscheuliche Tat bezahlen zu sehen, ihm in die Augen zu schauen und dafür zu sorgen, dass er sich für den Rest seines Lebens daran erinnerte, dass ich ihm denselben Schmerz und dasselbe Leid wünschte, das er uns zugefügt hatte.

Dons Hand hielt meine fest umschlossen, und wir gingen so dicht nebeneinander, dass ich seinen Atem spüren konnte. Auf der anderen Seite neben mir lief Mark. Er schaute starr geradeaus. Drei Viertel unserer Familie. Mehr gab es davon nicht mehr. Die Wut packte mich erneut und explodierte fast aus mir heraus, als man uns bat stehen zu bleiben, während weitere Personen hereinkamen, darunter auch er. Darren Wilkie in Handschellen. Er stand hinter einer Holzbarriere, links und rechts neben ihm je ein Polizist. Ich erkannte ihn von Fotos, aber ich hatte nicht damit gerechnet, dass er so heruntergekommen aussehen würde. Ein hagerer Typ in billiger Jogginghose und Kapuzenpulli. Er hatte nicht mal so viel Respekt, sich für den Gerichtstermin anständig anzuziehen. Sein Kopf war kahl rasiert, seine fahle Haut hatte Aknenarben, seine Augen waren zusammengekniffen. Er starrte auf seine Hände, mit den Fingern der einen knibbelte er an einer Schorfstelle an der anderen Hand. Abschaum, stinkender, verrottender Abschaum.

Dons Finger umschlossen meine noch etwas fester, und Mark hielt jetzt meine andere Hand, als wollten die beiden mich ruhig stellen, mich davon abhalten, auch nur zu versuchen, das zu tun, woran ich jeden Tag gedacht hatte seit jenem Januarnachmittag, als er mir das genommen hatte, was ich am meisten geliebt hatte – über die Brüstung klettern, ihn schnappen und verprügeln, bis ihm Hören und Sehen verging, dieses Schwein vernichten, bis nichts mehr von ihm übrig war außer einem Haufen Abfall. Ich war nicht so wie diese Mütter, die ich im Fernsehen gesehen und von denen ich in irgendwelchen

Zeitungen gelesen hatte, die behaupteten, sie hätten der Person, die ihr Kind getötet hat, verziehen. Nein. Ich würde ihm niemals vergeben. Nie im Leben.

Schau mir ins Gesicht. Komm schon, du wertloser Bastard, sieh mich an!

Er hob den Kopf nicht. Nicht ein einziges Mal.

Die Richterin ergriff als Erste das Wort, bat die Anwesenden im Gerichtssaal um Ruhe, und dann ging es los. Fragen, Erklärungen, Stimmen, die eins wurden, weil der Lärm in meinem Kopf alles übertönte. Nicht einen Moment löste ich den Blick von ihm.

Schau mich an. Nimm mich wahr.

Aus den Augenwinkeln registrierte ich plötzlich eine Bewegung neben mir, die mich so weit zurück in die Realität katapultierte, dass ich das Raunen wahrnahm, das auf einmal durch den Saal ging.

»Was ist los?«, flüsterte ich Don erschrocken zu.

»Er hat sich schuldig bekannt.«

Das verstand ich nicht. Sie hatten uns doch gesagt, dass er auf nicht schuldig plädieren würde, und man hatte uns gewarnt, dass sich die Verhandlungen eine Woche, vielleicht zwei hinziehen könnten. Und dass wir hier sitzen und uns jedes Detail des Geschehenen noch einmal anhören müssten, es noch einmal durchleben, die Fotos vom Tatort und vom zerstörten Körper meines Mädchens sehen müssten, jeden Moment ihres Schmerzes, bis sie erlöst worden war.

Er hatte sich schuldig bekannt.

Die Richterin sagte etwas von Urteilsverkündung in zwei Wochen, und dann war es vorbei. Im Saal wurde es unruhig, als die Anwesenden sich erhoben. Ich schaute mich um. Jen weinte, hielt Josie fest umschlungen, ihr ganzer Körper wurde von Schluchzern geschüttelt. Mark gab Luke die Hand. Mein Don zog mich an sich.

»Es ist vorbei, Liebes. Wir können nach Hause gehen. Es ist vorbei.«

Seine Stimme war so schwer von Emotionen und vor Erleichterung, dass es mir noch ein weiteres Teil aus dem Herzen riss. Es würde niemals vorbei sein, aber Darren Wilkie würde bestraft werden, und ich würde abends wieder ins Bett gehen können, in der Gewissheit, dass der Bastard, der Dee das Leben genommen hatte, in einer Zelle vor sich hin vegetierte und nicht noch das Leben eines weiteren Menschen zerstören konnte.

Don ließ mich los, und Josie und Jen kamen zu mir. Jen nahm meine Hand. Wir alle hatten mehr durchgemacht, als irgendjemand ertragen konnte.

»Lasst uns gehen«, sagte ich und versuchte so viel Würde wie nur möglich aufzubringen.

»Ich bin stolz auf dich, Süße«, sagte Josie zur Abwechslung einmal ernst. »Du bist so ruhig geblieben.«

Ich sagte ihr nicht, dass ich nur deshalb nicht geschrien und ihm die Augen ausgekratzt hatte, weil der Saaldiener mich vorher gewarnt hatte. Ich würde für den Rest der Verhandlung aus dem Saal verbannt werden, wenn es zu irgendwelchen Störungen käme, hatte er gesagt. Mein Hass war so groß, dass ich es geschafft hatte, mich zurückzuhalten.

Jetzt musste ich mich nicht mehr zusammenreißen. Es gab keine weitere Verhandlung mehr. Es war aus. Wir würden wohl nicht erfahren, warum er seine Meinung geändert hatte, aber meiner Familie wurde weiterer Schmerz erspart. Weniger hassen tat ich ihn deshalb nicht.

Ich spürte, dass Don sanft an meiner Hand zog, und wir gingen die Stufen hinauf in Richtung Ausgang.

In diesem Augenblick sah ich sie. Sie saß mit gebeugtem Oberkörper in der letzten Reihe, die Frau, die vermutlich so alt war wie ich, jedoch um Jahre älter aussah. Um den Kopf trug sie ein Tuch, es waren keine Haare zu erkennen. Ihre Wangen waren noch eingefallener als an dem Tag, an dem ich sie das letzte Mal gesehen hatte. Unsere Blicke trafen sich, und sie nickte kaum wahrnehmbar. Da wusste ich, dass sie dahintersteckte. Ich wusste nicht wie, aber sie hatte ihn dazu gebracht, seine Aussage zu ändern.

Ich ließ Dons Hand los und schob mich durch die Reihe zu ihr, sie erhob sich mühsam. Ihr Gesicht war ausdruckslos, unbewegt, sie wartete auf das, was ich ihr sagen würde, eine Frau, die schwer gezeichnet war von dem Leid, das ihr Sohn ihr zugefügt hatte.

Ich nahm sie in die Arme und hielt sie fest. Für sie. Für mich. Ein Dreivierteljahr voller Abscheu gegen den Dämon in meinem Kopf waren verschwunden, stattdessen empfand ich plötzlich Verständnis und Respekt vor dem, was sie durchgemacht hatte. Sie war eine Mutter, eine, die der Person, zu der ihr Sohn sich entwickelt hatte, hilflos gegenüberstand und die trotz ihrer grausamen Krankheit die Kraft besaß, hierherzukommen, sich seinen Taten zu stellen, das Richtige zu tun. Sie war eine viel stärkere Frau als ich.

»Danke«, flüsterte ich.

Und dann ließ ich sie langsam los, ging zu meinem Mann, nahm seine Hand und ließ mich von ihm und meiner Familie nach Hause geleiten.

Dorthin, wo wir hingehörten.

41. Kapitel

Jen

Es hatte mit drei Worten begonnen, auf die ich einige Wochen zuvor zufällig gestoßen war, als ich mir in Dees Terminkalender den November angesehen hatte. *Mirihi Island Resort* stand dort am 11. des Monats. Das sagte mir nichts. Ich checkte ihre E-Mails, fand aber weder eine Buchung noch irgendwelche weiteren Infos dazu.

Natürlich musste ich es erst mal googeln, und als ich es sah, verliebte selbst ich mich sofort, obwohl ich mich ja normalerweise nicht schnell von exotischen Orten oder Luxus beeindrucken ließ. Eine winzige Privatinsel, in dreißig Minuten mit dem Wasserflugzeug vom Hauptflughafen Male zu erreichen, eine Bungalowanlage mitten im glasklaren türkisfarbenen Wasser des Indischen Ozeans.

»Mark, wann fliegst du zurück?«

»Am 25. November«, antwortete er. »Wieso? Willst du mich lieber früher loswerden?«

»Allerdings. Es ist die Hölle mit dir«, antwortete ich lachend.

In Wahrheit, und das wussten wir beide, würde ich ihn schrecklich vermissen. In vielerlei Hinsicht war es mit ihm, als hätte ich Dee noch bei mir, dieser freie Geist, die Abenteuerlust, die Lebensgier, die Abneigung, sich an das anzupassen, was andere Menschen als normal empfanden.

Er war noch ein paarmal hin- und hergeflogen, hatte immer wieder einige Wochen auf See verbracht und war dann zu uns zurückgekommen. Dieses Mal würde es anders sein. Er trat einen Dreimonatsjob auf See an, danach wollte er endgültig in sein australisches Zuhause zurückkehren, in die Welt, die er für sich gewählt hatte, als er Weirbridge vor beinahe zwei Jahrzehnten hinter sich gelassen hatte.

Die ganze Familie würde ohne ihn verloren sein, und ich würde ihn besonders vermissen. Sein Lachen. Seine Energie. Seine Späße. Er ließ keine Gelegenheit aus, mich wegen der Knutschepisode damals in meinem schwachen Moment aufzuziehen. Er fand das ungeheuer witzig, und ich sah es inzwischen als das, was es war: eine kurzzeitige Verirrung.

Auch den drei oder vier Frauen, mit denen er auf einer völlig unverbindlichen Basis hin und wieder ausging, würde er fehlen. Die Vorstellung ließ mich erschauern. So etwas wäre nichts für mich, aber natürlich sah ich, dass es gewisse Vorteile hatte, vor allem, wenn die Absichten von vornherein geklärt waren. Ich hatte immer an die ausschließliche lebenslange Liebe geglaubt – man sah ja, wohin das am Ende geführt hatte.

In meinem Kopf reifte ein Plan. Ein Urlaub. Eine Pause von allem. Zeit, zur Ruhe zu kommen und darüber nachzudenken, wie es weitergehen würde. Extravaganzen oder besonderer Luxus waren nie meine Sache gewesen, aber die Malediven … Das fühlte sich genau richtig an. Dee und ich hatten an unserem letzten gemeinsamen Nachmittag darüber gesprochen. Vielleicht war nun die Gelegenheit, den Kreis zu schließen.

»Wäre es okay für dich, wenn ich für eine Woche in Urlaub führe und du dich hier um alles kümmern würdest?«

Ich hatte erwartet, dass er überrascht sein würde, und mich nicht getäuscht. »Du? In Urlaub? Freiwillig? Unterziehst du dich vorher noch einer Persönlichkeitsumwandlung?«

»Mark!«

Ich warf einen Wasserball nach ihm, und er duckte sich, sodass er an seiner Schulter abprallte und auf Dees Stuhl landete. Ihr Platz war noch immer so, wie sie ihn verlassen hatte. Der blaue Cardigan hing über der Rückenlehne, auf dem Schreibtisch herrschte Chaos.

»Schon gut, schon gut. Klar ist das okay für mich. Es sei denn, du möchtest, dass ich dich begleite, um dich mit Zuneigung und sexuellen Dienstleistungen zu beglücken.«

Ich lachte. »Klingt verlockend, aber ich bevorzuge einen Stapel Pornos und eine Piña Colada.«

»Selbst schuld.« Er zuckte mit den Schultern, ehe er in den Laden ging, weil das Bimmeln an der Tür einen Kunden ankündigte.

Ich schaute noch einmal auf den Bildschirm vor mir. Das Timing war perfekt. Anfang November würde ich den Haustürschlüssel abgeben, dieses Kapitel endgültig schließen und ein neues beginnen in dem Zweizimmerapartment, das ich am Flussufer in Weirbridge gemietet hatte, nur fünf Fußminuten von Val und Don entfernt. Es lag auf dem Grundstück einer ehemaligen Sägemühle. Ich war noch nicht so weit, etwas zu kaufen. Ich brauchte Zeit zum Atmen, Zeit herauszufinden, wohin ich gehörte.

Luke ging es offenbar genauso. Er war hatte Urlaub genommen und war zu seinen Brüdern nach London gefahren. Vor seiner Abreise waren wir zum Essen bei Val gewesen, er hatte sich von uns allen verabschiedet. Das war alles. Das Gespräch über uns zwei hatten wir mit keiner Silbe mehr erwähnt. Und ich war ziemlich sicher, dass Val und Don in Gedanken noch immer so sehr mit der Gerichtsverhandlung beschäftigt waren, dass sie gar nicht merkten, dass sich zwischen mir und Luke etwas verändert hatte.

Für mich blieb ein einziges Gefühl des Verlustes. Dee. Pete.

Luke. Demnächst Mark. Meine Schmerzrezeptoren waren schon lange taub, reagierten kaum noch auf neue Angriffe. Ich klammerte mich an den Gedanken, dass es irgendwann besser werden würde.

Die folgende Woche verging wie im Flug. Und als ich schließlich an der Rezeption des Resorts stand und zu meinem Wasserbungalow gebracht wurde, einem von dreißig, die sich in die Lagune schmiegten, wurde es tatsächlich besser. Im Innenraum matt schimmernde Holzböden, schlichte, aber wunderschöne Möbel, gedämpfte Farben, aufgelockert durch Orange- und Limonetöne.

Und draußen war es einfach nur atemberaubend. Die Terrasse war so ausgerichtet, dass man nur Himmel und Meer sehen konnte und höchstens mal ein vorbeiziehendes Boot. Die Beschreibungen in den Reisekatalogen trafen es nicht annähernd, ich hatte definitiv noch nie etwas gesehen, das die Bezeichnung Paradies mehr verdiente.

Ich wusste nicht, wie und wo Dee diesen Ort entdeckt hatte, aber ich war ihr sehr dankbar dafür. Vermutlich hatten sie und Brad einen Inselurlaub geplant. Bei dem Gedanken drehte sich mir der Magen. Es war schwer, mit diesem Geheimnis zu leben. Wenigstens brauchte ich nun keine Angst mehr davor zu haben, ihn hier zu treffen. Er wusste, dass sie tot war, und ich hatte das Gefühl, dass ein Typ wie Brad sich nicht lange in Einsamkeit und Trauer ergehen würde.

Ich lehnte mich an einen der Holzpfeiler, die das schattenspendende Segeltuch über der Terrasse hielten, und dachte darüber nach, wie es sein konnte, dass die Person, die ich noch vor einem Jahr gewesen war, so etwas nie gemacht hätte.

Dee war in unserer großen, zusammengewürfelten Familie immer die Entdeckerin gewesen. Sie war verrückt und spontan, und ja, ab und zu auch egoistisch und gedankenlos, selbstbezogen und überstürzt und sicher nicht perfekt gewesen, aber wenn ich eine Person auswählen müsste, die ich von diesem ins nächste Leben mitnehmen würde, dann wäre es Dee. Sie hatte unsere Kämpfe ausgefochten und für Aufregung und Dramen gesorgt, während ich zufrieden, wirklich zufrieden damit gewesen war, mich zurückzunehmen. Ich war glücklich gewesen mit allem, was ich gehabt hatte: mit meinem Job, meinem Zuhause, meinem Partner, meinen Freunden und meiner Familie.

Ein knappes Jahr danach bot sich ein völlig anderes Bild – als hätte jemand eine Schneekugel kräftig durchgeschüttelt. Ich war stärker geworden und entschlossen, mich dem Leben zu stellen, anstatt es an mir vorbeiziehen zu lassen. Aber ich war auch verletzlicher und empfindsamer als zuvor. Wie oft hatte ich darüber nachgedacht, ob Luke und ich einen Weg gefunden hätten, zusammen zu sein, doch ich wusste, dass ich richtig gehandelt hatte. Es war ein Irrtum gewesen, nichts weiter als der verzweifelte Wunsch nach Trost.

Zumindest redete ich mir das ein.

Wenn ich mir mehr eingestand, brachte mich das direkt zur Wahrheit – ich würde es mir nie verzeihen, wenn ich das Leben führen würde, das Dee mit Luke geplant hatte. Ganz gleich, was er über ihre Weigerung, eine Familie zu gründen, gesagt hatte, ich wusste, dass sie sich genau das gewünscht hatte. Wie oft hatten wir sonntagnachmittags zusammen auf der Couch gelegen und uns Namen ausgedacht, dir wir unseren Kindern geben würden. Okay, Silberzwiebel und Rollerskater hätten sich später im Leben sicher geärgert, aber wenigstens hätten sie etwas Einzigartiges gehabt.

Ich unterbrach meine Gedanken. Es war ohnehin müßig. Luke und ich würden nie eine Beziehung haben können.

Ich atmete die salzige Meeresluft tief ein, dann ging ich wieder ins Haus und tauschte meine Reiseklamotten gegen einen hellblauen Badeanzug im Retrolook mit passendem Kaftan. Die Kollektion lief im Laden sehr gut, einer von mehreren Erfolgen, die mir mehr Selbstvertrauen beim Wareneinkauf gegeben hatten.

Mit nackten Füßen lief ich über den schmalen Holzsteg, der die Bungalows mit dem Land verband, und beschloss, einen Strandspaziergang zu machen.

Der Sand war heiß, daher lief ich durch das Wasser. Ich kam an zwei Liegen vorbei, die in einer schattigen Ecke standen. Ein Paar hielt Händchen. Im Wasser ein weiteres Paar, das sich in den Armen hielt und küsste.

Rasch verdrängte ich den Gedanken, dass ich allein war, denn eigentlich spielte das keine Rolle. Ich hatte es so gewollt, und ich würde jeden Augenblick hier genießen. Außerdem konnte ich in der Ferne noch eine andere einsame Gestalt erkennen, einen Mann mit Sonnenhut. Er saß im Sand. Sein Körper war muskulös, aber schlank, er war nicht so braun gebrannt wie die anderen.

Ich wanderte weiter, hielt mein Gesicht in die kühle Brise, während die Sonne meinen Körper wärmte. Herrlich! Seit dem Morgen am Pool in Barcelona hatte ich keine Wärme mehr auf der nackten Haut gespürt.

Dee wäre begeistert! Wenn sie hier wäre, hätte sie längst tausend Pläne gemacht. Tauchen, Kajakfahren, ein Dinner unter dem Sternenhimmel. Sie hätte sich längst mit dem gesamten Personal der Anlage angefreundet und mit ihrer Begeisterung und Lebensfreude ihre Herzen gewonnen.

Ich drehte mich wieder um und stellte fest, dass der Mann immer noch dort im Sand hockte und aufs Meer starrte. Die

Wellen schwappten über seine Beine, er war jetzt nur noch wenige Schritte von mir entfernt.

Ich blieb stehen. Schaute genauer hin. Erkannte ihn.

Als spürte er meine Anwesenheit, drehte er sich um, hob die Hände zum Schutz gegen die blendende Sonne vor die Augen.

Ich verstand nicht.

Eine Stimme. Es war meine.

»Was machst du denn hier?«

42. Kapitel

Val

»Herrje, schau dir das mal an!«

Josie hielt einen der Badeanzüge in die Höhe, die an einer Kleiderstange hingen. Zumindest sollte es ein Badeanzug sein. In Wahrheit waren es drei Teebeutel, zwei oben und einer unten, die mit einem ausgeklügelten System aus Schnüren und Ösen miteinander verbunden waren.

»Das ist kein Badeanzug, das ist ein gynäkologischer Zustand in Wartestellung«, verkündete sie.

Ich lachte so laut, dass Mark seinen Kopf aus dem Büro streckte, um zu hören, was los war. »Bleib besser da drin«, warnte ich ihn, und er zog sich ohne ein weiteres Wort zurück wie eine Schildkröte in ihren Panzer.

»Er wird dir fehlen, Val«, meinte Josie mit einer Mischung aus Mitleid und Zuneigung.

»Das wird er, aber er muss sein eigenes Leben führen, Josie. Ich habe meine Kinder zur Unabhängigkeit erzogen. Sie sollen ihren eigenen Weg gehen. Er muss das nun für sie beide tun.« Ich sagte das mit Wehmut, aber ohne Traurigkeit. Und ich meinte es ernst. Es wurde Zeit, dass Mark in sein Zuhause zurückkehrte. Er hatte nun fast ein Jahr bei uns verbracht. Auch wenn es am Anfang nicht ganz einfach gewesen war, war ich ihm dafür sehr dankbar. Es wäre egoistisch, von ihm zu erwarten, dass er für immer blieb.

»Ich habe mir überlegt, dass ich ganztags hier arbeiten kann, wenn Mark weg ist. Jen kann die Hilfe sicher gut gebrauchen, und ich habe eine sinnvolle Beschäftigung. Ich glaube, ich muss mehr aus dem Haus gehen, sonst fällt mir die Decke auf den Kopf. Hier habe ich eine Aufgabe.«

Ich wusste, dass Josie mich verstehen würde. Sie arbeitete ja auch, weil sie die Abwechslung brauchte. Und nicht anders ging es mir nun. Das Rentnerdasein war perfekt gewesen, als Dee und Jen regelmäßig vorbeigeschaut hatten und auch Luke und Pete mehrmals in der Woche abends zum Essen gekommen waren. Nach Dees Tod hatte ich mich zu nicht mehr als ein paar Stunden hier und da aufraffen können, ein bisschen Papierkram erledigt oder ab und zu ein paar Stündchen im Laden ausgeholfen, wenn es einen Engpass gegeben hatte.

Jetzt war ich bereit für mehr. Wilkies Verurteilung war eine Art Abschluss für mich, ich konnte nun endlich wieder nach vorne schauen. Natürlich gab es immer mal wieder Tage, an denen ich morgens kaum die Bettdecke zurückschlagen konnte, der Unterschied war jedoch, dass ich, wenn ich mich schließlich dazu zwang, aufzustehen und mich dem Tag zu stellen, keine Mordgelüste mehr hatte.

Zwischen mir und Don lief es auch wieder besser. Wie nannte man das heutzutage? Wir hatten uns wiedergefunden. Gingen abends zusammen zum Essen. Ich hatte sogar ein bisschen zugenommen, und das tat mir gut.

Noch immer schmerzte mich der Verlust. Ich vermisste Dee jeden Tag, aber ich wusste, dass ich nicht aufgeben durfte. Sie wäre so enttäuscht von mir. Ich würde mir auf lange Sicht eine Beschäftigung suchen, die mir Spaß machte, aber in der Zwischenzeit konnte Jen eine helfende Hand gut gebrauchen, und ich war froh, sie ihr anbieten zu können.

Ich machte mir Sorgen um Jen. Auf den ersten Blick schien sie ganz gut zurechtzukommen. Sie hielt den Laden am Laufen und kümmerte sich um alles, aber die einzigen Kontakte nach außen, die ich erkennen konnte, waren wir. Sie kam ab und zu abends zum Essen vorbei oder traf sich schon mal auf einen Drink mit Mark. Eine Zeit lang hatte sie viel Zeit mit Luke verbracht, aber das schien vorbei zu sein. Genau genommen hatte ich die beiden seit Ewigkeiten nicht zusammen gesehen.

Ein Gedanke kam mir.

»Sag mal, Josie, Jen und Luke haben sich doch nicht gestritten, oder?«

»Keine Ahnung«, antwortete sie und sah mich mit betont unschuldiger Miene an. Daran erkannte ich, dass sie log.

»Was verheimlichst du mir?«

»Nichts.« Wieder dieser Unschuldsblick. Sie log definitiv.

»Josie, bitte bring mich nicht dazu, es selbst herauszufinden. Du weißt, wie hartnäckig ich sein kann. Schließlich hast du meine Stalker-Qualitäten hautnah miterlebt.«

Gut, dass ich inzwischen darüber lachen konnte. Seit jenem Tag im Gericht hatte ich Mrs. Wilkie nicht mehr gesehen, aber ich dachte oft an sie, wünschte ihr sehr, dass sie die Krankheit besiegte und die Kraft fand weiterzuleben.

Josie brach ein, so wie ich es erwartet hatte. Sie liebte unsere Familie wie ihre eigene, und sie würde mir nichts verheimlichen, wenn sie fand, dass ich es wissen sollte.

Oder?

»Also gut, Val. Du musst mir allerdings hoch und heilig versprechen, kein Wort zu sagen. Schwör es!«

»Ich schwöre es!«, sagte ich und verspürte ein leises Rumoren im Bauch.

Lieber Gott, bitte, lass es nichts Schlimmes sein, betete ich im Stillen. Wir hatten uns gerade ein kleines bisschen erholt, ich konnte keinen neuen Rückschlag ertragen.

»Sie leugnen es zwar beide, aber ich glaube, sie sind sich zwischenzeitlich sehr nahegekommen. Sicher haben sie beschlossen, wieder ein wenig auf Abstand zu gehen.«

Ich sah sie verständnislos an. »Was meinst du damit?«

Josie seufzte und nahm eine ernste Diskussionshaltung ein. Sie stützte die Ellbogen vor sich auf den Tisch und beugte sich vor.

»Also, bitte mach dir jetzt nicht ins Höschen. Jen hat eine Weile bei ihm im Gästezimmer gewohnt, weil sie beide nicht allein sein wollten. Aber es ist nichts passiert. Keine Sorge, ich habe alles genau überprüft. Ich denke, Jen war schließlich diejenige, die das nicht mehr so gut fand, daher ist sie wieder in ihr Haus zurückgezogen. Sie hatte Angst vor dem, was die Leute denken und wo das hinführen könnte. Alles in Ordnung, Val?« Sie sah mich besorgt an. »Du siehst aus, als wäre Barry Manilow gerade zur Tür reingekommen und hätte dir eins über den Schädel gegeben.«

Das hätte mich weniger überrascht, und es wäre definitiv weniger irritierend gewesen als die heftigen Emotionen, die plötzlich in mir tobten. Luke und Jen? Nein. Das konnte nicht sein. Er war Dees Mann, und Jen hatte kein Recht, einfach bei ihm einzuziehen … Zorn. Und was dachte sich Luke dabei? Jen war zutiefst angeschlagen, das arme Ding hatte alles verloren, und er nutzte das schamlos aus … Enttäuschung. Andererseits war es so hart für sie beide … Mitleid. Ich hatte ja meinen Don, an den ich mich anlehnen konnte, ich wollte mir gar nicht ausmalen, wie es sein würde, das allein durchzustehen … Verständnis.

»Ich weiß nicht, was ich dazu sagen soll, Josie«, gestand ich.

»Na ja, du brauchst dir auch keine weiteren Gedanken zu machen, denn wie gesagt, Jen ist ausgezogen, bevor was passieren konnte, und sie … Wie sagen die jungen Leute heutzutage?« Sie dachte kurz nach, ehe sie triumphierend vollendete. »Sie sind weitergezogen.«

Eine neue Angst machte sich plötzlich in mir breit. Ich fühlte mich, als wäre ich in einem dieser Computerspiele gefangen, in denen ständig neue Ungeheuer aus den Ecken auftauchen. Luke war in London bei seinen Brüdern. Wenn er wirklich Abstand zu Jen haben wollte, kam er vielleicht auf die Idee, für immer nach London zu gehen. Was hielt ihn hier? Seine Eltern lebten in Edinburgh, und seine Brüder waren die einzige Familie, die er sonst hatte. Möglicherweise kam er zu dem Schluss, dass er nach Dees Tod einen kompletten Neuanfang brauchte.

Mein Herz krampfte sich zusammen. Ich hatte Luke in unsere Familie aufgenommen, und, auch wenn das klischeemäßig klang, er war wie ein Sohn für mich. Ich wollte ihn nicht auch noch verlieren. Einen weiteren Verlust konnte ich nicht verkraften.

»Ich setze uns mal Wasser auf«, sagte ich zu Josie.

Ein Ablenkungsmanöver. Wir hatten einen ruhigen Nachmittag, und es sah nicht mehr nach einem größeren Kundenansturm aus. Ich musste etwas tun, sonst drehte ich durch.

»Im Schrank liegen Karamellwaffeln«, rief Josie mir nach.

Als ich mit zwei Tassen in der Hand und der Waffelpackung zwischen den Zähnen zurückkam, poste Josie gerade vor dem Spiegel. Ich stellte Tee und Kekse auf den Schreibtisch, ehe ich jemanden verletzen konnte.

»Was um alles in der Welt tust du da?«

Ich schüttelte den Kopf. Diese Frau war unverbesserlich, wirklich. Sie trug ein schwarzes Poloshirt und wie fast immer eine enge schwarze Hose, aber sie hatte den Teebeutelbadeanzug darübergezogen und richtete gerade die Schnüre.

Ich konnte mich vor Lachen kaum noch halten, als auf einmal die Ladenglocke bimmelte. Endlich Kundschaft! Eine hübsche blonde Frau um die dreißig mit einem winzigen Baby in einem Tragetuch kam herein. Erstaunlicherweise zuckte sie bei Josies Anblick nicht mal zusammen. Mein Mutterinstinkt ließ mich nähertreten und vorsichtig in das Tragetuch schauen.

»Hallo. Vielleicht können Sie mir helfen«, sagte sie mit einem australischen oder kanadischen Akzent. Sie lächelte und zeigte die weißesten Zähne, die ich je gesehen hatte. »Ich bin auf der Suche nach Dee Harper.«

Ganz gleich, wie oft mir das schon passiert war, es raubte mir auch jetzt wieder den Atem. Zum Glück ergriff Josie sofort das Wort.

»Es tut uns leid, Dee ist nicht mehr hier.«

Mehr sagte sie nicht. Im Laufe der Monate hatten wir gelernt, dass es besser war, es dabei zu belassen und weder uns noch die Kunden in eine unangenehme Lage zu bringen.

Die junge Frau verzog das Gesicht und wirkte total enttäuscht.

»Kann ich Ihnen vielleicht helfen?«, bot ich an.

Sie schüttelte den Kopf. »Danke, aber ich wollte Dee unbedingt persönlich sprechen. Gibt es irgendeine Möglichkeit, Kontakt mit ihr aufzunehmen? Es ist echt wichtig.«

Wieder sprang Josie mir zu Hilfe. »Ich möchte Sie nicht erschrecken, aber … Dee ist leider verstorben.«

Die Frau riss die Augen auf, und einen Moment lang sah es so aus, als würde sie in Tränen ausbrechen. »Verstorben? Nein …«

Sie geriet ins Stocken. Nach ihrer Reaktion zu urteilen, war sie mehr als nur eine gewöhnliche Kundin. Vielleicht eine Reisebekanntschaft von Dee. Jemand, den sie von diesem Facebook-Quatsch kannte?

Das Baby gähnte, und das schien den Gedankenprozess der jungen Frau in Gang zu setzen. »Es tut mir leid«, sagte sie. »Ich wollte nur mit Dee sprechen, weil ich gehofft hatte, sie könnte mir helfen, ihren Bruder ausfindig zu machen. Entschuldigen Sie, dass ich Sie belästigt habe.«

»Warten Sie!«, rief ich, als sie sich zum Gehen wandte. »Ich bin Dees Mutter.« Ihr Gesicht hellte sich plötzlich auf. »Sie sind also auf der Suche nach Mark?«

Sie nickte, aber bevor ich noch etwas sagen konnte, streckte Mark erneut den Kopf durch die Tür, weil er seinen Namen gehört hatte. »Mum, brauchst du mich?« Sein Blick fiel auf die Fremde, und er riss sichtlich fassungslos die Augen auf. »Tara?«

Er sah sie fassungslos an. So ein Gesicht hatte ich bei ihm nicht mehr gesehen, seit er als kleiner Junge an Weihnachten ins Wohnzimmer gekommen war und seine Geschenke unter dem Tannenbaum gesehen hatte.

Und nach dem Strahlen der jungen Frau zu urteilen, schien sie sich genauso zu freuen. Josies und mein Blick trafen sich, dann schauten wir zusammen zu Mark und … Was hatte er gesagt? Wie hieß sie?

»Hey«, sagte die junge Frau gerade mit einem derart ansteckenden Lächeln, dass Josie und ich dahinschmolzen.

O wie schön! Eine Freundin von Mark kam den ganzen weiten Weg aus Australien hierher, um ihn zu sehen.

Mark hatte sich endlich gefasst. »Sorry, Mum, Josie …« Erst jetzt sah er Josie richtig an und fing an zu lachen. »Josie, ich will gar nicht wissen, was du da anhast. Wie auch immer, Mum und Josie, das ist Tara.« Ich sah zu, wie er den Blick von ihrem Gesicht löste und tiefer wandern ließ zu dem winzigen Bündel vor ihrer Brust. »Und das ist …?«

Stille. Taras Hände umfassten das Bündel, als sie Marks Frage beantwortete.

»Das ist deine Tochter.«

43. Kapitel

Jen

»J… Jen?«, stammelte er.

Ich war mindestens so schockiert wie er. »Pete?«

Ich sah, wie sein Blick hektisch nach rechts wanderte. Suchte er jemanden? Oh, verfluchter Mist, ich war doch nicht etwa um die halbe Welt geflogen, um am selben Ort zu landen wie Pete und diese verflixte Arya in ihren Flitterwochen?

Ich schaute gen Himmel und sandte ein kurzes Stoßgebet in Richtung meiner Freundin. Dee, wenn du dafür verantwortlich bist, dann hast du einen bösen, perversen Humor.

»Woher wusstest du es?«, fragte er und richtete sich irgendwo zwischen Angst und Verteidigung ein.

»Wusste ich was?«

»Das mit heute. Hier.«

Ich verstand gar nichts. Was sollte mit heute sein? Etwas Besonderes? O nein, bitte nicht … Er war tatsächlich hergekommen, um zu heiraten, und ich sprengte gerade seine Party. Das konnte nicht sein. Unmöglich. Ich musste halluzinieren. Vielleicht hatte ich im Flieger zu wenig Flüssigkeit gehabt.

»Was redest du da?«

Die Erkenntnis dämmerte ihm, gefolgt von einem unübersehbaren Schuldgefühl. Er klaubte eine Muschel aus dem Sand und feuerte sie ins Wasser.

»Verdammt!« Er spie es mit einer Heftigkeit aus, wie ich sie nie zuvor bei ihm erlebt hatte.

»Was ist los? Pete, du machst mir Angst. Was ist denn nur?«

Ich sank neben ihm in den Sand und sah den offenen Schmerz in seinem viel zu attraktiven Gesicht.

»Dee«, flüsterte er. »Ich wollte mich mit Dee hier treffen.«

Ich erstarrte, hatte das Gefühl, mein Gehirn würde gleich explodieren.

Nein.

Das machte alles keinen Sinn.

Und doch …

Der Schock lastete wie eine zenterschwere Decke auf mir, zwang mich, nach Luft zu ringen, raubte mir jedes Fünkchen Energie und jeden freien Willen. Und das Schlimmste war, dass ich im Bruchteil einer Sekunde alles verstand. Er brauchte mir gar nichts weiter zu sagen, denn es war so glasklar, dass ich überhaupt nicht begreifen konnte, wieso ich es nicht schon viel früher gesehen hatte.

Und doch …

»Sag es mir!«, forderte ich. Dabei schrie etwas in mir verzweifelt, dass ich gar nicht hören wollte, was er mir jetzt sagen würde. »Ihr hattet eine Affäre?« Er besaß genug Anstand, zu Boden zu schauen. »Pete, wenn dir das, was zwischen uns war, je irgendetwas bedeutet hat, dann sag mir jetzt die ganze Wahrheit.« Ich sah, dass er zuckte, und fuhr fort. »Wie lange?«

Der Sand brannte heiß unter meinen Knien, doch ich spürte den Schmerz kaum.

»Erst ein paar Monate«, antwortete er leise, und der Schmerz triefte aus seinen Worten. »Aber es war da seit Jahren was zwischen uns …«

Seit Jahren. Ich würgte, und er hielt sofort inne. Ein bisschen zu spät, um sich Sorgen um mich zu machen.

»Red weiter«, stieß ich hervor.

»Es war immer was zwischen uns«, wiederholte er, und ich

registrierte, dass es mich alle Kraft kostete, ihm nicht in sein attraktives Gesicht zu schlagen. »Wir haben es nur nie wahrhaben wollen. Wir haben so viel Zeit zusammen verbracht …« Das stimmte. Dee und Pete waren die Sportler gewesen, die Jogger, die Adrenalinjunkies, während Luke und ich uns lieber im Hintergrund gehalten haben. Wir hatten darüber immer Witze gemacht. Doch plötzlich war es gar nicht mehr witzig. »… und dann, ein paar Monate bevor sie starb, haben wir gemerkt, dass wir es nicht länger ignorieren können.« Er stockte. »Nein, das stimmt nicht. Ich habe es registriert. Es war nicht Dee.«

»Aber sie hat es auch eingestanden? Sie hat etwas für dich empfunden?«

Sag Nein. Bitte, bitte, sag Nein.

Er nickte. »Luke hat sie unter Druck gesetzt, weil er Kinder haben wollte, und das hat sie total genervt. Und da war ich eine willkommene Abwechslung.«

Armer Luke.

»Wann habt ihr zusammen geschlafen? Zum ersten Mal, meine ich. Wann war das?«

Ich konnte nicht mal schreien, meine Stimme war nur ein Krächzen, schien von jemand anderem zu kommen.

»Das haben wir nicht. Sie sagte, sie könne das nicht …«, meine Gedanken rasten, bis er weitersprach, »… solange du und ich noch zusammen wären.«

»Dann wusste sie also, dass du mich verlassen wolltest?«

Er schien eine Weile nachzudenken. »Nicht wirklich. Wir haben einen Pakt geschlossen. Hört sich im Nachhinein völlig irre an, aber wir wollten beide noch einmal versuchen, es hinzubekommen. Ein Jahr lang. Sie mit Luke, und ich mit dir. Wir haben uns nicht mehr allein getroffen …«

Plötzlich hatte ich wieder die Stimme der Kellnerin in dem

Café im Ohr. Da waren noch andere, hatte sie gesagt. »Ihr habt euch in dem Café gegenüber von deinem Büro getroffen?«

»Ja. Woher weißt du das?«

Zum ersten Mal, seit wir hier aufeinandergestoßen waren, wusste ich mehr als er. Das war doch was.

»Egal. Red weiter.«

»Wir sind wie immer zusammen gejoggt, sonst hättet ihr vielleicht etwas gemerkt und euch gewundert, aber ansonsten haben wir uns nicht mehr zu zweit verabredet.«

Das ergab alles keinen und zugleich so viel Sinn. Meine Gedanken kreisten und kreisten.

»Und warum bist du jetzt hier?«, fragte ich schließlich.

»Blöde Träume«, antwortete er. »Ich hatte diesen Ort in einem Prospekt gesehen und ihr gesagt, ich würde mit ihr hierherfahren, an meinem Geburtstag, wenn wir einen Weg gefunden hätten, zusammen zu sein. Ich hatte das nicht wirklich ernst gemeint. Es war ein Hirngespinst, aber es hat mich nicht mehr losgelassen.«

Sein Geburtstag. Er war heute. Was sagte es über die Veränderungen in meinem Leben, dass ich das völlig vergessen hatte? Dann kam mir noch ein anderer Gedanke.

»Ich kann mich erinnern, dass du diese Broschüren angeschaut hast«, sagte ich. »Ich hatte gedacht, du würdest eine Überraschung für mich planen. O Gott, ich glaube, ich hab dir sogar vorgeschlagen hinzufliegen. Am Tag von Dees Beerdigung. Du bist völlig ausgeflippt und hast mich noch am selben Abend verlassen.«

»Schlechtes Gewissen«, gestand er. »Und Trauer. Aber vor allem ein schlechtes Gewissen. Wenn ich nicht wäre, wäre sie heute noch am Leben.«

»Was meinst du damit?«

Er schwieg, und ich konnte ihm ansehen, dass ihn die Erinnerung beinahe umbrachte.

»Sie ist an dem Sonntag zum Auto gegangen, um ihr Handy zu holen, weil sie wusste, dass ich ihr eine Nachricht schicken wollte. Sie hat sie gelesen und mich dann angerufen. Sie hat mit mir telefoniert, als es passiert ist.«

Zum ersten Mal seit jenem Tag wanderten meine Gedanken weiter zurück als bis zu dem Moment, als die Bremsen kreischten und ich meine Freundin durch die Luft fliegen sah.

Dee. Auf der anderen Straßenseite. Telefonierend. Lächelnd. Mit Pete.

Wie hatte sie so etwas tun können? Wie hatte die Person, mit der ich groß geworden war, die mir noch nähergestanden hatte als eine Schwester, so weit gehen können? Wer war sie gewesen? Hatte ich sie überhaupt gekannt?

Ich weiß nicht, was mich mehr schockierte. Petes Geständnis oder die Tatsache, dass ich ihn zum ersten Mal weinen sah.

Mein Schock verwandelte sich in Wut. Krokodilstränen. Wie konnte er es wagen? Sein Betrug, ihr Betrug … Sie hatten das Leben von uns allen zerstört – wegen einer geschmacklosen, grausamen Affäre. Ihre Lügen hatten sie getötet. Und damit würde Pete leben müssen.

»Es tut mir leid, Jen, aber ich habe sie geliebt«, stieß er hervor.

Er war echt pathetisch. Wenn ich ihn nicht so gut gekannt hätte, hätte ich ihm abgenommen, dass er ein gebrochener Mann war. Ich verspürte nicht einen Hauch von Mitleid. Ihn so leiden zu sehen, seine Schuldgefühle zu erleben und zu wissen, dass ihn diese Schuld bis ans Ende seines Lebens quälen würde, ließ meinen Zorn dennoch verebben.

»Und ich habe die ganze Zeit gedacht, es wäre Arya«, sagte ich schließlich.

»Sie ist es inzwischen auch, manchmal. Aber es ist nichts Ernstes«, antwortete er, und ich versuchte, seine Ignoranz zu ignorieren.

Wie hatte ich nur fünfzehn Jahre mit diesem Mann leben können und diese Seite an ihm nie gesehen? Ich hatte miterlebt, wie er erwachsen und reifer geworden war, sich verändert hatte, und ich hatte absolut keine Ahnung gehabt.

Jetzt fing er an, Fragen zu stellen. »Warum bist du hier?«

»Dee hatte den Namen dieses Orts für heute in ihren Kalender geschrieben. Ich habe es gelesen und beschlossen herzufliegen.«

»Sie hat es in ihren Kalender geschrieben?«

In dem Moment sah ich es, ich sah es an dem Strahlen in seinen Augen. Er war glücklich, dass sie das getan hatte, und er konnte es nicht verbergen, nicht einmal vor mir. Kein schlechtes Gewissen. Kein Anzeichen von Reue oder Bedauern. Alles, woran er denken konnte, war das, was hätte sein können, nicht das, was er dafür zerstört hatte.

Der donnernde Lärm in meinen Ohren stammte nicht von den Wellen.

»Du widerst mich an«, sagte ich leise. Ich wollte ihm wehtun. Er sollte Schmerzen haben. Leiden. Bezahlen. Aber was gab es noch zu sagen? »Sie hatte einen anderen.« Es war heraus, ehe ich es verhindern konnte, und ich sah genau, dass meine Worte das Ziel mit voller Wucht trafen.

»Was? Nein! Das stimmt nicht.«

Er war entsetzt, sprachlos, schockiert. Trotzdem sah ich, dass er mir glaubte.

»Doch. Seit Jahren. Also war das zwischen euch wohl nichts Besonderes, tut mir leid. Du warst nur einer von vielen.«

Er ließ den Kopf in den Nacken sinken, schloss die Augen, als versuchte er, sich gegen den einsetzenden Schmerz zu wappnen.

Gut so. Noch nie zuvor hatte ich einem Menschen gewünscht, Schmerzen zu erleiden.

Höchste Zeit zu gehen.

Ich stand auf und lief durch den Sand davon.

Und wenn ich gekonnt hätte, wäre ich immer weiter gelaufen, den ganzen Weg bis zum Ende meines Lebens.

44. Kapitel

Luke

Ich hatte mich davor gefürchtet, nach Hause zu kommen. Als das Taxi nun vor der Haustür hielt, fühlte sich mein Herz so schwer an wie Blei. Ich hatte in London eine Entscheidung getroffen. Ich musste weg aus Weirbridge. Ich konnte das nicht mehr. Ich konnte nicht länger in einem Schrein leben, voller Erinnerungen an meine unglaubliche Frau und das wunderbare Leben, das ich einmal hatte. Ich konnte die leeren Räume und die endlosen einsamen Stunden nicht mehr ertragen. Ich konnte nicht mehr Dutzende Male am Tag das Telefon in die Hand nehmen, um Jen anzurufen, und dann daran denken, dass unsere Freundschaft – und mehr – zerbrochen war. Mich hielt hier nichts mehr. Matt und Callum führten ein aufregendes Leben in London, und es gab keinen Grund, es nicht auch zu versuchen. Unsere Agentur hatte dort eine Niederlassung, der Wechsel würde also ganz einfach sein. Es wäre ein kompletter Neuanfang – keine mitleidigen Blicke mehr, kein Umeinanderherschleichen, weil die Kollegen nicht wussten, was sie sagen sollten, keine sehnsüchtigen Blicke von Callie, weil ich kein Interesse an ihr hatte.

Es war nicht ihre Schuld. Sie war nun einmal nicht Dee. Oder Jen.

Ich ging ins Haus, ließ meine Reisetasche vor der Schlafzimmertür zu Boden fallen und lief hoch. Später hatte ich noch genug Zeit zum Auspacken. Erst ein Bier und etwas zu essen, dann ein schneller Blick durch die Post, die auf dem Esstisch lag.

Offenbar war Josie hier gewesen. Alles war blitzsauber, und es roch leicht nach irgendeiner Politur. Ich musste ihr unbedingt eine Kleinigkeit besorgen, um mich bei ihr zu bedanken und zu verabschieden. Es sei denn, ich konnte sie dazu überreden, einmal im Monat nach London zu kommen und meine Wohnung dort in Schuss zu halten. Wenn sie das mit etwas verbinden konnte, das mit Tom Jones, den Rolling Stones oder einem Elvis Tribute zu tun hatte, hatte ich vielleicht eine Chance.

Die Obstschale in der Küche war gefüllt, auf der Anrichte lag ein frisches Baguette, und als ich den Kühlschrank öffnete, fiel mein Blick auf Milch und Käse. Dann war also vermutlich auch Val hier gewesen. Immer wenn Dee und ich verreist gewesen waren, hatte Val vor unserer Rückkehr den Kühlschrank gefüllt. Gott, sie und Don würde ich echt vermissen. Meine eigenen Eltern waren auch ganz prima, aber ich hatte so viel Zeit in Vals und Dons Haus verbracht, dass sie mir vorkamen wie meine eigene Familie. Ihnen zu sagen, dass ich wegziehen würde, war das Schlimmste. Das und der Abschied von …

Ich wollte gar nicht daran denken. Und das war genau der Grund, aus dem ich wegmusste. Ich war noch keine zehn Minuten hier, und schon dachte ich an sie.

Ich öffnete eine Flasche Bier und ging in den Wohnbereich. Dee hatte sich immer diesen offenen Raum gewünscht, weil sie gefunden hatte, sie seien perfekt für Partys. Sie hatte recht gehabt, aber die Zeit der Partys hier war zu Ende. Ich würde das Haus verkaufen und ein neues Leben beginnen.

Ein schwacher Lichtschein fiel mir auf, als ich an der Balkontür vorbeikam. Mehr ein Glimmen, so wie das eines Handydisplays. Herrgott, was jetzt? Nachbarskinder? Beobachtete da jemand das Haus? Wie hatten sie es geschafft, in die erste Etage zu gelangen?

Ich umklammerte meine Bierflasche, um sie notfalls als Waffe zu benutzen, öffnete ganz langsam die Tür, machte einen Schritt hinaus und ...

Jen.

Sie saß mit dem Rücken zu mir auf dem Sessel, den sie immer schon als ihren reklamiert hatte.

Sie hörte mich und drehte sich um. »Hey«, sagte sie leise.

Ich stehe normalerweise nicht auf Romantik, aber ich schwöre, mein Magen machte einen Satz und ein breites Lächeln überzog auf einmal mein Gesicht. Ich wollte sie in die Arme nehmen. War das in Ordnung? Keine Ahnung, also tat ich es nicht. Ich stand nur da, lehnte mich an die Wand, schaute sie an und dachte daran, wie sehr sie sich im letzten Jahr verändert hatte. Ihr Haar war länger, ihr Lächeln ein bisschen trauriger, und sie schien ... ich weiß nicht, so erschöpft zu sein. Vor einem Jahr hatten wir keine Sorgen, keine Probleme, nur eine wunderbare große Familien- und Freundesgruppe und jede Menge Spaß. Es war, als wäre bei uns allen ein Funke erloschen, aber wenn ich sie jetzt so ansah – Mist, ich wurde schon wieder so sentimental –, kam es mir ein bisschen so vor, als wäre der Funke wieder da.

»Hi«, antwortete ich. Ich grinste wie ein Idiot und versuchte verzweifelt, mir nicht anmerken zu lassen, dass ich mich am liebsten gleich auf sie gestürzt hätte. »Ist das hier eine Willkommensparty? Verstecken Val und Josie sich vielleicht noch hinter der Couch?«

»Nur ich bin hier«, antwortete sie. »Ich hoffe, das ist okay.«

»Mehr als das.«

Ich setzte mich neben sie, achtete aber streng darauf, viel Platz zwischen uns zu lassen. Ich hatte mir noch nie so sehr gewünscht, jemanden zu berühren, und sofort setzte das schlechte Gewissen wieder ein. O Gott. Es tut mir leid, Dee. So, so leid. Aber das sind nun mal meine Gefühle, und sie wären nie so gewesen, wenn du mich nicht allein gelassen hättest.

»Wie war's in London?«, fragte sie. Ihre Stimme klang ruhig und leise. Es fühlte sich so irreal an, auf einmal wieder hier mit ihr zu sitzen, so wie wir es oft getan hatten, als sie hier gewohnt hatte.

»Gut. Sehr gut. Matt und Callum haben nach dir gefragt.«

»Es hat sicher Spaß gemacht, mit ihnen zusammen zu sein.«

»Ja.« Ich trank einen Schluck Bier, um Zeit zu schinden. Kurz erwog ich, beim unverfänglichen Small Talk zu bleiben, aber was machte das für einen Sinn? Es würde das schwierige Thema nur herauszögern. Am Ende sprudelte es aus mir heraus. »Ich werde auch hinziehen, Jen. Nach London.«

Irgendwie freute ich mich darüber, dass sie die Augen aufriss, so als wäre sie erschrocken, das zu hören.

»Warum?«, fragte sie nur.

Ich seufzte. »Weil ich hier nicht bleiben kann. Es erinnert mich alles viel zu sehr an Dee.« Ich machte eine Handbewegung in Richtung Haus. »Unser Leben ist auseinandergefallen. Es war so anders, als Dee und ich noch zusammen waren und du und Pete und alles wunderbar war, und jetzt …« Ich stockte. Es fiel mir schwer, das zu sagen, aber es stimmte, ich musste es ihr jetzt sagen. »Jetzt ist nichts mehr davon übrig.«

»Du hast noch mich«, sagte sie.

Nein, bitte, tu das nicht. Bring mich nicht dazu, es auszusprechen.

»Komm schon, Jen, wir wissen beide, dass das nicht so ist. Das Einzige, was fast noch schlimmer ist als der Schmerz, Dee verloren zu haben, ist der Schmerz, dich nicht lieben zu dürfen.« Sie wollte etwas antworten, aber ich wusste genau, was sie sagen würde, und unterbrach sie. »Und bitte sag jetzt nicht, dass wir immer Freunde sein werden, denn das reicht mir einfach nicht.«

»Mir auch nicht.« Ich begriff nicht, was sie meinte, dann glaubte ich zu verstehen. Jetzt kullerten auch noch zwei dicke Tränen ihre Wangen hinunter.

»Dann …« Ich traute mich nicht zu hoffen. »Du glaubst also, wir könnten …« Ich ließ den Satz in der Luft hängen, um mich nicht komplett zum Narren zu machen, falls ich mich irrte.

»… zusammen sein«, vollendete sie.

Wieder zwei Tränen, aber zugleich ein Lächeln, wie ich es lange, lange nicht gesehen hatte. Ein echtes Lächeln. Nicht gezwungen. Nicht gequält. Nicht voller Traurigkeit.

»Bist du sicher?«

Noch als ich das sagte, war ich schon auf den Beinen, stand vor ihr, zog sie hoch.

Statt einer Antwort küsste sie mich einfach.

45. Kapitel

Jen

Es war merkwürdig, die Tür zu Vals Haus zu öffnen und wieder Stimmen, Lachen und Leben zu hören. Ich ging an Dees Foto im Flur vorbei, berührte es, sagte Hallo. Es hatte eine Zeit lang gedauert. Sieben Tage auf den Malediven mit nichts zu tun außer aufs Meer zu schauen, Pläne zu machen und die Verbindungen zur Vergangenheit zu kappen. Am Ende war es auf eine ganz einfache Überlegung hinausgelaufen: Sollte ich ihr für immer dankbar sein für ein Leben voller Liebe, die sie mir geschenkt hatte, dafür, dass sie mein Leben so viel besser gemacht hatte, als es sonst je geworden wäre, oder würde ich all die Jahre einfach ausradieren und mich nur an das erinnern, was ich nach ihrem Tod erfahren hatte?

Verzeihen oder nicht? Sie lieben oder nicht?

Ich entschied mich dafür, ihr zu verzeihen und sie zu lieben.

Sie hatte nicht mit Pete geschlafen, war ihrem wilden, ungestümen Herzen nicht gefolgt, also war sie mir gegenüber loyal gewesen. Und wenn ich die Wahl hatte zwischen einem Leben ohne Dee oder einem Leben mit Dee, die einen Fehler gemacht hatte, würde ich jederzeit Dee nehmen.

Also entschied ich mich, damit zu leben.

Es war vielleicht naiv und einfach, aber wo stand ich nun? Luke und mich verband eine Liebe, die ganz anders war als alles, was ich vorher gekannt hatte.

Als er mir zum ersten Mal seine Gefühle gestanden hatte, war ich zurückgewichen, voller Schuld und voller Angst, ich würde

Dee ihr Leben wegnehmen. Das hatte sich geändert, seit ich wusste, dass es gar nicht das Leben war, das sie gewollt hatte. Wenn sie Luke wirklich gewollt hätte, sich gewünscht hätte, bei ihm zu bleiben und Kinder mit ihm zu haben, hätte sie sich weder auf Brad noch auf Pete eingelassen. Luke hatte ihr Herz nie wirklich besessen, daher brauchte ich kein schlechtes Gewissen zu haben, wenn ich ihm meins schenkte.

Wieder hatte ich lange darüber nachgedacht, ob ich ihm von Dee und Pete erzählen sollte. Am Ende wusste ich, dass ich es nicht tun würde. Nichts sollte seine Erinnerung an sie verderben. Dee mochte mir Pete genommen haben, aber sie hatte mir Luke geschenkt. Unsere Beziehung war mehr, als ich je gehabt hatte, und ich wusste, sie würde alles überstehen.

Selbst den Tag heute.

Ich hatte es wochenlang vor mir hergeschoben, mit Val zu reden, aber jetzt musste es sein. Bald war Weihnachten. Dee war nun fast ein Jahr tot, und ich wollte mich endlich frei bewegen, nicht ständig darauf achten, was ich sagte und wie ich Luke anschaute, damit bloß niemand etwas von unseren heimlichen Gefühlen merkte.

»Alles in Ordnung, Liebes?«, rief Don, als ich die Küchentür öffnete.

Er saß mit Mark und Tara am Tisch. Alle strahlten, als hätten sie sich gerade köstlich amüsiert. Ich hatte Tara erst ein paarmal gesehen, aber sie war mir von Anfang an sympathisch gewesen. Sie hatte so eine ruhige, coole Art, die perfekt zu Mark passte, und aus Dons zufriedenem Gesicht schloss ich, dass er es genauso sah.

»Alles bestens!«, antwortete ich und umarmte erst ihn und danach Mark und Tara.

Ich freute mich unglaublich für die beiden, sie hatten jede

Sekunde dieses Glücks verdient. Nur schade, dass Dee ihre süße Nichte nie kennenlernen würde.

»Wo ist Val?«, fragte ich.

»Oben mit der Kleinen«, antwortete Don. »Geh ruhig rauf. Claudie hat geschlafen, aber sie müsste inzwischen wach sein.«

Claudie. Ein wunderschöner Name, der gut zu ihren großen braunen Augen und dem kastanienfarbenen Haarflaum passte.

Als ich die Treppe hinaufging, hörte ich die Kleine und ihre Großmutter in Dees und meinem ehemaligen Zimmer. Val sang ihrem Enkelkind etwas vor, und Claudie gurgelte fröhlich vor sich hin. Die glücklichen Stimmen vertrieben die Trauer über Dees Tod, die dieses Haus so lange beherrscht hatte. Als ich die Tür vorsichtig öffnete, war es wie eine Reise zurück in die Vergangenheit. Dieselben zwei Betten, dieselben passenden Kleiderschränke und die Nachttische mit den weißen Lämpchen. In der Ecke stand ein alter Fernseher auf einer Kommode, der Teppichboden war violett, ein Ersatz für den pinkfarbenen, den Dee ruiniert hatte, als sie ihre Haare blau gefärbt hatte und danach auf dem Fußboden eingeschlafen war. Val war damals ausgeflippt. Die Wände waren immer noch hellblau, nur die Poster mit Ricky Martin und den Backstreet Boys waren abgehängt worden. Es war alles noch genau wie damals, als Dee und ich ausgezogen waren, um aufs College zu gehen. Wehmut überkam mich, aber ich bekämpfte sie. Heute ging es nicht um die Vergangenheit.

Val lag neben Claudie auf Dees Bett. Die Augen der Kleinen waren fasziniert auf ihr Gesicht gerichtet, während sie ihr *Wheels On the Bus* sang. Ich blieb stehen und sah ihnen zu. So glücklich hatte ich Val lange nicht gesehen. Dee würde sich freuen. Ich schüttelte den Gedanken rasch ab und warf mich auf mein altes Bett.

»Ich wollte mal nach euch Mädels sehen«, verkündete ich lachend.

Val warf mir einen Luftkuss zu. Sie war wieder geschminkt, seit Neuestem hatte sie die Haare zu einem Bob geschnitten, der wunderbar zu ihr passte. Die dunklen Ränder unter den Augen waren noch zu sehen, aber ansonsten erinnerte kaum noch etwas an die Frau, die so lange unter einem Panzer von Trauer und Verbitterung gelebt hatte. Wir wussten inzwischen alle von ihren spätabendlichen Supermarktbesuchen und den Gesprächen mit Wilkies Mutter. Ich wünschte, sie hätte uns schon früher davon erzählt, aber wir mussten wohl alle auf unsere eigene Art mit unserer zerstörten Welt fertig werden.

»Ich kann gar nicht aufhören, sie anzuschauen«, sagte sie und liebkoste das Baby. »Weil du so perfekt bist, nicht wahr? Du bist Grannys kleiner Engel, stimmt's?«

Claudie antwortete mit einem zahnlosen Lächeln, das jedes Herz zum Schmelzen gebracht hätte, und Val bedeckte ihre winzige Wange mit Küssen.

»Bleibst du zum Essen, Süße? Es gibt Steak Pie.«

»Danke, Val, aber ich hab noch einen Termin mit einem Maler in meiner neuen Wohnung.« Ich hatte kurz überlegt, bei Luke einzuziehen, das war jedoch keine gute Idee. Wir benötigten beide einen Neuanfang, einen Ort, der nur uns gehörte. »Aber vorher wollte ich noch kurz mit dir über etwas reden.«

Entweder lag es an meiner Wortwahl oder am Hämmern meines Herzens, das im ganzen Zimmer zu hören sein musste, jedenfalls sah sie mich überrascht an. Ich hatte diesen Moment in Gedanken Dutzende Male geübt, trotzdem war mein Kopf auf einen Schlag völlig leer, und mein Mund war wie ausgetrocknet. Wie konnte ich es ihr nur sagen? O Gott. Wie nur? Aber ich musste es tun.

Worte. Versuch es mit Worten.

»Willst du mir von dir und Luke erzählen?«, fragte Val leise.

In keinem meiner Szenarien kam vor, dass sie es bereits wusste. »Aber woher …«

»Josie hat es mir gesagt.«

Aha. Verräterin.

Sie fuhr fort. »Du darfst ihr nicht böse sein. Es war gut so. So hatte ich genug Zeit, um mich an den Gedanken zu gewöhnen.«

»Es tut mir leid, wenn du enttäuscht bist. Wir wollten nicht, dass das passiert. Ganz ehrlich wollten wir überhaupt gar nicht, dass etwas zwischen uns passiert.«

Claudie sah uns abwechselnd an, interessiert folgte ihr Blick unseren Stimmen.

»Ich weiß das. Und ich kann auch nicht behaupten, dass ich mich darüber gefreut habe. Zumindest nicht am Anfang. Aber dann … Du verdienst es, glücklich zu sein, Jen. Und Luke verdient es auch. Ich hatte schon Angst, dass er hier wegziehen würde und wir ihn auch verlieren könnten. Aber ich schätze, das hat sich nun erledigt.«

Ich nickte nur.

»Dann hat es also etwas Gutes. Und weißt du, ich denke, unsere Dee würde das genauso sehen. Sie ist immer ihrem Herzen gefolgt, und sie hat euch beide geliebt, also hätte sie sich auch gewünscht, dass ihr beide jemanden wiederfindet. Irgendwie bin ich sogar froh, dass ihr euch gefunden habt.«

Dankbarkeit, Liebe, Erleichterung … Jede einzelne dieser Emotionen zog mich zu ihr, und ich umarmte sie fest, Claudie zwischen uns.

»Ich werde dir nie für all das danken können, was du für mich getan hast, Val«, sagte ich ehrlich.

»Dich zu haben ist Dank genug, Liebes. Deine Mum wäre so stolz auf dich. Und unsere Dee ebenfalls.«

Mehr Tränen, diesmal kamen sie von uns beiden.

»Bist du dir ganz sicher, was mich und Luke angeht? Und glaubst du, dass Don es auch so sieht?« Ich hielt den Atem an, falls ich sie doch falsch verstanden hatte. Diese Vorstellung war grauenvoll. Luke und ich waren nun endlich zusammen und planten eine gemeinsame Zukunft. Natürlich wünschten wir uns dazu unbedingt Vals und Dons Segen. »Wenn nicht, müsst ihr uns das sagen. Wir würden es verstehen.«

Wir würden es verstehen, aber wir wären am Boden zerstört. Diese Menschen waren wie Eltern für uns, und den Gedanken, dass sich das ändern könnte, würden wir beide nicht ertragen.

»Ja, ich bin ganz sicher«, sagte sie mit so viel Überzeugung, dass ich wusste, sie meinte es so. »Ich habe mit Don darüber gesprochen. Er empfindet dasselbe wie ich. Wenn uns Dees Tod etwas gelehrt hat, dann dass man jede einzelne Sekunde des Lebens genießen sollte, weil man nie weiß, wann es vorbei ist. Das letzte Jahr hat uns so viel Leid gebracht, wie ich es nie für möglich gehalten hätte. Ich werde Dee auch weiter an jedem einzelnen Tag meines Lebens vermissen, dennoch müssen wir nach vorne schauen und weiterleben, Jen. Dee würde es uns sehr übel nehmen, wenn wir das nicht täten.«

Ich wusste, dass sie recht hatte. Und dass Dee, mehr als jeder andere, verstehen würde, dass man einfach nur seinem Herzen folgen musste.

46. Kapitel

Val

Ich stand vor dem Grabstein, die kleine Claudie neben mir im Kinderwagen. Sie war schon häufiger mit mir hier gewesen, daher musste ich sie nicht mehr vorstellen. Mark war zu seinem nächsten Job nach Australien geflogen, aber Tara hatte entschieden, bei uns auf ihn zu warten und die Zeit zu nutzen, um uns alle besser kennenzulernen. Ihre Mutter war vor wenigen Monaten verstorben, und in gewisser Weise brauchte sie uns genauso sehr, wie wir sie brauchten. Sie hätte Mark sicher irgendwann gefunden, aber ich war froh, dass sein australisches Handy hier nicht funktioniert hatte und sie den weiten Weg hergekommen war, um ihn zu suchen. Jetzt hoffte ich, dass sie für immer bleiben würde, denn jeder Augenblick mit diesem kleinen Mädchen bedeutete für mich pures Glück. Alle anderen hielten mich für verrückt, aber ich war davon überzeugt, dass Dee das inszeniert hatte, denn ich wusste genau, dass sie noch hier war, bei uns, als Teil unseres Lebens.

»Gestern ist die Strafe festgesetzt worden«, sagte ich und hielt den Blick auf den Stein gerichtet. »Sechs Jahre. Wenn er sich gut führt, ist er in drei Jahren wieder draußen. Das ist nicht genug, oder? Aber ich dachte trotzdem, dass du es vielleicht wissen möchtest. Schlaf schön«, flüsterte ich. »Ich komme bald wieder.«

Ich wischte mit dem Ärmel meiner Jacke über den Stein.

MARGO WILKIE.
GELIEBTE MUTTER.
RUHE IN FRIEDEN.

Sie war am Tag nach seiner Schuldigsprechung gestorben. Ihre Kinder hatten kein Geld für einen Grabstein gehabt, daher hatten Don und ich ihn bezahlt. Sie lag auf demselben Friedhof wie Dee, einige Hundert Meter weiter. Jedes Mal wenn ich Dee besuchte, ging ich auch auf einen kurzen Plausch zu Margo.

Ich löste die Bremse des Kinderwagens und steuerte in Richtung Zuhause. Don war den Rest des Tages unterwegs, und Tara arbeitete im Laden. Wir beiden teilten uns im Moment eine Stelle. Sie war zwei Tage dort, ich drei, und diejenige, die zu Hause war, kümmerte sich um Claudie. Das reichte mir, zumal ich seit Neuestem zwei Abende in der Woche für die Tafel arbeitete, Spenden sortierte und die Regale auffüllte.

Don hatte nichts dagegen. Wir gingen an den Wochenenden wieder aus und hatten für den Sommer einen vierzehntägigen Urlaub auf Teneriffa gebucht. Wir hatten uns wiedergefunden – allerdings hatte ich ihm angedroht, ihn im Schlaf zu ersticken, wenn er nicht endlich etwas gegen sein schreckliches Geschnarche unternahm.

Zu Hause gab ich Claudie die Milch, die Tara am Morgen abgepumpt hatte, dann brachte ich sie nach oben zum Mittagsschlaf. Tara war in Dees und Jens ehemaliges Zimmer gezogen, denn es war größer als das von Mark. Ich legte Claudie vorsichtig in ihr Kinderbettchen und streckte mich wie immer auf dem großen Bett aus, das zweite hatten wir auf den Dachboden gebracht. Mit ruhiger Stimme redete ich auf die Kleine ein, bis sie schlief.

»Tante Dee hätte dich sehr gern gehabt, mein Liebling. Sie

war genau wie du. Schön und stark. Sie war die beste Tochter, die eine Mum sich nur wünschen kann. Was nicht heißt, dass sie immer perfekt war. Sie hat mich manchmal echt zur Verzweiflung getrieben, und wir reden nicht von den Malen, als sie sich nachts heimlich aus dem Haus geschlichen hat, um sich mit irgendwelchen Jungs zu treffen. Sie hatte ja keine Ahnung, dass ich es immer wusste. Es wird kein Tag vergehen, an dem ich nicht an sie denke und sie vermisse, und kein Abend, an dem ich ins Bett gehe und nicht hoffe, ihr Gesicht in meinen Träumen zu sehen. Aber ich schlafe in der Gewissheit ein, dass sie uns geliebt hat und wir sie geliebt haben, und das ist alles, was man im Leben erreichen kann.«

Langsam fielen Claudies Augen zu.

»Süße Träume, meine Lieben. Euch beiden.«

Epilog

»Ida auf drei Uhr! Ida auf drei Uhr! Ausweichmanöver vorbereiten!«, zischte Josie, während Luke, Mark, Tara und ich versuchten, trotz der Aussicht auf eine Begegnung mit Ida die Ruhe zu bewahren.

»O mein Gott, sie ist entzückend! Einfach ganz entzückend!«, rief Ida. »Sie stammt definitiv von meiner Seite der Familie. Ich glaube, sie hat meine Augen.«

Tara, die in ihrem hellgelben Kleid bezaubernd aussah, war so nett und stimmte ihr zu. Man hatte sie vor Ida gewarnt, und sie wusste nun, wie man der Frau in dem violetten Kleid und dem Hut in der Größe eines Beistelltischchens eine Freude machte.

Die Taufe war wunderschön gewesen, Claudie Dee Murray hatte die gesamte Zeremonie friedlich verschlafen. Luke und ich waren überrascht und erfreut gewesen, dass wir als Paten ausgesucht worden waren. Noch etwas, das uns für immer mit Dee und der ganzen Familie Murray verbinden würde. Nicht dass wir mehr gebraucht hätten, als wir bereits hatten: Eltern, die zwar nicht blutsverwandt mit uns waren, uns aber genauso behandelten. Don hatte sogar angeboten, mich zum Altar zu führen, wenn Luke und ich je heiraten sollten. Vielleicht taten wir das eines Tages, aber noch nicht so bald. Das stand für uns fest. Es reichte vorerst, dass wir zusammen wohnten, eine gemeinsame Zukunft planten und sie uns dabei unterstützten.

Jetzt sah ich Val und Don. Händchenhaltend schwätzten sie mit dem Priester, der die Taufe vollzogen hatte. Im vergangenen Jahr hatte es Momente gegeben, in denen ich nicht sicher gewesen war, ob die zwei das alles je durchstehen würden, aber natürlich hatten sie es geschafft. Wenn Claudie Dee Murray jemals ein Vorbild für eine gut funktionierende Ehe brauchte, dann war es die ihrer Großeltern. Wenn sie ein Vorbild für die Position als CIA-Spionin benötigte, dann war die Frau rechts von mir definitiv die beste Kandidatin.

»Was ist los, Josie?«, fragte ich, und sah, dass sie den Raum scannte wie ein NASA-Radarschirm.

»Ich habe den Sichtkontakt verloren.«

»Zu wem?«, fragte ich verständnislos.

»Zu …«, begann sie, wurde aber durch das ohrenbetäubende Quietschen einer Lautsprecherbox unterbrochen.

Du lieber Himmel, bitte nicht. Nicht schon wieder. Aber die selbst ernannte Entertainerin hatte die Bühne bereits erklommen.

»Ladys und Gentlemen, für alle, die mich noch nicht kennen, ich bin Claudies Großtante Ida. Ich glaube, sie hat die Augen von mir geerbt.«

Josie schaute verzweifelt gen Himmel. »Dee, ich flehe dich an … Bitte schick mir sofort einen Katapult, sonst verrate ich deiner Mutter, dass du damals ihre Dolce-&-Gabbana-Tasche ausgeliehen und ruiniert hast. Sie glaubt immer noch, dass ich es war.«

Luke und ich versuchten, unser Lachen zu verbergen, aber es gelang uns nicht.

Ida schlug auf das Mikro, um sicherzustellen, dass es laut genug war. Dann fuhr sie fort: »In unserer Familie gibt es eine Tradition …« Ich sah, dass Val und Don entsetzt die Köpfe schüttelten. »Und zwar die, dass ich auf jeder Familienfeier ein kleines Lied singe. Heute würde ich gern etwas singen, das für mich und ein anderes Familienmitglied immer etwas ganz Besonderes war. Claudie, ab jetzt ist es auch dein Lied.«

Was blieb uns anderes übrig, als zu lachen und zu weinen und schließlich mit ihr in *My Girl* einzustimmen.